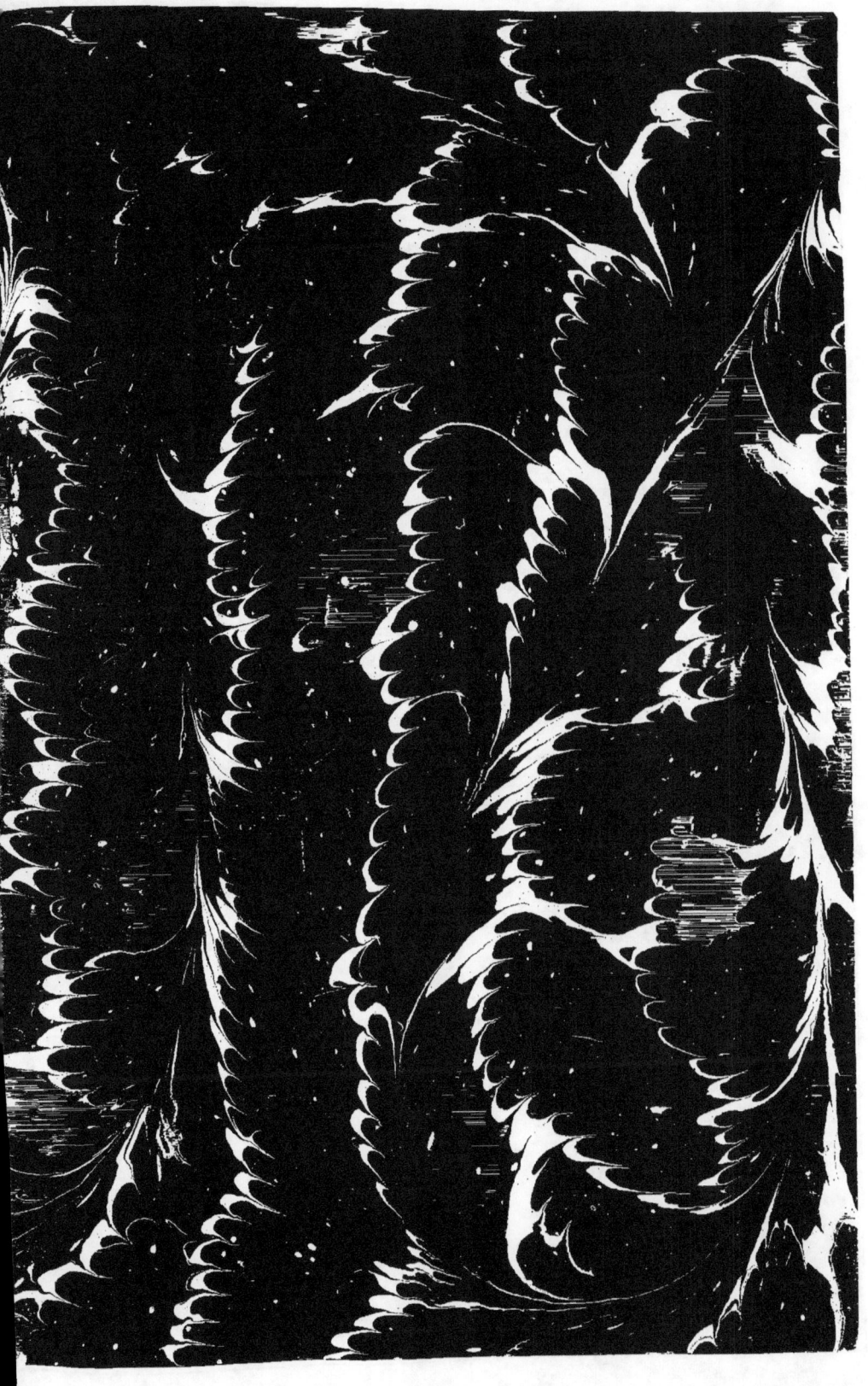

MONUMENS

ÉRIGÉS EN FRANCE

A LA GLOIRE

DE LOUIS XV,

Précédés d'un TABLEAU du progrès des Arts & des Sciences sous
ce règne, ainsi que d'une DESCRIPTION des Honneurs & des
Monumens de gloire accordés aux grands Hommes, tant chez les
Anciens que chez les Modernes;

Et suivis d'un choix des principaux Projets qui ont été proposés, pour placer la
STATUE *du* ROI *dans les différens quartiers de Paris:*

Par M. PATTE, Architecte de S. A. S. Mgr. le Prince PALATIN, Duc-régnant
DE DEUX-PONTS.

Ouvrage enrichi des Places du Roi, gravées en taille-douce.

Præsenti tibi maturos largimur honores.   Hor. lib. II, ep. 1.

A PARIS,

Chez {
L'AUTEUR, rue des Noyers, la sixième porte cochère, à droite, en entrant
par la rue Saint Jacques.
DESAINT,
SAILLANT, } Libraires, rue Saint-Jean de Beauvais.

M. DCC. LXV.
AVEC APPROBATION ET PRIVILÉGE DU ROI.

AVANT-PROPOS.

J'éprouve une satisfaction délicieuse, quand je pense que je vais jouir du bonheur si précieux & si rare, de célébrer un bon Prince, un vrai héros de l'humanité ; que je vais montrer à tout l'Univers les marques éclatantes de l'allégresse de ses peuples, les monumens de leur amour & de leur reconnoissance. Pline le jeune eut autrefois cet avantage : mais les louanges méritées qu'il donna à Trajan au nom du peuple Romain, semblèrent interrompues par le bruit des chaînes & les gémissemens des captifs ; il ne put préconiser cet Empereur qu'aux dépens des malheureuses victimes qu'il avoit immolées à sa gloire. Les trophées érigés au contraire à LOUIS XV sont dignes des beaux jours de l'âge d'or. Ils ont pour base la bonté, la bienfaisance, le triomphe des arts & des vertus civiles, un peuple rendu plus heureux & meilleur.

Non seulement j'ai compris sous le terme *Monument*, toutes les statues qui ont été élevées à notre auguste Monarque, tant à Paris que dans les provinces, mais encore tout ce qui est capable de faire passer à la postérité le souvenir de son règne. Considéré sous ce double aspect, aucun ouvrage ne sçauroit autant intéresser la Nation. Ce sont les merveilles d'un siècle heureux que nous allons décrire : c'est la véritable gloire de la France que nous nous proposons d'exposer dans tout son jour : enfin, c'est le plus beau recueil qu'il ait été possible de faire en l'honneur d'aucun Souverain.

Ce livre est divisé en deux parties. A la tête de la première, est un Tableau des accroissemens que les arts, les sciences & la littérature ont reçus de nos jours ; leurs progrès sont autant de traits de lumière qui réfléchissent de toutes parts sur S. M. Ensuite est une Introduction sur la manière d'honorer les grands Hommes, tant chez les anciens que chez les modernes, avec une description des trophées qu'on leur a érigés dans tous les temps. C'est comme une magnifique avenue qui conduit aux monumens élevés à LOUIS XV, & où l'on rencontre tous les Héros qui ont été l'honneur du monde, avec les tributs d'hommage & de reconnoissance qu'ils ont obtenus du genre humain.

On trouve, après cette Introduction, l'Histoire détaillée & particulière de chacun des monumens érigés en France à la gloire du Roi, à Paris, à Bordeaux, à Valenciennes, à Rennes, à Nancy, à Reims & à Rouen, laquelle est terminée par une énumération des Médailles frappées à l'occasion des événemens mémorables qui illustrent ce règne.

Enfin, la seconde partie contient les Projets & les efforts de génie de plusieurs de nos principaux Artistes, pour embellir cette Capitale, & placer dignement la statue de SA MAJESTÉ dans ses différens quartiers.

Quelques difficultés qui se soient rencontrées dans l'exécution d'un aussi vaste projet, elles ne m'ont point découragé. Il s'en seroit peut-être trouvé d'invincibles, si nos Intendans de province & les Ministres étrangers résidant en cette Cour, n'avoient bien voulu favoriser mon entreprise; les uns en me fournissant des desseins & d'excellens mémoires sur les monumens érigés à nos Rois dans leurs départemens; les autres, des notices relatives aux différens trophées élevés dans leurs pays, & qui font partie de mon Introduction. C'est avec plaisir que je leur en marque publiquement ma reconnoissance. Tout le reste est le fruit de mon travail & de mes études. Rien n'a été négligé pour parvenir à donner à cet ouvrage la perfection & la magnificence dont il pouvoit être susceptible. Puisse-t-il être un nouveau monument, digne à la fois de mon Prince & de ma Nation!

TABLEAU

TABLEAU

DU PROGRÈS

DES

ARTS ET DES SCIENCES

SOUS LE REGNE DE LOUIS XV.

Avant le règne de Louis XIV, l'Italie seule étoit regardée comme la patrie des arts & des belles-lettres. L'éclat que le siècle des Médicis y avoit répandu, attiroit l'admiration de toute l'Europe. Les chefs-d'œuvre de l'Arioste, du Tasse, du Bramante, de Michel-Ange, de Raphaël, du Titien, &c; cette prodigieuse quantité de statues antiques, jointe à tous ces restes précieux de temples, de thermes & d'amphithéâtres, firent long-temps la gloire de cette nation. On y accouroit de tous côtés pour puiser, comme dans leur source, les vrais principes des beaux arts & du bon goût.

Sous le règne de François Ier, la France avoit essayé de partager cette gloire avec l'Italie. Ce Prince fit venir nombre d'artistes de ce pays, & les encouragea par des récompenses. Malheureusement, son règne ne fut ni assez long, ni assez tranquille pour faire prospérer les arts. Les temps de troubles & de guerres civiles, qui désolèrent le royaume sous ses successeurs, les firent languir jusqu'au règne de Louis XIII. Il ne fut construit pendant cet intervalle aucun

A

édifice recommandable que les Tuilleries : mais, par ce que les François exécutèrent alors, ils annoncèrent ce qu'on en devoit attendre dans des temps plus heureux. Le palais des Tuilleries joint au château du Louvre, & à cette vaste gallerie qui les réunit, est encore aujourd'hui le plus grand monument en ce genre ; &, s'il étoit fini, il seroit assurément le plus beau.

Pendant la régence de MARIE DE MÉDICIS, les arts commencèrent à sortir de la léthargie où ils étoient comme ensévelis. De Brosses construisit le portail de Saint Gervais, & le palais du Luxembourg, où Rubens peignit cette admirable gallerie qui fait un des ornemens de cette capitale. Le Mercier, pendant le ministère du cardinal de Richelieu, fit l'église de la Sorbonne & le bâtiment du Palais Royal.

Par ordre d'ANNE D'AUTRICHE, François Mansard donna le dessein du dôme du Val-de-Grace. Des sculpteurs, des peintres commençoient à se montrer ; le Poussin se faisoit déjà remarquer : tous les talens sembloient n'attendre qu'un Mécène pour les encourager. Colbert parut : à sa voix, les arts reprirent, en quelque sorte, un nouvel être. Ce ministre, en secondant les grandes vues de LOUIS XIV, les fit servir à la grandeur de son règne & à la gloire de la nation. Par des récompenses & des gratifications, il excita de toutes parts les talens naissans. On prétend qu'il avoit jusqu'à des espions du mérite caché, lesquels le prenoient, pour ainsi dire, sur le fait, afin de le produire & de l'encourager : aussi les arts firent-ils en peu de temps les progrès les plus rapides. Pleins d'une noble émulation, tous les artistes cherchoient, comme à l'envi, à se surpasser. Le Sueur, par les peintures du cloître des Chartreux ; le Brun, par les batailles d'Alexandre, & le plafond de la grande gallerie de Versailles ; Jouvenet, la Fosse, le Bon-Boulogne, par ces chefs-d'œuvre admirables qui ornent l'intérieur du dôme des Invalides ; Girardon, par le tombeau du cardinal de Richelieu & par les bains d'Apollon ; Puget, par le Milon qu'on voit dans les jardins de Versailles ; Desjardins, par le monument de la place des Victoires ; Perrault, par la colonade du Louvre ; François Blondel, par la porte Saint Denis ; Jules-Hardouin Mansard, par la façade du château de Versailles, du côté des jardins, celle du château de Clagni, & l'architecture de la coupole des Invalides ; le Nautre, par l'art du jardinage qu'il créa & perfectionna en même temps, & une infinité d'autres artistes en toutes sortes de genres, fixèrent en France la réputation des beaux arts.

La poësie, les belles-lettres & les sciences concoururent, avec les beaux arts, à la gloire de ce règne. Les Corneille, les Racine, les Despréaux, les la Fontaine, les Molière, les Quinault, les Pascal, les Arnaud, les Bossuet, les Fenelon, &c. produisirent des ouvrages qui immortaliseront à jamais le siècle où ils ont vécu.

On entreprend de faire voir ici que nos arts libéraux & méchaniques, nos fciences & notre littérature , font non feulement dignes du fiècle dernier, mais qu'ils ont encore reçu de nouveaux accroiffemens ; que les anciennes manu-factures ont été ranimées, qu'il s'eft formé les établiffemens les plus confidéra-bles , & que ce règne fournit toutes fortes de nouvelles inventions & de productions de génie vraiment originales , telles qu'il en a paru dans les fiècles les plus mémorables. Par-tout on remarquera que l'on a l'obligation de tous ces progrès à l'attention vraiment paternelle de L O U I S X V, qui porte fans ceffe fes regards fur tout ce qui peut intéreffer le bonheur de fes états, ainfi qu'à cette multitude de bienfaits qu'il répand continuellement fur les talens & fur l'induftrie ; & qu'enfin , *fi les enfans profpèrent*, pour me fervir d'une expreffion de HENRI LE GRAND, c'eft *que le père de famille en a foin & les encourage (a)*.

Rien ne fçauroit autant intéreffer la nation que le précis des avantages que ce règne nous a procurés. Ils fervent d'époque à la vraie gloire de la France, & conftatent la bafe des monumens que notre reconnoiffance a érigés à notre augufte Monarque.

Il eft à obferver qu'ayant continuellement à parler dans cet ouvrage de beaucoup de contemporains, on a cru devoir être très-réfervé fur les éloges. Ce feroit mal connoître le fiècle éclairé où nous vivons (& qu'on pourroit appeller, à jufte titre, le fiècle appréciateur des chofes & des perfonnes), que d'entaffer , comme on faifoit autrefois , toutes fortes d'épithètes emphatiques à deffein d'honorer ceux dont on parle. Aujourd'hui , ce font les faits qui louent ; les mots n'en impofent plus à perfonne. Quiconque n'aura pas fait de grandes chofes, ne paffera plus, quoi qu'on en dife , ni pour plus habile , ni pour plus grand. Par une fuite de cette façon de penfer, on a affecté de n'employer que le ftile le plus fimple, & l'on a fupprimé toutes ces réflexions qui ne font qu'allonger les ouvrages fans les rendre plus intéreffans.

Une autre attention, qui n'eft pas moins importante, eft qu'on ne s'eft pas cru obligé de parler généralement de tous les hommes célèbres qui illuftrent ce règne : on auroit donné à ce précis l'air d'un catalogue, & c'eft ce que l'on a voulu éviter. Conféquemment on s'eft borné à tirer de la foule un petit nombre de faits remarquables & d'ouvrages connus, comme autant d'échantillons, pour donner une idée des progrès dans les différens genres. On n'a excepté que nos miniftres & nos guerriers : leurs actions font au-deffus de nos éloges.

(a) Effai fur l'Hiftoire générale , &c. Chap. CXLIII.

DES ARTS LIBERAUX.

ARTICLE PREMIER.
DE L'ARCHITECTURE.

LE commencement de ce règne s'est manifesté par la protection immédiate dont SA MAJESTÉ a honoré l'académie d'architecture. Elle étoit auparavant sous la protection du sur-intendant de ses bâtimens. Ce fut en 1717 que le Roi lui accorda des lettres-patentes, & voulut bien en être le protecteur, comme il l'est des autres académies.

Pour se convaincre des progrès de l'architecture, il ne faut que jetter les yeux sur cette quantité de bâtimens en tout genre, dont Paris s'est embelli sous ce règne. Jamais le vrai goût de l'architecture antique n'a été aussi général ; il a répandu son influence sur toutes les parties de cet art. Les maisons des simples particuliers sont aujourd'hui décorées avec une noblesse, que n'avoient pas toujours autrefois les palais des grands. Combien d'édifices publics de la plus grande somptuosité n'a-t-on pas vu s'élever ? Le bâtiment de l'Ecole Militaire, du dessein de M. Gabriel, premier architecte du Roi, lorsqu'il sera terminé suivant le modèle, surpassera celui des Invalides, tant par l'étendue que par la beauté de la composition. La place de Louis XV, au Pont-Tournant, avec toutes ses dépendances, est le monument le plus magnifique & le plus vaste que l'on ait encore entrepris en ce genre. L'église de Ste. Géneviève, de M. Soufflot ; celle de la Magdeleine, de M. Contant, vont bientôt orner cette capitale de deux édifices, uniques par la beauté, la légèreté & la noblesse de leur architecture. Tous ces hôtels admirables qui décorent les fauxbourgs S. Germain, S. Honoré & le Marais ; la fontaine de la rue de Grenelle, le bâtiment des Enfans-Trouvés, celui du Trésor de Notre-Dame, le portail de Saint Sulpice, les nouveaux bâtimens du Palais-Royal, la continuation du Louvre dont on est redevable au zèle de M. le marquis de Marigny, ainsi que de pouvoir admirer sans obstacles sa colonade, qui est le triomphe de l'architecture Françoise : enfin, mille autres édifices attestent la magnificence de nos idées, & sont autant de témoins qui déposeront aux yeux de l'avenir la perfection où cet art a été porté de nos jours (a).

(a) Pour avoir une énumération de tous les grands bâtimens élevés seulement depuis vingt ans à Paris, on peut ajouter l'Abbaye Royale de Pan-themont, l'Hôtel de la Ferme du Tabac, les Eglises de Saint Roch & de Saint Louis du Louvre, les Portails de Saint Eustache & de l'Oratoire, la Salle de l'Opéra, le Bâtiment des Quinze-vingt, la nouvelle Halle au bled avec tous ses environs, le

Si l'on entreprenoit de développer nos meilleurs édifices, comme l'on a fait le siècle dernier les monumens de l'ancienne Rome, & depuis quelques années les ruines de la Grèce (*a*), on seroit étonné, par la comparaison, que l'on aille chercher si loin des exemples, tandis que nous en avons sous les yeux d'aussi beaux, d'aussi parfaits que ceux des Grecs & des Romains. Les anciens, à force de nous servir de modèles, ont formé des élèves qui ont égalé leurs maîtres, & qui les ont même quelquefois surpassés.

A l'exemple de la capitale, nos villes de province ont signalé leur goût pour les embellissemens. Les unes font élever, dans leurs enceintes, des places & des statues au Roi; les autres, des temples, des fontaines, des salles de spectacles, des académies, des aqueducs, des hôtels-de-ville, &c.

A peine comptoit-on, le siècle dernier, quelques villes dignes de la curiosité des étrangers; aujourd'hui il y en a un très-grand nombre ornées d'édifices les plus somptueux.

La ville de Lyon n'a-t-elle pas été décorée de tous ces quais admira-bles le long du Rhône & de la Saone, & de quantité de monumens de M. Soufflot, parmi lesquels on remarque la façade de l'Hôtel-Dieu, qui a près de neuf cent pieds de long, & qui passe pour un des plus beaux édifices qui aient été élevés de ce siècle ? M. de Tourni s'est fait beaucoup d'honneur par les bâtimens publics, les promenades & les embellissemens dont il a orné, pendant son intendance, la ville de Bordeaux. Celle de Nantes, par les soins de M. le duc d'Aiguillon, est devenue en quelque sorte une ville nouvelle : on a entrepris la plus grande partie de sa réconstruction sur un nouveau plan. Nancy, Lunéville, Commercy, enfin, toute la Lorraine, est à peine reconnoissable depuis qu'elle est sous le gouvernement d'un Prince ami des hommes, qui n'a pas moins à cœur de faire fleurir les arts que les vertus dans ses états. Que de villes ne faudroit-il pas décrire, si on vouloit s'étendre sur toutes celles que l'on s'est attaché à décorer ? Il suffit de nommer les principales, telles que Besançon, Metz, la Rochelle, Rennes, Alençon, Tours, Caën, Rouen, Dijon, Nîmes, Montpellier, Marseille, Aix, Lille, Valenciennes, Reims, Versailles, &c., qui ont, pour ainsi dire, changé de face. On voit, par cette énumération, que d'un bout de la France à l'autre, tout annonce la gloire de nos arts, & que tout concourt à rendre ce royaume le plus beau de l'univers.

Ce qui caractérise principalement l'accroissement que l'architecture a reçu sous ce règne, c'est l'art de la distribution des bâtimens. Rien ne nous a

grand Egoût de Paris, entrepris en 1737, de cinq mille cinq cent toises de long, la Garre pour les batteaux de l'approvisionnement de Paris, & les nouveaux Boulevards.

(*a*) J'ai déjà donné, il y a quelques années, de cette manière, tous les détails de la Colonade du Louvre, dans un ouvrage intitulé : *Etudes d'architecture, contenant les entre-colonnemens, portes, niches, croisées & profils des plus beaux édifices de France & d'Italie.* On peut juger, par cet échantillon, quel profit l'architecture pourroit retirer de nos meilleurs édifices ainsi développés.

fait plus d'honneur que cette invention. Avant ce temps, on pouvoit dire, avec raison, de l'architecture, que ce n'étoit que le masque embelli d'un de nos plus importans besoins : on donnoit tout à l'extérieur & à la magnificence. A l'exemple des bâtimens antiques & de ceux d'Italie, que l'on prenoit pour modèles, les intérieurs étoient vastes & sans aucune commodité. C'étoient des sallons à double étage, de spacieuses salles de compagnie, des salles de festin immenses, des galleries à perte de vue, des escaliers d'une grandeur extraordinaire ; toutes ces pièces étoient placées sans dégagement au bout les unes des autres : on étoit logé uniquement pour représenter, & l'on ignoroit l'art de se loger commodément & pour soi. Toutes ces distributions agréables que l'on admire aujourd'hui dans nos hôtels modernes, qui dégagent les appartemens avec tant d'art ; ces escaliers dérobés, toutes ces commodités recherchées qui rendent le service des domestiques si aisé, & qui font de nos demeures des séjours délicieux & enchantés, n'ont été inventés que de nos jours : ce fut au palais de Bourbon en 1722, qu'on en fit le premier essai, qui a été imité depuis en tant de manières.

Ce changement dans nos intérieurs fit aussi substituer, à la gravité des ornemens dont on les surchargeoit, toutes sortes de décorations de menuiserie, légères, pleines de goût, variées de mille façons diverses : on fit dans les garde-robes ces lieux à soupape, auxquels on a donné improprement le nom de lieux à l'Angloise. on supprima les solives apparentes des planchers, & on les revêtit de ces plafonds qui donnent tant de grace aux appartemens, & que l'on décore de frises & de toutes sortes d'ornemens agréables : au lieu de ces tableaux, ou de ces énormes bas-reliefs, que l'on plaçoit sur les cheminées, on les a décorées de glaces, qui par leurs répétitions avec celles qu'on leur oppose, forment des tableaux mouvans qui grandissent & animent les appartemens, & leur donnent un air de gaieté & de magnificence qu'ils n'avoient pas. On a obligation à M. de Cotte de cette nouveauté (a).

Les étrangers font dans la plus grande admiration, en voyant nos hôtels modernes distribués avec tant d'intelligence, décorés avec tant d'agrémens, & meublés avec tant de goût & d'élégance (b) : toutes ces inventions heureuses valurent la réputation la plus brillante à l'architecture Françoise. La plupart des Souverains, pour en profiter, se font empressés d'attirer dans

(a) On a vu jusqu'à des cheminées, dont les foyers se mouvant sur un pivot, pouvoient alternativement échauffer deux chambres adossées ; de sorte qu'à volonté, & dans un clin d'œil, on fait passer le feu tout allumé d'une cheminée dans l'autre.

(b) Le Pavillon du Roi à Croix-Fontaine, celui de M. de la Boissière à la Barrière Blanche du fauxbourg Saint Honoré, les Hôtels de la Guiche & de Beuvron, par M. le Carpentier ; les nouveaux appartemens du Palais-Royal, & la maison dite de Saucour, appartenante à M. le Prince de Soubise, derrière la Magdeleine de la Ville-l'Evêque, par M. Contant, sont entre autres des modèles de distributions & de décorations intérieures, aussi bien que la maison de M. de Janvry, rue de Varennes, du dessein de M. Cartaud, &c.

leurs états des architectes de notre nation. Parcourez (a) la Ruffie, la Pruffe, le Dannemarck, le Wirtemberg, le Palatinat, la Bavière, l'Espagne, le Portugal & l'Italie, vous trouverez par-tout des architectes François qui occupent les premières places, indépendamment de nos peintres & de nos sculpteurs. Paris est à l'Europe ce qu'étoit la Grèce, lorsque les arts y triomphoient : elle fournit des artistes à tout le reste du monde.

Il ne feroit pas impoffible d'élever en France des édifices auffi recommandables par la matière, que ceux des Grecs & des Romains. On a découvert depuis quelque temps dans nos provinces des carrières de très-beau marbre : près de Fontainebleau, des marbres dont le fond est jaune; dans le Bourbonnois, des marbres dont le fond est blancheâtre : dans le Limofin, du granit & du porphyre : dans la Guienne, du marbre statuaire, équivalant à celui de Carare. Ce royaume femble une mine où l'on découvre tous les jours de nouvelles richeffes (b).

Toutes les parties de l'architecture fe font perfectionnées avec elle. L'art de la conftruction s'est foutenu avec le plus grand fuccès. On en peut juger par la hardieffe de la bâtiffe de l'églife de l'abbaye Royale de Panthemont, par la beauté de l'appareil de la fontaine de la rue de Grenelle, de la tribune de l'églife de Saint Sulpice & de la nouvelle églife de Sainte Geneviève. Les précautions fur-tout que l'on apporte pour la parfaite exécution de ce dernier monument, doivent le rendre éternel.

On a adopté l'ufage fort ancien dans le Rouffillon, de former les planchers en briques, que l'on a employées avec fuccès à l'abbaye Royale de Panthemont, dont nous venons de parler, & au tréfor de Notre-Dame, auffi-bien qu'aux bâtimens du bureau de la guerre & des affaires étrangères à Verfailles. Dans ces deux derniers édifices, il a été conftruit cinq planchers en briques, les uns au-deffus des autres. Comme le bois n'a qu'un période, & qu'il est d'ailleurs fujet aux incendies, il feroit à fouhaiter qu'on le fupprimât, fur-

(a) A Pétersbourg, M. la Mothe eft le premier architecte : à Berlin, M. le Geay : à Coppenhague, M. Jardin : à Munich, M. Cuvilliers : à Stutgard, M. la Guepiere : à Manheim, M. Pigage : à Madrid, M. Marquet : à Parme, M. Petitot : & l'auteur de cet ouvrage a l'honneur d'être attaché en cette qualité à un Prince fouverain d'Allemagne, qui n'eft pas moins connu par fon goût pour les beaux arts, que par fa générofité à récompenfer les talens.

Nos fculpteurs font également répandus partout : M. Sally, à Coppenhague : M. Hutin, à Drefde : M. Larchevêque, à Stockholm : M. Gillet, à Pétersbourg : M. Slotz, qui eft à préfent à Paris, a fait l'ornement de Rome pendant près de vingt ans. Mrs. le Lorrain, Tocqué,

Lagrenée, peintres de notre académie, ont été fucceffivement appellés en Ruffie.

Le Roi de Dannemarck a pour premier peintre M. Leclerc, & vient d'attirer dans fes états M. Marmillaud, ainfi que plufieurs autres Ingénieurs François, pour leur confier la direction des ponts & chauffées de fon royaume, à deffein de les faire adminiftrer comme ils le font en France. Que de témoignages honorables des talens de notre nation !

(b) M. Guettard a découvert, dans plufieurs cantons de la France, des bancs de granit, dont on pourroit tirer des blocs propres à faire des obélifques encore plus confidérables que ceux des Égyptiens. (Mémoires de l'académie des fciences, ann. 1751).

tout dans nos monumens publics , & qu'on employât davantage ces voûtes plattes , dont la conſtruction eſt excellente (a).

Il a paru quelques bons ouvrages ſur l'architecture , entre autres l'immenſe recueil de l'architecture Françoiſe , qui contient les plans , profils & élévations de nos plus beaux édifices , accompagnés de diſſertations & de deſcriptions , par M. Blondel , habile profeſſeur de l'académie Royale d'architecture. Cette collection eſt un témoignage évident de la quantité de bâtimens conſidérables en tout genre que la France renferme.

M. d'Argenville , maître des comptes , nous a donné un excellent traité ſur la théorie & la pratique du jardinage , où il développe admirablement les préceptes de cet art , dont le Nautre nous a laiſſé de ſi beaux exemples.

Le livre de M. Boffrand , qui contient la plupart des édifices qu'il a fait exécuter , ſoit en France , ſoit dans les pays étrangers , eſt un des meilleurs ouvrages & un des plus capables pour former d'habiles architectes On y trouve l'application ingénieuſe des règles de l'art poëtique d'Horace à l'architecture ; ce qui prouve que tous les arts , dont le goût eſt la baſe , ont des principes généraux qui leur ſont communs.

Enfin , M. Frezier a fait un traité ſçavant & profond ſur la coupe des pierres , où il développe toute la théorie de cet art , à l'aide du flambeau de la géométrie , dont il éclaire les routines de nos conſtructeurs.

(a) Il y a encore d'autres arts ſubordonnés à l'architecture , qui ont fait quelques progrès.

La ſerrurerie a beaucoup acquis : les grilles que Deſtriches a exécutées à Paris pour le Portugal ; celles que Damour a faites pour la place du Roi à Nancy ; la rampe de la chaire de l'égliſe de Saint Roch , & autres ouvrages en ce genre , montrent à quel degré de perfection cet art eſt parvenu.

La plomberie a éprouvé quelques changemens avantageux. Au plomb coulé en tables , qui eſt fort inégal dans ſon épaiſſeur , on a ajouté le plomb laminé , qui fait une économie réelle , & donne au plomb une conſiſtance égale qu'il n'avoit pas.

On a trouvé le ſecret de dorer ſur le bois & ſur le plâtre , & d'y appliquer le mat & le bruni directement ſans aucun eſpèce de blanc d'apprêt ; de ſorte que , par ce moyen , la beauté des profils , la fineſſe & l'eſprit de la ſculpture ne ſont aucunement altérés , comme ils l'étoient de toute néceſſité auparavant par une douzaine de couches de blanc d'apprêt , pour mettre l'or en état de recevoir le bruni. Ce qui ajoute à la bonté de cette

pratique , c'eſt de n'être point ſujette à s'écailler , & de rendre la dorure ſur le bois auſſi belle que l'or moulu appliqué ſur les métaux.

On a inventé une eſpèce de détrempe ou peinture à murailles , qui exempte de regratter les anciens bâtimens , pour leur donner la même couleur que s'ils étoient neufs : en l'appliquant ſur une pierre quelque griſe qu'elle ſoit , elle la rend comme ſi elle ſortoit de la carrière ; ſans craindre que cette nouvelle couleur ſoit momentanée , & qu'elle puiſſe produire d'autre effet que ce qui arrive à la longue ſur des pierres nouvellement employées & taillées. Un autre avantage de cette peinture ſur le regrattage , c'eſt qu'elle n'a aucune épaiſſeur , & ne ſçauroit altérer ni les profils , ni les ornemens.

Il a été découvert auſſi un nouveau maſtic impénétrable à l'eau : ſi on en met une couche de cinq ou ſix lignes d'épaiſſeur ſur une terraſſe bien carrelée , ou que l'on en faſſe ſeulement les joints des dalles de pierre , lorſqu'elle eſt ainſi couverte , il n'y a pas à craindre que les eaux endommagent , ſoit les voûtes , ſoit les planchers qui ſont au-deſſous.

ARTICLE

ARTICLE II.
DES PONTS ET CHAUSSÉES.

JAMAIS les grands-chemins n'ont été fi magnifiques, fi commodes, fi bien entretenus : leur perfection eft un monument de ce règne, dont on eft redevable au zèle infatigable de M. Trudaine pour le bien public. Que de chemins nouveaux n'a-t-on pas entrepris? que de montagnes & de rochers immenfes n'a-t-on pas coupés avec la plus grande dépenfe, pour les rendre plus doux, plus faciles pour les voitures? Il n'y avoit pas, au commencement de ce fiècle, quatre grandes routes bien pavées, d'une certaine étendue ; aujourd'hui on va d'une ville à l'autre, on fait des cinquante lieues entre des avenues d'arbres, au milieu defquelles eft une belle chauffée folidement pavée : on traverfe la France de tous les fens dans les plus beaux chemins du monde. Il n'y a rien de comparable en Europe.

Il a été conftruit, fur nos fleuves & fur nos rivières, un grand nombre de ponts du premier & du fecond ordre. Le pont d'Orléans fur la Loire, exécuté fous la conduite de M. Hupeau, qui a neuf arches, & environ douze cent pieds de long (a), eft peut-être le plus bel ouvrage que l'on ait fait en ce genre. Toutes ces levées, portées jufqu'à près de cinquante pieds de hauteur dans une étendue très-confidérable le long des bords de cette rivière, font des ouvrages dignes des Romains ; & le pont de Tours, que l'on exécute, égalera tous ces travaux.

Plufieurs changemens avantageux, introduits dans la conftruction des ponts, font des preuves authentiques des efforts que l'on fait pour perfectionner cette partie.

M. Pitrou, habile ingénieur des ponts & chauffées, a imaginé de fupprimer les crèches, qui font des efpèces d'empattemens que l'on donnoit ci-devant aux piles des ponts au niveau des baffes eaux : il fit voir qu'elles étoient inutiles & contraires au bien de l'ouvrage, tant parce qu'elles occafionnent des affouillemens, que parce qu'elles diminuent la voie des arches pour le paffage de l'eau : & depuis on n'en a plus fait ufage.

On peut compter parmi ces nouveautés, la méthode dont M. de Regemorte s'eft fervi pour vaincre les difficultés qui s'oppofoient à l'exécution du pont de Moulins fur l'Allier. Après que le batardeau d'enceinte fut établi, on reconnut, lorfqu'on entreprit d'en épuifer les eaux, qu'il y avoit au moins en cet endroit trente pieds de fable, par-deffous lequel elles fourcilloient continuellement ; de forte que non-feulement

(a) La maîtreffe arche a cent quatre pieds, & celle du pont de Mante, que l'on bâtit, en a cent vingt.

C

l'épuisement paroissoit impossible, mais qu'il étoit encore impraticable d'enfoncer, avec solidité, les pieux convenables pour asseoir les piles. Le moyen qu'employa cet ingénieur, pour applanir ces obstacles, est tout-à-fait industrieux. Il prit suffisamment de claies pour remplir la superficie de l'espace compris entre les batardeaux; il les fit couvrir de six pouces de terre-glaise. Pendant que les pompes jouoient avec la plus grande vivacité, il fit descendre ces claies ainsi chargées bien quarrément, & toutes ensemble, sur le sable. Il fit mettre ensuite par-dessus cette terre-glaise un fort plancher de madriers, sur lequel on éleva un massif de pierre de taille en forme de radier de sept à huit pieds d'épaisseur, lequel comprima ce sable mouvant, & s'enfonça jusqu'à son niveau. Par cette opération, il empêcha l'eau de sourciller davantage; les épuisemens purent s'exécuter comme à l'ordinaire : & ce radier, qui fut continué sous toute la traversée de la rivière, à l'endroit du pont, servit de fondation aux piles, qui se trouvèrent construites aussi solidement que sur un fond excellent.

Mais la nouvelle manière de construire les ponts sur les grandes rivières, sans batardeaux ni épuisemens, est une invention bien plus recommandable. Pour en sentir l'importance, il faut se rappeller que, lorsqu'il s'agit de fonder un pont, l'usage ordinaire est de faire un batardeau d'enceinte qui enveloppe l'emplacement d'une ou de deux piles, & qui coupe toute communication avec l'eau de la rivière. On sçait avec combien de dépenses & de peines on parvient à faire les épuisemens de l'eau comprise dans ce batardeau à force de pompes. Une multitude d'ouvriers est employée jour & nuit à cette opération, qu'il faut le plus souvent continuer jusqu'à ce que la maçonnerie soit hors de l'eau. Une crue inopinée; des eaux qui sourcillent, dérangent la plupart du temps tous ces travaux : à chaque pas on se trouve arrêté par des difficultés. Ainsi, un nouveau procédé de construction, capable d'obvier à ces inconvéniens à la fois longs & dispendieux, ne pouvoit qu'être extrêmement utile.

Ce fut à l'occasion de la construction du pont de Saumur, que M. de Voglie, ingénieur des ponts & chaussées, employa en 1758, avec le plus grand succès, cette nouvelle méthode. Comme la Loire a en cet endroit trois cent toises de largeur, & depuis huit jusqu'à vingt pieds de profondeur, l'expérience qui a été faite de cette construction, ne doit laisser aucun doute sur sa solidité.

Cet Ingénieur, après avoir reconnu l'endroit où il vouloit fonder les piles de son pont, commença par en entreprendre une. Pour cet effet, il entoura son emplacement par un échaffaudage d'enceinte; il fit ensuite enfoncer, suivant la méthode usitée, les pilotis convenables pour fonder sa pile jusqu'au refus du mouton. La grande difficulté étoit de couper bien de niveau ces

pilotis enfoncés au fond de l'eau. Il y parvint, à l'aide d'une scie très-industrieuse (a), inventée par M. Perronet, premier ingénieur des ponts &
chauffées, laquelle est construite de façon que, de dessus l'échaffaud d'enceinte,
elle peut aller couper les pieux de niveau jusqu'à douze pieds sous l'eau. Ce
qu'il y a d'admirable, c'est qu'à cette profondeur, elle manœuvre avec une
telle précision, qu'il n'y a pas trois lignes de différence du niveau entre les
pieux des deux extrêmités de la pile.

Pendant que l'opération du pilotage s'exécutoit aussi simplement, M. de
Voglie faisoit construire, sur les rives de la rivière, un caisson ou batteau
avec des bords fort élevés, & à peu près de la grandeur de la pile. Après
qu'il fut achevé, il fut mis à flot, & conduit dans l'endroit piloté. En le
chargeant, on le fit échouer dans la direction convenable, & on assujettit le
fond de ce batteau, composé à dessein d'un fort grillage de charpente, sur
la tête de ces pieux préparés de niveau exprès pour le recevoir. Dans ce
batteau, on éleva à sec la maçonnerie de cette pile, suivant l'art. Quand elle
fut hors de l'eau, & que l'on jugea que les mortiers avoient pris corps, on
démonta les bords de ce batteau qui avoient été disposés à cet effet, lesquels
se mirent à flot en deux parties. La même méthode fut employée successivement pour toutes les autres piles. C'est l'opération la plus avantageuse par
ses suites, que l'on ait imaginée depuis longtemps. Elle évite les frais
considérables & l'embarras des épuisémens : au lieu de quatre cent hommes
qu'ils exigent, neuf ou dix hommes font toute la manœuvre. Ce qui n'est
pas moins utile, c'est qu'on peut prévoir par cette méthode la dépense
de ces sortes d'ouvrages, qui est près de moitié moindre que par les procédés ordinaires. Enfin, le peu d'embarras de cette construction met à
même de fonder, en une campagne, un pont quelque considérable qu'il
soit (b).

(a) On trouve la description de cette scie dans
l'architecture hydraulique de M. Belidor.

(b) En Angleterre, il avoit été fait une semblable tentative, de fonder un pont sans épuisemens : un nommé Labellie, architecte Italien,
en fit l'essai au pont de Westminster sur la Tamise ;
mais il s'en faut bien que sa méthode soit aussi solide que celle employée au pont de Saumur. Il
construisit ses piles dans des caissons qu'il fit ensuite échouer dans les emplacemens qui leur étoient
destinés, sans les arrêter sur un fond solidement
préparé : aussi s'est-il fait, autour de ces piles,
quantité d'affouillemens qui ont occasionné depuis
des réparations considérables, & beaucoup de
désagrément à l'auteur.

ARTICLE III.
DE L'ARCHITECTURE NAVALE.

DEPUIS environ vingt ans, nous fommes les maîtres de l'Europe dans l'art de conftruire les vaiffeaux. On peut en rapporter l'époque à la naiffance du livre de M. Bouguer, intitulé le *Navire*. Il réuffit le premier, dans cet ouvrage, à appliquer la géométrie à ces fortes de conftructions. Avant ce temps, tous les conftructeurs de France, ainfi que le pratiquent encore ceux des pays étrangers, & même de l'Angleterre, ne fuivoient que des routines qu'ils fe tranfmettoient les uns aux autres. Le hafard décidoit ordinairement de la bonté d'un vaiffeau.

M. Duhamel du Monceau, infpecteur-général de la Marine, ne contribua pas moins au degré de perfection où cet art eft parvenu. Il fit venir à Paris les principaux élèves qui fe deftinoient à devenir conftructeurs. Il leur apprit à raifonner leurs travaux. Par d'excellentes leçons fondées fur les mathématiques, il leur démontra la manière de calculer les capacités d'un vaiffeau, & les dimenfions qu'il convenoit de donner à fes différentes parties, afin de lui procurer les bonnes qualités qu'il doit avoir. Il leur enfeigna comment il faut s'y prendre pour qu'un navire porte mieux la voile, ou gouverne mieux dans un voyage qu'il ne faifoit auparavant ; quelle hauteur il faut donner aux batteries, comment on diminue le roulis & le tangage ; enfin, comment on empêche la trop grande dérive d'un vaiffeau. Ces leçons formèrent d'habiles conftructeurs : MM. des Laurier, Gautier, Grognard, Coulon & Olivier exécutèrent des bâtimens qui leur donnèrent beaucoup de réputation. Les Anglois avouent eux-mêmes que nous les furpaffons dans la conftruction des vaiffeaux. Tout le monde fçait que, lorfqu'ils nous eurent pris, au commencement de la dernière guerre, l'Invincible de foixante & quatorze canons, ils le trouvèrent d'un fi beau modèle, & fi excellent voilier, qu'ils le copièrent & en ordonnèrent fucceffivement trente-fix femblables dans leurs chantiers, & abfolument dans les mêmes dimenfions. Ils en firent encore exécuter fept pareils au Magnanime, qu'ils nous prirent enfuite. Rien ne fait mieux l'éloge de la perfection que cet art a acquis parmi nous, que l'adoption que les Anglois ont faite de notre conftruction.

(a) Les Elémens de l'architecture navale, ou le Traité-pratique de la conftruction des vaiffeaux, par M. Duhamel, eft le meilleur livre que l'on ait écrit fur cette matière.

ARTICLE

ARTICLE IV.
DE LA PEINTURE.

Notre académie royale de peinture jouit actuellement de la première réputation. Aucune ne possede des artistes aussi célèbres; aucune ne produit des chefs-d'œuvre aussi multipliés. M. Lemoine a été un des excellens peintres qui aient illustré la France. Son plafond de l'apothéose d'Hercule à Versailles, est un des plus grands ouvrages de peinture qui soit exécuté, & peut-être n'y en a-t-il pas de plus beau. Les compositions des tableaux de l'histoire d'Esther & de celle de Jason ont fait aussi beaucoup d'honneur à de M. Troys.

M. Carlo - Wanloo, par tous les ouvrages que nous voyons sortir successivement de son pinceau, & qui lui ont mérité la place de premier peintre du Roi, nous dédommage de la perte de ces habiles gens. Ses tableaux de l'histoire de S. Augustin, celui du sacrifice d'Iphigénie pour le Roi de Prusse, ainsi que ses ouvrages de chevalet, feront, dans tous les temps, la gloire de notre école Françoise. On admirera toujours sa manière de draper, de bien lier ses plis, sa netteté singulière de pinceau, sa fermeté de touche; enfin, la force & la beauté de son coloris.

Si l'on vouloit parcourir les nombreux ouvrages de tous les peintres qui se sont signalés sous ce règne, on remarqueroit une foule de productions mémorables en tout genre. De ce nombre, seroient les tableaux d'église de M. Restout, si recommandables par leur vaste composition, ainsi que par les effets piquans de la perspective : le plafond de la chapelle de la Vierge à Saint-Roch, par M. Pierre; les ouvrages de M. Boucher, si connu par son génie poëtique, galant & voluptueux. On y verroit encore célébrer les productions de MM. Deshays, Vien, Doyen & autres, qui annoncent, par leurs talens marqués, les plus grands succès dans le genre de l'histoire.

Pour les portraits à l'huile, MM. Rigault & Michel Vanloo en ont fait de comparables à ceux de Van-Dyck; & pour les portraits en pastel, personne n'a égalé M. de la Tour.

Les animaux ont eu des peintres supérieurs dans MM. Desportes & Oudry. M. Parocel a été unique pour représenter les batailles. La peinture même d'architecture a fait un nom à M. Machy : les vues perspectives des intérieurs des églises de Sainte Geneviève & de la Magdeleine, sont des tableaux achevés.

Nous avons principalement deux peintres qui se distinguent chacun dans un genre qui leur est propre : l'un est M. Greuse, fidèle imitateur de la nature; il s'est fait de la réputation par la vérité de ses tableaux; le Père de

D

famille lifant la bible à fes enfans, le Contrat de mariage, & autres, lui ont valu beaucoup d'éloges : l'autre, eft M. Vernet, qui eft incomparable pour les marines, les foleils levant ou couchant, les tempêtes & les naufrages ; il a fur-tout un talent fingulier pour imiter cette perfpective aërienne qui fait le charme ineftimable de la peinture. Toutes ces vues des ports de mer de Marfeille, de Toulon, de la Rochelle, & de la pêche du thon, font des tableaux du premier mérite : tout le monde convient qu'on ne fçauroit poufler plus loin ce genre de peinture.

Rien n'annonce mieux combien cet art fe foutient en France avec éclat, que ce grand nombre de peintres fupérieurs ; & il s'en faut bien que je les aie tous nommés.

Seroit - il poffible, je ne dis pas feulement en Italie, mais dans le monde entier, de fe procurer ailleurs qu'à Paris, un fpectacle dont nous jouif-fons depuis 1735 ; je veux parler de ce fallon où l'on expofe, tous les deux ans, ces chefs-d'œuvre réunis de nos Phidias & de nos Appelles ? Que de modèles fans nombre, la peinture, la fculpture & la gravure, n'y étalent-elles pas ? Eft-il rien de comparable à ce triomphe de nos arts, & qui doive donner aux étrangers une plus grande idée de leurs progrès ? L'école Fran-çoife a l'avantage de réunir tous les genres qui caractérifent féparément les écoles Romaines, Vénitiennes & Flamandes ; compofition, deffein, coloris. Lorfqu'elle fera plus ancienne, peut-être n'héfitera-t-on pas à lui donner la préférence fur toutes les autres. Les réputations ont un point de maturité.

La peinture réuffit, il n'y a pas longtemps, à donner à notre augufte Monarque un de ces éloges qui faififfent l'ame par la vérité de leur applica-tion. M. Amedée Vanloo, peintre de notre académie, attaché à S. M. Pruffienne, avoit repréfenté, fur un tableau de chevalet, toutes les Vertus qui fervent à former un grand Prince, avec leurs attributs. Rien n'étoit mieux compofé & plus agréable que cette peinture : elle paroiffoit faite fans deffein ; mais, en la regardant au travers d'un verre à facettes, toutes les têtes de ces figures fe réuniffoient pour former le portrait du Roi parfaitement reffemblant ; & le refte des Vertus concouroit à achever fon bufte. Quoique ce mécha-nifme d'optique ne foit pas nouveau, l'application en parut neuve & heû-reufe. Jamais louange ne fut plus ingénieufe ni plus délicate.

Quelques autres peintres fe font encore fait remarquer dans différens genres moins importans. M. Maffé a excellé dans la peinture en mignature ; de même que MM. Rouquette & Durand dans la peinture en émail (*).

(*) Il y a un nouveau procédé de peinture en mignature qu'a donné M. de Montpetit, & qu'il a nommé *Peinture éludorique*, dans laquelle il dé-pouille cette peinture de fon huile, & attache les couleurs fur le tableau en traverfant l'eau avec le pinceau : enfuite il met un mordant très-tranfparent, fans couleur, pour fixer folide-ment un cryftal fur la peinture, lorfqu'elle eft finie.

La propriété que l'effence de thérébentine a de diffoudre la cire , de mânière qu'elle pourroit être employée au lieu d'huile , pour délayer les couleurs , donna occafion de tenter, il y a une douzaine d'années , de retrouver la peinture à l'encauftique des anciens , qui étoit une efpèce de peinture en cire que l'on paffoit au feu , & dont Pline parle dans fes ouvrages. M. le comte de Caylus , & M. Bachelier peintre du Roi, firent à ce fujet, féparément, diverfes tentatives. Mais il paroît que la gloire d'avoir plus heureufement rencontré, eft due à M. Bachelier. Ce peintre fit différens tableaux opérés par inuftion (comme le dit cet auteur ancien), entre autres un cheval de grandeur naturelle, qui fut admiré, & qui fit voir que ce genre de peinture n'eft pas moins agréable que celui à l'huile.

On a fait, fous ce règne, deux découvertes importantes pour conferver les tableaux : la première eft celle de M. Picaut, qui a trouvé le moyen de donner un nouvel être aux tableaux ufés de nos grands maîtres, en les tranfportant fur une nouvelle toile, fans rien leur ôter de leur coloris. C'eft ce même artifte qui a trouvé le fecret de tranfporter fur une toile les tableaux à frefque de deffus les murailles, auffi bien que les peintures fur bois, fans les altérer en aucune manière (a).

La feconde eft celle de M. Loriot , qui a imaginé de fixer la peinture au paftel, fans lui ôter ni la fleur, ni la fraîcheur des couleurs ; ce qui donne à ces fortes d'ouvrages la folidité de ceux qui font peints à l'huile, les met à l'abri de l'humidité qui les détruifoit, & perpétue la durée des ouvrages en ce genre, qui font dignes de paffer à la poftérité. L'académie de peinture a accordé à ce fecret les certificats les plus authentiques. (b).

(a) On prétend que, pour changer de toile un tableau, toute l'opération confifte à appliquer fur fa peinture une toile collée, pour entretenir folidement toutes fes parties : on le renverfe enfuite fur une table où on l'arrête. Par derrière ce tableau, on verfe, fur toute fa furface, de l'eau-feconde qui mange la vieille toile & la fépare de la peinture. Après cela, on fubftitue, à la toile ufée que l'on a enlevée, une toile neuve qu'on applique fur le corps de peinture avec de la colle-forte ordinaire. Lorfqu'elle eft fuffifamment sèche, on retourne le tableau entre les deux toiles; on imbibe la première que l'on a placée fur la face de la peinture : auffitôt qu'elle eft détachée, on lave tout doucement le deffus du tableau pour en faire difparoître les marques de la colle, & l'opération eft faite.

(b) Lorfqu'on veut fixer le paftel, il faut prendre une certaine quantité d'alun bien broyé ; le faire diffoudre dans deux verres d'eau commune très-claire; y jetter enfuite pour quatre ou cinq fols de colle de poiffon coupée fort menue, que l'on laiffe tremper pendant vingt - quatre heures : alors on retire l'alun, & on fait bouillir ce mélange d'eau & de colle, imprégnée d'alun, fur un réchaud, pour obliger la colle à fe fondre entièrement. La liqueur étant encore bien chaude, on la paffe à travers un linge blanc, & on la verfe dans une grande bouteille de verre, où l'on a mis auparavant trois chopines de bonne eau - de - vie non colorée, mais au contraire bien pure & bien claire : enfin, l'on y ajoute un bon verre d'efprit de vin. On finit par verfer le tout dans un baffin plus grand que le tableau ; on y plonge un moment la fuperficie de fa peinture, que l'on tient bien horifontalement, afin qu'elle touche la liqueur au même inftant dans toutes fes parties, en prenant bien garde qu'elle n'approche le fond du vafe. Le tableau retiré, toujours bien horifontalement, on le laiffe égouter & fécher dans cette pofition, en le fufpendant par fes extrémités. Rien n'étant dérangé, à l'aide de ces précautions, le paftel acquiert toute la folidité poffible ; il n'a plus à craindre l'humidité ; il a un luftre qui lui tient lieu de glace, dont on peut fe paffer fans aucun rifque. (*Journal économique* , nov, 1763.)

On a vu, avec surprise, M. Lyen trouver le moyen de reſſuſciter le tableau de la Léda du Corrège, acheté à l'inventaire de M. Coypel, premier peintre du Roi, 16000 livres, dont la tête avoit été coupée & jettée au feu par ordre de feu M. le duc d'Orléans. Il attrapa, avec une telle perfection, la manière du Corrège & l'expreſſion de cette tête, qu'on ne peut ſe perſuader qu'il y ſoit arrivé d'accident.

Enfin, un ouvrage excellent qui a paru ſur la peinture, eſt celui de M. Watelet, de l'académie Françoiſe, ſi connu par ſon goût pour les beaux arts. Il a fait pour les peintres, ce que Boileau a exécuté pour les poëtes. On trouve, dans ſon livre intitulé l'*Art de peindre*, *poëme en quatre chants*, les réflexions les plus judicieuſes, qui ſont comme autant de leçons ſur toutes les parties de cet art.

ARTICLE V.

DE LA SCULPTURE.

LES progrès de la ſculpture, au jugement des connoiſſeurs, paſſent pour être ſupérieurs à ceux de la peinture. Nous avons en effet des artiſtes en ce genre qui méritent d'être mis en parallèle, non-ſeulement avec ceux du ſiècle dernier, mais encore avec les plus habiles ſtatuaires de l'antiquité. Citer leurs ouvrages, c'eſt faire l'énumération d'autant de chefs-d'œuvre : tels ſont les chevaux que l'on voit à l'abbreuvoir de Marly, exécutés par M. Couſtou ; les ſculptures de la fontaine de la rue de Grenelle, & la ſtatue équeſtre de LOUIS XV à Paris, par M. Bouchardon ; les monumens que les villes de Rennes & de Bordeaux ont érigés au Roi ; & le mauſolée du cardinal de Fleury, par M. Lemoyne, ſculpteur de l'académie ; le tombeau de M. Languet de Gergy, dans l'égliſe de Saint Sulpice, & celui du cardinal d'Auvergne, par M. Slotz ; toutes ces ſtatues pleines de vie, de M. Falconet, ce ſculpteur des Graces ; le Mercure dont Sa Majeſté a fait préſent au Roi de Pruſſe ; la ſtatue pédeſtre de LOUIS XV à Reims ; enfin, le mauſolée du maréchal de Saxe (a) par M. Pigalle. Tous ces morceaux précieux

(a) Ce monument de la magnificence & de la reconnoiſſance de notre auguſte Monarque, pour les ſervices ſignalés de ce grand Général, doit être érigé à Straſbourg en marbre blanc, dans l'égliſe Luthérienne de Saint Thomas où il eſt inhumé. C'eſt un des plus grands ouvrages qui ait été exécuté en ſculpture ; il a vingt pieds de face ſur vingt-cinq de hauteur. La penſée en eſt ſublime. Ce héros eſt repréſenté debout, cuiraſſé, avec un bâton de commandement à la main.

Derrière lui, eſt une pyramide accompagnée de différens trophées. Sur le devant, on voit un tombeau que la Mort entre-ouvre d'une main, & de l'autre, elle montre une horloge de ſable au Maréchal. Ce guerrier eſt repréſenté dans l'action d'avoir déjà fait un pas pour deſcendre dans le tombeau : la France éplorée, aſſiſe ſur un des degrés qui y conduiſent, arrête ce Général, & repouſſe la Mort. A droite de ce mauſolée, on voit un aigle renverſé ſur le dos, les aîles dé-

annoncent

annoncent que cet art eft porté au plus haut degré ; & que nous fommes parvenus aux jours les plus floriffans de la fculpture.

On voit, par ce coup d'œil, que nos arts libéraux concourent à l'envi à illuftrer ce règne. Pour contribuer de plus en plus à leur progrès, le Roi a fait des fondations dans plufieurs des principales villes du royaume. Il a établi à Bordeaux en 1744, & à Reims en 1760, une école de deffein, auffi-bien que des académies de peinture, fculpture & architecture dans les villes de Touloufe, de Marfeille & de Rouen. A chacune de ces deux dernières académies, Sa Majefté a affecté une fomme de 3000 livres par an, pour fon entretien, les gages des profeffeurs, les modèles & les prix diftribués annuellement aux élèves.

Il faut encore ajouter l'école particulière que le Roi a établie à Paris fous la direction de fon premier peintre, où nos jeunes artiftes, qui remportent les prix de peinture & de fculpture de l'académie, font entretenus à fes dépens, pendant quelques années, avant de les envoyer en Italie ; pays qui a la réputation d'être claffique pour ceux qui cultivent les beaux arts. Le but de ce dernier établiffement eft de perfectionner les élèves & de les forti-fier, afin qu'ils foient en état de tirer plus de profit des études qu'ils doivent faire enfuite à Rome, d'après les beaux ouvrages qu'on y admire. Peut-être, relativement à la gloire actuelle de nos arts, ne devroit-il point y avoir d'autre école que la Françoife, pour former le goût de nos jeunes artiftes. Des échaffauds ne doivent fubfifter qu'autant de temps qu'ils font néceffaires pour conftruire un édifice ; mais ils ceffent d'être utiles, dès qu'il eft entièrement fini. La France eft à préfent affez riche de fon propre fonds, pour pouvoir fe paffer de tous les fecours étrangers.

Jettons les yeux fur tous les beaux édifices qui embelliffent ce royaume ; fur cette immenfe collection de tableaux de tous les grands maîtres des diffé-rentes écoles que le Roi poffède ; fur celle de M. le duc d'Orléans ; fur la foule d'excellens modèles qui décorent nos églifes, nos palais, nos cabinets particuliers, les falles de notre académie de peinture ; fur cette quantité de ftatues qui ornent nos places, nos jardins Royaux, nos monumens publics : & rendons cette juftice à tant de chefs-d'œuvre, de croire que leurs études pourroient fuffire pour développer les talens de nos jeunes artiftes, & pour nous difpenfer de rendre à l'Italie un hommage devenu fuperflu.

Faifons encore réflexion que la France offre aujourd'hui un fpectacle bien différent de l'Italie. On ne rencontre plus, dans cette ancienne patrie des arts, que des modèles inanimés : en voyant ce qu'ont été les Raphaël, les

---

ployées, un léopard terraffé qui expire, un lion qui paroit agité de frayeur ; animaux qui font les fymboles de l'Allemagne, de l'Angleterre & de la Hollande, dont ce grand homme a triomphé, | Vers le bas, eft une figure allégorique de la Force, qui a le coude fur une maffue, & la tête appuyée fur fa main, paroiffant abymée dans la plus pro-fonde douleur.

E

Michel-Ange, les Palladio, & tous ces artistes du siècle des Médicis, on regrette de n'en plus retrouver aucun qui leur ressemble. Nous avons pris la place de ces hommes célèbres ; les bienfaits de nos Rois ont naturalisé leur génie dans ces climats : osons jouir de nos avantages ; & montrons que le temps est enfin arrivé où notre nation doit, à son tour, servir de modèle aux autres (*a*).

A R T I C L E   V I.

D E   L A   G R A V U R E.

U N des arts, dont la perfection semble personnelle à la France, est l'art de la gravure en taille-douce. Depuis son invention, on n'a point encore vu d'aussi habiles artistes, & en aussi grand nombre, qu'aujourd'hui. Que de modèles n'ont-*ils* pas produit ? L'estampe d'Hercule filant auprès d'Omphale, par M. Cars, est mise en parallèle avec ce qu'on a de mieux gravé dans le genre de l'histoire. M. Balechou, par son portrait du Roi de Pologne, père de Madame la Dauphine, & sur-tout par cette Tempête d'après M. Vernet, si estimée des connoisseurs, où le burin imite avec tant de vérité l'écume de la mer agitée, mérite de tenir un rang distingué parmi les François qui se font honneur dans cet art. Les portraits de M. Bossuet, évêque de Meaux, & de M. Samuël Bernard, par M. Drevet le fils, font des ouvrages supérieurs ; ainsi que ceux de M. le comte de Saint - Florentin, & de M. le marquis de Marigny, par M. Wille : enfin, les estampes gravées par M. Dupuis, représentant les monumens que les villes de Rennes & de Bordeaux ont fait élever en l'honneur de Louis XV ; les fêtes données par le Roi, gravées & dessinéespar M. Cochin ; & toutes les vues des ports de mer du royaume, exécutées par ce même artiste, conjointement avec M. le Bas, convainquent que ce siècle est celui des plus excellens graveurs en tout genre.

Une des plus grandes entreprises que l'on ait vues, est le recueil de toutes les peintures dont le Brun a décoré la grande gallerie de Versailles, & les deux sallons qui l'accompagnent, gravées par nos premiers Artistes, avec la plus grande supériorité, d'après les desseins de M. Massé, peintre du Roi. On prétend que cet ouvrage a coûté trente années de travail à cet auteur.

Les gravures des peintures qui embellissent le dôme des Invalides, exécutées par M. Cochin père, font aussi des travaux considérables. La fameuse gallerie de Dresde, que le feu Roi de Pologne, Electeur de Saxe, a fait

(*a*). Jouvenet & le Sueur n'ont jamais passé les Alpes, & sont parvenus à être d'excellens peintres. Perrault & Boffrand ont été de très-habiles architectes, sans avoir vu l'Italie. M. Lemoyne, un de nos sculpteurs de réputation, n'a jamais été à Rome. Tous ces habiles gens prouvent qu'il pourroit s'en former d'autres sans ce secours.

graver à Paris, & qui a occupé tant d'années nos meilleurs graveurs, est encore un de ces ouvrages où nos gens à talens se sont distingués.

Le goût de la nation pour la gravure s'est si considérablement étendu & multiplié, qu'on en a décoré nos principaux ouvrages de littérature. On leur a, en quelque sorte, donné une nouvelle vie, en les embellissant de vignettes & de frontispices agréables, qui réunissent, aux compositions les plus ingénieuses, tout ce que l'art de la gravure a de plus séduisant & de plus recherché. M. Cochin, émule des Calot, des le Clerc, des la Belle, & leur supérieur pour le dessein, s'est signalé dans ce genre. Les vignettes de la traduction de Virgile par l'abbé des Fontaines, celles des œuvres de Boileau, de Piron, de Lucrèce, de l'abbrégé chronologique de l'histoire de France, &c., ne font pas moins d'honneur à son crayon qu'à son burin. On doit encore à cet artiste la perfection de la gravure des deux cent soixante & seize planches qui composent la magnifique édition des Fables de la Fontaine, lesquelles ont été exécutées sous sa direction, d'après les desseins de M. Oudri, par nos meilleurs graveurs; ouvrage que l'on peut mettre au rang des plus importans que ce siècle ait produit.

Sans vouloir parcourir tous les livres qui ont été ornés de nos chefs-d'œuvre, nous nous bornerons à citer l'édition des œuvres de Corneille, que M. de Voltaire vient de nous donner, au profit de la nièce de ce grand homme : les frontispices de M. Gravelot, qui précèdent chacune de ces pièces, ne font pas moins recommandables par leurs desseins, que par leurs gravures, qui ont été exécutées, en grande partie, par M. le Mire, que nous avons cru devoir préférer pour graver les différens Monumens en l'honneur du Roi, qui décorent notre ouvrage.

Dans le genre de la gravure d'architecture, MM. Blondel, l'oncle & le neveu, architectes du Roi, ont beaucoup excellé. Nos plus beaux édifices de France, qui ornent le recueil de l'architecture Françoise, ont, pour la plupart, été gravés sous leurs yeux & par leurs soins. L'intelligence qu'ils y ont répandue, prouve que, pour bien graver l'architecture, il faut la bien dessiner.

Cet art s'est enrichi de quelques découvertes. On a trouvé le moyen d'imiter en gravure le grain du crayon de Sanguine, de manière à tromper les yeux; invention qui rend ces sortes d'estampes équivalentes à des desseins pour ceux qui veulent apprendre à dessiner : on a encore imaginé d'imiter le lavis de l'encre de la Chine; procédé qui ne sera pas aussi adopté, à cause de son peu de solidité.

Le secret de graver des planches en couleur, à l'aide de différens cuivres, fut apporté en France en 1735, par un peintre Allemand, nommé le Blond. Il grava de cette manière des tableaux d'histoire, des portraits, & des détails d'anatomie si bien représentés, qu'ils imitoient la peinture.

Le gouvernement, qui ne néglige rien de tout ce qui peut concourir au progrès des arts, le fixa à Paris par une penfion & par les bienfaits du Roi, à condition qu'il formeroit des élèves, & qu'il donneroit fon fecret (a) : on eft inftruit qu'il confifte dans trois couleurs, qui produifent, par leur mêlange, autant de teintes qu'il en puiffe naître de la palette d'un habile peintre. Chacune de ces couleurs eft diftribuée à l'aide d'une planche particulière, la planche jaune, la planche bleue, la planche rouge.

La gravure en bois, par les talens de M. Papillon, a été portée auffi loin qu'elle peut aller. Les culs-de-lampe, dont on a orné la grande édition des Fables de la Fontaine dont nous avons parlé précédemment, ont été gravés de cette manière, & ne déparent point cet ouvrage.

M. Duvivier père a égalé, & peut-être furpaffé tous ceux qui l'ont précédé pour la gravure des médailles; il l'a emporté fur fes prédéceffeurs, par la hardieffe de fon exécution & le fini de fes ouvrages. Pour voir des chefs-d'œuvre peut-être inimitables en ce genre, il n'y a qu'à confidérer le revers de la médaille de la paix en 1738, & celui de la médaille qui a été gravée cette même année à l'occafion des guerres inteftines de Genève, appaifées par le fecours de la France; ou bien enfin, le revers de la médaille que la ville de Bordeaux a fait frapper à l'occafion du monument qu'elle a élevé en l'honneur du Roi. Tous les bâtimens de cette place, malgré leur extrême petiteffe, font repréfentés avec un art, une précifion & un fini qu'on ne croyoit pas pouvoir atteindre.

Pour la gravure en pierre précieufe, il n'y a perfonne qui ne connoiffe les talens de M. Guai; il eft en ce genre ce que M. Duvivier a été pour les médailles.

On a inventé en 1758 un nouveau procédé pour graver en pierre, qui paffe pour abbréger les trois quarts du travail, & met en état de faire en ce genre des travaux fupérieurs à ceux des anciens, foit en bas-reliefs, foit en creux, foit en ronde-boffe, fur les pierres les plus dures, & par confé-quent les plus capables de réfifter aux injures des temps : c'eft M. Rivaz à qui on en a l'obligation (b). Nous avons vu graver par cet artifte le triomphe de LOUIS XV à la bataille de Fontenoy, imité d'après la médaille frappée à cette occafion, fur une pierre de jade, qui eft, comme l'on fçait, une pierre verdâtre tirant fur la couleur olive, beaucoup plus dure que le porphyre, & qu'on ne peut parvenir à tailler qu'à l'aide de la poudre & de la pointe de diamant. Rien n'eft plus propre à éternifer les faits mémorables que cette invention; & cette victoire méritoit d'être célébrée d'une manière auffi im-mortelle.

(a) Ce fecret a été publié en 1756, dans un volume in-8°.
(b) Année littéraire 1758, page 311, première partie.

ARTICLE

ARTICLE VII.

DE LA MUSIQUE ET DE LA DANSE.

LA MUSIQUE eſt un des arts qui a éprouvé les plus grands changemens. M. Rameau, muſicien de génie, toujours fécond, toujours varié, a découvert, dans la baſe fondamentale, les vrais principes de la mélodie & de l'harmonie : par ce moyen, il a aſſujetti à des règles ſûres un art qui ne paroiſſoit en avoir que d'arbitraires. Le caractère de ſa muſique eſt de peindre les différentes paſſions avec une vérité & une énergie admirables.

Hyppolite & Aricie, en 1733, eſt la première époque de la révolution de la muſique en France. Les *Indes galantes* qui ſuivirent cet opéra, ainſi que *les Talens lyriques*, *Pygmalion*, *Caſtor & Pollux*, *Platée*, *Zoroaſtre*, *Dardanus*, &c., méritèrent à M. Rameau la réputation du premier muſicien de la nation. La plupart de ſes ſymphonies & de ſes airs de danſe ſe jouent dans les pays étrangers avec les opéra Italiens : c'eſt le plus bel éloge que l'on puiſſe faire de ſa muſique.

D'autres muſiciens ont auſſi compoſé des opéra qui ont eu du ſuccès. M. Deſtouches, *les Elémens* ; M. Mouret, *les Fêtes de Thalie*, & *les Amours des Dieux* ; MM. Rebel & Francœur, *Pyrame & Thiſbé*, & *Zélindor*, petit acte charmant ; enfin, M. Rouſſeau de Genêve, *le Devin du Village*, qui eſt une des plus agréables productions, pour les paroles & la muſique, qui aient paru ſur notre théâtre.

Dans la muſique inſtrumentale, nombre de muſiciens ſe ſont ſignalés par leur exécution. C'eſt à M. le Clair que les violons François ont le plus d'obligation. Il leur a montré la manière de vaincre les difficultés de cet inſtrument, par les ouvrages ſçavans & corrects qu'il a compoſés. MM. Guignon, Guillemain & Cupis paſſent pour d'excellens violons, auſſi-bien que MM. Pagin & Gaviniès.

Tous les autres genres ont eu des hommes ſupérieurs : M. Danguy, pour la vielle ; M. Blavet, pour la flûte ; M. Charpentier, pour la muſette ; MM. Couperin, Calvière, Clairambaut & Balbatre, pour l'orgue.

Les concerts ſpirituels n'ont été établis qu'en 1725, par M. Philidor, de la muſique du Roi, père de celui qui compoſe aujourd'hui de ſi agréables opéra dans le genre Italien. Ces concerts ont été, comme l'on ſçait, longtemps dirigés par M. de Mondonville, maître de la chapelle du Roi, dont nous avons quelques opéra agréables, & qui s'eſt fait un nom par la beauté de ſes motets. Ses ouvrages ſont remplis d'images & de tableaux dignes des plus grands maîtres. Il a ſurpaſſé Lalande dans ſes motets *Venite*

E

exultemus ; Dominus regnavit ; Cœli enarrant ; In exitu Ifraël, & fon *De pro-
fundis.*

Des voix admirables ont également ravi nos oreilles. On fe fouviendra long-
temps de Mlle. le Maure, qui, par l'étendue de fa voix , par la beauté de
fon organe, a peut-être furpaffé toutes celles qui ont jamais chanté fur nos
théâtres. Mlle. Fel, par fes fons enchanteurs, a fait, dans un autre genre,
les charmes de notre fpectacle. Perfonne n'a pouffé auffi loin que
M. Gelyotte les talens & le goût du chant François : avant M. Legros, qui
a une fi belle haute-contre, & qui donne tant d'efpérances, il fembloit impoffible de le remplacer. M. Benoift de la mufique du Roi, auffi-bien que
MM. Thevenard & Chaffé , ont paffé pour de très-belles baffes-taille.

La révolution que M. Rameau a opérée dans la mufique Françoife, nous
a rapproché infenfiblement du goût de la mufique Italienne , dont celle de
Lully eft fi oppofée : elle nous a mis à portée de la fentir, de la goûter ;
tous les jours elle acquiert de nouveaux partifans, & elle fait de plus en plus
les délices de notre nation. Quelques-uns de nos muficiens ont effayé d'ap-
proprier les plus agréables airs des Italiens, les plus jolies ariettes de leurs
intermèdes & de leurs opéra bouffons, à des paroles Françoifes. Le fuccès
prodigieux de la *Servante Maîtreffe* de M. Baurans, a prouvé, malgré les
affertions de M. Rouffeau de Genève, que l'on pouvoit réuffir. D'autres,
au contraire, ont compofé de vraie mufique Italienne, dont ils ont embelli
quantité de petits opéra François (*a*), qui font journellement goûtés du
public. Les *Troqueurs*, le *Peintre amoureux de fon modèle* , *On ne s'avife
jamais de tout, le Roi & le Fermier , le Maréchal* , ainfi que plufieurs autres opéra
comiques dans ce genre, multiplient & renouvellent tous les jours nos plaifirs, & font, par le grand concours des fpectateurs, la gloire & la fortune
du théâtre où ils font repréfentés. MM. Dauvergne , Duni & Philidor, *&c.*,
fe font fur-tout fait remarquer dans cette nouvelle carrière.

La Danse eft la partie la plus brillante de notre Opéra. Il y a un
genre, qu'on nomme opéra-ballet, qui n'a pas peu contribué à la perfection
où cet art eft parvenu depuis quarante ans. L'*Europe galante* de M. de la Mothe
avoit donné la première idée de ce fpectacle, que les *Amours des Dieux*,
les *Elémens*, les *Fêtes de Thalie* , les *Talens lyriques*, *&c.* , développèrent
enfuite avec tant d'applaudiffemens. » C'eft , de tous les ouvrages
» du théâtre lyrique, le plus agréable aux François ; la variété qui y règne,
» le mêlange aimable du chant & de la danfe, les fêtes galantes qui fe fuc-
» cèdent avec rapidité, une foule d'objets piquans qui paroiffent dans ces

---

(*a*) En Allemagne & en Italie, ces peuples,
prévenus contre nos drames en mufique, font revenus de leur prévention en faveur du nouveau
genre de nos pièces en ariettes. Je les ai enten-
dues applaudir fur le théâtre de Manheim, autant qu'à Paris.

» fpectacles, forment un enfemble charmant qui plaît univerfellement (a) «.

Depuis ce temps principalement, on a fait ufage de la chorégraphie (b), ou de l'art de noter la danfe à l'aide de caractères & de figures démonftratives, qui expriment toutes les pofitions & tous les mouvemens que l'on peut faire en danfant ; de forte que l'on peut dire préfentement, ainfi que l'a remarqué un de nos auteurs, que l'on danfe à livre ouvert, de même que l'on dit que l'on chante à livre ouvert.

M. Lani, compofiteur des ballets de l'Opéra, & lui-même excellent danfeur pantomime, fe diftingue beaucoup dans la compofition des danfes, par le deffein, l'invention, les figures toujours nouvelles, toujours intéreffantes. Ses ballets font la réputation de ce fpectacle : celui des Bacchantes dans *Enée & Lavinie*, avec la paffe-à-caille, ainfi que les ballets de *Pyrame & Thifbe*, font très-eftimés.

M. Dupré a été le plus grand danfeur de fon fiècle, & qui peut-être ait exifté ; il fembloit que les Graces l'avoient doué à plaifir pour la danfe. Les applaudiffemens ne finiffoient point toutes les fois qu'il paroiffoit fur le théâtre, & qu'il exécutoit ces belles chaconnes des *Indes Galantes*, des *Fêtes de Polymnie*, de *Naïs* : le public l'avoit furnommé le grand Dupré, à caufe de l'excellence de fon talent. M. Veftris aujourd'hui, malgré la fupériorité du fien, ne le fait pas encore oublier.

Aucune danfeufe n'a égalé Mlle. Lani pour la légèreté & la précifion ; elle fait, pour ainfi dire, autant de pas que de notes : &, pour les danfes gracieufes, Mlles. Salé & Puvignée ont été incomparables.

Il faudroit donner une lifte de tous nos danfeurs & de toutes nos danfeufes, fi on vouloit détailler les différens talens qui ont brillé dans ce genre. Le petit nombre qu'on vient de nommer, fuffit pour convaincre que la danfe s'eft foutenue avec le plus grand éclat. L'eftime fingulière que les étrangers font de nos ballets, & l'empreffement qu'ils témoignent pour attirer nos danfeurs, fait mieux leur éloge que tout ce qu'on pourroit dire.

Enfin, M. Noverre, par les ballets qu'il a fait exécuter fur le théâtre de Stutgard en Allemagne, avec tant de fuccès ; auffi-bien que par le *ballet Chinois*, & celui de la *Fontaine de Jouvence*, que nous avons vu fur le théâtre de la Comédie Italienne, s'eft acquis une grande réputation : leurs figures font poëtiques, piquantes & variées : Il a de plus couronné ce talent par des écrits très-eftimés fur la danfe.

Il n'y a pas jufqu'aux décorations de notre Opéra, entre les mains du chevalier Servandoni, qui n'aient mérité la plus grande célébrité. Le Palais du Soleil dans l'opéra de *Phaëton*, celui de Ninus dans *Pyrame &*

(a) *Encyclopédie*, au mot *Ballet*.
(b) L'art étoit plus ancien ; mais on ne s'en fervoit pas, à caufe de la grande fimplicité des danfes.

Thisbé, la mosquée de *Scanderberg*, &c., formèrent les plus agréables spectacles, & donnèrent des idées de l'architecture la plus noble & la plus séduisante (*a*). Ce fut ce même artiste qui représenta, sur le théâtre de la salle des machines aux Tuileries, cette belle *Descente d'Enée aux enfers*, que l'on se rappellera toujours avec plaisir, où tout Paris crut voir réaliser le sixième livre de l'Enéide de Virgile, tant l'illusion étoit parfaite, tant cet artiste avoit sçu répandre de vérité dans la composition de ses machines & de ses tableaux.

C'est ainsi que tous les genres de talens se sont déployés de nos jours : on peut même dire qu'ils ont formé sur le théâtre lyrique un espèce d'enchantement. Ces temps resteront dans la mémoire des hommes, où un Rameau composoit ces admirables opéra ; où une le Maure faisoit entendre la plus belle voix du monde ; où un Gelyotte, par le goût de son chant, donnoit un charme inimitable à la musique Françoise ; où un Dupré déployoit ces graces qui n'étoient qu'à lui ; où une Lani enchantoit les regards par sa légèreté surprenante ; où son frère faisoit exécuter ces ballets si bien dessinés ; où enfin un Servandoni animoit tous ces talens extraordinaires par les plus belles décorations qu'on vît jamais.

(*a*) Il y a quelques machines de l'Opéra, que l'on a jugées dignes d'être conservées. Dans l'Opéra des *Fêtes de l'Hymen*, la machine des cataractes du Nil, avec le vol rapide & surprenant du dieu, qui, partant du haut des cataractes, se précipitoit, en maître suprême de tous ces torrens, dans les flots irrités, excita la surprise des spectateurs, & ne fit pas moins d'honneur à M. Arnoult, machiniste du Roi, pour l'invention, que le foudroiement des Titans, & la machine pour escalader le ciel dans l'opéra de Naïs. M. Girault, qui a fait la décoration de la salle de la Comédie Italienne, & la méchanique de la nouvelle salle de l'Opéra dans le château des Tuileries, depuis qu'il dirige les machines de ce théâtre, nous donne aussi de temps en temps des nouveautés ingénieuses. Le public a beaucoup applaudi, entre autres, à la destruction du palais d'Armide, dont toute l'architecture étoit exécutée en relief, de même qu'aux changemens qu'il a introduits dans l'imitation des tempêtes, en substituant, au ciel fixe qui étoit d'usage pour terminer l'horizon, un ciel mobile qui représente les changemens successifs & les variations de l'air pendant les orages : invention qui augmente beaucoup l'illusion de ces sortes de spectacles.

DES

DES PRINCIPAUX ARTS MECHANIQUES.

ARTICLE PREMIER.
DE L'AGRICULTURE.

LE GOUVERNEMENT ne s'est jamais davantage occupé des moyens de perfectionner & d'encourager l'agriculture. Il est de plus en plus pénétré du grand principe de M. de Sully, que les revenus de la nation ne sont assurés qu'autant que les campagnes sont peuplées de riches laboureurs; que les dons de la terre sont les seuls biens inépuisables; & qu'un état ne fleurit qu'autant que l'agriculture y est en vigueur.

Le grand Colbert n'avoit pas assez tourné ses regards vers cet art, & sembloit l'avoir sacrifié aux manufactures. D'excellens écrits ont éclairé la France sur ses vrais intérêts; la nature a été épiée & saisie de tous les côtés où elle pouvoit être utile. Il s'est formé plusieurs sociétés d'agriculture, en Bretagne, en Normandie, en Flandres, dans le Limosin & à Paris, dont quelques-unes ont déjà produit des observations très-intéressantes & d'une utilité générale. Les meilleurs procédés des étrangers, & sur-tout des Anglois, ces premiers cultivateurs du monde, ont été appropriés à la culture de nos terres. Enfin, nous avons publié les recherches les plus importantes sur les différentes parties de cet art, le nourricier de tous les autres. On ne peut trop annoncer ces découvertes précieuses; elles méritent qu'on y insiste de préférence, à raison de leur plus grande utilité, pour le bonheur de la nation.

M. Duhamel du Monceau, si connu par son zèle patriotique pour les progrès de nos arts utiles, est le premier qui nous ait éclairés sur les avantages de la culture des terres. Il a célébré le système de M. Tull (a), dont il a démontré l'excellence des principes, qui consistent principalement à cultiver les plantes quand elles sont sorties de terre, & à augmenter la fertilité du terrein, non pas uniquement par les fumiers, mais encore par les labours fréquens, qui, brisant & divisant la terre, favorisent puissamment sa végétation. Afin que la semence se répande plus uniformément sur la terre, cet Anglois propose aussi un nouveau semoir (b) qui forme des rigoles à la pro-

(a) Cet ouvrage est intitulé : *Traité de la culture des terres, suivant le système de M. Tull*, physicien Anglois, qui a aussi imaginé la manière de châtrer le poisson dans les étangs; ce qui le rend plus gros & d'un meilleur goût.

(b) Ce semoir a été l'origine de quantité d'autres semoirs nouveaux.

G

fondeur & à la diftance qu'on defire, dans lefquelles le grain, en tombant, eft enterré auffitôt.

Ce qu'il y a de plus intéreffant dans ce fyftême, c'eft la divifion des champs en planches & en plates-bandes. M. Tull veut que, fur chaque planche, on sème deux ou trois rangées de grains; qu'entre chaque rangée, il y ait une féparation de fept à huit pouces; & que les plates-bandes, c'eft-à-dire, l'efpace vuide qui fépare les planches, aient encore quatre ou cinq pieds de largeur. Plus de deux cent expériences faites en différens endroits du royaume, démontrent que le terrein de ces plates-bandes, que l'on pourroit regarder comme perdu, contribue au contraire à augmenter la récolte; & que c'eft un moyen fûr pour les poffeffeurs de terre de doubler leur revenu, fans augmenter leurs dépenfes. Chaque grain de froment, au lieu de deux ou trois tuyaux qu'il auroit fuivant la culture ordinaire, en produit vingt & trente; de forte que, fi on pouvoit répandre ces trente tuyaux dans les plates-bandes, la terre feroit auffi couverte que fi on l'avoit enfemencée à l'ordinaire, avec la différence que les épics font beaucoup plus gros, fuivant la nouvelle méthode; d'où il s'enfuit qu'une récolte eft plus abondante.

M. Patulo nous a développé un autre procédé pour l'amélioration des terres, qui confifte à les rectifier par leur mélange & la jufte application de divers engrais connus; la marne, le fable, la craie, &c. Il propofe d'enclorre les terres à la manière d'Angleterre; c'eft-à-dire, d'en former des enclos de quinze à trente arpens, bordés de foffés de cinq à fix pieds de large, & de trois ou quatre de profondeur, avec une haie vive d'épines, où il veut qu'on plante, de vingt en vingt pieds, fur la même ligne, un chêne, un orme, un hêtre, ou autres arbres qui fervent à fortifier cette haie, & fourniffent des bois utiles. Ces haies produiroient des avantages très-confidérables: elles garantiroient les grains de toute efpèce de beftiaux & de bêtes fauves qui peuvent y venir paître, & faire dans l'hyver, quand la terre eft molle, plus de dégât encore avec leurs pieds: elles empêcheroient l'entrée aux payfans qui vont, dans l'automne, dépouiller les chaumes au grand détriment de la terre pour laquelle ils font un excellent engrais naturel: de plus, ces haies échaufferoient & changeroient en quelque forte le climat; elles garantiroient les grains, & les troupeaux que l'on pourroit faire parquer toute l'année, des rigueurs de l'hyver, & des vents froids & deftructeurs du printemps; par-là, les récoltes feroient moins tardives & plus abondantes. Enfin, ces foffés ferviroient à deffécher & à égouter les terres des pluies, & les tiendroient en état d'être labourées prefque en tout temps.

Cet auteur veut encore qu'on sème la moitié des terres en herbages artificiels pour les beftiaux, & le refte en froment, en orge, excluant les feigles, les jachères, les avoines employées pour la nourriture des chevaux; & recommandant de les nourrir de préférence avec de l'orge, ainsi qu'on le pratique avec succès en Angleterre, en Espagne & en Barbarie, où ces animaux sont les meilleurs & les plus courageux du monde.

Avant ce système, il avoit paru un ouvrage excellent au sujet des prairies artificielles (a), où l'on apprend le moyen de fertiliser les terreins secs & stériles des différentes provinces du royaume. L'auteur ayant observé que tout le secret de l'agriculture consiste à proportionner les amendemens au besoin des terres, & que les plus mauvaises pourroient, par ce moyen, devenir fertiles, a imaginé de les rendre toutes fécondes les unes par les autres. Il propose d'abord de mettre en prairies de sainfoin les terreins les plus maigres pour avoir de quoi nourrir les bestiaux, & de tirer ensuite de ces bestiaux les engrais propres à fertiliser les autres terres. C'est à peu près la quatrième partie d'une ferme qu'il veut qu'on emploie en prairies artificielles ; elle produira de quoi nourrir la quantité de bestiaux nécessaire pour procurer les amendemens. Le profit que le fermier retirera des bestiaux qu'il élèvera en plus grand nombre, le dédommagera avec usure du produit des bleds & autres grains que cette quatrième partie lui rapporteroit. Comme il est nécessaire de renouveller le sainfoin tous les cinq ou six ans, il conviendra de faire ce renouvellement dans un autre quart de la ferme, & d'aller ainsi en continuant jusqu'à ce qu'on soit parvenu au dernier quart ; de sorte qu'en une vingtaine d'années environ, la prairie artificielle se sera promenée dans toute l'étendue des terres qu'on voudra mettre en bonne culture. Rien ne pourroit davantage peupler les campagnes & les enrichir, que l'agriculture pratiquée suivant cette méthode.

M. le marquis de Turbilly a donné des mémoires sur les défrichemens, qui ont excité l'attention du ministère. Le Roi a donné un arrêt pour les encourager dans tout son royaume, par lequel il exempte de toute taille & imposition, pendant l'espace de dix ans, tous ceux qui entreprendront à l'avenir de défricher les terres incultes, & les mettront en valeur, de quelque manière que ce soit. Il s'est déjà formé plusieurs compagnies pour entreprendre des défrichemens considérables ; de sorte qu'à l'aide des encouragemens qu'on ne cesse de prodiguer à l'agriculture pour lui donner une nouvelle activité, avec le temps, on verra disparoître cette quantité de terres stériles & incultes que l'on remarque dans quantité d'endroits de la France.

M. Tillet ayant découvert la cause qui noircit & corrompt les grains de bled dans les épics, & trouvé le moyen de prévenir ces accidens funestes à nos moissons, S. M., à laquelle il présenta sa dissertation, voulut elle-même être témoin des expériences qui y sont rapportées ; & chargea

(a) Cet ouvrage est intitulé : *Les Prairies artificielles, ou Lettres à M. de *** sur les moyens de* *fertiliser les terreins secs & stériles dans la Champagne & dans les autres provinces du royaume.*

l'auteur de les exécuter en grand, sous ses yeux, à Trianon.

Ces expériences ayant eu tout le succès qu'on pouvoit desirer, le Roi ordonna qu'elles fussent imprimées & distribuées dans les campagnes à tous les laboureurs, afin qu'ils en en fissent leur profit. Leur résultat est que la vraie cause des bleds cariés réside dans la poussière des grains corrompus, & non dans les brouillards auxquels on les attribuoit auparavant ; que le grain le plus sain qu'on a noirci de cette poussière, reçoit, par une contagion rapide & une communication très-intime, le venin qu'elle renferme ; lequel venin s'incorpore dans les grains, qui, une fois infectés, se convertissent en une poussière noire ; & qu'enfin, pour en préserver le bled, le remède est le plus simple (a) & le moins coûteux ; de sorte qu'en l'employant, on peut s'assurer qu'aucune maladie ne pourra infecter l'espérance de la moisson.

Il n'est pas douteux que toutes ces expériences & ces nouveaux procédés sont très-propres à rendre la France plus riche en bled par la suite, sur-tout quand on y joindra la nouvelle méthode de conserver les grains de M. Duhamel, qui consiste principalement à étuver le bled avant de le serrer, de manière qu'il casse sous la dent net comme un grain de riz ; & ensuite à entretenir ce desséchement par un ventillateur (b). Ce procédé non seulement fait perdre toute humidité au grain, mais encore détruit toute semence d'infectes.

Au surplus, quelques découvertes que l'on fasse dans cet art, il est à craindre que ses progrès dans l'exécution ne soient toujours très-lents. En tout pays, les cultivateurs tiennent singulièrement aux usages de leurs ancêtres ; ils sont tous à peu près aussi entêtés que l'étoient autrefois les Irlandois, qu'on ne put jamais persuader, par aucun raisonnement, de faire tirer les

(a) Ce remède, qui a été publié par ordre du Roi, consiste à prendre de l'eau de lessive de cendres communes de bois neuf & dur. La dose est deux pintes d'eau contre une livre de cendre dans un cuvier. On les remue de temps en temps avec un bâton ; on fait chauffer cette eau à tel degré que l'on veut, en la mettant par partie sur le feu, à l'aide d'une chaudière, dont on verse successivement l'eau bouillante sur celle qui est froide. Au bout de trois jours, quand les cendres sont bien précipitées, & l'eau devenue bien claire, on la foutire au-dessus du niveau des cendres dans un autre cuvier ; ensuite, sur cette eau de lessive, on jette un peu de chaux vive, dans la proportion à peu près de deux onces par pinte d'eau. On fait encore chauffer cette eau pour bien dissoudre cette chaux. Pendant qu'elle est encore tiède, on met, dans un panier d'osier bien serré, un ou deux boisseaux de grains à la fois ; on le plonge dans le cuvier, de manière que l'eau de lessive pénètre cette semence que l'on remue légèrement avec la

main. Quand on juge le grain bien imbibé de cette eau, on retire la corbeille ; on la laisse égouter au-dessus du cuvier ; on fait sècher le grain sur une table ou sur un drap. Alors il est en état d'être semé quand on le veut ; & on continue la même opération pour d'autres grains.

(b) De pareils greniers établis dans nos provinces seroient de la plus grande utilité. On y pourroit conserver une très-grande quantité de bled aussi long-temps que l'on voudroit, dans un très-petit espace, & sans frais d'entretien ; d'autant que le ventillateur, pour rafraîchir les grains, peut être mû, soit par un moulin à eau, soit par un moulin à vent. En 1756, je fus appellé en Dauphiné pour construire à Grenoble un semblable édifice. J'en fis tous les desseins & les développemens, dont quelques circonstances imprévues arrêtèrent l'exécution. Mais il est à croire que, si l'essai de ces greniers, avec des ventillateurs, avoit été fait une fois en grand, leur avantage est si sensible, qu'ils seroient bientôt imités par-tout.

charrues

charrues avec des harnois, parce que leurs pères avoient eu de tout temps l'habitude de les attacher à la queue des chevaux : on ne put les y contraindre que par la force.

Une nouvelle perfection que l'on vient de donner à la manière de moudre le bled , contribuera à augmenter la quantité de farine que l'on a coutume d'en tirer. M. Maliffet , boulanger de Paris, vient d'inventer une nouvelle méthode de moudre le bled & de le blutter, qui caufe au grain un déchet moins confidérable , & détache la farine de fa petite enveloppe plus parfaitement que par la méthode ordinaire. On a éprouvé que huit muids de fon, acheté au marché, & qui ne pouvoit plus être bon que pour les beftiaux, en fe fervant de fon procédé, il en avoit été tiré encore trois muids de bonne farine. Enfin , il eft d'expérience qu'à l'aide de la manière de moudre & de blutter de ce boulanger, la quantité de bled fuffifante pour nourrir fix cent perfonnes , produit de quoi en nourrir fept cent , fans rien diminuer au pain de fa qualité. L'effai qu'il en fait en grand à notre hôpital-général depuis quelques années, ne laiffe aucun doute fur cette nouvelle richeffe que nous procure une invention fi intéreffante pour le peuple, puifqu'elle eft capable d'augmenter par-tout le royaume la quantité de farine d'un fixième.

On tiroit ci-devant de l'étranger la garence, qui eft une efpèce de plante dont les teinturiers font une grande confommation pour les teintures en rouge vif : le Roi a accordé toutes fortes de privilèges & d'exemptions à ceux qui, s'occupant à deffécher des marais, rendront ces terreins propres à produire de la garence ; & depuis on en a fait en différens endroits des plantations confidérables.

Tous ces accroiffemens de l'agriculture , joints aux encouragemens qu'on lui prodigue, & fur-tout à la permiffion que le Roi vient d'accorder pour le libre commerce des grains , non feulement de province à province, mais encore chez l'étranger, annoncent les plus grands avantages, & ne fçauroient manquer de mettre bientôt le comble à la profpérité du premier de tous les arts & au bonheur des cultivateurs. Tout femble nous promettre ces jours heureux, après lefquels foupiroit le grand HENRI (a).

(a) On fçait que , quelque temps avant que de mourir, ce bon Prince difoit à M. le duc de Sully : *Je veux , avant qu'il foit un an ou dix-huit mois , qu'il n'y ait pas un payfan dans mon royaume qui* ne puiffe mettre une poule dans fon pôt le dimanche. Paroles remarquables, qui devroient être gravées dans le cœur de tous les Souverains.

ARTICLE II.

DE L'HORLOGERIE.

Il s'en falloit beaucoup que l'horlogerie fût, le siècle dernier, dans l'état florissant où elle est aujourd'hui ; à peine y avoit-il quelques horlogers passables. On fut obligé, sous la régence de M. le duc d'Orléans, d'envoyer chercher à Londres d'habiles ouvriers, à dessein d'établir à Versailles & à Saint-Germain des manufactures d'horlogerie. Quoique ces établissemens n'aient pas subsisté longtemps, ils servirent à exciter la plus grande émulation parmi les horlogers de Paris. M. Gaudron se distingua particulièrement, par une pendule ingénieuse, dont le poids est remonté par un ressort, & que l'on a imitée depuis en diverses manières.

M. Sully ne laissa pas de contribuer encore au progrès de l'horlogerie à peu près dans le même temps : ce fut lui qui inventa cette machine qui sert pour fendre les dents des roues des horloges, & qui a retenu son nom, à cause de la précision qu'elle apporte dans ces sortes d'opérations.

Mais c'est principalement à M. Julien le Roy que l'horlogerie Françoise doit sa réputation, par les soins qu'il s'est donnés de former d'habiles ouvriers, qui étoient fort rares avant lui. Il introduisit les changemens les plus avantageux dans les pendules à répétition. (a) Pour rendre les pièces de leur quadrature plus grandes & plus solides, & pour pouvoir plus facilement en appercevoir les défauts, s'il s'y en trouvoit, il augmenta la place de la quadrature, & en transposa les pièces de dessous le cadran, où elles étoient gênées & cachées, sur la platine du nom, où elles sont en vue, & à l'aise. Par cet arrangement, toutes les pièces sont devenues plus grandes, plus faciles à exécuter ; & leur effet est infiniment plus sûr. Cette rectification est si avantageuse qu'elle a été imitée par tous les horlogers, & qu'elle a fait oublier les répétitions d'Angleterre ; ce qui a fait dire agréablement à M. de Voltaire, à cette occasion, après la bataille de Fontenoi : *Le maréchal de Saxe & Julien le Roy ont battu les Anglois.*

La batte-levée des montres (élévation que l'on remarque au-dessus de la fermeture de la boëte, qui étoit auparavant de niveau avec le cadran) est de l'invention de ce célèbre horloger ; l'adoption générale que l'on a faite de cet arrangement en fait l'éloge. On n'a plus exécuté depuis de montre sans batte-levée.

M. Julien le Roy est encore le premier qui a trouvé le moyen de construire les grosses horloges d'une manière bien plus simple. A la place des onze pièces dont la cage de ces sortes d'ouvrages étoit composée ci-devant, il en

(a) Extrait d'une lettre de M. le Roy l'aîné, fils, insérée dans *l'Année littéraire,* année 1757.

a feulement confervé le chaffis horizontal inférieur ; ce qui a rendu ces horloges moins difpendieufes, & beaucoup plus faciles à exécuter (a).

Indépendamment de cet horloger, cette capitale a produit plufieurs très-habiles maîtres, qui joignent à beaucoup de théorie une très-grande dextérité de main. MM. Thiouft, Bertoud & le Paute, ont fait d'excellens traités fur cet art. Ce dernier, fur-tout, a inventé une conftruction de verges de pendule, qui corrige plus exactement que toutes les autres l'allongement ou le raccourciffement caufé par le chaud & par le froid.

De tous les morceaux d'horlogerie, celui qu'on regarde comme fupérieur pour l'induftrie & le talent qu'il a fallu pour en diriger les différens mouvemens, c'eft la pendule que l'on remarque dans les appartemens du Roi à Verfailles ; laquelle a été exécutée fous la conduite de M. Paffement, par M. Dauthiau. Elle fait mouvoir une fphère armillaire d'un pied de diamètre, qui repré-fente, avec la plus grande exactitude, tout le fyftême de l'univers fuivant Copernic. On y voit le Soleil au centre ; les planettes attachées à leur orbe, faifant leurs révolutions au tour de lui, fuivant l'ordre des fignes, c'eft-à-dire d'Occident en Orient, dans leurs temps périodiques connus. Mercure eft le plus proche du Soleil ; enfuite Venus ; puis la Terre avec la Lune, qui tourne au tour d'elle ; après Mars ; puis Jupiter, & enfin Saturne. Le Zodiaque avec fes douze fignes, l'Ecliptique, l'Equateur ; rien n'y eft oublié. Toutes ces révolutions de planettes font affez précifes, fuivant le jugement de l'académie des Sciences, pour ne pouvoir s'écarter d'un degré en deux ou trois mille ans, fuivant les calculs de M. Paffement (b). De plus, cette pendule eft à répétition & à fonnerie ; elle marque le temps vrai & le temps moyen, l'année, le quantième du mois, celui de la Lune, fes phafes ; elle renferme même un baromettre. En un mot, elle exécute tout ce que pourroit faire une bonne pendule qui n'auroit pas un fyftême de planettes à faire mouvoir. C'eft un chef-d'œuvre admirable d'induftrie.

ARTICLE III.

DE L'ORPHÉVRERIE.

Aucun orfévre n'a encore autant excellé que MM. Germain père & fils : tous leurs ouvrages font regardés comme des morceaux précieux, où l'élégance & le

(a) On a trouvé, en dernier lieu, le moyen de perfectionner encore plus cette partie de la groffe horlogerie, par l'application d'un énorme pendule par fa longueur & fa pefanteur, qui fait aller ces horloges avec la plus grande juftcffe. M. la Rocque vient d'en exécuter une à l'hô-tel-de-ville de Bordeaux, dont le pendule a

cinquante-quatre pieds de longueur, & pèfe fept cent livres ; laquelle horloge eft très-bien entre-tenue dans fon mouvement, par un poids de fix livres.

(b) *Extrait des regîtres de l'académie Royale des Sciences*, année 1759.

fini ne le difputent qu'au génie de la compofition & à l'art de rendre les objets toujours *nouveaux* & agréables. La plupart des tables des Souverains de l'Europe *font* ornées de leurs chefs-d'œuvre, & manifeftent jufqu'à quel point ils ont pouffé cette partie de l'induftrie Françoife.

Ils ont *trouvé* le moyen de dorer l'argent d'une manière fupérieure à toutes celles qui font connues, laquelle imite l'or avec une telle perfection, qu'à la feule vue on ne fçauroit diftinguer les pièces d'or d'avec celles qu'ils ont dorées. Leur dorure s'applique fur l'argent de Paris, au lieu que la dorure de Strasbourg n'a pu s'appliquer jufqu'à préfent que fur de l'argent à bas titre.

En 1756, on introduifit un changement très-confidérable dans la manière de travailler les ouvrages d'orfévrerie. La méthode ufitée, lorfque les pièces d'argenterie n'étoient pas rondes, & qu'on y vouloit des filets ou des moulures fur leurs arrêtes, étoit de les faire de deux parties; & d'ajouter après coup à la pièce d'argent, préparée au marteau, plat ou afliette, &c., une bordure fondue & moulée qu'on y joignoit en la foudant; ce qui étoit fujet à toutes fortes d'inconvéniens. La vaiffelle étoit moins pure & moins folide : de plus, les bordures fondues n'étant point toujours portées à la marque ordonnée pour la police de l'orfévrerie, fe trouvoient affez fouvent d'un titre inférieur à celui de la pièce : enfin, la foudure occafionnoit du verd-de-gris. M. Balzac, orfévre de Paris, trouva le moyen de travailler les bordures & les filets, quelque forme qu'ait la pièce, fur la pièce même, à l'aide d'un tour qu'il inventa. Il fixe le plateau d'argent, préparé au marteau à l'ordinaire, fur une platine perpendiculaire à l'arbre du tour, & il le contient par une rofette, dont la figure règle & détermine celle qu'on veut donner à la bordure de la pièce, quelle que foit fa forme (a).

Cette invention ingénieufe a contribué beaucoup au progrès de notre orfévrerie. Il en réfulte, non-feulement une grande promptitude dans l'opération, mais encore une grande perfection dans l'ouvrage.

ARTICLE IV.
DE LA FONDERIE.

Il y a apparence que la méthode dont on fe fervoit le fiècle dernier pour fondre les ftatues équeftres coloffales d'un feul jet, n'étoit rien moins qu'infaillible. Le deffous du ventre du cheval de la ftatue équeftre de LOUIS XIV, à Paris, avoit manqué à la fonte : on fut obligé de rétablir enfuite cette partie, & d'ajouter plufieurs pièces en différens endroits de ce monument. Lorfqu'on voulut fe fervir, il y a une vingtaine d'années, de ce procédé

(a) *Extrait des regîtres de l'académie des Sciences*, 29 mai 1756.

à

à l'occaſion de la fonte de la ſtatue équeſtre de Louis XV, pour la ville de Bordeaux, la bronze ne remplit que la moitié de l'ouvrage : à l'exception des parties inférieures, telles que les pieds, le ventre du cheval, & les jambes du Roi, tout le reſte avoit manqué ; la matière s'étoit échappée du moule, & s'étoit frayé un chemin au travers des terres. Sans la hardieſſe incroyable du fondeur Varin, qui oſa entreprendre de réparer cet accident par ſon habileté à fondre après coup cette partie ſupérieure, en ſorte que l'une & l'autre ſe joignent parfaitement, & comme ſi elles avoient été coulées d'un même jet, il auroit fallu de toute néceſſité recommencer un ouvrage auſſi diſpendieux.

M. Gor, commiſſaire des fontes de l'Arſenal (a), au ſujet de la fonte de la ſtatue de Louis XV, à Paris, imagina un procédé plus heureux pour aſſurer ſes opérations. Au lieu de faire couler le métal du haut en bas du moule, comme dans un pot, ainſi qu'on le pratiquoit précédemment, ce qui rendoit toujours la fonte mal-propre & terreuſe, il la fit refluer du bas en haut ; c'eſt-à-dire, qu'il fit paſſer ſa matière par toutes les parties inférieures de la ſtatue, pour la faire arriver dans toutes les parties ſupérieures. Par ce moyen, il aſſura le ſuccès de ſa fonte : &, en ſuivant cette méthode, il eſt preſque impoſſible de manquer aujourd'hui ces ouvrages, quelques conſidérables qu'ils ſoient. La ſtatue de Louis XV, à Rheims, a été fondue de cette manière, & a confirmé la ſupériorité de cette invention. Ainſi on ſe ſouviendra à jamais que le monument érigé au Roi, par la ville de Paris, eſt l'époque de la perfection de cet art.

On peut ajouter, pour ce qui regarde la main-d'œuvre de cette ſtatue, qu'il n'y en a peut-être jamais eu aucune, ſoit ancienne, ſoit moderne, qui ait été réparée avec autant de ſoin ; on diroit, en l'examinant de près, que c'eſt un morceau d'orfévrerie. Le célèbre Bouchardon a porté l'attention juſqu'au point que tous les coups de lime, pour perfectionner le cheval, ont été donnés ſuivant le ſens des poils. Rien n'a été négligé pour procurer à cet ouvrage une ſupériorité ſur tout ce qui avoit été fait en ce genre ; juſqu'à prévoir la couleur que la bronze pourroit acquérir, lorſque les injures de l'air, par la ſuite, y auront fait impreſſion, afin d'éviter les couleurs peu agréables que l'on remarque dans la plupart de nos ſtatues en bronze. En effet, celle de Louis XIV, à la place dite de Vendôme, eſt devenue noire, parce qu'on a trop mis de cuivre dans ſon alliage ; celle de Henri IV, ſur le Pont-Neuf, eſt devenue blanchâtre, parce qu'il y avoit au contraire trop d'étain. On s'eſt aſſuré, par des expériences ſur la proportion de l'alliage des différens métaux qui compoſent la bronze, que ce monument acquerra

(a) Ce fondeur vient d'être appellé à Copenhague pour couler en bronze, ſuivant ſa nouvelle méthode, la ſtatue équeſtre de Frédéric V, que les états de Norwege font élever à ce Prince dans cette capitale.

avec le temps, le ton d'une olive pochetée, qui est la vraie couleur que doit avoir la bronze.

La fonte des canons a de même reçu une nouvelle perfection. On n'avoit autrefois d'autre méthode, pour former l'ame d'un canon, que de le couler à l'aide d'un noyau, à peu près comme on fond une cloche. Cette pratique étoit sujette à bien des inconvéniens. Les particules d'air, qui se trouvoient dans la place que la bronze ou le fer devoit occuper entre le moule & le noyau, causoient dans son intérieur quantité d'inégalités, de soufflures & de chambres, qui ôtoient la solidité des canons, & les rendoient sujets à crever; accident qui tuoit souvent bien du monde, sur-tout lorsque ce malheur arrivoit dans un vaisseau. On doit à M. Maritz, il y a 15 à 16 ans, d'avoir réussi à remédier à tous ces défauts. Il imagina de couler les canons pleins & massifs sans noyau; ensuite, à l'aide d'une nouvelle machine, qu'il inventa, en forme d'alezoir, il parvint à forer l'ame des canons, & à égaliser leurs surfaces intérieures parfaitement, de sorte qu'il leur donna la forme polie & cylindrique qui leur convient, & par conséquent une solidité qu'ils n'avoient pas. Cette machine en vingt-quatre heures peut forer un canon (a).

ARTICLE V.
DE LA TYPOGRAPHIE.

Notre typographie a acquis un degré de supériorité qui n'a point d'exemple en aucun pays : non pas que nos fondeurs aient fait de plus beaux caractères que précédemment; mais parce que nous avons ajouté à cet art un goût & des graces, soit dans la justification des pages, soit dans l'ordonnance & la disposition des matières des livres, que les Robert Etienne & les Elzevirs ne connurent jamais. On regrette que leurs éditions, si vantées pour la netteté des caractères, pèchent presque toujours par l'agrément du coup d'œil; les pages en sont trop longues, les lignes trop serrées, les titres mal distribués. On ne fera pas certainement ce reproche à la grande édition de *Molière* in-4°. imprimée chez Quillau; à la magnifique édition des *Fables de la Fontaine*, ornée de 276 planches gravées sur les desseins de M. Oudry, imprimée chez Jombert; au *Dictionnaire Italien d'Antonini*, si recommandable par son exécution, & imprimé chez Vincent; ainsi qu'à plusieurs autres ouvrages semblables, qui font honneur à nos imprimeurs.

Est-il rien de plus agréable, en fait d'éditions, pour la beauté & la netteté des caractères, le choix du papier, la supériorité des vignettes, que toutes

(a) On avoit déjà auparavant fait quelques tentatives à ce sujet, mais sans succès, ainsi qu'on | le voit dans les *Mémoires sur l'Artillerie*, de M. de Saint-Remy.

ces petites éditions que Coutelier & Barbou nous ont données dans un format plus agréable que celui des Elzevirs ; telles que la nouvelle édition de *Plaute* par M. Capperonnier , & les ouvrages de *Catulle*, de *Tibulle*, de *Properce*, de *Cornelius-Gallus*, de *Martial*, de *Juvenal*, de *Sallufte*, &c. Ajoutons encore les éditions d'*Horace* & de *Phèdre* en caractères de parisienne (*a*), de l'imprimerie Royale , lesquelles sont dignes de la réputation dont jouit depuis long-temps cette célèbre imprimerie.

Cet art s'est enrichi aussi de plusieurs nouveaux caractères. Fournier le jeune, excellent graveur & fondeur , a employé l'art typographique pour rendre les notes de musique telles qu'on les imprime en taille - douce. Il a fait des caractères en ce genre d'une netteté qui ne laisse rien à désirer. C'est ce même fondeur qui a inventé les nouveaux caractères italiques qu'on a adoptés par-tout ; aussi-bien qu'un nouveau caractère de finance qui imite très-bien l'écriture à la main , ce qui le rend très-propre pour les lettres de change, lettres circulaires & autres, que l'on veut qui ressemblent à l'écriture.

ARTICLE VI.

DES MANUFACTURES
ET DES NOUVELLES INVENTIONS.

L E P. Sébastien avoit imaginé , au commencement de ce siècle , des tableaux mouvans qui exécutoient plusieurs changemens de décorations ; tels que des représentations d'opéra ; des chasses, &c. Ces petits ouvrages étoient regardés comme des chefs-d'œuvre de méchanique. Mais il s'en falloit bien que toutes ces inventions approchassent de celle du *Flûteur automate* de M. de Vaucanson, de cinq pieds & demi de hauteur, que nous avons vu, en 1738 , exécuter différens airs de flûte-traversière avec la plus grande précision. Ce n'étoit pas , comme on pourroit le croire, une sérinette ou un jeu d'orgue caché dans le piedestal de la figure, qui exécutoit des airs : c'étoit un vrai flûteur, soufflant avec la bouche dans une vraie flûte ; faisant les différens mouvemens des lèvres ; donnant des coups de langue à propos , qui font , comme l'on sçait , le délicat de cet art ; variant ses tons à l'aide de ses doigts avec la plus grande exactitude.

Cette merveille fut encore surpassée par son *Canard automate* en 1741 ; que tout le monde vit avec une surprise mêlée d'admiration : il marchoit, mangeoit, digéroit du grain, buvoit à la manière de ces sortes d'oiseaux, barbotoit dans l'eau , & croassoit comme le canard naturel en battant des aîles.

(*a*) La *Parisienne* ou *Sédanoise* est le plus petit caractère dont on ait fait des éditions ; car la *Perle*, qui a été gravée depuis, n'a jamais servi qu'à imprimer deux fables de la Fontaine.

Les talens fupérieurs de cet académicien lui ayant mérité une penfion de SA MAJESTÉ, il appliqua depuis fon induftrie à perfectionner nos manufactures, qui fe reffentirent des influences de fon génie créateur. Il inventa de nouveaux moulins à organfiner ou à tordre la foie pour faire la chaîne des étoffes. Les Piémontois étoient depuis longtemps en poffeffion de faire l'organfin ; ce qui leur procuroit un commerce immenfe. En vain tous nos fabricans fe plaignoient que leurs foies étoient très-inégalement torfes , & que cette inégalité produifoit dans le travail des étoffes beaucoup de déchet ; perfonne ne trouvant rien de mieux, il falloit bien s'en contenter. Cet académicien, excité par la difficulté & par l'avantage qui pouvoit réfulter d'un meilleur procédé, parvint à inventer de nouveaux moulins , qu'il fit exécuter dans une manufacture royale érigée exprès à Aubenas du côté de Lyon , lefquels réuffiffent à tordre la foie très-également d'un bout à l'autre de l'écheveau ; de forte que cet organfin procurant un plus grand profit dans la fabrique des étoffes, le fait préférer à celui des étrangers, & leur a enlevé cette branche de commerce.

On vit, en 1745, à l'hôtel de Longueville un nouveau métier en foie de fon invention, propre à fabriquer du taffetas , du fatin, ou d'autres étoffes unies. M. de Vaucanfon avoit tellement fimplifié les opérations, qu'un Savoyard , en tournant fimplement un cabeftan, faifoit travailler ce métier, mouvoir les liffes, jouer la navette, & agir le battant ; la main n'y étoit employée, que lorfqu'il falloit renouer un fil caffé.

Il fit encore un autre métier auffi fimple pour fabriquer des étoffes à fleurs, lequel fut tranfporté à la Meute. SA MAJESTÉ vint le voir travailler, & voulut bien porter un habit de l'étoffe qui y fut fabriquée. C'étoit un droguet de foie de couleur grife, doublé d'un taffetas blanc qui avoit été fait fur le premier métier.

De nouveaux deffeins raniment fans ceffe le goût de la nation dans nos manufactures de Lyon & de Tours, que les étrangers ont tant de fois effayé d'imiter. Depuis vingt ans, on a introduit les velours de trois couleurs, qui font fi fort à la mode : on ne les connoiffoit pas auparavant. Les étoffes d'or & d'argent font toujours nuancées avec un art admirable. Sans rien leur ôter de leur éclat, M. de Vaucanfon a trouvé le fecret, en les cylindrant, de diminuer le prix de leur matière , & de leur conferver une apparence que nos pères ne fçavoient donner à ces étoffes, qu'en prodiguant les métaux les plus précieux ; de forte qu'on fe vêtit aujourd'hui tout auffi magnifiquement, & à infiniment meilleur marché que le fiècle dernier (a).

(a) On remarquoit depuis long-temps que la partie huileufe du favon que l'on emploie dans le décreufement de la foie, ôte la folidité du blanc de nos étoffes, & qu'il devient jaune en peu de temps. La comparaifon avec le blanc folide des étoffes de la Chine, qui n'a point cet inconvé-

M.

M. la Rouvière a eu l'industrie de rendre une plante, connue sous le nom d'*apocynum* par les botanistes, & qui produit une espèce d'ouate soyeuse, propre à être filée ; il fabrique, avec cette soie végétale, des velours, des moltons, des flanelles & des bas, dont la qualité est excellente, & à meilleur prix que les autres.

La culture des mûriers a été encouragée par des récompenses, pour augmenter la soie du royaume, & diminuer l'introduction des soies étrangères. On commence aussi à faire parquer nos moutons, à l'exemple des Anglois & des Espagnols (*a*), pendant toute l'année, dans plusieurs cantons de la Normandie, afin de parvenir à donner à nos laines la qualité soyeuse qui leur manque. Ainsi, avec le temps, par l'attention continuelle du ministère à suivre ces deux vues fondamentales, nous réussirons à tirer de notre crû les matières premières, & nous ne serons plus obligés d'acheter de l'étranger la soie & la laine nécessaires pour le travail de nos manufactures; ce qui augmentera la véritable richesse de la France.

Notre manufacture des Gobelins se soutient avec les plus grands succès. On y a exécuté des pièces de tapisserie admirables d'après MM. de Troys, Vanloo, Pierre & Boucher. Nous avons vu depuis peu au sallon, avec les plus grands applaudissemens, le portrait du Roi d'après M. Michel Vanloo, exécuté par M. Audran en tapisserie, avec une telle vérité & une si grande précision, que ceux qui n'étoient pas prévenus, prenoient cette tapisserie pour le tableau même. Rien ne fut mieux appliqué que les vers que l'on fit à cette occasion :

» Il n'étoit réservé qu'au portrait de L o u i s
 » De réunir tous les suffrages.
» L'éguille & le pinceau s'y disputent le prix :
» Et leur sublime effort transmet à tous les âges
» Que ce divin modèle offre aux yeux, à la fois,
» Le chef-d'œuvre des arts, & le meilleur des Rois.

Si l'on vouloit approfondir les progrès de cette manufacture, il n'y auroit qu'à comparer ce portrait avec celui de M. le duc d'Antin, qui fut exécuté au commencement de ce siècle, par les plus habiles ouvriers des Gobelins;

nient, frappoit tout le monde. En 1762, l'académie des sciences, belles-lettres & arts de Lyon, ayant proposé pour prix de trouver un meilleur procédé qui n'altère ni la qualité, ni le lustre de la soie, M. Poivre, qui a séjourné long-temps dans les Indes, voulut bien communiquer le procédé des Chinois (qui est, à ce que l'on prétend, d'employer une décoction de sel armoniac dans le décreusement, au lieu de savon). C'est une nouvelle perfection ajoutée à nos soieries, dont on lui est redevable.

(*a*) On attribue principalement la beauté des laines de l'Espagne à l'usage, non seulement de faire parquer les moutons toute l'année, mais encore de leur procurer du sel en abondance. Les propriétaires donnent par an vingt-cinq quintaux de sel pour mille moutons. On leur met ce sel sur des pierres plates ; les bergers les conduisent au travers de ces pierres, où le mouton prend du sel à son gré, & autant qu'il en veut manger.

K

on remarqueroit beaucoup de différence à l'avantage du tableau de Louis XV. Il paroît que nos ouvriers entendent mieux à fondre les couleurs sur les extrémités des contours, & qu'aussi nos peintres se sont plus attaché, en général, à disposer leurs tableaux de manière à favoriser le travail du tapissier.

Ce qui s'est sur-tout perfectionné, c'est la tapisserie de basse-lice. On ne faisoit anciennement, sur ces sortes de métiers, que les ouvrages les plus communs; les actions venoient à rebours du tableau; il falloit découper le modèle par bandes, pour le placer sous la tapisserie; & par surcroît, comme on travaille à l'envers, la difficulté de comparer le coloris du tableau avec l'ouvrage, paroissoit un obstacle invincible pour pouvoir rien exécuter en ce genre d'une certaine perfection. M. de Vaucanson ayant été invité par M. le marquis de Marigny, à chercher le moyen de rectifier ces inconvéniens, fit un nouveau métier, qui, au lieu d'être immobile comme auparavant, peut se mouvoir sur des pivots comme les petits métiers dont les femmes se servent, qui s'inclinent à volonté : par-là, il mit l'ouvrier à portée de voir son modèle, quand il le veut, & de le comparer aussi souvent qu'il le desire. Depuis ce temps, & par les soins de M. Neilson, qui avoit imaginé précédemment de substituer sous la chaîne un trait des objets sur des papiers transparens, afin que, ces papiers étant retournés, les objets vinssent sur la tapisserie du même sens que sur le tableau, ces ouvrages sont devenus susceptibles de la même perfection & correction que ceux de haute-lice. Tous les connoisseurs ont beaucoup admiré la tenture des fragmens d'opéra d'après M. Coypel, exécutée pour M. le duc de Deux-Ponts. Dans le sallon de M. le marquis de Marigny, il y a plusieurs très-belles tapisseries de haute-lice, parmi lesquelles il y en a une de basse-lice, qui représente Neptune & Amimone d'après M. Carlo-Vanloo, & qui ne le cède point aux autres : on n'y remarque aucune différence.

La manufacture de porcelaine de Sévres, qui est un établissement de nos jours, surpasse de beaucoup celle de Saxe & de Franckendal en Allemagne, pour le goût. On a le secret d'y appliquer l'or comme sur la porcelaine du Japon. Ornée par les compositions ingénieuses de M. Boucher, par les formes agréables de M. Falconnet, par les fleurs & les animaux de M. Bachelier, chaque pièce que l'on exécute dans cette manufacture est un morceau précieux. Quand la pâte de cette porcelaine aura acquis le degré de solidité nécessaire, aucune ne pourra lui être comparée (a).

Nos manufactures de tapisseries de Beauvais, de tapis de pieds de la Savonerie & d'Aubusson, ont reçu également des accroissemens, comme

(a) La permission que M. le duc de Deux-Ponts vient d'accorder à cette manufacture, de tirer de ses états de la terre pareille à celle dont on se sert pour la manufacture de Franckendal, dont la porcelaine soutient l'épreuve du plomb fondu, lui donnera toute la perfection qu'on peut desirer à ce sujet.

celle des Gobelins, par l'attention qu'ont auffi apportée les peintres à difpo-
fer leurs tableaux pour favorifer le travail de l'ouvrier. Nos manufactures
de draps d'Abbeville, de Sedan, d'Elbeuf & de Carcaffone, font d'auffi
bonnes étoffes que jamais. Dans tout le Levant, ces derniers ont la préférence fur tous les autres de même qualité, dans la concurrence avec ceux
des étrangers. Les draps chinés, les draps de Siléfie, & fur-tout les draps
ratinés, qui paffent pour être de Hollande, fe fabriquent tous en France
depuis une douzaine d'années, avec une perfection qui donne le change à la
nation.

Les gazes & les crêpes font des fabriques nouvelles en France, de même
que les manufactures de velours de coton, qui n'ont été établies à Rouen
qu'en 1752.

A la Charité - fur - Loire, il s'eft élevé une manufacture de fer battu &
blanchi, en 1759, auffi-bien qu'une manufacture de boutons pinchebèque.

Près de Limoges, il a été établi une manufacture de laiton ou de cuivre
jaune ; métal de compofition qu'il falloit toujours tirer précédemment d'Allemagne.

Il s'eft formé une manufacture de cuivre à Effonne, où l'on n'exploite
que le cuivre provenant des mines de Saint-Bel & de Cheffi, qui ont été
découvertes depuis trente ans dans le Lyonnois, & qui produifent de la rofette d'auffi bonne qualité que celle des mines de Suède, d'où il falloit toujours la faire venir auparavant.

Sans vouloir m'étendre davantage fur tous les nouveaux établiffemens qui
ont été faits fous ce règne, travail d'ailleurs qui feroit au-deffus de mes for-
ces, je me bornerai feulement à parcourir encore quelques-unes des inventions qui ont le plus frappé dans nos arts.

L'art de la cizelure eft un de ceux qui s'eft le plus perfectionné. On a
donné une nouvelle richeffe à nos bijoux d'or, en variant leurs ornemens
extérieurs par des deffeins du goût le plus recherché, en fruits, fleurs, groupes, trophées, que l'on a relevés par des ors de différentes couleurs, jaune,
rouge, bleu, verd, gris, &c. ; de forte que fouvent on double le prix de la
matière par la main-d'œuvre. Notre bijouterie s'eft acquis tant de réputation, que c'eft à Paris que fe fabrique la plupart de ces fortes d'ouvrages pour
toute l'Europe : ce n'eft pas qu'on ne trouve chez les autres nations d'habiles
ouvriers pour tous les arts qui ne demandent que de la main ; mais aucun ne
peut l'emporter fur nous pour le goût, la grace du deffein, l'art de rendre les
objets toujours variés & intéreffans.

Il en eft de même de la jouaillerie qui eft devenue un art nouveau. C'eft
depuis la découverte des mines du Brefil en 1724, qu'on a entouré de diamans de karats nos brillans : auparavant, on les entouroit de petites fertif-

sures ou feuilles d'argent; ce qui ne leur donnoit pas, à beaucoup près, autant de jeu & de grace.

Pendant la guerre dernière, il s'est rencontré un particulier, qui, en cherchant une *nouvelle* composition pour faire des diamans faux, retrouva le feu-grégois, ou du moins un feu dévorant assez semblable, auquel l'eau, au lieu de l'éteindre, donnoit une nouvelle activité. On en fit des essais prodigieux dans une des cours de l'Arsenal de Paris. Notre Auguste Monarque, qui eut pu se servir, avec avantage, de cette découverte désastreuse sur mer contre ses ennemis, par une façon de penser qui lui est ordinaire, ne voulut pas qu'on en fît usage; on récompensa l'auteur, à condition qu'il ne publieroit pas son secret. Il n'y a déjà que trop de fléaux pour détruire les hommes.

Nos artificiers ont inventé des fusées qui peuvent s'élever à deux mille toises perpendiculaires, pour donner, dans l'occasion, des signaux à des distances très-éloignées.

Tous ces artifices Chinois & Italiens ont fait l'ornement d'un de nos spectacles pendant un temps, & font encore tous les jours les amusemens de nos sociétés. Rien n'est plus agréable que de jouir sur sa table d'un petit feu d'artifice, qui, quoiqu'en mignature, ne laisse pas d'avoir l'agrément du coup-d'œil comme les autres.

On a imaginé de *nouveaux fusils* plus légers que ceux qui sont en usage, lesquels se chargent sans baguette d'une façon très-industrieuse, en séparant le canon qui se réunit à l'aide d'une vis, sans rien diminuer de sa solidité; ce qui s'exécute avec tant de facilité, qu'on peut tirer deux cent coups en vingt minutes. Le maréchal de Saxe en a aussi proposé, dans ses *Rêveries* (a), qu'il nomme des amusettes, & qui ont été exécutées : ce sont des espèces

(a) Cet ouvrage, dont j'ai eu part à l'exécution de l'édition in-4°., est rempli de quantité de vues nouvelles pour perfectionner l'art militaire. La réforme de l'habillement des troupes est sur-tout un article intéressant. Comme, suivant ce général, les cheveux sont un ornement très-sale pour le soldat, il vouloit qu'il eût la tête rasée, avec une petite perruque ronde de peau d'agneau, de couleur grisaille. Au lieu de chapeau qui perd en peu de temps de sa forme, & qui s'enlève si facilement de dessus la tête, il lui substituoit un casque qui ne peseroit pas davantage, & qui seroit capable de garantir des coups de sabre. L'habit qui couvre si mal le soldat, & qui lui sèche sur le corps quand il est mouillé, ce qui lui cause des maladies, étoit remplacé par une veste un peu ample, avec une soubreveste de petit buffle, & un manteau à la turque, avec un capuchon. Dans le mauvais temps, le soldat se seroit couvert de son manteau; au premier rayon de soleil, il l'auroit fait sècher; la nuit, il se seroit enveloppé dedans, & auroit été chaudement. Ce manteau devoit être assez léger pour pouvoir se rouler & s'attacher le long de la giberne. La chaussure entroit dans le projet de réforme de ce maréchal. Il vouloit que le soldat eût des talons très-bas, qu'il fût chaussé à nud, les pieds graissés avec du suif ou autre graisse, excluant absolument les bas de laine que l'expérience démontre être ennemie de la peau. A ces escarpins, il joignoit des guêtres d'un cuir délié, qui montoient jusqu'au milieu de la cuisse, où elles s'attachoient à la culotte avec des boutonnières, sans jarretière quelconque, afin de laisser le jarret plus libre. Enfin, il ajoutoit, pour les temps humides & de pluie, des sandales de bois qui auroient empêché les escarpins de se mouiller. Le soldat ne les auroit quittées que dans les jours secs, les temps d'exercice ou de combat. Il y a encore dans cet ouvrage quantité d'inventions très-intéressantes; mais, comme elles n'ont pas été adoptées, il est inutile de s'y arrêter.

de

de petites coulevrines qui se chargent par la culasse, & qui peuvent envóyer à quatre mille pas des balles d'une demi-livre.

L'art merveilleux de faire parler les sourds & les muets de naissance, est dû à M. Péreire. Le Roi en a vu les succès surprenans, & a récompensé d'une pension son inventeur. Il faut sçavoir que la plupart des sourds & des muets de naissance ont l'organe de la parole très-bien conformé, & ne sont muets que par l'impossibilité où ils se trouvent de se procurer par l'ouie aucune idée des sons. M. Péreire leur a donné, avec la parole, la faculté d'acquérir les idées les plus abstraites. Il se sert, pour communiquer ses pensées à ses élèves, de l'écriture, ou de signes qu'il leur fait avec la main. Il est même parvenu à les faire entendre par le seul mouvement des lèvres & du visage de ceux qui leur parlent habituellement. » Cette invention rend nombre de sujets utiles à la » société. C'est en quelque sorte (*disent les mémoires de l'académie Royale des* » *Sciences*) les tirer, par une heureuse métamorphose, de l'état de simples » animaux, pour en faire des hommes (a) «.

Nous avons vu M. Laurent, qui a inventé la belle machine pour élever les eaux de la cascade de Brunoi par le moyen de roues ovales très-ingénieuses, faire un bras artificiel à un invalide qui avoit eu les bras emportés en chargeant un canon. Il ne lui restoit du bras gauche qu'un moignon de quatre à cinq doigts : il parvint à lui ajuster un bras, à l'aide duquel *il put manger,* boire, prendre du tabac ; &, ce qui est le plus extraordinaire, écrire si lisiblement, qu'il a copié un placet qu'il a eu l'honneur de présenter au Roi, sur lequel S. M. a eu la bonté de mettre elle-même son *bon.*

La facture d'orgue, qui est de tous les instrumens de musique le plus imparfait, a reçu, par les soins d'un de nos Bénédictins, un degré de perfection auquel elle ne sembloit pas pouvoir atteindre. Ce religieux a exécuté, dans l'église de Sainte-Croix à Bordeaux, un orgue qui imite la voix humaine, & que l'on va entendre par curiosité. On s'imagine assister à un concert de voix des plus harmonieux. Il n'y a personne qui ne s'y méprenne, tant l'imitation est parfaite.

Une découverte des plus mémorables qui ait été faite sous ce règne, est le dessalement de l'eau de la mer. On est instruit combien l'eau douce, que l'on est obligé de transporter dans les vaisseaux, entraîne avec elle d'inconvéniens : outre qu'elle y cause beaucoup d'embarras, & qu'elle allonge souvent les voyages pour la renouveller, elle se corrompt au bout de quelques jours, & occasionne, par son goût infect, la plupart des maladies qui affligent les équipages. Boyle, Leibnitz, le comte de Marsigli, & nombre de sçavans, dans tous les temps, avoient fait beaucoup d'expériences infructueuses à ce sujet. M. Poissonnier, plus heureux, est enfin parvenu à inventer une

(a) Extrait *des Mémoires de l'académie Royale des Sciences*, année 1749.

L

machine diſtillatoire très-ſimple, à l'aide de laquelle, & d'une poudre abſor-
bante, il a réuſſi à ôter le goût à l'eau de la mer, & à lui procurer une
parfaite ſalubrité. Cette machine eſt d'autant plus avantageuſe, qu'elle peut
ſe placer dans un endroit du vaiſſeau où elle ne ſçauroit incommoder ; &
que, comme on ne ſe ſert, pour opérer la diſtillation, que d'une petite quantité de charbon de terre qui ne craint point l'humidité, on peut facilement
en amariner le vaiſſeau. L'eſſai que l'on vient de faire en grand de ce
deſſalement à bord du vaiſſeau de guerre le *Brillant*, dont tous les officiers
& l'équipage n'ont point bu d'autre eau pendant un voyage de deux mois,
ſans que qui que ce ſoit en ait été aucunement incommodé, eſt une preuve
évidente de l'efficacité de cette méthode. Les rapports que l'on a faits à
SA MAJESTÉ de ſes excellens effets, l'ont déterminée à donner ordre que
cette machine diſtillatoire fût à l'avenir établie ſur tous ſes vaiſſeaux & autres
bâtimens qui ſortiront des ports, pour des voyages de long cours.

Tous ces vernis de Martin & de Giros, qui égalent les plus beaux vernis
de la Chine, ſi même ils ne les ſurpaſſent, ſont des productions modernes.
Y a-t-il rien de comparable à la magnificence, au goût & à l'élégance de nos
équipages, ſur leſquels on prodigue tout ce que la peinture, la ſculpture &
la dorure ont de plus recherché, & que les nouveaux reſſorts à la Dalême
rendent ſi doux & ſi lians ? On a retrouvé la peinture ſur verre, & cette encre
d'or ductile en uſage chez nos ancêtres, dont le ſecret étoit oublié. Les
lampes à reverbère de M. Rabiquau, qui éclairent à des diſtances ſi éloignées ;
les balances d'une juſteſſe incroyable qu'a exécutées M. Galonde, leſquelles
peuvent apprécier la millième partie d'un grain, méritent encore d'être remar-
quées. Chaque mois, chaque ſemaine produit de nouvelles découvertes
dans les arts ; l'induſtrie Françoiſe ſemble inépuiſable.

Avec quel empreſſement les étrangers ne ſaiſiſſent-ils point nos modes &
nos inventions ! S'il arrive qu'à leur tour ils produiſent des nouveautés
qui méritent que nous les adoptions, nous y ajoutons des perfections, qui leur
communiquent, en quelque ſorte, un nouvel être, & font oublier les originaux. Nous en avons ſous les yeux un exemple récent.

M. Dolonde avoit perfectionné en Angleterre les téleſcopes, au point
qu'une lunette de dix pieds peut faire l'effet d'une lunette ordinaire de cent
pieds. M. Clairaut, les ayant examinés, en développa tout le ſyſtême ; &
M. Antheaume, en faiſant uſage de cette théorie, vient d'exécuter des téleſcopes qui ſurpaſſent ceux des Anglois.

Je ne m'arrêterai pas davantage ſur toutes les découvertes que l'on a faites
dans nos arts ; il me ſuffit d'avoir parcouru celles qui intéreſſent les principaux.

Si l'on veut connoître en détail toutes leurs perfections, on peut conſulter le
grand ouvrage de la *Deſcription des arts & métiers de la France*, que

l'académie Royale des Sciences s'applique à nous donner succeſſivement. Quand il fera terminé, ce fera, à coup sûr, un monument immortel de l'induſtrie Françoiſe, qui fera voir à quel point elle a été portée de nos jours. Tous les procédés des ouvriers, & la théorie de chaque art, y font développés avec une intelligence supérieure, par les premiers ſçavans de la nation. Une heureuſe culture nous a mis en état de recueillir les fruits de ces arbres, dont le fiècle dernier n'avoit vu naître que les fleurs.

DES SCIENCES.

ARTICLE PREMIER.

DE LA GÉOMETRIE
ET DE L'ASTRONOMIE.

LES foins que l'on prend pour perfectionner les arts, ne font point négliger les sciences, qui ajoutent tant de luſtre aux règnes les plus glorieux. L'étude des mathématiques eſt devenue preſque auſſi générale que celle de la langue Latine : nous poſſédons des ſçavans de la plus grande réputation. MM. Clairaut, d'Alembert & Fontaine, ont peu de géomètres, chez les étrangers, qu'on puiſſe leur comparer. *Les mémoires de l'académie Royale des Sciences,* joints aux *Eloges* admirables de M. de Fontenelle, cet auteur ingénieux du livre *des Mondes,* font un dépôt immortel, qui conſtate combien les sciences ont continué à faire de progrès fous ce règne.

Un des membres de cette académie, qui s'eſt le plus diſtingué, eſt M. Bouguer : il trouva une nouvelle science relative à l'optique : on lui a l'obligation d'avoir, le premier, démontré les loix de la gradation de la lumière, & fait voir de combien un corps eſt plus ou moins éclairé qu'un autre, ſuivant ſa position. On doit auſſi à ce même académicien l'application heureuſe de la géométrie, comme nous l'avons dit précédemment, à l'art de la conſtruction des vaiſſeaux, dans ſon livre intitulé le *Navire* (*a*). Enfin, l'inſtrument, nommé *Héliomètre,* qui ſert pour meſurer les diamètres apparens des planètes, & qui augmente conſidérablement la préciſion dans les obſervations aſtronomiques, eſt de ſon invention & lui a fait beaucoup d'honneur parmi les ſçavans.

(*a*) Il y a environ quarante ans que M. Rouillé de Meſlay a fondé un prix annuel à l'académie des Sciences de 2000 & de 2400 livres alternativement, qui a occaſionné les plus belles pièces que l'on ait faites ſur la navigation, leſquelles ont été l'origine de cet ouvrage, &c. On n'ignore pas auſſi que ce prix a donné lieu aux trois célèbres mémoires ſur le flux & le reflux de la mer, de MM. Bernoulli, Euler & Maclaurin, les ſeuls où l'on ait montré la manière dont le ſoleil & la lune cauſent les mouvemens de la mer, dont la variété & la complication ſont immenſes.

L'aftronomie, cette fcience fi néceffaire pour perfectionner la navigation, s'eft extrêmement enrichie. Tous les phénomènes céleftes, & fur-tout les comètes, ont été obfervés avec un foin & une intelligence particulière. M. Maraldi a donné une fuite d'obfervations qu'il a faites pendant trente ans fur les fatellites de Jupiter, qui ont fervi à perfectionner cette théorie. M. de Lifle, par une multitude d'obfervations qu'il a faites à Péterfbourg & à Paris, a beaucoup contribué à déterminer, avec plus de précifion, le mouvement des planètes.

Peu d'aftronômes ont rendu d'auffi grands fervices à cette fcience, que M. l'abbé de la Caille; il a donné les tables les plus exactes du cours du Soleil. Ayant été envoyé au cap de Bonne-Efpérance pour faire des obfervations relativement à la diftance de la Lune à la Terre, pendant que M. de la Lande en faifoit de correfpondantes à Berlin; il rapporta de fon voyage un catalogue de 9800 étoiles inconnues, qu'il avoit obfervées entre le pôle auftral & le tropique du Capricorne, & de plus un degré du méridien mefuré avec exactitude dans cette extrémité de l'Afrique. La réputation de nos aftronômes s'eft tellement étendue, qu'elle a pénétré jufques dans le ferrail du Grand-Seigneur, qui a envoyé chercher, il y a quelques années, un recueil de tous leurs ouvrages.

Toutes les fois qu'il fe trouve quelques phénomènes céleftes à obferver dont les fciences peuvent tirer avantage, on ne néglige ni foins ni dépenfes pour contribuer à leur avancement. Lors de la conjonction de Venus avec le Soleil, le 6 juin 1761, opération qui devoit déterminer avec la plus grande précifion la diftance du Soleil à la Terre, nous avons vu envoyer, aux dépens du Roi, des obfervateurs dans toutes les parties du monde : M. le Gentil, à Pondicheri; M. l'abbé Chappe, à Tobolsck en Sibérie; M. Pingré, Chanoine régulier de Sainte Geneviève, à l'ifle Rodrigue près l'ifle de Bourbon : Et précédemment, en 1748, M. le Monnier avoit déjà été en Ecoffe pour y faire l'obfervation d'une éclipfe annulaire. Ce fut à cette occafion que ce fçavant eut la fatisfaction de mefurer le difque de la Lune fur celui du Soleil, & de démontrer, par expérience, que les corps obfcurs ne diminuent pas fenfiblement en grandeur, lorfqu'ils font vus eux-mêmes fur un fond lumineux.

Au bruit de la découverte faite en Angleterre, par M. Harriffon, d'une machine propre à déterminer les longitudes en mer, & éprouvée par deux voyages confécutifs à la Jamaïque, SA MAJESTÉ fit partir MM. Camus & & de la Lande avec un de nos habiles horlogers, qui avoit déjà travaillé fur cet objet, pour en prendre connoiffance & nous en procurer une femblable.

Mais le témoignage le plus éclatant du zèle de notre Augufte Monarque pour le progrès des fciences, ce font ces voyages entrepris pour déterminer avec la plus grande précifion, la figure de la Terre. En 1735, MM. Godin,

Bouguer

Bouguer & de la Condamine partirent pour mesurer le premier degré du méridien à Quito sous l'équateur : & en 1736, MM. de Maupertuis, Clairaut, Camus & le Monnier furent envoyés pour mesurer le degré le plus près du pôle qu'il se pourroit dans la Laponie. Ces voyages, supérieurs à tous ceux qui ont jamais été faits pour l'avancement des sciences, immortaliseront le règne de Louis XV, par les bienfaits & les ordres duquel ils ont été exécutés. Il résulte, de la comparaison entre les mesures des degrés de l'équateur & du Nord, que la Terre n'est ni ronde ni allongée, comme on le croyoit, mais qu'elle est applatie par ses pôles ; c'est-à-dire, qu'elle a la forme d'une orange.

La théorie du mouvement de la lune, la moins régulière des planètes, a été parfaitement développée par M. Clairaut, cet académicien qui, dès l'âge de douze ans, donna un *Traité sur les courbes à double courbure*, aussi admirable en cela que notre fameux Pascal, qui, à pareil âge, avoit donné un ouvrage sur les sons. C'est ce même sçavant qui a soumis au calcul le retour des comètes, ces astres si irréguliers qui se meuvent en tant de sens contraires. La comète qui parut en 1759 en fut l'occasion. M. Halley, astronôme Anglois, en comparant au commencement de ce siècle les orbites de plusieurs comètes, en remarqua trois qui paroissoient être la même, par les circonstances de leurs mouvemens, par la position & la grandeur de leurs orbites, & par le temps de leur révolution : c'étoit les comètes de 1531, 1607 & 1682. Il crut en conséquence pouvoir annoncer que sa période moyenne pourroit bien être de soixante-quinze ans & demi, & qu'on la reverroit vraisemblablement au bout de ce temps. Comme M. Halley n'avoit donné cette observation que par conjecture, & avoit laissé un an ou deux d'incertitude, à cause de l'attraction que Jupiter & Saturne pouvoient exercer sur cet astre, M. Clairaut essaya de lui donner toute la précision possible, en entreprenant de calculer l'effet que les planètes pouvoient opérer sur cette comète. Il appliqua, à ce sujet, la solution qu'il avoit trouvée précédemment du fameux problème des trois corps, où il avoit fait voir quel seroit le mouvement de trois corps qui s'attireroient en raison directe des masses, & en raison inverse du quarré de leur distance ; & démontra que cette comète devoit être retardée de plus d'un an, par l'action de Jupiter & même de Saturne, dans l'orbe desquels elle avoit passé ; de sorte qu'elle ne parviendroit que vers le 15 avril 1759 à sa plus petite distance du Soleil. Quoique cette comète y soit arrivée, comme l'on sçait, le 13 mars 1759, cet excès de trente-trois jours sur cent cinquante-un ans que cet astre met à faire sa révolution, n'empêcha pas que ce calcul ne fût regardé comme une très-grande approximation. Le travail prodigieux qu'il fallut entreprendre pour y parvenir, fit un honneur infini à cet académicien dans toute l'Europe sçavante, & apprendra à jamais

M

la régularité du mouvement des comètes, & le pouvoir de l'attraction des corps célestes entre eux.

M. d'Alembert, dont nous avons un *Traité de l'équilibre & du mouvement des fluides*, des recherches sçavantes sur les *vents*, & un excellent *Traité de dynamique*, où il réduit tous les problêmes du mouvement des corps à la considération la plus simple, qui est celle de l'équilibre, publia en 1749 une théorie extrêmement sçavante sur *la précession des équinoxes* & la *nutation de l'axe de la terre* : il démontra qu'en dix-huit ans cet axe fait une petite révolution dans un cercle qui auroit dix-huit secondes de diamètre. Ce mouvement apparent qu'on observe dans les étoiles fixes, avoit déjà été remarqué dès 1737 par M. Bradley en Angleterre : mais il n'est pas moins vrai qu'on doit à cet académicien d'en avoir démontré la cause, à l'aide de la plus sublime géométrie. Dans l'astronomie, il n'y a guère qu'un cercle de connoissances à parcourir. La plupart des grandes découvertes sont indiquées ; il ne reste aux vrais sçavans qu'à saisir les faits plus exactement, & à en démontrer les causes (a).

Il s'est trouvé une dame célèbre par ses profondes connoissances, qui a exécuté ce que les plus sçavans hommes de l'Europe auroient dû entreprendre. Madame la marquise du Châtelet a traduit & commenté les *Principes mathématiques de la philosophie naturelle de Newton*. Non-seulement elle ne s'est pas assujettie à la lettre ; mais, pleine du génie de ce grand philosophe, elle a transposé quelquefois ses idées, les a éclaircies & placées dans le jour le plus favorable pour mettre à portée d'en saisir le véritable esprit. Newton étoit sûrement bien éloigné de penser, lorsqu'il produisit son ouvrage, qu'une dame Françoise seroit un jour digne d'être son interprète.

Tant d'accroissemens dans nos sciences, une application si soutenue de la part du gouvernement à les encourager & à les protéger, ont nécessairement procuré la plus grande réputation à nos sçavans. Différens Souverains en ont attiré plusieurs dans leurs états, & leur ont accordé les places les plus honorables & les distinctions les plus flatteuses. On a vu M. Godin, de notre académie des Sciences, à la tête de la marine d'Espagne ; M. l'abbé de Condillac, appellé pour être précepteur de l'Infant fils du duc de Parme ; M. de Maupertuis, attiré en Prusse pour être directeur de l'académie de Berlin, place qui depuis a été offerte à M. d'Alembert (sans parler de M. de Voltaire & de M. le marquis d'Argens, &c.). M. de Lisle, célèbre astronôme, qui fut attiré en 1724 par le Czar Pierre le Grand, a joui en Russie pendant trente ans de la plus

---

(a) Outre les ouvrages des différens membres de l'académie des Sciences, que nous avons cités, il y en a plusieurs autres excellens, tels que le *Traité du Calcul intégral* de M. Fontaine. L'ouvrage *sur la figure de la terre*, de M. Bouguer.

L'Architecture hydraulique, de M. Bélidor. Les *Traités d'Astronomie* de MM. le Monnier, de la Caille & de la Lande. L'ouvrage sur-tout de ce dernier académicien, est le plus complet & le plus étendu qui ait encore paru sur cette matière.

haute confidération. Il n'y a pas long-temps qu'une grande Princeffe, qui veut le bonheur de fes peuples, écrivoit * du fond du Nord à un de nos philofophes, pour l'inviter à fe charger de l'éducation de fon fils, héritier du plus grand des empires. Ce haut degré d'eftime où font parvenus nos fçavans chez les étrangers, eft une marque éternelle de la véritable grandeur de notre nation.

ARTICLE II.
DE LA GÉOGRAPHIE.

Du côté de l'Afie, on ne connoiffoit qu'imparfaitement la partie méridionale, qui comprend les Indes & la Chine. La Compagnie des Indes a fait conftruire, d'après des détails levés par fes Ingénieurs fur les lieux, ces belles cartes qui ont été rédigées par M. d'Anville, célèbre géographe. Par les travaux de nos miffionnaires Jéfuites, on eft auffi parvenu à faire un Atlas très-détaillé de l'empire de la Chine. Le voyage entrepris aux dépens du Roi fous l'équateur, dont il a été queftion ci-devant, n'a pas peu contribué aux progrès que la géographie a faits dans l'Amérique méridionale. La méridienne de Quito, exécutée par les académiciens François, pour déterminer la figure de la terre; la grande rivière des Amazones, ou du Maragnon, defcendue & levée par M. de la Condamine, en font une preuve inconteftable.

Les deux dernières guerres ont beaucoup fervi à nous faire connoître l'Amérique feptentrionale, fur-tout pour ce qui a rapport au Canada & aux poffeffions Angloifes; tant fur l'océan occidental, que dans les baies d'Hudfon & de Baffin.

---

* Cette lettre étoit en François, & conçue en ces termes:

Monfieur d'Alembert, je viens de lire la réponfe que vous avez écrite au fieur Odar, par laquelle vous refufez de vous tranfplanter pour contribuer à l'éducation de mon fils. Philofophe comme vous l'êtes, je comprends qu'il ne vous coûte rien de méprifer ce qu'on nomme grandeurs & honneurs dans le monde: à vos yeux, tout cela eft peu de chofe; & aifément je me range de votre avis. A envifager les chofes fur ce pied, je regarderois comme un très-petit facrifice la conduite de la Reine CHRISTINE, qu'on a tant loué & fi fouvent blâmée à plus jufte titre. Mais être né ou appellé pour contribuer au bonheur & même à l'éducation d'un peuple entier, & y renoncer, c'eft, ce me femble, refufer de faire le bien que vous avez à cœur. Votre philofophie eft fondée fur l'humanité; permettez-moi de vous dire que ne fe point prêter à la fervir tandis qu'on le peut, c'eft manquer fon but. Je vous fçais trop honnête homme, pour attribuer vos refus à la vanité. Je fçais que la caufe n'en eft que l'amour du repos; & le defir de cultiver les lettres & l'amitié. Mais à quoi tient-il? Venez avec tous vos amis: je vous promets, ainfi qu'à eux, tous les agrémens & les aifances qui peuvent dépendre de moi; & peut-être trouverez-vous ici plus de liberté & de repos que chez vous. Vous ne vous rendez point aux inftances du Roi de Pruffe, & à la reconnoiffance que vous lui avez; mais ce Prince n'a point de fils. J'avoue que l'éducation de mon fils me tient fi fort à cœur & vous m'êtes fi néceffaire, que peut-être je vous preffe trop. Pardonnez mon indifcrétion en faveur de la caufe, & foyez affuré que c'eft l'eftime qui m'a rendue fi intéreffée.   CATHERINE.

Mofcou, le 13 novembre 1762.

P. S. *Dans toute cette lettre, je n'ai employé que les fentimens que j'ai trouvés dans vos ouvrages: vous ne voudriez pas vous contredire.*

M. Daprès de Manevilette , grand navigateur , nous a donné des cartes extrémement exactes fur la partie de l'océan oriental , comprife entre les côtes orientales de l'Afrique & celles de l'Afie , qu'on ne connoiffoit pas.

Enfin, un ouvrage qui nous eft perfonnel, c'eft cette grande carte générale. de la France, entreprife en cent foixante & treize planches , de la grandeur du papier de l'aigle ; où font détaillés les villes , les villages , les hameaux , les châteaux , les chemins , les rivières , les ruiffeaux , les moulins , les bois , les forêts, les montagnes, & jufqu'aux moindres monticules , avec toute la précifion géométrique & l'exactitude poffibles. Que d'avantages n'en retirera-t-on pas pour les différentes opérations du commerce , pour de nouvelles communications entre les provinces , pour conftruire de nouveaux canaux , pour joindre les rivières navigables, en un mot, pour embellir le royaume dans toute fon étendue ! C'eft la plus belle entreprife de géographie, & la plus importante qu'on ait encore exécutée. On en eft redevable au goût de notre augufte Monarque pour cette fcience : perfonne n'ignore que , parmi fes connoiffances multipliées, il eft un des meilleurs géographes de fon royaume, & qu'il a compofé dans fa jeuneffe un *Traité du cours de tous les fleuves.*

Cette carte a été commencée par les ordres & aux frais de SA MAJESTÉ, qui a fourni, pendant vingt ans, des fecours extraordinaires pour la conftruction des inftrumens, pour la dépenfe des voyages fans nombre, & pour former des perfonnes capables de remplir l'objet propofé. Elle eft continuée aujourd'hui fous la direction de MM. Caffini de Thury , Camus & de Montigny, de l'académie des Sciences , aux dépens d'une compagnie de cinquante citoyens * diftingués , qui fe font affociés , avec l'agrément du Roi, uniquement animés par la gloire de contribuer à une entreprife utile à la nation, & qui fait honneur à notre fiècle.

ARTICLE III.
DE L'HISTOIRE NATURELLE ET DE LA PHYSIQUE.

LES connoiffances dans l'hiftoire naturelle & dans la phyfique expérimentale, fe font beaucoup multipliées. L'une & l'autre ont étalé aux yeux les plus grands fujets d'admiration & de furprife depuis trente ans qu'on les cultive avec foin.

M. de Réaumur, qui a fait un ouvrage fur l'*art de convertir le fer en acier* , & fur celui de *faire éclorre les poulets fur des fourneaux gradués* , qùi font l'effet

* La lifte de ces bons citoyens eft ornée des noms de M. le prince de Soubife , de M. le duc de Bouillon , de M. le Maréchal de Noailles, de | M. le duc de Chaulnes , de M. le Comte de Saint-Florentin , &c.

des

des fours d'Egypte, a rendu les plus grands fervices à l'hiftoire naturelle, par fes recherches curieufes fur les infeêtes. D'autres naturaliftes ont traité des quadrupèdes, des oifeaux, des reptiles, des montagnes, des coquillages, des minéraux, des fontaines, & de toutes les produêtions naturelles. M. Pluche a réuni tous ces matériaux épars, en un corps d'ouvrage, & en a formé le livre du *Speêtaçle de la nature*, dont les premiers volumes font fort eftimés.

Le cabinet d'hiftoire naturelle du Roi au Jardin-Royal à Paris, eft un de ces établiffemens qui doit fon étendue au goût de LOUIS XV pour le progrès des fciences. Par la multitude d'objets qu'il renferme en tout genre, il eft devenu, en quelque forte, le temple de la nature. Il n'y a, dans les pays étrangers, aucune colleêtion qui en approche. L'ordre qu'on y remar-que eft admirable : les règnes minéral, végétal & animal y font arrangés métho-diquement, en genre, en claffes & en efpèces, de la façon la plus conve-nable à l'étude de cette fcience. Chaque individu porte fa dénomination, & eft placé avec ordre féparément, fous des glaces avec des étiquettes, dans de vaftes appartemens décorés d'une manière relative au fujet. Ce cabinet a encore été augmenté par la colleêtion unique d'oifeaux que M. de Réaumur avoit raffemblés, avec tant de foins & de dépenfes, de toutes les parties du monde. Rien n'eft plus digne des regards de tout l'univers que ce fuperbe fpeêtacle.

On connoît le livre célèbre que MM. de Buffon & d'Aubenton ont entre-pris à cette occafion ; c'eft-à-dire, l'*Hiftoire naturelle*, *générale & particulière*, *avec la defcription du cabinet du Roi* ; ouvrage qui eft écrit avec autant de force que de grace ; où l'on trouve exprimé, avec une magnificence d'idées & une élégance admirables, non feulement tout ce que la phyfique a de plus intéreffant ; mais encore tout ce que la philofophie a de plus grand & de plus fublime.

A la tête de ce livre, on remarque un fyftême qui a bien de la vraifem-blance, fur la *théorie de la terre*, & fur la formation de fon premier état & de fes inégalités.

M. de Buffon, auteur de cette partie, prétend que la portion de notre globe, actuellement sèche & habitée, a long-temps féjourné fous les eaux qui l'ont fucceffivement inondée. Il apporte pour preuve cette quantité pro-digieufe de coquillages qui fe rencontrent de toutes parts. Il croit qu'il n'y a que les eaux feules qui aient produit tous les changemens & les inéga-lités que l'on voit fur la furface de la terre ; & que toutes les montagnes n'ont pu être formées que par les ondes de la mer, dont le fond étant remué par l'agitation des eaux, fait néceffairement des tranfports de vafe, de coquilles & d'autres matières qui fe dépofent en forme de fédiment. Les raifons de cet académicien paroiffent très-convainquantes : il les tire, 1°. de

N

l'examen des angles correspondans des montagnes , qu'aucune autre cause
que les courans de la mer , n'a pu former : 2°. de l'égalité de la hauteur des
montagnes oppofées, & des lits des différentes matières qu'on y trouve à la
même hauteur : 3°. de la direction des montagnes , dont les chaînes
s'étendent en longueur dans le même fens , comme on voit s'étendre les
ondes de la mer. Enfin , ce qui confirme ce fyftème , c'eft une remarque
que M. de Buffon a faite , que le mouvement principal des eaux de la
mer a gagné fur les côtes orientales , tant de l'ancien que du nouveau con-
tinent, une efpace d'environ cinq cent lieues. Rien ne fçauroit mieux perfuader
que les eaux minent infenfiblement , & parcourent à la longue toute la fuperficie de notre globe.

Ce fyftème explique naturellement tous les changemens qui font arrivés à notre globe , tous les effets de la nature , la formation des ifles, des
volcans, des tremblemens de terre. Après cette théorie , on trouve dans cet
ouvrage la defcription de fœtus monftrueux , des organes de l'homme, des
variétés dans l'efpèce humaine ; enfin , on y voit l'hiftoire des quadrupèdes,
des oifeaux , des infectes, des poiffons & autres productions naturelles, que
l'on fait connoître par tous leurs rapports , leurs conformations & les détails
de leur anatomie. Il n'y a encore eu fur l'hiftoire naturelle aucun livre
auffi bien traité , auffi important , & plus capable de faire honneur à nos
fçavans.

La Physique expérimentale , par le nombre de fes découvertes, ne le cède
en rien à l'hiftoire naturelle. La fluidité des corps, l'origine des vents & des
fontaines, les propriétés de la lumière , la formation phyfique des météores
aqueux, les caufes de l'électricité, celles de la glace & du froid, font dûs
aux recherches & aux expériences de nos phyficiens.

M. de Mairan, qui nous a donné un *Traité hiftorique & phyfique de l'aurore boréale*,
a fait principalement un ouvrage fort curieux fur la glace & fur les phénomènes qui l'accompagnent, tels que les figures que l'on remarque dans l'eau gla-
cée , qui varient à l'infini & qui font fouvent fort irrégulières ; l'augmentation du
volume de l'eau lorfqu'elle approche de la congellation , laquelle fait caffer les
vafes où l'eau fe trouve, au point qu'on a vu un canon de fer épais d'un doigt,
rempli d'eau & bien fermé pendant une forte gelée , crever en deux endroits
au bout de douze heures ; enfin la dureté de la glace, qui eft fi grande, qu'on
peut la tailler quelquefois comme de la pierre (a).

(a) Dans un petit imprimé qui parut, il y
a une vingtaine d'années, en Ruffie , on rap-
porte à ce fujet un fait tout à fait extraordinaire.
Pendant l'hyver de 1740, on vit à Péterfbourg un
palais qui étoit bâti uniquement de glace : fa lon-

gueur étoit de cinquante-deux pieds fur feize de
largeur, & vingt pieds d'élévation : la force de la
glace étoit telle, que le pied de l'édifice ne paroiffoit aucunement fatigué par le poids des parties fupérieures. Le Neva, qui étoit près de là, en avoit

M. l'abbé Nolet a plus que personne contribué à l'avancement de la physique, par ses expériences multipliées, par ses mémoires particuliers sur ses différentes parties, & sur-tout par son *Traité de l'électricité*, dont il démontre si bien
les causes.

Pour favoriser de plus en plus l'avancement de cette science, qui a fait de
si grands progrès sous ce règne, S. M. a fondé, en 1753, une chaire de physique expérimentale au collége de Navarre, & a nommé pour professeur cet académicien, dont la réputation attire un concours prodigieux d'écoliers ; ce qui
prouve combien cette science est cultivée présentement.

De tous les phénomènes de la physique qui ont attiré l'attention du public,
il n'y en a jamais eu aucun qui ait fait autant de bruit que l'expérience de
Leyde, ou de la commotion ; toute la nation témoigna le plus grand empressement pour en être témoin. La curiosité fut poussée si loin, qu'on donna en
spectacle dans les foires *les Machines électriques*. Cette expérience consiste à
tirer d'un globe de verre, suspendu entre deux pivots par le moyen d'une roue
& d'un coussinet, contre lequel elle appuie légèrement, la vertu électrique,
qui n'est qu'une espèce de feu élémentaire. Ce feu se communique ensuite à
une frange & à un canon, ou tuyau de fer blanc, suspendu par deux cordons de
soie. A l'une de ses extrémités est attaché un fil de laiton, qui descend, à travers d'un bouchon de liège, dans une phiole de verre à moitié pleine d'eau.
Alors la personne qui veut faire l'expérience monte sur un gâteau de résine,
ou sur un rézeau de soie : si elle prend d'une main cette phiole, & que de
l'autre elle vienne à toucher avec le bout du doigt le canon de fer électrisé,
aussitôt elle éprouve une secousse violente, principalement à la jointure des
bras & à travers la poitrine, qui est quelquefois si forte qu'elle en est
renversée.

La même opération se fait avec un grand nombre de personnes qui se tiennent par la main. En donnant une forte rotation au globe, il arrive que le dernier de la chaîne, quelque considérable qu'elle soit, avec la jointure du milieu d'un des doitgs de l'autre main, tire une étincelle du conducteur de la
vertu électrique, ou fil de métal qui communique dans le globe : & sur le
champ toutes les personnes de la chaîne, depuis le premier jusqu'au dernier,
se sentent frappées vivement & toutes à la fois dans plusieurs parties du corps.
M. l'abbé Nolet est le premier qui ait fait cette expérience en grand avec
deux cent quarante personnes dans la galerie de Versailles en présence du Roi.

---

fourni les matériaux. On tailloit avec soin les pièces de glace qu'on en avoit tirées ; on les embellissoit d'ornemens, & on les posoit ensuite selon
les règles de la plus élégante architecture. Mais ce
qu'il y eut encore de plus admirable, on plaça au-
devant du bâtiment six canons de glace, travaillés
au tour, avec leurs affuts & leurs roues de même

matière, ainsi que deux mortiers à bombes tout
semblables à ceux de fonte. Les canons étoient
d'un calibre de balles égal à ceux qui portent trois
livres de poudre, mais on n'y en mettoit que quatre onces ; après quoi, on faisoit couler un boulet
qui perçoit une planche de deux pouces d'épaisseur
à soixante pieds d'éloignement.

ARTICLE IV.

DE LA MÉDECINE ET DE LA CHYMIE.

LA découverte de la circulation du sang faite vers la fin du siècle de LOUIS XIII, & reconnue par toute l'Europe sous le règne de LOUIS XIV, promettoit à la médecine des progrès dont elle ne tira pas alors tout le fruit qu'on avoit lieu d'en attendre. Les systêmes ont pris la place de l'observation. La physique de Descartes & la matière subtile ont embrouillé le méchanisme des organes, loin de les éclaircir.

C'est véritablement sous ce règne que la médecine a acquis de très-grandes connoissances dans les différentes branches dont elle est comme le tronc. L'anatomie a fait les plus importantes découvertes. MM. Duverney, Winslow, Ferrein & Petit, ont assuré à cette science toute la consistance & la certitude dont elle jouit (a).

M. Geoffroi, dans sa *Matière médicale*, un des meilleurs livres de médecine qui ait été fait, a réuni précisément ce qu'il y avoit d'utile & de nouvellement découvert.

Plusieurs de nos médecins ont produit des ouvrages généralement estimés, qui ont enrichi la médecine pratique. M. Hecquet a fait un *Traité des maladies de l'estomac*, & des réflexions excellentes *sur l'abus des purgatifs ;* ouvrages quip asseront à la postérité. *L'Economie animale* de M. Helvétius, son *Traité des maladies*, ses idées *sur la petite vérole*, ont éclairci des faits très-importans.

L'usage des saignées, livre de M. Silva, continue d'être fort recherché. C'est à ce grand praticien qu'on est redevable de tout ce qui a paru depuis sur cette matière si épineuse par elle-même, & qui est portée présentement jusqu'à l'évidence & à la démonstration.

M. Astruc a produit un chef-d'œuvre d'érudition & de science sur *les maladies vénériennes*. Le stile, l'ordre de cet ouvrage, son utilité, sa méthode, la notice qu'on y trouve des auteurs qui ont écrit sur la même matière, feront dans tous les temps honneur à ce médecin. C'est dans ce traité qu'il conjecture que les maladies vénériennes n'auront qu'un période, de même que la lèpre des anciens, attendu que leur malignité paroît diminuer de jour en jour. Son *Traité des tumeurs*, ses *Réflexions sur les maladies des femmes*, ont confirmé la réputation qu'il s'étoit acquise.

M. Chirac a laissé un *Traité sur les fièvres malignes*, où il établit avec

(a) Voyez les *Œuvres de M. Duverney*, l'*Exposition anatomique de Winslow*, les découvertes de M. Ferrein *sur l'Organe de la voix*, les *Mémoires de* l'académie des Sciences, la nouvelle édition de l'*Anatomie de Palfin*, par M. Antoine Petit.

évidence

évidence la fureté d'une méthode connue, & qui eft devenue depuis le modèle de la conduite que tiennent les meilleurs praticiens de nos jours.

Ce grand nombre d'ouvrages annonce avec quel fuccès nos médecins s'appliquent journellement à rendre fervice au genre humain (*a*).

La Chymie commença, fous le règne précédent, à fortir de l'obfcurité dans laquelle les alchymiftes la tenoient refferrée. M. Lemery le père l'avoit éclairée & enrichie de fes découvertes fur l'antimoine & fur fes préparations; matières fur lefquelles on a difputé fi long-temps. M. Geoffroy & M. Baron le jeune, nouveau commentateur de Lemery, ont affuré à la chymie une place très-diftinguée dans les connoiffances de la phyfique. L'antimoine & le mercure, redoutables avec raifon dans le fiècle dernier, fe préparent aujourd'hui avec tant d'art & d'adreffe, qu'ils font, pour ainfi dire, devenus trop familiers.

MM. Rouelle & Macquer n'ont pas moins contribué au progrès de cette fcience : l'un, par fes leçons publiques qu'il continue avec les plus grands fuccès, & qui lui attirent des écoliers de toutes les parties de l'Europe ; l'autre, par fes *Elémens de chymie*, où toutes les matières les plus abftraites font traitées avec la plus grande précifion & toute la clarté poffible.

Il femble que les fiècles précédens n'avoient fait qu'amaffer les matériaux de cette fcience : on commence à les réunir, à les comparer, à en faifir les rapports, & à en former un corps de doctrine ; de forte que tout paroît nous annoncer les plus heureufes découvertes.

Une des principales obligations que nous ayons au progrès de la chymie, eft d'avoir démontré que, par la manière dont on faifoit les effais des matières d'argent, on perdoit en France une petite partie de leur valeur intrinfèque, & que les effayeurs marquoient ces matières conftamment au-deffous du titre réel auquel elles devoient être.

L'effai des matières d'or & d'argent a toujours été confidéré comme une opération délicate & digne de la plus grande attention. Elle fixe, en effet, la valeur de ces matières, en établiffant leur titre : elle fait la fureté d'un commerce auffi étendu que précieux par fa nature ; & c'eft fur l'exactitude de ce travail que le public reçoit, avec confiance, les différentes monnoies dont le Prince ordonne la fabrication.

On eft inftruit que, pour enlever l'alliage que peut contenir une matière

(*a*) Nos ouvrages périodiques ont publié quantité de remèdes, parmi lefquels il y en a qui paffent pour très-efficaces;tel eft celui contre la rage,confiftant en frictions mercurielles; celui pour rappeler les noyés à la vie, qui confifte à leur couvrir le corps de cendre un peu chaude, à leur tenir la tête un peu baffe, & à leur introduire dans la bouche de la fumée d'une pipe de tabac ; celui contre le ver folitaire, qui confifte à manger du pourpier, qui eft un vrai poifon pour cet animal, que l'on rend mort enfuite ; celui contre la teigne, &c. &c.

O

d'argent, il eſt d'uſage univerſel d'employer une quantité de plomb connue, & de faire paſſer le tout à la coupelle, en lui donnant une chaleur aſſez vive pour que le plomb s'y imbibe à meſure qu'il ſe convertit en litharge. Lorſque l'opération eſt bien faite, l'argent reſte pur dans le baſſin de la coupelle ; & le plomb, incorporé dans cette matière poreuſe, diſparoît totalement.

Juſqu'à préſent, on avoit ſuppoſé que le cuivre & le plomb s'imbiboient ſeuls dans la coupelle, & qu'aucune particule d'argent n'y étoit entraînée. Par une ſuite de cette fauſſe idée, on ménageoit peu le plomb que l'opération demandoit. Quelques artiſtes la préſumoient même plus parfaite, ſi le plomb étoit prodigué. Un grand nombre d'expériences faites par M. Tillet, & qui ſont conſignées dans les *Mémoires de l'académie des Sciences*, ont appris enfin qu'une partie du fin des matières s'introduit toujours dans la coupelle, à la faveur de la litharge ; qu'elle occaſionne par là une diminution ſur le poids du bouton d'eſſai, & fait perdre à la matière que ce bouton repréſente, quelque choſe du titre auquel on devoit le porter ; perte qui monte à peu près à la quatre-vingt-dixième partie de la matière eſſayée ; de ſorte que, ſur quatre-vingt-dix marcs, il y avoit un marc de perdu pour notre commerce (*a*).

A meſure que les opérations ſe ſont multipliées, on a reconnu que, moins on ménageoit le plomb dans l'eſſai, plus la perte de l'argent étoit ſenſible ; & dès-lors on s'eſt appliqué à graduer les doſes de plomb ſuivant la quantité d'alliage qu'il s'agiſſoit d'enlever, afin que la portion d'argent que la litharge entraîne dans l'eſſai, fût la plus petite poſſible. Une foule d'expériences authentiques, faites par MM. Hellot, Macquer & Tillet, à ce ſujet, ont occaſionné un arrêt du conſeil d'état (*b*), qui, d'après les principes ci-deſſus, preſcrit à tous les eſſayeurs du royaume une méthode uniforme pour faire les eſſais d'or & d'argent.

(*a*) Le procédé de M. Tillet pour retrouver la petite quantité d'argent que le plomb, en paſſant à l'état de litharge, entraîne avec lui dans la coupelle, conſiſte à piler cette coupelle dans un mortier, à la réduire en poudre impalpable, à la mêler avec du borax & autres ingrédiens en uſage pour les eſſais des mines, & enfin à faire fondre le tout dans un creuſet. Par ce moyen, le plomb ſe détache des ſcories, ſe reſſuſcite & ſe précipite au fond. Après l'avoir retiré, cet académicien remet ce plomb reſſuſcité dans la coupelle ; &, le réduiſant encore en litharge, il retrouve ſur le baſſin de la coupelle la petite portion d'argent dont le plomb s'étoit enrichi.

(*b*) Cet arrêt de règlement eſt du 5 décembre 1763.

ARTICLE V.

DE LA BOTANIQUE.

Depuis M. de Tournefort, auquel cette science a de si grandes obligations, un grand nombre de nouveaux genres de plantes, d'arbres & d'arbustes étrangers, a considérablement augmenté nos richesses botaniques. M. Duhamel du Monceau, dans sa *Physique des arbres*, a donné plusieurs observations importantes sur cette partie. On y trouve un traité complet de la greffe, avec des découvertes sur la formation des couches ligneuses, & l'accroissement des arbres tant en hauteur qu'en grosseur. Il y a aussi détaillé clairement ce qui regarde la transpiration des plantes & leur fécondation. On doit à cet académicien des recherches sur tous les arbres & arbrisseaux étrangers qui peuvent supporter nos hyvers, & sur l'usage qu'on en peut faire dans nos parcs & dans nos jardins. C'est par ses conseils qu'on a cultivé, dans nos climats, le platane, dont il a été fait en différens endroits des plantations considérables, de même que les peupliers de Virginie & de Lombardie, les cèdres du Liban, les tulipiers & autres. Rien n'est, sans doute, plus extraordinaire que de voir, dans les environs de Paris, des jardins uniquement ornés d'arbres & d'arbustes étrangers, comme si l'on étoit transporté dans les Indes par enchantement (a).

M. Adanson vient de donner au public, d'après les observations de M. Bernard de Jussieu, une méthode nouvelle, qui ne s'attache pas seulement aux fleurs, comme on faisoit précédemment, mais encore aux différens produits de la fructification & des organes de la génération. Cet ouvrage, qui est intitulé *Familles des Plantes*, facilite beaucoup l'étude de cette science, & est très-commode pour les faire reconnoître; de sorte qu'en se servant de sa méthode, on fait plus de progrès en six mois dans la botanique, qu'on n'en faisoit précédemment en deux ans.

Indépendamment des secours que la médecine peut tirer de la connoissance des propriétés des différentes plantes, on les a encore fait servir à l'agrément des jardins. A l'aide des serres chaudes, on est parvenu à multiplier les productions étrangères, au point de pouvoir les employer en été pour orner les parterres, & former, par leur variété, un spectacle vraiment curieux. On a imaginé de faire jusqu'à des horloges botaniques. Par diverses observations, on a reconnu qu'il y a des plantes qui changent de situation, ou qui épanouis-

___

(a) Tels sont les jardins botaniques de Trianon; de M. le duc d'Ayen à Saint-Germain-en-Laye; de M. de Bombarde, à la barrière de Vaugirard; de MM. de Janson, à la grille de Chaillot, & dans le fauxbourg Saint-Germain; & de M. Duhamel, à Denainvilliers.

sent, soit leurs feuilles, soit leurs fleurs, à certaines heures réglées du jour; de sorte qu'en arrangeant un nombre de ces plantes, dont on a donné la liste, on peut, par leur inspection, sçavoir l'heure qu'il est de demi - heure en demi-heure, depuis quatre heures au matin en été jusqu'à sept heures du soir. D'autres plantes procurent de nouveaux amusemens. La fraxinelle, par exemple, qui est un arbuste des Indes, dont les feuilles ont la propriété d'attirer les parties sulfureuses de l'air quand il est orageux, offre un phénomène tout à fait singulier : si on en approche une lumière dans le temps de sa fleur, cet arbuste s'enflamme de toutes parts ; on diroit un buisson ardent : la fleur sur-tout forme une espèce de feu d'artifice, & finit par une petite explosion comme un volcan : alors tout le feu s'éteint : &, ce qu'il y a d'admirable, la plante n'en est aucunement endommagée ; une autre fois on peut jouir du même plaisir.

A peine les serres chaudes, qui sont aujourd'hui si fort à la mode, étoient-elles en usage, il y a cinquante ans. Sous le règne dernier, on n'avoit jamais pu parvenir à faire produire du fruit aux ananas : présentement, dans les serres du Roi à Choisy, à Trianon, & dans celles de plusieurs particuliers, on a trouvé moyen de les multiplier par milliers, & de leur faire rapporter des fruits aussi beaux & d'aussi bon goût que s'ils avoient été produits dans leur terrein naturel.

Par les soins & l'intelligence du sieur Richard, jardinier du Roi, les jardins botaniques de Trianon sont devenus les plus curieux de l'Europe, en plantes rares & exotiques. Incessamment, on y verra un bosquet de tous les arbres & arbrisseaux étrangers qui peuvent conserver leurs feuilles pendant l'hyver ; de sorte que, dans les saisons les plus rigoureuses, l'on pourra jouir de la belle verdure du printemps (a).

ARTICLE VI.
DE LA CHIRURGIE.

LES progrès que la chirurgie a faits en France, depuis trente ans, doivent faire regarder ce règne comme le bienfaiteur du genre humain. C'est à l'établissement de l'académie royale de chirurgie, fondée en 1731, & confirmée par lettres-patentes en 1748, qu'on doit rapporter l'époque de la perfection de cet art. Des chaires de professeur, occupées par nos plus habiles chirurgiens, y ont été établies pour instruire gratuitement, dans toutes les parties de la chirurgie, ceux qui veulent s'y destiner.

(a) Les Anglois ont le secret d'avoir de certains arbres toujours verds : ils greffent, par exemple, des lauriers sur des cerisiers sauvages ; ce qui équivaut à des orangers, avec l'avantage d'être en pleine terre toute l'année. On pourroit facilement se procurer en France le même agrément.

Feu

Feu M. de la Peyronie, premier chirurgien du Roi, a fondé un prix annuel de la valeur de 500 livres, pour récompenser, au jugement de l'académie, les mémoires qui lui seront présentés en concours sur les questions qu'il lui plaira de proposer. C'est une médaille qui, dans quelque temps que la distribution s'en fasse, doit représenter le buste de Louis XV, afin de perpétuer à l'avenir que c'est sous son règne que s'est fait cet établissement, qui a pour objet la conservation des hommes (a).

Jamais les opérations chirurgicales n'ont été exécutées avec plus de dextérité qu'aujourd'hui : la plupart ont été rendues plus promptes & moins douloureuses. M. Petit, célèbre chirurgien, a procuré les avantages les plus importans à la chirurgie, en s'attachant à perfectionner & à inventer quantité de nouveaux instrumens qui facilitent les opérations & les rendent plus sûres.

On lui doit l'usage du tourniquet si ingénieusement imaginé pour les amputations des extrémités, & qu'on a substitué avec tant d'avantages aux bandes dont on lioit les membres que l'on vouloit couper. Il a, de plus, composé un traité *des maladies des os*, qui est devenu un ouvrage classique.

L'art des accouchemens est actuellement plus approfondi & plus certain : on a inventé, depuis quelques années, des tenettes qui donnent la vie à la mère & à l'enfant, dans les cas où les tiretêtes meurtriers mettoient l'une & l'autre dans un danger évident.

La fistule n'est plus une maladie redoutable : on la guérit présentement sans caustiques & sans opération. On se sert pour cet effet d'une ligature de plomb, dont on enveloppe l'abcès formé à l'anus : en comprimant peu à peu cette ligature, on parvient à amollir cet abcès, à le flétrir, & enfin à le réduire à rien en moins de six semaines, & presque sans douleur.

MM. le Cat, Morand, le Dran, Andouillé & Louis, se sont acquis de la réputation par les belles opérations qu'ils ont faites. Les maladies vénériennes sont actuellement traitées avec le plus grand succès ; on est parvenu à employer le mercure de manière que la plus forte dose ne sçauroit exciter de salivation.

Les dragées anti-vénériennes de M. Keiser passent pour opérer des merveilles (b). Les bougies de M. Daran ne lui ont pas fait moins de réputation par leurs heureux effets, que le lithotome caché pour les

(a) En 1755, il a été établi à Bordeaux une école de chirurgie. En Alsace, le Roi a fondé trois places de démonstrateurs en anatomie & en chirurgie, pour les villes de Colmar, de Wissembourg & de Betford.

(b) Sa Majesté a fait l'acquisition du remède de ce chirurgien, & lui a attribué, outre une pension annuelle de dix mille livres, le privilège exclusif de fabriquer & de débiter ce remède, dont le prix de la quantité de dragées nécessaire pour chaque traitement a été fixé à 13 liv. 10 fols.

opérations de la taille n'en a produit au frère Cofme, religieux Feuillant.

L'académie de chirurgie nous donne de temps en temps d'excellens mémoi-res , pleins de recherches fçavantes & de détails d'opérations d'une utilité générale , qui procurent journellement de nouvelles lumières pour le foula-gement de l'humanité.

Les profondes études de nos chirurgiens dans l'anatomie, les ont mis en état de faire nombre d'opérations , dont on n'avoit pas d'idées précédem-ment : on eft parvenu à faire l'amputation de la cuiffe dans l'article ; on a fait auffi la ligature des artères intercoftales. M. Soulier , chirurgien de Montpellier , trouva le moyen de guérir les abcès au foie : en ouvrant le côté , il parvint à vuider la matière en y introduifant une canule d'argent, émouffée par le bout , qui entre dans le foie ; laquelle canule eft percée de plufieurs ouvertures latérales , qui reçoivent la matière nuifible pour la porter en dehors. Par le fuccès de cette opération , il apprit le moyen de conferver la vie à ceux qui font attaqués de ces maladies (a).

De toutes les découvertes modernes qu'a faites la chirurgie , il n'y en a pas de plus importante que celle qui regarde la manière d'arrêter les hémor-ragies. Avant 1751 , dans le cas d'une hémorragie mortelle par la bleffure des artères , on n'avoit que des remèdes très-incertains ; & fouvent ce qui pouvoit arriver de plus heureux à celui qui avoit l'artère bleffée par une faignée maladroite ou autrement , étoit de perdre le bras. Dans toutes les opérations , la difficulté d'arrêter le fang rendoit toujours les plaies très-dangereufes. M. Broffard , chirurgien de la Châtre en Berry , étoit connu pour avoir un moyen certain d'arrêter fur le champ l'hémorragie fans douleur. Le Roi, qui, dans toutes les occafions, fe montre le bienfaiteur de fes peuples, acheta fon fecret & le rendit public. Il confifte à prendre de l'agaric, qui eft une efpèce de champignon ou d'excroiffance fongueufe, qui croît fur les arbres, & fur-tout fur les vieux chênes, & à l'appliquer fur la plaie de l'artère découverte par une incifion.

Il y a fur-tout quelques branches de la chirurgie qui ont fait les progrès les plus marqués. La ftructure de l'œil, mieux connue depuis vingt-cinq ans, a contribué à découvrir le fiège d'un grand nombre de maladies , & on a inventé plufieurs inftrumens propres aux opérations que ces maladies exigent. Le célèbre M. Daviel , chirurgien oculifte, fut l'inventeur , il y a une quinzaine d'années , de l'extraction de la cataracte ; opé-ration précieufe qui a rendu la vue à tant d'aveugles , & dont on lui aura une éternelle obligation. On fçait que cette opération , qui a fait tant d'honneur à notre chirurgie , confifte à ouvrir circulairement , avec

(a) *Hiftoire de l'Académie*, année 1730, pag. 40.

toute la dextérité possible, la cornée transparente, & à extraire le crystallin de la chambre postérieure de l'œil.

D'habiles chirurgiens, exercés dans l'anatomie, se sont appliqués à perfectionner la cure des hernies. M. Martin, maître en chirurgie, est le premier qui ait présenté à l'académie des bandages élastiques, qui ont été généralement adoptés. Ces bandanges compriment exactement les hernies, dans toutes les attitudes & les différens mouvemens auxquels le corps peut se trouver exposé : invention efficace pour mettre en sureté la vie de ceux qui sont affligés de ces maladies. D'autres, sans bandages, passent pour avoir trouvé le moyen de les guérir radicalement.

Les maladies des dents étoient autrefois abandonnées à des bateleurs, qui, montés sur des tréteaux, attroupoient le peuple dans les places & dans les carrefours. C'est M. Fauchard qui le premier a étudié ces maladies, & a fait un art de leur cure : après lui, M. Bunon, chirurgien-dentiste, a rendu les plus grands services à cette partie de la chirurgie. Il a fait, sur les maladies des dents, depuis leur germe dans le fœtus, jusqu'à l'âge le plus avancé, un essai dont les maîtres de l'art font le plus grand cas : on y remarque la découverte importante de l'origine de l'érosion, maladie des dents qui consiste dans l'inégalité de leur émail, & dont la carie n'est que la suite ordinaire. Ce chirurgien démontra que l'érosion a son principe dans les maladies de l'enfance ; que la petite-vérole & la rougeole font principalement impression sur les dents ; & que, si l'on étoit plus circonspect dans le choix des nourrices, on éviteroit, ou du moins on éloigneroit les maladies qui proviennent de la mauvaise qualité des dents, & qui tourmentent si cruellement.

C'est ainsi que toutes les parties de la chirurgie ont reçu des accroissemens (a). Ce qui met le sceau au degré d'estime où cet art est parvenu en France, est l'empressement des plus fameux médecins & chirurgiens étrangers, pour être associés à notre académie de Paris.

Enfin, il n'y a pas jusqu'aux instrumens de chirurgie que l'on ne fabrique dans cette capitale, chez différens couteliers, avec une perfection qu'on ne trouve nulle part.

(a) Les brutes mêmes ont excité l'attention du gouvernement. M. Bourgelat, écuyer du Roi, a fondé une école à Lyon, qui a pour objet le traitement & la connoissance des maladies qui affligent les animaux les plus dignes de nos soins. Le but de cet établissement est d'envoyer ses élèves par tout le royaume où il règne des maladies épidémiques sur les bestiaux. Les avantages que cet établissement a déjà procurés à quelques-unes de nos provinces, ont déterminé SA MAJESTÉ, en 1762, à le prendre sous sa protection, & à l'ériger en *Ecole Royale vétérinaire*.

DE LA LITTÉRATURE.

A R T I C L E　P R E M I E R.

DE LA POËSIE, DE L'HISTOIRE, &c.

LA poëſie ne s'eſt pas moins ſoutenue avec éclat depuis le règne de
Louis XIV, que les arts & les ſciences. On vit encore briller des étin-
celles de ce beau feu qui anima les Corneille, les Racine & les Molière,
ces maîtres de notre théâtre. M. de Crébillon (a), auteur d'*Atrée*, d'*Electre*
& de *Rhadamiſte*, donna *Pyrrhus* & *Catilina*. Jamais poëte n'entendit mieux
l'art d'exciter la terreur & la pitié, ces deux grands reſſorts de la tragédie.
M. Houdard de la Mothe fit *Inès de Caſtro*, qui eut un ſuccès prodigieux, non
pas que ce ſoit la pièce la mieux verſifiée, mais parce que c'eſt le chef-d'œuvre de l'intérêt. M. Néricault Deſtouches enrichit la ſcène Françoiſe des co-
médies admirables du *Glorieux* & du *Philoſophe marié*. M. le Franc de Pom-
pignan produiſit la tragédie de *Didon*, que l'on voit toujours repréſenter avec
plaiſir. M. Greſſet ſe ſignala par la comédie du *Méchant*, pièce de caractère
ſupérieurement écrite, & par quantité de poëſies agréables, *Verd-verd*, *la
Chartreuſe*, &c. Par ſa belle pièce de la *Métromanie*, M. Piron a égalé ce
qui a été donné de plus ingénieux ſur le théâtre le ſiècle dernier. MM. de la
Chauſſée, de Boiſſy, de Saint-Foix, &c., ont fait repréſenter différentes
pièces dramatiques qui ont eu du ſuccès, & qui font tous les jours l'amuſe-
ment de la nation.

Dans deux genres différens de celui du théâtre, ſe ſont fait remarquer deux
poëtes d'un mérite ſupérieur. L'un eſt M. Rouſſeau, qui a ſurpaſſé par ſa poëſie
lyrique tout ce qui avoit été fait avant lui. Ses *Odes Sacrées*, ſon *Ode à la Fortune*, celle au *Prince Eugène*, & autres, n'ont rien qu'on puiſſe leur comparer ; c'eſt la plus belle poëſie qu'on vît jamais. L'autre eſt M. Racine le fils :
par ſes *Poëmes de la Religion* & de *la Grace*, il ſoutint la réputation de ſon
illuſtre père, & approcha, par la majeſté de ſes vers, du ſublime des canti-
ques divins.

Deux poëtes Latins ſe ſont encore fait admirer ſur notre Parnaſſe : M. le

---

(*a*) Pour honorer la mémoire de ce célèbre
poëte, Sa Majeſté lui fait élever, dans l'égliſe de
Saint Gervais, un magnifique mauſolée, de la
main de M. Lemoyne.

cardinal

cardinal de Polignac par son *Anti-Lucrèce* ; M. Coffin par ses *Hymnes*, où il a appliqué si heureusement les grandes images, & les endroits les plus pathétiques de l'Ecriture.

Un homme extraordinaire paroît au milieu de tant d'auteurs illustres ; génie fécond & presque universel, dont les écrits respirent la tendre humanité. *OEdipe*, *Zaïre*, *Alzire*, *Brutus*, *Rome fauvée*, la *Mort de Céfar*, *Mérope*, &c., feront, dans tous les temps, les délices de notre théâtre, & la gloire de M. de Voltaire.

Un ouvrage, qui ne contribue pas moins à l'illuftrer, eft fon poëme épique de la *Henriade*, dont nous n'avions point encore de modèle en notre langue. Les éditions en font innombrables. Comme, depuis quarante ans, ce poëme n'a pas baiffé dans l'opinion des hommes, & qu'il a même été traduit en toutes fortes de langues, il eft à croire qu'il paffera à la poftérité, & que ce fera à jamais un des plus précieux monumens de ce règne floriffant.

Cet auteur foutient, par fa profe, la réputation qu'il s'eft faite par fes vers. Par la rapidité & la nobleffe du ftile de fon *Hiftoire de* CHARLES XII; & de fon *Siècle de* LOUIS XIV, il a furpaffé tous les hiftoriens du fiècle dernier. » Il poffède en mêmetemps au plus haut degré, eft-il dit dans un ouvrage » célèbre (a), un talent que n'a prefque eu aucun poëte ; même dans un degré » médiocre, celui d'écrire en profe. Perfonne n'a mieux *connu* l'art fi rare » de rendre, fans effort, chaque idée par le terme qui lui eft propre ; d'embellir tout, fans fe méprendre fur le coloris convenable à chaque chofe ; » enfin, ce qui caractérife plus qu'on ne penfe les grands écrivains, de n'être » jamais ni au-deffus, ni au-deffous de fon fujet.

Il n'y a pas de parties de notre littérature qui ne nous aient procuré de bons livres, qui feront les amufemens ou l'inftruction de la poftérité ; hiftoire, philofophie, agriculture, commerce, politique, beaux arts, & toutes fortes de livres d'agrément qui refpirent le goût & les graces. Nous en avons déjà cité fucceffivement plufieurs ; auxquels il convient d'ajoûter le *Traité des Tropes* de M. du Marfais, ou des divers fens dans lefquels on peut employer un mot ; livre qui, de l'aveu de tous les fçavans, eft un chef-d'œuvre littéraire & philofophique ; les *Confidérations fur les Finances* de M. de Fourbonnois, ouvrage profond & unique fur cette matière ; l'*Ami des Hommes*, ou le *Traité de la Population*, qui ne peut avoir été produit que par un ami du genre humain ; la *Poëtique* de M. Marmontel, où il décrit fi élégamment toutes ces règles dont le vrai génie s'affranchit quelquefois avec fuccès ; enfin, le *Traité des Etudes* de M. Rollin, excellent ouvrage à l'ufage des collèges.

M. l'abbé Prevoft, auteur de la grande *Collection de l'hiftoire des voyages*, s'eft fait un nom par fes romans à fentimens. Ses *Mémoires d'un homme*

(a) Préface de l'*Encyclopédie*.

Q

de qualité, Cléveland, le Doyen de Killerine, &c., par l'intérêt qu'il a eu l'art d'y répandre, & la beauté de sa diction, seront toujours lus avec plaisir, ainsi que le Gilblas de M. le Sage, roman plein d'images naïves & naturelles (a).

Les *Considérations sur les causes de la grandeur & de la décadence des Romains,* & les *Lettres Persanes,* ont préparé la haute réputation de M. le président de Montesquieu. De tous les écrivains qui ont fait honneur à la nation, il n'y a en aucun qui mérite davantage d'être célébré. Par son admirable livre de *l'Esprit des Loix (b),* il fut digne d'être regardé comme le législateur des nations. Quelle profondeur de connoissances, & quelle intelligence supérieure ne lui a-t-il pas fallu, pour envisager tous les habitans de l'univers dans l'état où ils sont, & dans tous les rapports qu'ils peuvent avoir ; pour peindre chaque peuple par ces coups de pinceau caractéristiques, & ces traits énergiques si bien saisis ! C'est un de ces ouvrages originaux inconnus à l'antiquité, & qui fera dans tous les temps honneur à ce siècle.

On peut associer à ces nouvelles productions l'*Abrégé chronologique de l'Histoire de France* de M. le président Hénault ; livre qui passe pour un modèle en ce genre, & qui jouit de toute la distinction qu'on accorde aux excellens ouvrages. L'abbé Desfontaines l'a comparé assez ingénieusement au bouclier d'Énée, où le dieu du Feu avoit sçu tracer, avec son docte ciseau, toute l'histoire des Romains.

De toutes les parties de la littérature, l'histoire est celle qui a fait les plus grands progrès. Ses plus vastes champs, où l'on ne remarquoit précédemment que des ronces & des épines, ont été presque en même temps défrichés & moissonnés. M. Rollin, dans son *Histoire ancienne,* a recueilli tout ce qu'on avoit dit d'intéressant sur les Egyptiens, les Carthaginois, les Assyriens, les Mèdes, les Perses, les Macédoniens & les Grecs. L'*Histoire Romaine* de ce même auteur, continuée par M. Crevier sous les Empereurs jusqu'à Constantin & depuis ce Prince, étendue par M. le Beau jusques dans le Bas-Empire, offre les tableaux les plus suivis des faits mémorables de cette vaste monarchie, qui, après avoir eu de si foibles commencemens, a englouti successivement toutes les autres ; & qui ensuite, affoiblie par ses propres divisions, est devenue la proie des Barbares. Enfin, l'*Histoire générale des Huns, des Mogols, des Turcs & des autres Tartares occidentaux, depuis J. C. jusqu'à présent,* par M. de Guignes, prouve, avec les ouvrages précédens, com-

(a) Il a paru quelques dames parmi nos auteurs. M^de. de Graphigni a fait les *Lettres Péruviennes,* & la pièce de *Cénie,* comédie pleine de sentimens & purement écrite : M^de. Duboccage a donné la tragédie des *Amazones,* & la *Colombiade :* mademoiselle de Lussen, l'histoire de *Louis XI,* & les *Anecdotes de la cour de Philippe-Auguste* & de *François premier,* qui lui ont mérité une pension de la cour.

Mesdames de Puisieux, de Gomez & Lambert, ont aussi produit différens écrits.

(b) L'*Esprit des Loix* a été traduit en toutes sortes de langues. Il est déjà devenu un livre classique dans l'université d'Oxfort. De plus, le Roi de Sardaigne a fait l'honneur à cet ouvrage de le choisir pour être la base de l'éducation des Princes ses enfans.

bien l'on s'est appliqué à enrichir nos lettres ; & que nous pouvons nous flatter d'avoir déjà une histoire universelle suffisamment détaillée & approfondie.

Indépendamment de ces histoires générales, combien n'en avons-nous pas de particulières ! Outre le *Siècle de Louis XIV* & l'*Histoire de Charles XII* dont nous avons parlé, il a paru l'excellente *Histoire de Malthe* de M. l'abbé de Vertot ; que ses *Révolutions Romaines* & autres ouvrages ont fait placer au rang de nos meilleurs écrivains. Son stile est léger, sa narration est vive ; personne n'a mieux sçu l'art d'attacher le lecteur. M. Duclos & M. de la Bletterie se sont aussi distingués ; l'un par l'*Histoire de Louis XI* ; l'autre par la *Vie de l'Empereur Julien*. M. l'abbé Velli, & son continuateur M. Villaret, nous ont donné une *Histoire de France depuis le commencement de la monarchie*, pleine de recherches extrêmement curieuses ; & qui est un modèle de la manière dont on devroit toujours écrire ces sortes d'ouvrages. Ils ont appliqué les principaux faits de leur histoire à faire connoître, siècle par siècle, le génie des François, les progrès de l'esprit humain & des arts. Toutes les autres histoires ne font ordinairement que celles des Souverains ; celle-ci est véritablement l'histoire de la nation.

Il est vraisemblable que nous n'aurions pas eu autant de bons historiens, s'ils n'avoient été précédés par l'étude profonde que l'on a faite de l'antiquité, laquelle a mis à portée de développer les arts, les usages & les monumens des anciens, & a répandu la lumière sur une infinité de faits des plus intéressans de leur histoire. Ce furent peut-être ces difficultés qui empêchèrent les écrivains du siècle dernier de se livrer à cette partie de la littérature. Les matériaux n'étoient pas suffisamment préparés pour construire ces édifices. L'académie des Belles-lettres ne s'occupoit alors que de médailles, d'inscriptions & de devises concernant Louis XIV. Ce ne fut qu'en 1717 qu'elle commença à nous donner ces excellens mémoires, si intéressans, si instructifs, & qui font tant d'honneur à son érudition.

Pour contribuer de plus en plus aux progrès dans la connoissance de l'antiquité, M. le comte de Caylus a fondé en 1754 un prix, consistant en une médaille d'or de 500 livres ; dont le sujet sera toujours une question relative aux usages & aux monumens des anciens. C'est ce même académicien qui nous a donné des mémoires si curieux & si pleins de recherches sçavantes sur les antiquités *Egyptiennes, Grecques* & *Romaines*.

M. l'abbé Barthelemy s'est fait de la réputation dans l'Europe sçavante, en retrouvant l'alphabet *Palmyrénien* ; découverte qui facilite la lecture des inscriptions écrites en cette langue, que personne n'avoit pu déchiffrer jusqu'alors.

Les mémoires de M. de Sainte-Palaye (*a*) sur l'*ancienne Chevalerie*, qui

_____

(*a*) Cet académicien va nous donner incessamment un *Glossaire François*, qui sera d'une très-grande utilité pour connoître l'origine & l'étymologie des différens mots de notre langue.

étoit un établissement politique & militaire, méritent de tenir un rang distingué parmi les plus sçavantes & les plus agréables productions de l'académie des Belles-lettres.

Le père Montfaucon a développé tout ce qu'on pouvoit desirer sur les coutumes & les usages des anciens, dans son immense ouvrage de l'*Antiquité expliquée*.

Deux Bénédictins ont donné un *Traité diplomatique*, ouvrage très-sçavant & très-utile pour éclaircir les caractères anciens des bulles pontificales, des chartres, des diplomes donnés en chaque siècle, ainsi que pour déchiffrer les inscriptions, & quantité de points d'histoire, de chronologie & de littérature.

De célèbres avocats ont illustré notre barreau. M. Cochin a passé pour un Démosthène : personne n'a été doué d'une éloquence plus mâle, plus persuasive ; ses écrits seront, dans tous les tems, des modèles pour ceux qui se destinent à cette profession. MM. de l'Averdy, le Normand, Simon, Guéau de Reverseaux, ont été des orateurs de la plus grande réputation ; & MM. Gerbier, Doucet, ainsi que plusieurs autres, marchent avec beaucoup de succès sur leurs traces. Nous regrettons deux magistrats qui furent des modèles des talens & des vertus, qu'il seroit à souhaiter que possédassent toujours les personnes constituées en dignité. L'un est M. Joly de Fleury, procureur-général, & père de celui qui le remplace si dignement ; l'autre est M. d'Aguesseau, chancelier de France, dont on nous a donné depuis peu les œuvres.

Enfin, les arts, les sciences & la littérature ont acquis un tel degré de supériorité, que l'on s'est trouvé en état de pouvoir en réunir l'esprit dans le fameux *Dictionnaire de l'Encyclopédie*, exécuté par une société de gens de lettres, dont MM. Diderot & d'Alembert sont les éditeurs. La plupart des auteurs célèbres de la nation ont concouru à son exécution. C'est un livre qui constatera à jamais les progrès de toutes les connoissances humaines, & qui prouvera à quel point de perfection elles ont été portées de nos jours. La préface de cet ouvrage est sur-tout un morceau admirable.

ARTICLE II.

DES ÉTABLISSEMENS

RELATIFS AUX PROGRÈS DES LETTRES.

On voit, par cet exposé, que notre littérature a produit les ouvrages les plus importans dans tous les genres, qui mériteront l'attention des siècles à venir. Jamais les lettres n'ont été si généralement cultivées. Leur goût ne

s'est

s'eft pas feulement borné à Paris : de cette capitale, il s'eft ramifié par tout le royaume. Nos principales villes ont formé, foit des fociétés littéraires, foit des académies, dont la plupart font de nouvelle inftitution (a), & il s'eft trouvé dans nos provinces fuffifamment de perfonnes capables pour en occuper les places. Ces différentes compagnies diftribuent annuellement des prix à ceux qui font les meilleurs ouvrages, ou les meilleures pièces de vers fur les fujets propofés. Toutes ces récompenfes aiguillonnent les talens, leur donnent du reffort, de l'émulation, & contribuent à l'accroiffement de nos lettres & de nos fciences.

Notre académie Françoife vient de confacrer fon prix d'éloquence à la gloire des grands hommes de la France. Aucun deffein ne pouvoit occuper plus dignement cette compagnie diftinguée. Quoi de plus intéreffant pour la nation, que de voir fucceffivement paffer en revue ces guerriers invinci-bles, dont le courage a enchaîné la Victoire fous les étendards de nos Rois ! ces miniftres immortels, dont la fage adminiftration a fait la profpérité du gouvernement ! ces magiftrats recommandables par leurs lumières & leur intégrité, qui ont été la fauve-garde des loix fous l'empire de nos Souve-rains ! enfin, ces génies fupérieurs qui ont hâté les progrès de la raifon, & qui ont illuftré notre patrie par leurs ouvrages ! Les éloges de M. le maré-chal de Saxe, de M. du Guay-Trouin, de M. le duc de Sully, & de M. d'A-gueffeau, ont commencé à fignaler les talens de nos orateurs dans cette nouvelle carrière. Célébrer auffi authentiquement les vertus, c'eft donner la plus grande idée de notre âge à la poftérité.

Il n'y a pas jufqu'à la nombreufe jeuneffe de nos colléges, dont les études n'aient reçu une nouvelle activité, par les prix publics de l'Univerfité, établis depuis environ quinze ans, & adminiftrés par nos premiers magiftrats (b). Ils ont donné de l'émulation, non feulement aux élèves, mais encore aux profeffeurs, jaloux que leurs écoliers remportent les palmes dans ces fêtes littéraires.

Si l'on veut fe convaincre plus particulièrement des avantages que l'on a procurés aux lettres, il n'y a qu'à jetter les yeux fur le plus beau monument littéraire qui foit au monde, c'eft-à-dire, fur la Bibliothèque du Roi. C'eft fous ce règne que ce temple des Sciences a été établi, rue de Richelieu,

(a) Indépendamment des académies Françoi-fe, des Belles-lettres, des Sciences, de Peinture, d'Architecture & de Chirurgie de Paris, il en a été établi à Arles, à Marfeille, à Nifmes, à Beziers, à Montpellier, à Touloufe, à Bordeaux, à la Ro-chelle, à Montauban, à Angers, à Pau, à Lyon, à Ville-Franche, à Arras, à Nancy, à Amiens, à Befançon, à Troyes, à Dijon, à Auxerre, à Caen & à Rouen.

(b) M. l'abbé le Gendre, M. l'abbé Collot, & M. Coffin, principal du collége de Beauvais, ont fait des fondations pour ces prix de l'Univerfité dont la première diftribution s'eft faite en 1747. M. Coignard a auffi fondé, en 1750, un prix d'é-loquence Latine de 400 livres pour les maîtres ès arts des univerfités de Paris, de Reims & de Caen.

R

dans de vaftes galeries décorées avec la plus grande magnificence. M. le comte de Maurepas, & M. le comte d'Argenfon, tous deux miniftres très-zèlés pour la gloire de nos lettres, ont concouru fucceffivement, en fecon-dant les intentions du Roi, à l'augmenter & à l'enrichir. Que d'efforts mul-tipliés n'a-t-on point faits pour porter cette bibliothèque au point de grandeur où on la voit? M. l'abbé Sevin (*a*) fut envoyé en 1729 dans le Levant, pour acheter tous les manufcrits, foit Grecs, foit Orientaux, qu'il feroit poffible de recouvrer. De plus, il fut établi à Conftantinople une efpèce d'académie compofée de jeunes gens, élevés, aux dépens du Roi, dans l'étude des langues étrangères, dont l'unique occupation eft de traduire & de copier toutes fortes de livres Turcs, Arabes, Perfans, & autres ouvrages Orientaux. A mefure que ces traductions font achevées, on les envoie fucceffivement à la bibliothèque du Roi, où ils font dépofés avec les originaux.

M. l'abbé Bignon, pendant le temps qu'il eut la direction de cette bibliothèque, l'enrichit de quantité de livres des Indes, qu'il fit venir ex-près, & qui font une collection unique en Europe. Cette bibliothèque s'augmenta encore d'un très-grand nombre de manufcrits, tant anciens que modernes, provenant de la bibliothèque de M. Colbert, & de beaucoup d'autres qu'il feroit trop long de détailler.

Ses accroiffemens furent fi confidérables, qu'il fut frappé une médaille en 1732, pour conftater que la bibliothèque du Roi avoit été augmentée, cette année, de dix mille manufcrits. Il s'en falloit bien qu'elle approchât, le fiècle dernier, de l'état de fplendeur où elle eft actuellement. A l'avénement de Louis XV, il n'y avoit que foixante & douze mille volumes reliés, & à peu près la moitié de ce nombre en manufcrits. Aujourd'hui, on compte cent cinquante mille volumes reliés, & quatre-vingt-deux mille manufcrits. Il n'y a pas d'exemple d'une bibliothèque auffi nombreufe; elle eft très-fupé-rieure à la bibliothèque Impériale de Vienne & à celle du Vatican. Le *Catalogue* de toutes ces richeffes eft fous preffe, & doit contenir plus de vingt volumes *in-folio*.

(*a*) *Catalogue des livres imprimés de la Bibliothèque du Roi*, première partie.

ARTICLE III.

INSTRUCTION GRATUITE
DANS L'UNIVERSITÉ,
ET ÉTABLISSEMENT DE L'ÉCOLE-ROYALE-MILITAIRE.

TANT de faveurs & d'encouragemens accordés aux arts & aux sciences, mani-
festent pourquoi cet amour naturel aux François pour leurs Souverains s'est
encore augmenté sous le règne d'un Prince qui s'intéresse autant à notre bonheur,
& qui porte sans cesse, par ses bienfaits, la fertilité dans tout son royaume.
A peine étoit-il sur le trône, que ses premières années furent signalées par
l'instruction gratuite dans les collèges de l'Université de Paris. Jusqu'alors les
étudians avoient toujours payé leurs professeurs ; ce qui sembloit dégrader
la dignité des lettres, & empêchoit le plus souvent les parens de faire étudier
leurs enfans. Louis XV mit ces jeunes plantes en état de croître à l'ombre
de sa générosité, & assigna à l'Université (a), dont on peut regarder les
élèves comme la pépinière des citoyens, une somme annuelle considérable
sur les revenus des postes & messageries (b), qui ont obligation à ce corps
de leur invention. Mais des monumens qui mettent le comble à sa bienfaisance, & qui rendront son nom cher à jamais, ce sont les établissemens
de l'Ecole-Royale-Militaire en 1750, & du Collège Royal de la Flèche, en 1764. Ils sont dignes du règne de ces Princes qui furent l'honneur de la terre. Notre Roi a voulu servir de père aux enfans de sa noblesse,
dont la fortune n'égale pas toujours le courage, & qu'ils fussent élevés par
ses soins dans l'art des héros. C'est se rendre le bienfaiteur des siècles à
venir, que de former de semblables établissemens, & consacrer son nom à
la postérité de la manière la plus respectable (c).

(a) Ce fut en 1719, sous la régence de M. le
duc d'Orléans, que le Roi accorda à l'Université,
pour l'instruction gratuite, le vingt-huitième effec-
tif sur la ferme des postes & messageries. Comme
le bail pouvoit être sujet à des changemens, l'année suivante, l'étendue de ce bienfait fut fixée in-
variablement à la somme de 120528 livres 18 sols
5 deniers, toujours à prendre sur cette ferme.
(Eloge de M. Coffin.)

(b) Dans le temps que l'Université étoit la seule
du royaume, les étudians y venoient en foule de
toutes les parties de la France & même de l'Europe. Leurs besoins continuels demandoient une
correspondance entre les provinces & la capitale.

Pour lier cette correspondance, l'Université avoit
établi des postes & des messageries, qui ont servi
de modèles à tous les établissemens qu'on a faits
depuis en ce genre. (idem.)

(c) Lorsque la déclaration portant l'établissement
d'une école-royale-militaire parut, le Roi en donna
une seconde, par laquelle il accorde la noblesse à
tous les officiers au bout de vingt ans de service.
Depuis, par une ordonnance du 10 mars 1759,
S. M. a créé une marque extérieure de distinction,
sous le titre d'ordre du Mérite militaire ; en faveur
des officiers des régimens Suisses, & d'autres corps
étrangers de la religion protestante, qui ne peuvent
être admis dans l'ordre royal de S. Louis.

ARTICLE IV.
RESUMÉ DE CE TABLEAU.

Par tout ce que nous venons de dire, il eſt aiſé de remarquer que nos arts ajoutent à ce règne une grandeur & un éclat, qu'on ne remarque nulle autre part. Ils ne le cèdent qu'à notre littérature. Nos bons ouvrages en tout genre font plus que jamais les délices de l'Europe. Juſques dans la Ruſſie, on repréſente nos pièces dramatiques. Notre langue eſt aujourd'hui plus répandue que la Latine. On vient de voir le héros du Nord lui rendre une ſorte d'hommage, en compoſant des *Mémoires* & un *Poëme ſur la guerre*, auſſi purement écrits, que s'ils avoient été compoſés dans cette capitale. Les inſcriptions & les deviſes ſe font preſque par-tout en François. Enfin, le dernier traité de paix que nous avons conclu avec les puiſſances les plus jalouſes de notre gloire & de notre réputation, a été écrit en langue Fran-çoiſe. Ainſi, d'un bout de l'Europe à l'autre, tout parle du triomphe de nos arts & de notre littérature.

Paris, cette ville ſi opulente & ſi peuplée, doit donc être regardée comme la première ville du monde, comme le centre du bonheur & du génie. Elle eſt ce que furent Athènes & Rome dans les jours ſi vantés de leur magnificence. Où trouver ailleurs plus d'eſprit, un goût plus ſûr & plus délicat, cette galanterie pleine de décence, tout ce que l'humanité a de dehors ſéduiſans, ces mœurs douces & agréables qui font le charme de la ſociété? En un mot, le François peut paſſer, à bien des égards, pour le peuple roi de l'Europe, puiſqu'il y domine véritablement par ſa langue, par ſon induſtrie, par ſa politeſſe, & par ſa réputation.

Ce qui ajoute à la véritable gloire de notre nation, c'eſt, dans le plus beau ſiècle qui ait encore exiſté, qu'elle eſt le modèle des autres. Parcourons l'hiſtoire, nous n'en trouverons point qui puiſſe être mis en parallèle. Les Antonin & les Trajan n'eurent aucuns Princes contemporains dignes de leur être comparés. Alexandre, Auguste, Louis XIV éblouirent ſeuls, dans leur ſiècle, tout l'univers. Il étoit réſervé à ces temps heureux de réunir un ſpectacle que rien ne ſçauroit égaler ; une foule de grands & de bons Rois. Tranſportons-nous aux jours mémorables où toute la nation Françoiſe cou-ronnoit les vertus de notre Auguſte Monarque du ſurnom de Bien-Aimé, titre au-deſſus de tous ceux qu'ait jamais mérité aucun Prince ; ou bien au temps où Louis XV, accompagné de Mgr. le Dauphin, qui partage notre tendreſſe avec ſon père, remportoit la victoire de Fontenoy. Nous verrons Benoît XIV, ce pontife ſi ſçavant, ſi révéré, occuper la chaire

de

de Saint Pierre , & rendre , s'il est possible , la religion Chrétienne plus respectable , en supprimant en Italie toutes les superstitions qui sembloient la déprimer : ELIZABETH PETROWNA , digne fille de PIERRE LE GRAND , encourager les arts, fertiliser les vertus civiles dans ses vastes états ; signaler sa clémence par un exemple unique, en voulant qu'on respectât la vie des hommes pendant tout son règne , & qu'aucun malfaiteur ne fût condamné à mort, mais aux mines : MARIE-THERESE , Reine de Hongrie, réunissant en elle toutes les qualités qui forment les vrais héros, se faire un rempart du cœur de ses sujets, contre presque toute l'Europe conjurée contre elle , & par son courage d'esprit surmontant tous les obstacles, donner naissance à une nouvelle maison Impériale. FREDERIC II, Roi de Prusse , législateur de ses peuples, fixoit tous les regards par son goût pour les sciences , son esprit, ses talens militaires, & ses victoires multipliées : FREDERIC V, Roi de Danemarck, prince adoré de ses sujets, les rendoit heureux, encourageoit les arts, les sciences & les manufactures, & avoit le bonheur de maintenir ses états en paix : CHARLES - EMMANUEL III, Roi de Sardaigne , également grand dans la paix & dans la guerre, étoit l'image des vertus qui devroient toujours animer ceux qui font faits pour commander aux hommes : enfin , STANISLAS I, ce compagnon de CHARLES XII, ce sage sur le trône, s'attiroit le respect & la vénération de toute la terre, par ses qualités personnelles, par les établissemens sans nombre dont il embellissoit la Lorraine : comme un autre TITUS,

Il rendoit de son joug l'univers amoureux. *

Heureuse la postérité qui pourra comparer son siècle au nôtre !

* *Première Epitre de Boileau.*

INTRODUCTION.

DES HONNEURS

ET DES MONUMENS DE GLOIRE

ACCORDÉS AUX PRINCES ET AUX GRANDS HOMMES,
tant chez les Anciens que chez les Modernes.

IL est difficile de fixer précisément en quel temps les premières statues ou les premiers monumens de gloire ont été érigés. Il y a tout lieu de croire qu'ils furent dans leur origine, comme ils le sont encore, l'expression de la reconnoissance des peuples, pour perpétuer la mémoire, soit des bons Princes qui les avoient rendus heureux, soit pour célébrer les héros qui les avoient défendus contre la violence de leurs ennemis. Quelle sagesse, en effet, d'exposer aux regards de toute une nation ce qui devoit le plus intéresser son respect & sa reconnoissance ! Ce sont les grands hommes qui font, dans tous les temps, la gloire d'un état ; & il importe à sa prospérité de graver dans tous les cœurs de nobles impressions, des sentimens forts & magnanimes. Par ces hommages éclatans, rendus à la mémoire de ceux qui avoient bien mérité de la patrie, on élevoit l'ame des citoyens, on les rendoit enthousiastes du bien public : c'étoit leur dire, *Imitez ces hommes célèbres, dont le ciseau perpétue les actions généreuses, & rendez-vous dignes, comme eux, des mêmes honneurs, & de l'admiration de l'univers.*

Rien n'eft donc plus refpectable que l'origine de ces récompenfes, & rien par conféquent ne fçauroit davantage intéreffer que le précis de ces diftinctions honorables accordées, jufqu'à nos jours, au mérite & à la vertu.

Monumens élevés chez les Egyptiens, les Affyriens, les Grecs & les Romains.

Un des plus anciens monumens dont il foit fait mention dans l'hiftoire, eft celui que les Egyptiens élevèrent en l'honneur du Roi Mœris. Ce Prince avoit été leur bienfaiteur, en faifant conftruire ce fameux lac de cent quatre-vingt lieues de circuit, auquel on donna fon nom, & qui recevoit les débordemens du Nil toutes les fois qu'ils étoient extraordinaires. En reconnoiffance de ce fervice fignalé, les Egyptiens firent élever au milieu de ce lac deux pyramides, dont chacune portoit, fur un trône, une ftatue coloffale ; l'une de Mœris, l'autre de fa femme. Ces pyramides, fuivant le rapport des hiftoriens, s'élevoient de trois cent pieds au-deffus de l'eau, & occupoient au-deffous un femblable efpace. Leur conftruction fervoit de preuve à la poftérité, que ce lac avoit été fait de main d'homme, fous un feul Prince (a).

Tous les monumens des Egyptiens étoient ainfi taillés dans le grand. Ces peuples cherchoient à tranfmettre leur nom à la poftérité, de la manière la plus ineffaçable. Leurs villes étoient remplies de magnifiques obélifques (b) de granit d'un feul morceau, dont plufieurs ont été tranfportés à Rome du temps des Empereurs, & font encore aujourd'hui, par leur grandeur, un de fes plus beaux ornemens. On y voyoit gravés en figures hiéroglyfiques, à la manière de ces peuples, la gloire de leurs Rois & de leurs grands hommes, auffi-bien que les myftères de leur mythologie, & les découvertes qu'ils avoient faites dans les fciences & dans les arts.

Le fameux Séfoftris, Roi d'Egypte, qui fit tant de conquêtes, qui pénétra dans les Indes plus loin qu'Hercule & que Bacchus, & que ne fit depuis Alexandre, avoit fait élever, d'une mer à l'autre, dans l'Afie mineure, des monumens de fes victoires (c), avec ces fuperbes infcriptions : *Séfoftris, Roi des Rois, Seigneur des Seigneurs, a conquis ce pays par fes armes.*

Ces monumens étoient chargés d'hiéroglyphes qui exprimoient la diffé-

---

(a) (c) Hérodote, *liv. II*, & Diodore, *liv. I*.
(b) L'obélifque Egyptien, qui eft dans la place de S. Jean de Latran à Rome, eft le plus grand de tous. Il a cent huit pieds de haut, fans le piedeftal ni la croix ; on dit qu'il fubfifte depuis plus de trois mille ans. Il y en a un au milieu de la place de S. Pierre, qu'on croit de 900 ans plus ancien, lequel a foixante-dix-huit pieds fans le piedeftal, & pèfe neuf cent cinquante-fix mille cent quarante huit liv. Au milieu de la place de la Porte du peuple, il y a auffi un très-grand obélifque. On en remarque encore un au-deffus de l'admirable fontaine de la place Navonne ; & un autre petit devant l'églife de la Minerve, foutenu par un éléphant. Enfin, on a découvert, il n'y a pas longtemps, dans la cour du palais Barberin, les morceaux d'un très-grand obélifque, qu'il ne feroit pas impoffible de rétablir.

rence

rence des peuples vaincus , leur caractère , leurs mœurs & leur religion.
Après neuf années de victoires confécutives , ce Prince revint triomphant
dans l'Egypte, faifant traîner fon char par les Rois & les chefs des nations
qu'il avoit faits prifonniers. En action de graces de fes victoires, il ordonna
que l'on conftruisît cent temples dans les principales villes de l'Egypte, en
l'honneur de leurs dieux tutélaires. On lifoit, fur les frontifpices, qu'aucun
naturel du pays n'avoit travaillé à tous ces monumens de fes conquêtes, &
qu'ils avoient tous été conftruits par les peuples qu'il avoit fubjugués.

On vint a nnoncer à Sémiramis, cette Reine fi célèbre dans l'hiftoire,
qu'il y avoit une émeute à Babylone (a) : elle étoit à fa toilette; elle part
à l'inftant, fans réfléchir à l'état de défordre où elle fe trouvoit ; appaife le
trouble, & punit les féditieux. A l'occafion de la fermeté & de la préfence
d'efprit que cette Princeffe avoit montrée en cette rencontre, les Babylo-
niens lui élevèrent une ftatue, où ils la repréfentèrent en cet état négligé
dans lequel elle en avoit impofé aux rebèles (*).

Hercule ayant pouffé fes conquêtes jufqu'au détroit de Gibraltar, & fe
croyant arrivé aux limites du monde, y érigea deux colonnes pour fervir de
trophées & de marques éternelles que fes victoires n'avoient eu de bornes
que celles de la terre. Il y fit graver ces mots, qui, depuis, ont paffé en
proverbe : *Nec plus ultra*. Cet endroit a toujours confervé le nom des Colonnes d'Hercule, bien que ce monument ait été ruiné par les temps.

Dans la plus haute antiquité, il étoit d'ufage chez les Grecs, après une
victoire, d'adjuger le prix de la gloire, & de déclarer publiquement quel
étoit celui qui s'étoit le plus diftingué par fa bravoure pendant l'action (b).
Les chefs de l'armée, affemblés, marquoient fur un billet celui qui en étoit
le plus digne, & la pluralité des fuffrages décidoit du vainqueur. Rien
n'étoit plus capable d'infpirer aux officiers & aux foldats, de la valeur &
de l'intrépidité dans les combats. Ces récompenfes relevoient le courage,
& furent comme l'ame de toutes ces actions héroïques, qui rendirent les Grecs
fi fameux dans les célèbres journées de Marathon, des Thermopyles, d'Arthemife, de Salamine, de Platée, de Myclade, d'Eurimedon, &c. Qui
peut imprimer dans l'efprit des peuples l'amour de la gloire, réuffit facilement à former de grands hommes.

Une autre coutume, qui n'eft pas moins remarquable, étoit celle d'éri-

(a) *Val. Max.*, *lib. IX*, *cap.* 3.

(*) Après la prife de Jérufalem , Nabuchodo-
nofor II fe fit élever un monument d'orgueil & de
vanité. Il fit exécuter à Babylone une ftatue d'or
haute de foixante coudées ou de quatrevingt-dix
pieds ; & , ayant affemblé tous les grands de fon
royaume pour en faire la dédicace , il ordonna à
tous fes fujets de l'adorer, fous peine d'être jet-
tés au milieu des flammes d'une fournaife ar-

dente. Les livres faints inftruifent que les trois
jeunes Hébreux , Ananias , Mifaël & Azarias ,
ayant refufé d'obéir , furent confervés d'une manière miraculeufe au milieu des flammes. Le Roi ,
frappé de ce miracle , fit un édit , par lequel il
défendit de blafphémer à l'avenir le nom du dieu
des Hébreux, & combla d'honneur ces trois jeunes
hommes. *Dan.*, c. 3.

(b) *Plut. in Themift.*

T

ger, après une victoire, un trophée fur le champ de bataille : c'étoit un amas d'armes ou de dépouilles des ennemis, dont on faifoit une efpèce de pyramide. Ce trophée étoit toujours offert à quelques divinités ; c'eft pourquoi il étoit regardé comme une chofe facrée ; perfonne n'ofoit le renverfer. Lorfqu'il tomboit de vétufté, il étoit également défendu de le rétablir, afin, remarque Plutarque (a), de ne point éternifer les inimitiés & les anciennes querelles avec les ennemis. Ce fut dans le même efprit que les Grecs n'élevèrent jamais des arcs de triomphe dans leurs villes, foit en pierre, foit en marbre, ainfi que le pratiquèrent les Romains fous les Empereurs, comme nous le dirons par la fuite.

Pour perpétuer la mémoire de la célèbre victoire remportée fur les Perfes à Marathon, on érigea aux Grecs, qui avoient été tués dans cette bataille, des monumens où leurs noms & celui de leurs tribus étoient marqués. On en conftruifit trois féparément, l'un pour les Athéniens, l'autre pour les Platéens, & un troifième pour les efclaves que l'on avoit armés à cette occafion (b). Par la fuite, les Athéniens y firent ajouter le tombeau de Miltiade, auquel on devoit la gloire de cette fameufe journée.

Après le célèbre combat des Thermopyles, les Amphictyons firent élever fur le champ de bataille un monument à ces généreux défenfeurs de la Grèce. On y avoit gravé deux infcriptions : la première marquoit que les Grecs du Péloponnèfe, au nombre de quatre mille, s'étoient oppofés à l'armée des Perfes, compofée de trois millions d'hommes ; la feconde, qui étoit du poëte Simonides, & relative feulement aux Spartiates, difoit : *Paffant, va annoncer à Lacédémone que nous fommes morts ici pour obéir à fes loix facrées* (c).

Lorfque les Grecs avoient remporté une victoire, ils mettoient à part la dixme de tout le butin, pour les divinités qu'ils croyoient leur avoir été favorables ; quelquefois même ils établiffoient à perpétuité une fête folemnelle. Après la bataille de Salamine (d) ils envoyèrent à Delphes les prémices du riche butin qu'ils avoient fait. Après celle de Platée, ils firent exécuter, à frais commun, une ftatue de Jupiter, qu'ils placèrent dans fon temple d'Olympie. On lifoit fur le piedeftal le nom de tous les peuples de la Grèce qui s'étoient trouvés au combat : les Lacédémoniens à la tête, les Athéniens après, & tous les autres de fuite (e).

Les Grecs avoient encore établi l'ufage de confacrer, par des éloges funèbres, la mémoire des citoyens qui avoient verfé leur fang pour la patrie. Ce qui fe pratiquoit à cette occafion à Athènes mérite beaucoup d'être

(a) Plut. in Quæft. Rom., page 272.
(b) Paufan. in Attic.
(c) Herod. l. VII.
(d) Idem, l. VIII.
(e) Dans ce que nous avons dit fur la plupart des monumens & des ftatues accordés dans l'antiquité aux héros, nous avons fait un bon ufage de la compilation que M. Rollin a faite à ce fujet dans fon *Hiftoire ancienne*, d'après les auteurs Grecs & Latins qui en ont parlé.

remarqué. Au retour d'une campagne, on rendoit publiquement les premiers devoirs à ceux qui avoient été tués : on exposoit, pendant trois jours consécutifs, les offemens des morts à la vénération du peuple, qui s'empressoit à y jetter des fleurs, & à y faire brûler de l'encens & des parfums. Tous ces offemens étoient ensuite portés en pompe dans autant de cercueils qu'il y avoit de tribus dans cette ville. Cette cérémonie étoit auguste & majestueuse : c'étoit un glorieux triomphe, plutôt qu'un lugubre convoi. Au milieu de cet appareil, un Athénien des plus distingués prononçoit devant tout le peuple l'éloge funèbre de ces illustres morts. Periclès fut honoré de cette commission après la première campagne de la guerre du Péloponnèse. Le but de ces discours étoit d'exalter le courage de ces généreux soldats, & d'exciter les citoyens à les imiter, par la vue de la gloire dont ces braves défenseurs de la patrie étoient comblés pour jamais (a).

Les premières statues que l'on vit dans la Grèce, furent celles d'Armodius & d'Aristogiton, qui avoient cimenté de leur sang la liberté d'Athènes, lorsque les tyrans en furent chassés. En reconnoissance, les Athéniens leur élevèrent deux statues de bronze dans la place publique ; afin que leur vue ranimât, dans tous les cœurs des citoyens, la haine de la tyrannie. Après la défaite de Darius, Alexandre, ayant retrouvé dans la Perse ces monumens que Xerxès avoit enlevés lors de son irruption, pour se rendre agréable aux Athéniens ; leur renvoya les statues de ces deux grands hommes.

Ces républicains en érigèrent aussi à Phocion, à Chabrias, ainsi qu'à Socrate, lorsqu'ils eurent reconnu, après sa mort, leur injustice. Il paroît que les Grecs, dans les premiers temps de leurs splendeur, étoient très-réservés à accorder des marques de distinction dans leur villes ; mais, par la suite, ils tombèrent dans un excès opposé à cet égard : car on prétend qu'en reconnoissance du bonheur que Démétrius de Phalère avoit procuré à la ville d'Athènes par sa sage administration, ils lui élevèrent trois cent soixante statues, autant que de jours en l'année que l'on croyoit alors de ce nombre, lesquelles furent presqu'aussitôt abbattues qu'élevées.

Peu de héros auroient eu autant de monumens qu'Alexandre, relativement à l'éclat de ses conquêtes, à ses victoires, & au triomphe des arts sous son règne, sans la défense expresse qu'il fit à tous les sculpteurs, excepté à Lysippe, d'exécuter ses statues ; & à tous les peintres, excepté à Appelle, de faire son portrait. Il y a apparence que son but, par cette défense, étoit de s'immortaliser par le ciseau & le pinceau de ces deux artistes uniques, & que cela ajoutât encore à sa réputation.

Ce Prince perdit, à la bataille du Granique, vingt-cinq de ses principaux officiers qu'il affectionnoit. Pour perpétuer leur mémoire, il ordonna qu'on

(a) *Histoire ancienne*, tome XI, seconde part.

exécutât leurs ftatues équeftres , qui furent placées, avec la fienne , à Dium, ville de Macédoine. Lorfque les Romains fubjuguèrent ce royaume , Métellus fit tranfporter ces ftatues à Rome , & en décora fon triomphe.

Un architecte , nommé Dinocrate , vint un jour trouver Alexandre au milieu de fes conquêtes , pour lui propofer de le célébrer de la manière la plus fublime & la plus immortelle. » Je viens vous préfenter, lui dit - il, » grand Roi, une penfée digne de vous : c'eft de tailler le mont Athos » dans une figure coloffale qui vous reffemble ; & qui, portant fa tête dans » les nues, tiendra dans une de fes mains une ville capable de contenir dix » mille habitans, & aura l'autre appuyée fur une urne, où fe raffembleront » les eaux de tous les fleuves qui prennent leur fource dans cet immenfe » rocher, pour les verfer dans la mer (a). « On prétend qu'Alexandre ne fut détourné de ce projet, qu'il croyoit poffible , que par la difficulté que les habitans auroient eue à fubfifter dans cette ville.

La ville de Syracufe ayant déféré à Gelon l'autorité fouveraine , avec le titre de Roi, après une victoire mémorable que ce général avoit remportée fur les Carthaginois en Sicile , lui fit en même temps ériger une ftatue.

La Reine Arthemife, fi connue par le fuperbe tombeau qu'elle fit ériger à Maufole fon époux , ouvrage qui paffoit pour une des fept merveilles du monde, ayant furpris la ville de Rhodes, y fit dreffer un monument de fa conquête bien fingulier ; c'étoit deux figures de bronze, dont l'une repréfentoit la ville de Rhodes, & l'autre cette Reine qui la marquoit d'un fer chaud.

Au lieu d'ériger toujours les ftatues dans des places ou dans des endroits publics, fouvent on les plaçoit dans les temples les plus fameux. Philopœmen ayant remporté fur Machanidas, tyran de Sparte, une grande victoire, & l'ayant même tué de fa main dans le combat, les Achéens lui érigèrent une ftatue de bronze, où ils le repréfentèrent dans l'action de tuer le tyran ; & ils firent placer ce monument dans le temple d'Apollon à Delphes. Il eft à croire que l'on en confacroit fouvent dans ce temple : car on dit que Néron, l'étant allé vifiter lors de fon voyage de Grèce , trouva à fon gré cinq cent belles ftatues de bronze, tant d'hommes illuftres que de dieux, qu'il enleva , & qu'il fit tranfporter à Rome fur fes vaiffeaux.

On rendoit auffi toutes fortes d'honneurs à ceux qui remportoient le prix aux jeux de la Grèce , parmi lefquels les Olympiques tenoient le premier rang. Les plus grands héros de l'antiquité, Hercule , Théfée , Caftor & Pollux , en furent les inftituteurs (b). Les Grecs ne concevoient rien de comparable à la gloire de triompher dans ces jeux, dont le but étoit d'endurcir

(a) Vitruve , l. II.
(b) Hiftoire ancienne , tome V, page 58 & fuiv.

les

les corps, de les rendre plus robuſtes, plus adroits, plus capables de ſupporter le poids des armes; qualités bien eſſentielles avant l'invention de la
poudre, & qui décidoient ordinairement du gain des batailles. Non ſeulement l'athlète vainqueur étoit honoré d'une ſtatue, mais on datoit encore
l'année par ſon nom; on lui décernoit une couronne & une palme. Un
hérault, précédé d'un trompette, le promenoit dans tout le Stade, en pro-
clamant à haute voix ſon nom & ſon pays devant tout le peuple aſſemblé,
qui redoubloit alors ſes acclamations & ſes applaudiſſemens.

Outre les ſtatues que l'on décernoit aux athlètes dans l'endroit où ils
avoient été couronnés, on leur en érigeoit quelquefois dans leur patrie. La
ville de Sparte fit élever un magnifique monument à Ciniſca, ſœur d'Ageſi-
las, pour honorer la victoire qu'elle avoit remportée aux jeux Olympiques,
dans la courſe des chars attelés de quatre chevaux (a).

De retour dans ſa patrie, le vainqueur aux jeux de la Grèce entroit en
triomphe, revêtu des marques de ſa victoire, monté ſur un char à quatre
chevaux : il étoit précédé de quantité de flambeaux, & accompagné
d'un nombreux cortège. Enfin cette cérémonie du triomphe athlétique étoit
ordinairement terminée par des feſtins, ſoit aux dépens du public, ſoit aux
dépens des particuliers.

Les récompenſes que les Grecs accordoient aux grands hommes, ne ſe
bornoient pas à ceux qui ſe diſtinguoient, ſoit par leurs talens militaires,
ſoit par leur adreſſe; elles s'étendoient auſſi aux ſçavans, aux philoſophes,
aux poëtes & aux orateurs les plus illuſtres : tous les genres de vertus avoient
droit aux diſtinctions & aux honneurs. On traçoit quelquefois en lettres
d'or leurs ouvrages dans les temples & les édifices publics : les pierres précieuſes étoient employées à graver leurs portraits : des privilèges étoient accordés aux villes qui leur avoient donné naiſſance ; on élevoit en leur honneur des ſtatues, des temples ; & on frappoit des médailles, & même des
monnoies, avec leurs portraits, qui avoient cours dans le commerce (b).

Perſonne n'ignore qu'Homère eut des temples à Smyrne & à Alexan-
drie, & qu'à Argos on lui offroit des ſacrifices comme à Apollon. Les habitans de Chio établirent des jeux ſolemnels en ſon honneur, qui étoient célébrés
tous les cinq ans. On lui frappa même des médailles en pluſieurs endroits. Enfin,
Archelaüs de Priene, habile ſculpteur, exécuta en marbre ſon apothéoſe.
Il avoit repréſenté ce grand poëte entouré des neuf Muſes, une couronne de
laurier ſur la tête, avec un diadème, & le ſceptre à la main, pour déſigner
qu'il étoit véritablement le roi des poëtes (c).

(a) Pauſan. lib. III.
(b) Préface de la Deſcription du Parnaſſe François, par M. Titon du Tillet.
(c) Vie d'Homère, par Madame Dacier.

V

La célèbre Sapho, indépendamment de toutes les statues qui lui furent élevées, eut auffi la gloire d'avoir à Mitylène une monnoie courante avec fa tête, & une infcription où les Mityléniens la traitoient de Souveraine (a).

Les ouvrages d'Héfiode furent dépofés dans le temple des Mufes. On lifoit la feptième *Olympique* de Pindare, gravée en lettres d'or, dans le temple de Minerve à Athènes. L'hiftoire d'Hérodote ayant été lue publiquement aux jeux Olympiques, la Grèce affemblée donna aux neuf livres qui compofent cet ouvrage le nom des neuf Mufes.

Les Athéniens offrirent les clefs de leur ville à Zénon, célèbre philofophe, fondateur de la fecte des Stoïciens, lorfqu'il vint s'établir à Athènes, pour marque de la grande confidération qu'ils avoient pour lui. Après fa mort, ils l'honorèrent d'une couronne d'or, & lui élevèrent, par un decret du fénat, un magnifique tombeau dans le Céramique. Ce decret fut gravé fur deux colonnes, l'une dreffée à l'Académie, l'autre au Lycée ; on y lifoit que c'étoit pour récompenfer le mérite rare de ce philofophe qu'on lui avoit fait cet honneur, & en même temps pour apprendre que la ville d'Athènes célébroit les hommes vertueux durant leur vie & après leur mort (b).

A l'imitation des Grecs, les Romains élevèrent des ftatues à leurs héros & à leurs généraux d'armée ; c'étoit ordinairement le fénat qui décernoit cette diftinction : Clélie, Horatius Coclès, Camille, Scipion, Pompée, & un grand nombre d'autres, furent ainfi honorés. Ces ftatues étoient placées foit dans le Capitole, foit dans des endroits publics. Augufte fit raffembler, dans le Champ de Mars, tous les monumens de ces hommes illuftres, épars dans les différens quartiers de Rome, que Caligula, l'ennemi de toutes les vertus, fit enfuite détruire.

Indépendamment de ces honneurs, il y avoit différentes efpèces de couronnes que l'on accordoit aux officiers qui s'étoient principalement diftingués à la guerre. La couronne *obfidionale*, qui étoit de gazon, paffoit pour être la plus honorable ; elle étoit la récompenfe de celui qui avoit fait lever un fiège. La couronne *civique*, qui étoit de chêne, s'accordoit pour avoir fauvé la vie à un citoyen : la couronne *murale*, pour avoir monté le premier à l'affaut ; elle étoit ornée d'efpèces de créneaux, tels qu'il s'en trouve aux murs des villes. La couronne *navale*, où étoient figurés des becs de vaiffeaux, s'offroit au général de la flotte qui avoit remporté une victoire. Enfin, on donnoit fouvent au conful, prêteur, ou dictateur qui avoit gagné une bataille, pour furnom, le nom de l'endroit où il avoit vaincu : &, de plus, on lui accordoit les honneurs du triomphe, que l'on trouve décrit en ces termes dans le onzième volume de l'*Hiftoire ancienne* de M. Rollin, *feconde partie, page 490.*

(a) *Vie de Sapho*, par le Févre.
(b) *Vie de Zénon*, par Diogène Laërce.

» Il y avoit deux fortes de triomphes, le petit & le grand. Le petit triom-
» phe s'appelloit *ovatio*. Le général alors n'étoit point monté fur un char, ni
» revêtu des habits triomphaux, ni couronné de laurier. Il entroit dans la
» ville à pied, ou, felon d'autres, à cheval, avec une couronne de myrthe ,
» & fuivi de fon armée. On n'accordoit que cette forte de triomphe, quand
» la guerre, ou n'avoit pas été déclarée, ou avoit été contre un peuple peu
» confidérable, ou enfin n'avoit pas été fuivie d'une affez grande défaite des
» ennemis.

» Le triomphe ne pouvoit être accordé régulièrement qu'à un dictateur ,
» à un conful, ou à un prêteur qui eut commandé en chef. C'étoit au fénat
» à décerner cet honneur ; après quoi, l'affaire étoit portée & mife en délibé-
« ration devant l'affemblée du peuple, où fouvent elle trouvoit de grandes
» difficultés. Plufieurs triomphoient pourtant malgré le fénat, pourvu que le
» peuple leur eût accordé cet honneur : mais, s'ils ne pouvoient l'obtenir ni
» de l'un ni de l'autre ordre, alors ils alloient triompher fur le mont Albain,
» qui étoit dans le voifinage de la ville. On prétend que, pour obtenir l'hon-
» neur du triomphe, il falloit qu'il y eût au moins cinq mille ennemis de tués
» dans le combat.

» Après que le général avoit fait aux foldats la diftribution d'une partie du
» butin, & qu'il avoit rempli quelques autres cérémonies, la pompe fe met-
» toit en marche, & entroit dans la ville, par la porte triomphale, pour fe
» rendre au Capitole. A la tête étoient des joueurs d'inftrumens, qui faifoient
» retentir l'air de leur fymphonie. Ils étoient fuivis de bœufs, qui devoient
» être immolés en facrifice, ornés de bandelettes & de fleurs, & plufieurs
» ayant les cornes dorées. Enfuite on faifoit paffer en revue tout le butin &
» toutes les dépouilles, ou rangés artiftement fur des chariots, ou portés fur
» les épaules de jeunes gens fuperbement vêtus. On voyoit écrits en gros
» caractères les noms des nations vaincues, & la repréfentation des villes qui
» avoient été prifes. Quelquefois on mêloit dans la pompe des animaux
» extraordinaires amenés des pays qu'on avoit foumis, des ours, des pan-
» thères, des lions, des éléphans. Mais ce qui attiroit le plus l'attention des
» fpectateurs, étoient les illuftres captifs qui marchoient enchaînés devant le
» char du vainqueur, des officiers confidérables, des généraux d'armée, des
» Princes, des Rois avec leurs femmes & leurs enfans «. Paul Emile avoit
traîné à fon char Perfée, Roi de Macédoine. Augufte fit tous fes efforts pour
engager Cléopatre, Reine d'Egypte, à venir orner fon triomphe ; affront
qu'elle prévint en fe donnant la mort. Aurélien conduifit en triomphe la fameufe Zénobie, Reine de Palmyre.

» Le Conful ou l'Empereur venoit enfuite. Il étoit monté fur un char fuper-
» be, attelé de quatre chevaux, revêtu de l'augufte & majeftueux habit du

» triomphe, le front ceint d'une couronne de laurier, portant aussi en main
» une branche du même arbre, & quelquefois accompagné de ses jeunes
» enfans assis auprès de lui. Derrière le char, marchoit toute l'armée, la cava-
» lerie d'abord, puis l'infanterie. Tous les soldats étoient couronnés de lau-
» rier ; & ceux qui avoient reçu des couronnes particulières & d'autres
» marques d'honneur, ne manquoient pas d'en faire parade en une telle céré-
» monie. Ils célébroient à l'envi les louanges de leur général, & y mêloient
» quelquefois des railleries & des satyres assez piquantes contre lui, qui res-
» sentoient la liberté militaire, mais dont la joie de cette cérémonie émous-
» soit toute la pointe, & adoucissoit toute l'amertume.

» Dès que le consul tournoit de la place publique vers le Capitole, les pri-
» sonniers étoient conduits dans la prison ; & ou on les y faisoit mourir sur
» le champ, ou on les retenoit souvent dans les liens tout le reste de leur
» vie. En entrant dans le Capitole, le vainqueur faisoit aux dieux cette
» prière bien remarquable : *Plein de reconnoissance & de joie, je vous rends*
» *graces, ô très-bon & très-grand Jupiter, ô vous, Reine Junon, & vous tous au-*
» *tres Dieux, gardiens & habitans de cette citadelle, de ce que jusqu'à ce jour & à*
» *cette heure, vous avez bien voulu conserver par mes mains, & conduire heureusement*
» *la République Romaine. Continuez toujours, je vous en conjure, de la conserver,*
» *de la conduire, de la protéger, & de lui être favorables en tout.* Cette prière étoit
» suivie de l'immolation des victimes, & d'un magnifique repas, qui se don-
» noit dans le Capitole, aux dépens, soit du public, soit quelquefois du triom-
» phateur même «.

Les Romains perpétuoient souvent ces triomphes, sous le règne des Empereurs, par les monumens les plus somptueux ; c'étoient de grands arcs qu'ils pla-
çoient à l'entrée de leurs villes, ou sur des passages publics. Ils déployoient dans
ces édifices toutes les richesses de l'architecture. Les ennemis y étoient représentés enchaînés. Des statues, des bas-reliefs & des inscriptions du stile le
plus noble, faisoient l'éloge des belles actions des héros en l'honneur desquels ces arcs de triomphe étoient élevés. Quelquefois même, à la place des
colonnes, les entablemens étoient portés par des statues colossales, habillées à la
manière des peuples vaincus.

Un des plus anciens arcs de triomphe élevés par les Romains qui soit
connu, est celui qui fait une des principales portes de la ville d'Orange ; il
fut érigé, à ce qu'on croit, à l'occasion de la victoire de C. Marius & de
Catullus sur les Teutons, les Cimbres & les Ambrons.

En 1260, on retrouva à Rome, près de l'arc de Septime, un monument qui
avoit été érigé à C. Duillius pour avoir remporté une victoire navale sur
les Carthaginois : c'étoit une colonne rostrale de marbre blanc, ornée de becs
de vaisseaux, qui avoit été placée anciennement dans le marché Romain.

Elle

Elle fut tranſportée au Capitole, où on la voit, par les ſoins du cardinal Farnèſe.

En pluſieurs endroits d'Italie, tels qu'à Fanno, à Rimini, à Suſe en Piémont, on trouve divers arcs de triomphe à demi ruinés, qu'on croit avoir été érigés à Auguſte.

Néron, qui avoit une ſtatue coloſſale proche le Coliſée, dont cet édifice a retenu le nom qui vient de *coloſſæum*, avoit auſſi à Rome un arc de triomphe qui étoit couronné par un char du Soleil, traîné par un quadrige en bronze doré. Le Sénat lui avoit fait conſtruire ce monument après la victoire qu'il remporta ſur les Parthes. Lorſque Conſtantin transféra à Biſance le ſiège de l'Empire, & qu'il fit reconſtruire une grande partie de cette ville à laquelle il donna ſon nom, il y fit tranſporter ce quadrige pour en décorer l'Hyppodrome. Les Vénitiens s'étant rendus maîtres de Conſtantinople dans une guerre contre les Turcs, en rapportèrent pluſieurs riches dépouilles, entre autres, ces chevaux, qu'ils placèrent au-deſſus du grand portail de l'égliſe de ſaint Marc, où ils ſont encore.

Le Sénat & le Peuple Romain firent bâtir dans la voie ſacrée, en l'honneur de Veſpaſien & de Titus, un arc de triomphe, pour célébrer les victoires qu'ils avoient remportées, & particulièrement pour la priſe de Jéruſalem. Cet édifice eſt ſur-tout remarquable par les bas-reliefs qui repréſentent les chandeliers, la table, les trompettes du grand jubilé, & quelques vaiſſeaux qui furent apportés du temple.

Mais un monument des plus reſpectables de l'ancienne Rome, eſt la colonne élevée à Trajan par le Sénat, en reconnoiſſance des ſervices ſignalés qu'il avoit rendus à l'Empire : elle a cent treize pieds d'élévation, & elle eſt ornée de bas-reliefs qui montent en ligne ſpirale, depuis la baſe juſqu'au chapiteau, & qui ſont, à la perſpective près, d'une très-belle exécution. Ils repréſentent les actions mémorables de cet Empereur, & ſur-tout ſes deux expéditions contre les Daces. Cette colonne, qui ſubſiſte encore, & qui fait un des principaux ornemens de Rome moderne, eſt élevée ſur un piédeſtal chargé de trophées : elle étoit autrefois couronnée par une ſtatue en bronze de cet Empereur, de dix-neuf pieds de haut (a) ; & il eſt dit, qu'après ſa mort, ſes cendres furent placées dans une urne d'or ſous ce monument.

Cette colonne fut entourée d'une place quarrée très-ſpacieuſe, à l'imitation des places des Grecs. Le célèbre architecte Apollodore en avoit donné

(a) Le Pape Sixte V ayant fait rétablir la colonne Trajane ſous ſon pontificat, a fait placer au-deſſus la ſtatue de ſaint Pierre, auſſi-bien que ſur la colonne Antonine dont nous parlerons ci-après, la ſtatue de ſaint Paul. Ces deux ſtatues ſont de bronze doré.

X

le deffein. On y voyoit des portiques, des colonnades & plufieurs édifices publics, entre autres, une bafilique, des falles où s'affembloient les négocians, & un bâtiment occupé par une fameufe bibliothèque.

Cette place devint par la fuite un monument de gloire pour tous les héros de Rome. Alexandre Sévère y raffembla les ftatues des grands Empereurs, des illuftres capitaines Romains, & des autres hommes célèbres, qui fe trouvoient éparfes dans différens endroits de la ville. Il avoit fait orner leurs piédeftaux d'infcriptions qui contenoient le récit de leurs exploits, & l'éloge de leurs vertus. On remarque qu'Honorius & Arcadius y firent auffi élever une ftatue au poëte Claudien, pour lequel le Sénat leur avoit demandé cet honneur extraordinaire; car il n'étoit point d'ufage d'élever à Rome des ftatues aux gens de lettres : c'étoit dans les bibliothèques publiques qu'ils étoient célébrés. Du temps des Empereurs, on en comptoit vingt-huit dans cette capitale du monde, dont la plupart étoient ornées de buftes, de médaillons, ainfi que de portraits des plus fçavans auteurs Grecs & Latins qui y étoient placés par ordre des Empereurs & du Sénat.

Il fubfifte à Ancône les reftes d'un arc de triomphe de marbre blanc, qui fut élevé à Trajan par l'ordre du Sénat, en reconnoiffance de ce que ce Prince avoit amélioré le port de cette ville de fes propres deniers. Il étoit terminé par une ftatue équeftre de cet Empereur, & par les ftatues de Marciane & de Plotine, dont il eft parlé dans l'infcription : on prétend que ces figures ont fubfifté jufqu'au temps où les François pillèrent cette ville fous le règne de Louis XII.

Vis-a-vis la cathédrale de Pavie, il y a une figure en bronze d'un Empereur, qu'on croit être d'Antonin le pieux : elle fut apportée de Ravenne, lorfque cette ville fut mife au pillage par le Roi Luitprand. Paul Jove dit que Lautrec fit préfent de cette ftatue à un de fes foldats qui avoit monté le premier fur la brèche, lequel la vendit aux habitans de Pavie, qui en ornèrent leur ville.

Pour confacrer la mémoire d'Antonin le pieux, cet Empereur dont le nom fera à jamais en vénération, Marc Aurèle fon fucceffeur, & le Sénat, lui firent ériger, au milieu d'une place de Rome, une grande colonne triomphale environnée de bas-reliefs montant en fpirale, qui repréfente les exploits de ce Prince, & principalement fon expédition fur les Quades, & fur les Marcomans : elle étoit terminée par la ftatue en bronze de cet Empereur.

Dans la place du Capitole à Rome, on voit une ftatue équeftre en bronze, qui fut pofée en cet endroit par le pape Paul III, & que l'on croit avoir été érigée à l'Empereur Marc Aurèle.

On remarque encore à Rome deux arcs de triomphe de Septime Sévère.

Le premier fut élevé par le Sénat en l'honneur de cet Empereur &
de Baffian fon fils, affocié à l'empire, qu'on appella depuis Caracalla.
L'autre fut élevé par les banquiers de Rome, & les marchands de beftiaux :
on le nomme communément l'arc des orfévres.

Après la défaite du tyran Maxence, en mémoire de la victoire de Conf-
tantin, le Peuple Romain fit ériger à ce Prince un magnifique arc de triomphe,
qui fubfifte en fon entier. Il eft orné de colonnes & de bas-reliefs de beautés
fort inégales ; ce qui fait foupçonner aux connoiffeurs que cet ouvrage fut
compofé de morceaux empruntés d'édifices du même genre.

Tels font, à peu près, les monumens de gloire élevés chez les anciens, qui
fubfiftent en tout ou en partie. Il y avoit fans doute à Rome, & dans tout
l'empire, un bien plus grand nombre de ces édifices, qui ont été détruits,
foit par le temps, foit par les Barbares, foit enfin pour fe fervir de
leurs matériaux. Le pape Innocent VIII fit abbattre un arc élevé à Gordien
pour conftruire une églife en fa place. Alexandre VI fit démolir pareille-
ment la belle pyramide de Scipion, & fe fervit des pierres pour paver les
rues de Rome. Il eft à croire que beaucoup d'autres ont eu un pareil fort.

Des Monumens élevés depuis la renaiffance des Lettres.

Quoique les arts libéraux euffent commencé à dégénérer dans l'Occident,
fur-tout depuis la tranflation du fiège de l'empire à Conftantinople, on ne
les vit difparoître abfolument que lors du fac de Rome par Totila en
512. L'ignorance & la barbarie, pendant ces temps de calamités & de
dévaftations, prirent la place de la politeffe & des talens. D'épaiffes ténè-
bres couvrirent prefque toute la furface de l'Europe pendant près de huit
cent ans. Ce ne fut que dans le quatorzième fiècle que l'on vit renaître en
quelque forte de leurs cendres, les arts & les fciences, ces enfans du bonheur
& de l'abondance, & qu'ils reprirent une nouvelle vie par la protection &
la faveur que leur accorda la famille des Médicis à Florence.

En Italie.

Le Grand-duc Cofme I. de Médicis fut un des premiers célébré après la
renaiffance des arts & des fciences, à laquelle il avoit eu beaucoup de part.
C'étoit un fimple citoyen de Florence, qui s'étoit acquis, par le commerce,
des richeffes immenfes, qu'il employa pour orner cette ville & pour y faire
fleurir les arts. Il mérita que fon tombeau fût décoré unanimement du beau
nom de *Père de la Patrie*. Les Florentins lui élevèrent, en reconnoiffance
du bonheur dont ils jouiffoient fous fon gouvernement, une ftatue équeftre
de bronze, par Jean de Boulogne. Il y a trois bas-reliefs au tour du piédeftal.

Le premier repréfente Cofme I. à genoux devant le pape , dont il reçoit le titre de Grand-duc, à caufe de fon zèle pour la religion, eft-il dit dans l'infcription, & de l'étude fingulière qu'il avoit faite des loix. Le fecond bas-relief repréfente ce même Prince, faifant fon entrée à Florence dans un char de triomphe : le troifième , la cérémonie qui fe célébra lorfque le fénat de cette ville lui remit l'autorité fouveraine , en le revêtant de la qualité de Duc (a).

Cofme I. ayant gagné la bataille de Marcia , & inftitué , à cette occafion , l'ordre des chevaliers de S. Etienne , la ville de Pife lui fit auffi élever une ftatue vis-à-vis le portail de l'églife dont cet ordre porte le nom.

Il a été érigé au Grand-duc Ferdinand de Médicis deux ftatues ; l'une à Florence, dans la place de l'Annonciade ; l'autre fur le pont de Livourne. On voit , aux quatre coins du piédeftal de cette dernière , quatre efclaves enchaînés , que l'on dit repréfenter quatre frères corfaires qu'il avoit vaincus & fait prifonniers.

On remarque , au milieu de la principale place de Plaifance , une ftatue équeftre d'Alexandre Farnèfe , duc de Parme , gouverneur des Pays-Bas Ef-pagnols : c'étoit un des plus grands capitaines de fon temps , que PHILIPPE II envoya au fecours de Paris & de Rouen , affiégés par HENRI IV ; fièges qu'il eut la gloire de faire lever à ce Prince par fes fçavantes marches. Son piédeftal eft orné de bas-reliefs, dont il y en a un qui repréfente le fiège d'Anvers , qui lui fit tant d'honneur , & qu'il prit en faifant une digue fur l'Efcaut. Dans la même place , on voit une ftatue de Rannuce fon fils, qui eft auffi équeftre.

Vis-à-vis la cathédrale de Ferrare , il y a deux ftatues équeftres en bronze , dont l'une eft érigée à Nicolas , marquis d'Eft , pour avoir été , à ce que di-fent les infcriptions du piédeftal , trois fois l'auteur de la paix. L'autre eft du duc Borfius ou Borfo , en faveur duquel Paul II érigea le marquifat de Ferrare en duché , & qui fut un des plus vertueux Princes de fon temps (b).

La plupart des villes du domaine de l'Eglife ont élevé un grand nombre de ftatues de Papes en bronze. Il y en a deux à Ferrare : l'une d'Alexan-dre VII , l'autre de Clément VIII. A Ravenne , on en trouve encore une d'Alexandre VII. A Pifarro , dans la grande place , eft une ftatue d'Ur-bain VIII, fous le pontificat duquel cette ville , auffi bien que tout le duché d'Urbin, fut réuni à l'état éccléfiaftique. En reconnoiffance des privilèges que Sixte V accorda à Lorette , cette ville lui fit ériger une ftatue de bronze. Il y en a encore à Velletri , à Boulogne & en d'autres endroits. Toutes ces ftatues font toujours vêtues des habillemens pontificaux , & la plupart font repré-fentées affifes.

Le fameux Gafton de Foix , qui n'avoit pas encore vingt-quatre ans,

(a) *Voyage d'Italie* de Miffon.   (b) *Ibid.*

ayant

ayant remporté, près de Ravenne, une victoire considérable, & ayant été tué dans la poursuite des ennemis, il lui fut érigé en cet endroit un monument.

La République de Venise ordonna, en 1495, une statue de bronze doré, pour perpétuer les services que le grand général Barthelemy *Coglione* avoit rendus à la République. Cette statue est élevée sur un piédestal de marbre blanc, avec de magnifiques inscriptions, vis-à-vis l'église saint Jean & saint Paul à Venise.

On trouve à Milan une statue d'Oldradus, & une autre de Philippe II (*).

La ville de Gènes a élevé une statue au célèbre André Doria, auquel elle a l'obligation de sa liberté & de son gouvernement tel qu'il subsiste. Cette République fit en 1747 le même honneur à M. le maréchal-duc de Richelieu, pour l'avoir délivrée de l'oppression des Autrichiens qui s'étoient emparés de leur ville. Il est représenté en habit de cérémonie de l'ordre du Saint-Esprit. C'est ce même général que l'on sçait avoir eu une si grande part à la victoire de Fontenoy ; & que nous avons vu emporter d'assaut, avec tant de bravoure, la forteresse de Mahon qui étoit regardée comme imprenable.

Une des places de Naples est ornée d'une statue pédestre de don Juan d'Autriche, qui, en 1571, a gagné la fameuse bataille navale de Lépante.

On remarque également dans cette ville un arc de triomphe de don Alphonse d'Arragon, surnommé le Magnifique, qui lui fut érigé lorsqu'il se rendit maître de Naples en 1439.

Incessamment nous y verrons élever la statue équestre de don Carlos, aujourd'hui Roi d'Espagne, qui a si sagement gouverné ce royaume, & qui a procuré un si grand avantage aux sciences & à l'étude de l'antiquité, par les sommes immenses qu'il a consacrées pour découvrir Herculanum, ville ensévelie par les cendres du Vésuve sous l'empire de Titus.

On renouvella, dans le siècle des Médicis, en faveur des grands poëtes & des écrivains du premier ordre qui illustroient l'Italie, les triomphes que les anciens Romains n'accordoient qu'aux généraux qui avoient remporté des victoires signalées. Le Pape, dans une congrégation de Cardinaux, en ordonnoit la pompe & la cérémonie. Les personnes les plus distinguées alloient à un mille de Rome au-devant du Poëte, & le conduisoient, avec le plus grand appareil, au Capitole, où il étoit couronné de laurier. Les orateurs les plus fameux prononçoient son panégyrique. La poësie se joignoit à l'élo-

(*) Dans le Milanois, on voit à *Arona*, patrie de saint Charles Borromée, au bord du lac Majeur, un colosse de cuivre de platinerie d'environ cinquante à soixante pieds de haut, qui est élevé sur un piédestal. Saint Charles est représenté avec ses habits épiscopaux, & tenant un livre. On monte dans cette figure à l'aide d'un escalier pratiqué entre ses jambes. C'est le seul colosse moderne que nous ayons.

Y

quence, pour le célébrer : toute l'Italie retentissoit de son nom & de ses éloges. Pétrarque est un des premiers qui ait obtenu cette distinction. Le Tasse mourut la veille du jour où il devoit être couronné. Le dernier auquel on ait accordé cet honneur, est un nommé *Perfetti*, il y a une soixantaine d'années.

Dans les Pays-Bas & en Allemagne.

On voyoit anciennement à Anvers, au milieu de la place d'armes, un monument très-singulier élevé au duc d'Albe, gouverneur des Pays-Bas Autrichiens. C'étoit une statue équestre de bronze toute armée, à l'exception de la tête. Elle avoit le bras droit étendu vers la ville, avec la main ouverte. Cette statue fouloit aux pieds une figure monstrueuse, qui avoit deux têtes & six bras, deux écuelles pendues aux oreilles, & au col deux besaces, d'où sortoient deux serpens : ces six mains tenoient une torche, une feuille de papier, une bourse, un manteau rompu, une massue, une hache : & aux pieds du monstre étoit un masque. Il y avoit sur le piédestal cette inscription : *Ferdinando Alvarès à Toledo Albæ duci, Phil. II. Hisp. Regis apud Belgas Præfecto, quòd extinctâ seditione, rebellibus pulsis, religione procuratâ, justitiâ cultâ, Provinciis pacem firmaverit, Regis optimi Ministro fidelissimo positum.* Lorsque les troupes de Philippe II se mutinèrent en Flandres, vers l'an 1576, faute de paiement, & qu'elles saccagèrent la ville d'Anvers, cette statue du duc d'Albe fut abbattue & mise en pièces par le peuple (*a*).

Il y a à Gand une statue de Charles V sur une colonne.

Erasme, un des plus sçavans hommes de son siècle, fut honoré à Rotterdam, sa patrie, d'une statue. D'abord elle ne fut que de bois en 1540 ; ensuite on la fit en pierre en 1557 ; enfin on l'exécuta en bronze en 1622 telle qu'on la voit. Cette statue, qui est plus grande que nature, est élevée dans la place appelée le Grand-Pont. Erasme est représenté en habit de docteur, avec un livre à la main. Sur le piédestal de cette figure, il y a une inscription où est marqué le temps de sa naissance en 1467. Dans le voisinage de cette place, on remarque la maison où est né ce sçavant, avec ce distique au-dessus de la porte :

> *Œdibus his ortus, mundum decoravit* ERASMUS,
> *Artibus ingenuis, religione, fide* (*b*).

En 1307, sous le règne de l'Empereur Albert, la tyrannie des gouverneurs qu'il envoya en Suisse, procura à ce peuple la liberté. Tandis que la conspiration se tramoit, Grisler, gouverneur d'Uri, s'avisa d'un genre de tyrannie tout à fait ridicule. Il fit mettre, dit-on, son bon- » net au haut d'une perche dans la place, & ordonna qu'on saluât le bonnet » sous peine de la vie. Un des conjurés, nommé Guillaume Tell, ne

(*a*) *Voyage d'Italie de Misson.* (*b*) *Ibid.*

» falua point le bonnet. Le gouverneur le condamna à être pendu , & ne lui
» donna fa grace qu'à condition que le coupable, qui paffoit pour un archer très-
» adroit, abbattroit, d'un coup de flèche, une pomme placée fur la tête de fon
» fils. Le père, tremblant, tira, & fut affez heureux pour abbattre la pomme.
» Grifler, appercevant une feconde flèche fous l'habit de Tell, demanda ce
» qu'il en prétendoit faire. *Elle t'étoit deftinée*, dit le Suiffe en colère, *fi j'avois*
» *bleffé mon fils (a)*. « Quoi qu'il en foit, on tient pour conftant que Tell ayant été
mis aux fers, tua enfuite le gouverneur d'une flèche ; que ce fut le fignal des
conjurés ; que les peuples fe faifirent des forterefles, & démolirent ces
inftrumens de leur efclavage. A l'occafion de cet événement, qui eft l'é-
poque de la liberté des Suiffes, & par reconnoiffance, ces peuples firent
élever un monument à Guillaume Tell, qui a été placé à Berne, capitale
du plus puiffant des Treize-Cantons, dans l'arfenal. Tell & fon fils y font
repréfentés dans l'action : le premier tirant une flèche ; & l'autre, à quelque
diftance, avec une pomme fur la tête (b).

L'Empereur Frédéric III ayant remporté une victoire dans les environs
de Nuys en Allemagne, on lui érigea dans cette ville un monument, qui
confifte dans une efpèce de colonne gothique, élevée fur plufieurs gradins,
& terminée par une figure en bronze de ce Prince. Il eft repréfenté armé à la
manière de ce temps, avec la couronne *impériale*, tenant d'une main un
fceptre, & de l'autre une épée.

Sur la place du marché à Duffeldorff, on trouve une ftatue équeftre de
bronze élevée à Jean-Guillaume, Electeur Palatin. Il eft repréfenté cuiraffé,
avec une couronne électorale fur la tête, & décoré du collier de l'ordre de
S. Hubert, dont les Electeurs Palatins font les chefs : le piédeftal eft fans
infcription. Il devoit y avoir aux quatre angles quatre lions de bronze,
tenant la boule de l'empire ; mais ces acceffoires font reftés imparfaits.
La compofition de ce monument eft particulière : le fculpteur a allongé
la queue du cheval, de manière qu'elle touche le piédeftal, & qu'elle fert
avec les pieds à porter la figure.

Le célèbre Guftave Adolphe, furnommé le Grand, qui a perfectionné l'art
militaire, dont les exemples ont fervi d'inftruction & d'étude aux plus habiles
généraux, fit élever une pyramide dans l'Alface, en deçà du Rhin,
pour apprendre à la poftérité qu'il avoit porté jufques - là fes armes victo-
rieufes. Elle fut conftruite en 1631, & fubfifte dans un petit bois tout proche
de la rive droite du Rhin, au-deffous d'un village appellé *Stockftatt*, de la
fouveraineté de Heffe-d'Armftadt, à un mille de la ville d'Oppenheim : on
la nomme communément la pyramide d'Oppenheim. Sa hauteur, avec fon
piédeftal, eft d'environ quarante pieds : elle eft terminée par un chapiteau

(a) *Annales de l'empire*, règne d'Albert d'Autriche.　　(b) *Voyage d'Italie* de Miffon.

dorique, furmonté par une boule fur laquelle eft affis un lion de bronze d'environ fix pieds de haut, avec une couronne de Suède fur la tête, & tenant dans une de fes griffes un fabre. Cette pyramide étoit placée autrefois plus proche du Rhin; mais, comme ce fleuve gagnoit fur la rive, & qu'elle couroit rifque d'être entraînée par le courant, les Suédois, qui veillent à la confervation de ce monument, l'ont fait depuis transférer à l'endroit où on la voit.

Il y a à Coppenhague, capitale du Danemarck, vis-à-vis le château de Charlotembourg, une place, au centre de laquelle on voit une ftatue équeftre de Chriftiern V en plomb doré, beaucoup plus grande que nature. Sous les pieds du cheval, on apperçoit une figure qui repréfente l'Envie. Aux quatre coins du piédeftal, font quatre figures fymboliques auffi en plomb. La première repréfente la Magnanimité, figurée par Alexandre le Grand, qui coupe le nœud gordien; la feconde, la Gloire, exprimée par une figure qui porte une pyramide; la troifième, la Sageffe fous la figure de Minerve; la quatrième, la Force ou la Vertu héroïque, repréfentée par Hercule. Ce monument fut exécuté par Abraham-Céfar Lamoureux, habile fculpteur, & fut élevé en 1688.

Le monument le plus remarquable de toute l'Allemagne, eft celui que les états de Norwège font élever au Roi de Danemarck à Coppenhague. C'eft une ftatue équeftre exécutée par M. Sally, célèbre fculpteur François, que ce Prince a attiré dans fes états, & naturalifé par fes bienfaits. Frederic V eft repréfenté en habit de triomphateur Romain, tenant un bâton de commandement. A droite & à gauche du piédeftal, font deux figures allégoriques; l'une repréfentant le Danemarck, & l'autre la Norwège: devant & derrière, font des fontaines qui repréfentent l'Océan & la Baltique. Toutes ces figures font orientées fuivant leur fituation naturelle (a).

La place qui environne ce monument eft de forme octogone, percée de quatre rues, & ornée de différens palais occupés par les miniftres d'état. La décoration de fon architecture eft un ordre ionique élevé fur un foubaffement. Elle aura pour point de vue un des plus magnifiques édifices qu'il y ait : c'eft une rotonde plus grande que notre dôme des Invalides, de la plus

(a) Je crois devoir tranfcrire une anecdote qui fe trouve dans un de nos Journaux, laquelle eft relative à ce monument. C'eft un de ces traits qui font voir au naturel les fentimens des Danois pour leur Prince. » Le Roi de Danemarck étant allé voir le modèle de fa ftatue » équeftre faite par M. Sally, ce fçavant & heu- » reux artifte, qui s'immortalife en laiffant à la » poftérité les images des héros les plus chers à » notre fiècle: Frédéric, entouré d'un peuple qui » l'adore, & qui crioit vive le Roi, vive notre » Père, defcend avec précipitation de fon carroffe, » fe jette, pour ainfi dire, dans les bras de fes fu- » jets, qui l'approchent & fe preffent autour de » lui; & crie avec eux de fon côté, fe tournant » à droite & à gauche, & faifant voler fon cha- » peau comme eux, pour imiter leur naïve joie : » *Vive mon peuple! vive mes enfans ! Oui, vous* » *êtes tous mes enfans, tous mes enfans : Je fuis votr* » *père, votre père à tous.* (Journal étranger, juillet » 1762. «)

agréable

agréable compoſition, & exécutée ſur les deſſeins de M. Jardin, un de ces artiſtes François qui ſont, dans les pays étrangers, un témoignage des talens ſupérieurs de notre patrie. Elle eſt toute conſtruite en marbre blanc tiré des carrières de Norwège; les baſes, les chapiteaux corinthiens & autres orne-mens, ſeront de bronze doré. Lorſque cet édifice, qui eſt très-avancé, ſera entièrement terminé, ni les anciens, ni les modernes n'auront peut-être rien exécuté d'auſſi riche & d'auſſi pompeux.

Sur le pont, qui eſt en face du château de Berlin, il y a une figure équeſtre en bronze de Frédéric I, ſurnommé le Grand-Electeur. Le piédeſtal eſt accompagné de quatre eſclaves enchaînés, qui n'y ſont, ſans doute, que pour l'ornement; car on a remarqué que ce Prince ne fit aucune conquête.

La ville de Potsdam a été embellie depuis peu d'un ſuperbe obéliſque élevé dans la place du marché. Sa figure eſt pyramidale, & a quatre faces, ſur chacune deſquelles on voit les buſtes des derniers Souverains de Pruſſe, depuis Frédéric-Guillaume ſurnommé le Grand, juſqu'au Prince règnant, FREDERIC II. Cet obéliſque eſt conſtruit de marbre de Siléſie: ſa hauteur eſt de ſoixante & quinze pieds; le piédeſtal eſt de marbre blanc d'Italie; & à chaque angle eſt une ſtatue de marbre.

Au milieu d'une place de Dreſde, on voit une ſtatue équeſtre de cuivre de platinerie, érigée au Roi Auguſte.

Les états de Suède ayant réſolu, depuis quelques années, de célébrer par des monumens les héros qui ont été l'honneur de leur nation, ont ordonné une ſtatue pédeſtre à Guſtave Vaſa, le libérateur de la Suède; & une ſta-tue équeſtre en bronze pour le fameux Guſtave Adolphe, qui fut tué en 1632 à la bataille de Lutzen qu'il gagna. Si ce dernier morceau eſt exécuté ſuivant le modèle que nous avons vu à Paris, compoſé par M. Larchevêque, ſculpteur François, ce ſera véritablement un monument unique en ce genre, pour le génie & pour la hardieſſe de l'exécution. Guſtave eſt repréſenté un bâton de commandement à la main, courant à toute bride, ſuivi de la Victoire qui galoppe pour l'atteindre & lui placer une couronne de lau-rier ſur la tête: penſée qui fait alluſion aux conquêtes de ce grand Roi, dont la rapidité étoit telle qu'il ne donnoit pas à la Victoire le temps de le couronner (a).

En Turquie.

Les moſquées Royales chez les Turcs ſont autant de monumens érigés

(a) On conçoit que cette Victoire, qui court un demi-pas derrière Guſtave, & dont le poitrail du cheval touche la croupe de celui de ce héros, facilite l'exécution de cette grande machine, & lui ſert de contre-poids, en permettant un pointail qui aide à ſupporter le poitrail du cheval de la Re-nommée, & à faire en même temps équilibre avec l'avant-train du cheval de Guſtave qui eſt en l'air.

Z

pour tranfmettre aux fiècles à venir les noms des Sultans qui fe font fignalés.
Par les loix de l'empire Ottoman, il eft défendu aux Empereurs de jamais
faire élever aucune mofquée Royale, s'ils n'ont auparavant conquis des
royaumes ou des provinces qui fourniffent aux dépenfes exceffives qu'exige
la conftruction de ces fortes d'édifices. Il y a plufieurs de ces mofquées
Royales à Conftantinople, bâties, en figne de victoire, par les plus fameux
Sultans, & qui en portent le nom ; parmi lefquelles on remarque fur-tout
la Solimanie conftruite par l'Empereur Soliman II, qui fe rendit fi recommandable par fes conquêtes fur les ennemis de la grandeur Ottomane. Il
la fit exécuter, après l'expédition de l'ifle de Rhodes & de Bagdad, pour
fervir à la poftérité de trophées & de monumens éternels de fes grandes
victoires. A côté de cette mofquée, dans une efpèce de jardin, on lui a
élevé une petite rotonde en colonnade, au milieu de laquelle eft fon tombeau (a).

En Efpagne.

Il n'y a point de pays en Europe où il y ait un fi petit nombre de monumens élevés en l'honneur des princes & des héros, qu'en Efpagne. A l'exception d'une ftatue équeftre en bronze de Philippe V, qui fut érigée à Madrid,
lorfque ce Prince fut folidement affermi fur le trône ; toutes les autres ont
été élevées par les Souverains mêmes, dans les cours ou les jardins de leurs
maifons de plaifance. De ce nombre eft la ftatue en bronze de Charles-Quint,
dans la grande cour du château d'*Aranjuez*, où il eft repréfenté armé de toutes
pièces, avec quatre héréfiarques enchaînés aux quatre coins du piédeftal :
celle en bronze de Philippe II dans la cour de *Buen-Retiro :* la ftatue
équeftre de Philippe III, en habit de triomphateur Romain, placée à l'entrée du jardin de *la Cafa del Campo.* On trouve encore différentes ftatues de
Rois en plufieurs endroits du palais de l'Efcurial, & fur-tout au portail
de la chapelle de faint Laurent.

La feule manière diftinguée dont les Efpagnols honorent leurs généraux qui
remportent des victoires, eft d'ajouter à leurs noms, à l'imitation des anciens Romains, celui de l'endroit où s'eft donnée la bataille qu'ils ont gagnée. Ainfi le comte de *Campo-Santo* portoit ce nom & ce titre depuis la
bataille de *Campo-Santo*, où il avoit fait les plus belles actions. Le duc de
Mortemar fut furnommé de *Bitonto*, après avoir remporté la victoire de *Bitonto*. Il n'y a guère de plus beau nom que celui d'une bataille gagnée,
dit M. de Voltaire (b).

Dans le temps que la Franche-Comté appartenoit à l'Efpagne, la ville de
Befançon fit élever une ftatue de bronze à Charles-Quint, du vivant de cet
Empereur. Elle eft fituée fur la place faint Pierre, dans une niche à côté de

(a) *Voyage* de Grélot.　　　　　　　　(b) *Siècle de Louis XIV*, tom. II.

l'hôtel-de-ville. Charles-Quint est repréfenté affis, habillé à la Romaine, couronné de laurier, tenant dans la main droite une épée, & portant dans la gauche un globe. On voit à fes pieds un aigle à deux têtes, auffi en bronze, jettant de l'eau par fes becs, pour fervir de fontaine à cette place. Ce monument fut élevé par la ville de Befançon, en reconnoiffance des bienfaits qu'elle avoit reçus de ce Prince. Il y a pour infcription, dans une table au-deffus de cette niche, ce feul mot, *Utinam!*

En Angleterre.

Les monumens des Souverains en Angleterre ne s'exécutent pas avec l'importance que l'on remarque chez les autres nations. La plupart font érigés par des particuliers, qui cotifent entre eux pour faire jetter en plomb ou en bronze la ftatue de leur Prince, qu'ils élèvent enfuite au milieu d'un carrefour, ou d'une place à leur proximité, fans appareil, fans dédicace, & prefque toujours fans infcriptions.

Dans la place de *Charing-Croff*, qui eft un efpace triangulaire formé par la rencontre de trois rues, il y a une ftatue équeftre de l'infortuné Charles I, un peu plus grande que nature. Elle eft de bronze, fur un piédeftal de marbre, orné de trophées & environné d'une baluftrade de fer. Ce fut le comte d'Arundel qui la fit exécuter par la Seur, fameux fculpteur, qui fit depuis le maufolée de bronze du duc de Buckingham, dans la chapelle de Henri VII, à l'abbaye de Weftminfter. De crainte que cette ftatue ne fût détruite, lorfque ce malheureux Roi porta fa tête fur un échaffaud, un fondeur, nommé Jean Revet, l'acheta, & la tint cachée dans terre jufqu'au rétabliffement de Charles II, fon fils. Alors il la préfenta à ce Prince, qui la fit placer à *Charing-Croff*. Il n'y a aucune infcription fur le piédeftal.

L'églife S. Paul de Londres, ayant été finie en 1711 fous le règne de la Reine Anne, donna occafion d'élever un monument à fa gloire, au devant de la façade principale de ce temple. Cette Princeffe eft repréfentée en marbre blanc, de grandeur naturelle. Elle eft couronnée, & tient un fceptre d'une main, & un globe de l'autre. Au tour du piédeftal, qui eft fans infcription, on voit quatre figures repréfentant la Grande-Bretagne, la France, l'Irlande & l'Amérique.

Dans la place appellée *Joho-Square*, autrefois *King's Square*, c'eft-à-dire, quarré du Roi, eft une ftatue pédeftre de Charles II en pierre, de grandeur naturelle, élevée fur un piédeftal environné d'un petit baffin (il y en a qui difent qu'elle eft de Guillaume III, car il n'y a pas d'infcription) : elle eft environnée de quatre figures, qui repréfentent la Tamife, le Medway, le Sévern & l'Humba, principales rivières de l'Angleterre.

Il y a, dans la place appellée *Grofvenor Square*, une ftatue équeftre de bronze doré de George I, de grandeur naturelle, qui fait le centre d'un parterre fort agréable au milieu de cette place.

On remarque, dans la place de *Leicester-Fields*, où habitent les Princes frères du Roi, & la Princesse de Galles leur mère, une statue équestre de George I de plomb doré, également sans inscription.

Entre l'hôtel de Richemont & Witehal dans *Spring-Garden*, on apperçoit une statue de Jacques II en bronze, qui est fort estimée.

Dans la petite place de la Reine *Queen Square*, à côté du parc S. James, on voit une statue pédestre de la Reine Anne, dans une niche, au bout de cette place.

Dans la Bourse, & dans d'autres endroits de Londres, on trouve encore quantité de figures de Princes & de Ministres, qui sont en général peu recommandables par leur sculpture (*a*).

Devant le collége de la Trinité à Dublin, dans l'endroit appellé *Collége-Gréen*, qui est comme une très-large rue, il y a une statue équestre de Guillaume III.

Au milieu d'une vaste place à *Steven's-Green*, on apperçoit une statue de George I en bronze.

Dans la place appellée *Mall* est élevée une statue pédestre du général Blackney, qui rendit *Port-Mahon* au commencement de la dernière guerre.

Le château de Bleinheim, à quelques lieues d'Oxfort, fut bâti en 1705 en conséquence de la bataille que les Anglois nomment de Bleinheim, & que nous nommons Hochstedt, gagnée par le duc de Marlborough sur les François. On a placé au-devant du château un grand obélisque, dont les quatre faces sont couvertes d'immenses descriptions des exploits de ce Duc (*b*).

En France.

Sous la première, la seconde & la troisième race, jusqu'au règne de Louis XIII, il ne fut exécuté de statues de nos Rois, que pour les placer, soit sur leurs tombeaux, soit aux portails des églises ou maisons Royales qu'ils avoient fait bâtir ou réparer.

Il paroît que les Rois de France, pour célébrer leurs victoires, avoient coutume de faire des fondations religieuses, ou des offrandes qui étoient à la fois des monumens de leur valeur & de leur piété. PHILIPPE-AUGUSTE,

(*a*) Il y a à Londres une colonne plus considérable que celle de Trajan, qu'on nomme le Monument. Elle fut élevée à la place de la première maison où le feu prit, lors du fameux incendie de Londres en 1666.

(*b*) L'abbaye de Westminster, sépulture des Rois d'Angleterre, n'est pas un endroit privilé-

gié, où l'on enterre, par distinction, les grands hommes de cette nation, ainsi qu'on le répète tous les jours. Tous ceux qui ont le moyen de payer, peuvent obtenir cet honneur. Un riche ignorant a le droit d'être inhumé, pour son argent, à côté du grand Newton.

en

en reconnoissance de la victoire remportée à Bouvines, fonda, proche Senlis, l'abbaye de Notre-Dame de la Victoire.

PHILIPPE LE BEL, après la victoire de Mons-en-Puelle sur les Flamands, le 18 août 1304, fit des fondations à Paris; à Chartres, & dans d'autres églises, en actions de graces.

PHILIPPE DE VALOIS, après avoir gagné la bataille de Cassel en 1328, de retour en France, entra à cheval, tout armé (a), dans l'église de Notre-Dame de Paris, & fit offrande de son cheval & de ses armes à la Vierge, pour la remercier de la victoire qu'il avoit obtenue par son intercession. Pour en perpétuer le souvenir, on érigea la représentation équestre du Roi, sur deux pilliers, devant l'image de la Vierge, & on plaça de semblables représentations dans les cathédrales de Chartres & de Sens.

CHARLES VI envoya aussi en offrande, à Notre-Dame de Chartres, son armure, après avoir battu les Flamands à Rosebèque en 1482.

La statue équestre en bronze du dernier connétable de Montmorency, que l'on voit vis-à-vis le château de Chantilly, est un des premiers monumens en ce genre dont il soit fait mention en France. Ce connétable est représenté armé à l'antique, l'épée nue à la main; son casque est à terre, & soutient un des pieds du cheval. Cette statue, qui est de cuivre de platinerie, à la manière des anciens, est estimée des connoisseurs.

Il n'est pas d'usage d'élever en France des monumens aux grands généraux ou aux hommes célèbres; les Rois seuls obtiennent cette distinction. Tout l'honneur que l'on fit à Bertrand du Guesclin & à Turenne, ces braves défenseurs de la patrie, fut de leur accorder le privilège d'être inhumés avec nos Rois dans l'église de saint Denis, où on leur érigea de magnifiques mausolées.

Monument de HENRI IV sur le Pont-Neuf.

La plus ancienne statue en bronze que nous ayons à Paris, est celle de HENRI IV. Aucun Prince n'avoit mieux mérité des monumens publics; & cependant ce ne fut, en quelque sorte, que par occasion qu'on lui en éleva un après sa mort. Ferdinand, Grand-duc de Toscane, avoit fait faire un cheval par Jean de Boulogne, habile sculpteur Florentin, apparemment pour y placer sa figure : car alors on ne faisoit pas les statues équestres d'un seul jet; cet art n'étoit pas encore assez perfectionné pour risquer des fontes aussi considérables. On fondoit donc les figures par parties; on les assem-

(a) Malgré l'inscription Latine que l'on a mise depuis quelques années sous cette représentation à Notre-Dame, où il est dit que c'est Philippe le Bel qui entra ainsi dans cette église, nous avons cru devoir adopter l'opinion de M. de Saintfoix dans ses *Essais historiques sur Paris*, où il examine à fond ce sujet, & paroît prouver que c'est Philippe de Valois qui entra tout armé dans cette cathédrale, & non Philippe le Bel.

A a

bloit enfuite fur des armatures de fer ; puis on les foudoit, clouoit, limoit
& réparoit.

Ferdinand & le fculpteur étant morts avant que l'ouvrage fût achevé,
Cofme II fon fils fit mettre la dernière main au cheval par Pietro Tacca,
autre fculpteur, & l'envoya en préfent à fa coufine-germaine MARIE DE
MÉDICIS, Reine de France, alors régente du royaume. Le chevalier Paf-
cholini fut chargé de le conduire en France; il fut embarqué à Livourne fur
un vaiffeau qui échoua, à fon arrivée, fur les côtes de Normandie près du
Havre. Ce cheval, après avoir été près d'un an fubmergé, fut enfin retiré
& tranfporté au Havre dans les premiers jours de mai 1613, & de-là à
Paris.

La Reine l'ayant deftiné pour porter la figure du feu Roi fon époux, en
ordonna l'exécution à un nommé Dupré, fculpteur François, & la fit placer
fur l'éperon du Pont-neuf, en face de la place Dauphine, que ce Prince avoit
fait décorer de bâtimens réguliers.

HENRI IV eft repréfenté couronné de laurier, & armé comme on l'étoit de
fon temps, avec des braffards, des cuiffards, ayant par-deffus fa cuiraffe l'ordre
du Saint-Efprit, & tenant un bâton de commandement. Il eft élevé fur un
piédeftal du deffein de Louis Civoli. On remarque aux quatre angles quatre
efclaves en bronze. Sur trois de fes faces, font des bas-reliefs qui repréfentent
les principales actions de ce grand Roi.

Sur la face du piédeftal, qui regarde le fauxbourg Saint-Germain, les
batailles d'Arques & d'Ivry font repréfentées en bas-reliefs avec deux infcriptions.

On lit dans la première :

GENIO GALLIARUM S.
ET INVICTISSIMO R.
QUI ARQUENSI PRÆLIO
MAGNAS
CONJURATORUM COPIAS
PARVA MANU FUDIT.

Et dans la feconde :

VICTORI, TRIUMPHATORI
FERETRIO, PERDUELLES
AD EVARIACUM
CÆSI, MALIS VICINIS
INDIGNANTIBUS, ET FAVENTIBUS
CLEMENTISS. IMPER.
HISPANO DUCI OPIMA
RELIQUIT.

Sur la face du piédeftal, du côté du Pont-Royal, eft repréféntée l'entrée triomphante de HENRI-LE-GRAND dans Paris, le 22 mars 1594, avec cette infcription:

N. M. REGIS
RERUM HUMANARUM OPTIMI,
QUI SINE CÆDE URBEM
INGRESSUS, VINDICATA
REBELLIONE, EXTINCTIS
FACTIONIBUS, GALLIAS
OPTATA PACE COMPOSUIT.

Sur la face qui eft du côté de la Samaritaine, on a repréfenté, dans deux bas-reliefs, la prife d'Amiens & celle de Montmélian en Savoye, avec chacune une infcription.

La première regarde la prife d'Amiens:

AMBIANUM, HISPANORUM
FRAUDE INTERCEPTA, ERRICI
M. VIRTUTE ASSERTA,
LUDOVICUS XIII. M. P. F.
IISDEM AB HOSTIBUS SÆPIUS
FRAUDE AC SCELERE
TENTATUS,
SEMPER JUSTITIA
ET FORTITUDINE SUPERIOR FUIT.

La feconde a pour objet la prife de Montmélian:

MONS
OMNIBUS ANTE SE DUCIBUS
REGIBUSQUE FRUSTRA
PETITUS,
ERRICI M. FELICITATE
SUB IMPERIUM REDACTUS,
AD ÆTERNAM SECURITATEM
AC GLORIAM
GALLICI NOMINIS.

Enfin, fur la face principale oppofée à la place Dauphine, on lit:

ERRICO IV.
GALLIARUM IMPERATORI
NAVAR. R.
LUDOVICUS XIII.
FILIUS EJUS
OPUS INCHO. ET INTERMISSUM

PRO DIGNITATE PIETATIS
ET IMPERII
PLENIUS ET AMPLIUS ABSOLVIT.
EMIN. D. C. RICHELIUS
COMMUNE VOTUM POPULI
PROMOVIT SUPER ILLUST.
VIRI DE BULLION,
BOUTILLIER, P. ÆRARII F.
FACIENDUM CURAVERUNT,
M. DC. XXXV.

Dans une table qui est au-dessous, il y a encore cette inscription :

QUISQUIS HÆC LEGES,
ITA LEGITO:
UTI OPTIMO REGI
PRÆCABERIS EXERCITUM FORTEM,
POPULUM FIDELEM,
IMPERIUM SECURUM,
ET ANNOS DE NOSTRIS.
B. B. F.

Tous ces bas-reliefs & ces esclaves furent exécutés en bronze par un nommé *Francavilla*, ou Francheville, premier sculpteur du Roi.

Ce monument fut commencé en 1614, & ne fut achevé qu'en 1635. La dédicace s'en fit avec beaucoup de solemnité. On mit dans le corps du cheval une longue inscription en François, écrite sur un parchemin qui fut roulé & enfermé dans un tuyau de plomb, où sont marqués la date, & les noms des magistrats en présence & par les soins desquels ce monument a été érigé, avec le nom des artistes qui y ont travaillé.

En 1605, le prévôt des marchands Miron, celui qui a fait achever l'hôtel-de-ville de Paris, avoit déjà fait sculpter par Pierre Biard, élève du fameux Michel-Ange Buonarotti, une statue équestre du Roi HENRI IV, en demi-bosse de plomb, couleur de bronze, sur un fond de marbre noir, laquelle est au-dessus de la principale porte de cet hôtel. La figure du Roi est fort estimée des connoisseurs : on prétend que c'est le meilleur portrait que l'on ait de ce Prince. Elle fut endommagée dans l'incendie arrivé le 4 juillet 1652, causé par les Frondeurs, qui avoient mis le feu à la porte de l'hôtel-de-ville. Le fils de ce sculpteur tenta de réparer cet accident; mais il ne put réussir sans laisser quelques défauts, principalement à la croupe du cheval, & aux figures de femmes qui sont derrière (a).

(a) Il a été fait une infinité de bustes de ce bon Prince. Il y en a un, entre autres, au coin de

Monument

Monument élevé à LOUIS XIII dans la Place-Royale.

HENRI IV avoit fait conſtruire dans le quartier Saint-Antoine, à l'endroit
où étoit autrefois l'hôtel des Tournelles, une place publique quarrée, qui
fut nommée la Place-Royale. Il n'en fit bâtir, à ſes dépens, qu'un des quatre
côtés; & le terrein des trois autres fut vendu à différens particuliers, aux con-
ditions de s'aſſujettir à l'architecture de la façade exécutée par les ordres de
ce Prince.

Cette place, qui a ſoixante & douze toiſes en quarré, eſt compoſée de
gros pavillons de pierre & de brique, qui n'ont rien de recommandable.
Elle eſt environnée, dans tout ſon pourtour, d'une gallerie couverte d'environ douze pieds dans œuvre, & décorée d'un ordre toſcan, ſans entablement. Au-devant de ces galleries, il y a une chauſſée pavée de quarante
pieds de largeur, pour le paſſage des voitures, laquelle eſt bordée d'une
grille de fer renfermant un très - grand préau orné de tapis verds & d'allées
ſablées.

Au milieu de cette enceinte, on apperçoit un piédeſtal de marbre blanc, ſur
lequel eſt élevée la ſtatue équeſtre de LOUIS XIII, qui fut poſée le 13 ſeptembre 1639. Ce Prince eſt repréſenté vêtu à la Romaine, coëffé d'un
caſque, une main étendue. Le cheval eſt regardé par les connoiſſeurs comme
un ouvrage ſupérieur en ce genre : il eſt d'une légèreté admirable, & ſemble,
en quelque ſorte, animé. Il fut exécuté en Toſcane par Daniel Ricciu-
relli de Volterre, diſciple de Michel - Ange, par ordre de CATHERINE DE
MÉDICIS, alors Reine de France, à deſſein de célébrer HENRI II ſon époux.
Mais ce ſculpteur étant mort avant que la ſtatue du Roi fût commencée, ce
monument demeura imparfait; & les guerres civiles, qui ſurvinrent ſous
les règnes ſuivans, le firent oublier. Le cardinal de Richelieu, voulant
ſignaler ſon zèle & ſa reconnoiſſance envers LOUIS XIII, ſon maître &
ſon bienfaiteur, fit acheter & tranſporter à Paris ce cheval, pour ſervir
à la ſtatue équeſtre de ce Prince, qu'il fit exécuter par Biard le fils, un des
meilleurs ſculpteurs de ſon temps.

Les faces du piédeſtal ſont remplies de pluſieurs inſcriptions à la louange
de LOUIS XIII; & du cardinal de Richelieu, ſon premier miniſtre.

Sur le côté qui regarde la rue ſaint Antoine, il y a une inſcription Françoiſe; & ſur le côté oppoſé aux Minimes, il s'en trouve une Latine, qui
n'eſt que la verſion de l'autre; c'eſt pourquoi nous ne rapporterons que
l'inſcription Françoiſe.

la rue des Fouteurs, près la rue ſaint Honoré, avec ce diſtique Latin en lettres d'or, qui mérite
d'être rapporté:

> HENRICI-MAGNI recreat præſentia cives
> Quos illi æterno fœdere junxit amor.

POUR LA GLORIEUSE
ET IMMORTELLE MEMOIRE
DU
TRÈS-GRAND ET TRÈS-INVINCIBLE
LOUIS LE JUSTE
XIII. DU NOM, ROI DE FRANCE
ET DE NAVARRE.
ARMAND CARDINAL
DE RICHELIEU,
SON PRINCIPAL MINISTRE
DANS TOUS SES ILLUSTRES
ET GENEREUX DESSEINS:
COMBLÉ D'HONNEURS ET DE BIENFAITS
PAR UN SI BON MAITRE
ET UN SI GENEREUX MONARQUE,
LUI A FAIT ELEVER CETTE STATUE:
POUR UNE MARQUE ETERNELLE
DE SON ZELE, DE SA FIDELITÉ,
ET DE SA RECONNOISSANCE.
1639.

Sur les deux faces, à droite & à gauche du piédeſtal, il y a deux Son-
nets Latins & François, dont l'un n'eſt que la traduction de l'autre.

POUR LOUIS LE JUSTE.
SONNET.

QUE ne peut la vertu, que ne peut le courage?
J'ai dompté pour jamais l'Héréſie en ſon fort;
Du Tage impérieux j'ai fait trembler le bord,
Et du Rhin juſqu'à l'Ebre accru mon héritage.

J'ai ſauvé par mon bras l'Europe d'eſclavage.
Et, ſi tant de travaux n'euſſent hâté mon ſort,
J'euſſe attaqué l'Aſie, & d'un pieux effort
J'euſſe du ſaint Tombeau vengé le long ſervage.

ARMAND, le grand ARMAND, l'ame de mes exploits,
Porta de toutes parts mes armes & mes loix,
Et donna tout l'éclat aux rayons de ma gloire.

Enfin, il m'éleva ce pompeux monument,
Où, pour rendre à ſon nom mémoire pour mémoire,
Je veux qu'avec le mien il vive inceſſamment.

On a remarqué que ce Sonnet, qui eft de *Jean Defmarets de Saint-Sorlin*, de l'académie Fançoife, ne fut gravé fur ce piédeftal que long-temps après la mort du cardinal de Richelieu, qui feroit inexcufable de s'être fait ainfi louer aux dépens même de fon Prince (*a*).

Monumens élevés à LOUIS XIV à Paris.

Sous la régence d'ANNE D'AUTRICHE, veuve de Louis XIII, on éleva au bout du Pont-au-Change, au deffus de la boutique de la maifon d'un marchand, qui fait un angle formé par deux rues, une ftatue pédeftre de LOUIS XIV à l'âge de dix ans. Une Victoire paroît au deffus du jeune Monarque, dans l'attitude de lui pofer fur la tête une couronne de laurier. Il eft élevé fur un piédeftal, à côté duquel le Roi LOUIS XIII & la Reine ANNE D'AUTRICHE font repréfentés de grandeur naturelle avec leurs habits Royaux, ainfi que le jeune Prince. Toutes ces figures, qui font de bronze, ont été exécutées fur les deffeins de Simon Guillain. Ce monument a été conftruit aux dépens des propriétaires incommutables des maifons de ce quartier, & fans doute en reconnoiffance de la permiffion qu'on leur accorda d'élever des bâtimens fur ce pont, qui fut commencé en 1639 fous LOUIS XIII, & achevé en 1647 fous la minorité de LOUIS XIV.

Dans la place des Victoires.

Le monument de la place des Victoires, fitué dans le quartier Montmartre à Paris, eft l'ouvrage de la reconnoiffance de François vicomte d'Aubuffon, maréchal - duc de la Feuillade, colonel du régiment des Gardes Françoifes, & gouverneur du Dauphiné, pour tous les bienfaits dont l'avoit comblé LOUIS-LE-GRAND. Ce fut à fes dépens qu'il le fit ériger : il acheta pour cet effet le terrein convenable, & employa pour ce monument cinq cent mille livres, qui font près d'un million d'aujourd'hui. La Ville contribua d'une pareille fomme, pour régularifer cet emplacement & donner de l'étendue à fes points de vue.

Cette place n'a environ que quarante toifes de diamètre. Son plan eft à peu près ovale; fix rues viennent y aboutir : les bâtimens dont elle eft environnée font décorés d'un ordre ionique, qui embraffe deux étages, & qui eft élevé fur un foubaffement percé d'arcades avec des refends.

Au centre de cette place, on voit le monument à la gloire de LOUIS-LE-GRAND, qui a trente-cinq pieds d'élévation; fçavoir, vingt-deux pour le piédeftal, qui eft de marbre blanc veiné, & treize pour la ftatue du Roi. LOUIS XIV eft vêtu du grand habillement du facre. Il s'appuie d'une main fur un bâton de commandement, & d'un pied il écrafe le chien Cerbère, dont

_____
(*a*) *Defcription de Paris* par Piganiol, tom. IV.

les trois têtes défignent la Triple-Alliance des ennemis conjurés contre ce Prince. Derrière cette ftatue, on apperçoit celle de la Victoire, les aîles déployées, pofant le bout du pied fur un globe. D'une main, elle tient une couronne de laurier, dans l'action de la placer fur la tête du Roi; de l'autre, elle porte un faifceau de palmes & de branches d'olivier. A côté de ces figures, on voit encore un bouclier, un faifceau d'armes, une maffue d'Hercule & une peau de lion. Tous ces attributs, aufli-bien que la figure de la Victoire, forment un groupe avec celle de Louis XIV, de bronze doré, très-ingénieufement compofé, & qui a beaucoup d'éclat. Ce grand morceau a été coulé d'un feul jet, & il a été employé pour fa fonte trente milliers de métal. On lit fur le focle qui eft fous les pieds du Roi, Viro immortali : infcription qui fait allufion à l'immortalité de fa gloire. Ce fut le 28 mai 1686 que fe fit la dédicace de ce monument avec la plus grande pompe.

Au bas du piédeftal fur lequel il eft élevé, on voit un foubaffement en faillie, aux quatre coins duquel font enchaînés quatre efclaves de bronze qui ont environ douze pieds de proportion : leurs armes, leurs vêtemens femblent défigner les différens peuples dont ce Prince a triomphé.

Il y a fur les quatre faces du piédeftal quatre bas-reliefs d'une exécution admirable; repréfentant la *préféance de la France reconnue par l'Efpagne;* le *paffage du Rhin*, la dernière *conquête de la Franche-Comté;* enfin la *paix de Nimègue.* Les efclaves, les bas-reliefs & les autres ornemens de ce piédeftal ne font pas dorés.

On remarquoit ci-devant dans cette place quatre grands fanaux ornés de fculpture, élevés fymmétriquement chacun fur trois colonnes doriques de marbre, difpofées en triangle. Ces colonnes étoient placées fur des piédeftaux chargés de bas-reliefs & d'infcriptions qui exprimoient différentes actions mémorables de Louis-le-Grand. Mais, après la mort de M. le maréchal de la Feuillade, on réfolut de fupprimer ces fanaux comme fort inutiles, cette place étant fuffifamment éclairée par des lanternes, ainfi que les autres places de Paris. En conféquence, ces quatre groupes de colonnes avec leurs fanaux furent détruits, & on en donna les marbres aux PP. Théatins de Paris pour en décorer leur églife (a).

Toutes les fculptures de ce monument ont été exécutées par Martin Defjardins, fculpteur du Roi, qui en compofa non-feulement les deffeins, mais qui en conduifit aufli la fonte.

Afin que cette ftatue foit confervée dans tout fon éclat, M. le maréchal de la Feuillade a chargé fes defcendans, à perpétuité, de fon entretien. Elle doit être redorée tous les vingt-cinq ans, & de plus le Prevôt des

(a) *Defcription de Paris* par Piganiol & Germain Brice.

Marchands

Marchands & les Echevins font obligés d'en faire la vifite tous les cinq ans, pour en ordonner les réparations.

On lit plufieurs infcriptions Latines & Françoifes, qui font gravées, tant fur le piédeftal que fur le foubaffement. Les unes expliquent en vers La-tins les fujets des bas-reliefs; & les autres, qui font dans des cartouches, ex-priment fuccinctement en François les différens établiffemens que Louis XIV avoit faits jufqu'alors.

Nous allons rapporter ces infcriptions telles qu'elles fubfiftent, en ajou-tant feulement aux vers Latins, qui font de François - Séraphin Regnier des Marais, la traduction que cet auteur en a faite lui - même en vers François.

Infcription qui explique le fujet de ce Monument.

A LOUIS LE GRAND,

LE PERE ET LE CONDUCTEUR

DES ARMÉES,

TOUJOURS HEUREUX.

APRÈS AVOIR VAINCU SES ENNEMIS. PROTÉGÉ SES ALLIÉS. AJOUTÉ DE TRÈS - PUISSANS PEUPLES A SON EMPIRE. ASSURÉ LES FRONTIERES PAR DES PLACES IMPRENABLES. JOINT L'OCÉAN A LA MÉDITERRANÉE. CHASSÉ LES PIRATES DE TOUTES LES MERS. REFORMÉ LES LOIX. DETRUIT L'HERESIE. PORTÉ, PAR LE BRUIT DE SON NOM, LES NATIONS LES PLUS BARBARES A LE VENIR REVERER DES EXTREMITÉS DE LA TERRE, ET REGLÉ PARFAITEMENT TOUTES CHOSES AU DEDANS ET AU DEHORS PAR LA GRANDEUR DE SON COURAGE ET DE SON GÉNIE:

FRANÇOIS, VICOMTE D'AUBUSSON, DUC DE LA FEUILLADE, Pair & Maréchal de France; Gouverneur du Dauphiné, & Colonel des Gardes-Françoifes:

POUR PERPETUELLE MEMOIRE
à la poftérité. 1686.

Infcriptions du piédeftal de la Statue.

Au-deffus du bas-relief, qui repréfente la *Préféance reconnue par l'Efpagne* en 1662, on lit:

Indocilis quondam potiori cedere Gallo,
Ponit Iber tumidos faftus, & cedere difcit.

Ce

C'eſt-à-dire, ſuivant la traduction :

En vain au premier Roi de l'Empire Chrétien
Tu veux, ſuperbe Eſpagne, égaler ta Couronne :
Louis, jaloux du droit que ſon ſceptre lui donne,
Te force à reconnoître & ſon rang & le tien.

Au-deſſus du bas-relief où eſt ſculpté le *paſſage du Rhin* en 1672 :

Granicum Macedo, Rhenum ſecat agmine Gallus :
Quiſquis facta voles conferre, & flumina confer.

Le Grec fend le Granique avecque ſes drapeaux,
Et le François armé paſſe le Rhin à nage :
Qui voudra comparer l'un & l'autre paſſage,
Que d'un fleuve & de l'autre il compare les eaux.

Au-deſſus du bas-relief repréſentant la dernière *conquête de la Franche-Comté* en 1674 :

Sequanicam gemino Cæſar vix vincere Gentem
Menſe valet ; Lodoix ter quintâ luce ſubegit.

Et Céſar & Louis, dans leur rapide cours,
N'ont rien qui les égale, & rien qui les arrête.
Tous deux, ardens à vaincre, ont fait même conquête :
Mais Céſar en deux mois, Louis en quinze jours.

Au-deſſus du bas-relief qui exprime la *paix de Nimègue* en 1678 :

Auguſtus, toto jam nullis hoſtibus Orbe,
Pacem agit : armato Lodoix Pacem imperat Orbi.

Quand l'Univers eſt las des fureurs de la guerre,
Le temple de Janus par Auguſte eſt fermé :
Il accorde la paix aux beſoins de la terre ;
Et Louis la commande à l'Univers armé.

Au tour d'une eſpèce d'empattement qui élève le piédeſtal, & ſur lequel ſont aſſis les eſclaves, on remarque encore, à droite & à gauche de la figure du Roi, deux inſcriptions Latines : l'une fait alluſion à *la deſtruction de l'Héréſie*, & eſt exprimée ainſi :

Hic laudum cumulus, Lodoico vindice, victrix
Relligio, & pulſus male partis ſedibus Error.

La gloire de Louis eſt ici toute ſainte.
Les temples de l'Erreur qui tombent à ſa voix,
L'Egliſe qui triomphe, & l'Héréſie éteinte,
De ſon zèle chrétien ſont les dignes exploits.

L'autre regarde *l'abolition des Duels.*

Impia, quæ licuit Regum componere nulli,
Prælia, voce tuâ, LODOIX, compofta quiefcunt.

Pour bannir les Duels de l'empire des Lys,
En vain nos plus grands Rois ont tout mis en ufage.
Le Ciel au feul LOUIS réfervoit cet ouvrage;
Il parle, & pour jamais on les voit abolis.

On voit de plus, fur ce foubaffement, huit cartouches en bronze, deux fur chaque face, où font gravées les infcriptions Françoifes fuivantes (a):

Dans le premier on lit:

Sa fermeté dans les douleurs raffura fes peuples défolés, au mois de novembre 1686.

Dans le fecond:

Il avoit deux cent quarante mille hommes d'infanterie, & foixante mille chevaux, fans les troupes de fes armées navales, lorfqu'il donna la paix à l'Europe en 1678.

Dans le troifième:

Deux cent dix places, forts, citadelles, ports & havres fortifiés & revêtus depuis 1661 jufqu'en 1680 : cent quarante mille hommes de pied, & trente mille chevaux, payés par mois, affurent fes frontières.

Dans le quatrième:

Il a bâti plus de cent églifes, qu'il a dotées de revenus confidérables; & il a établi l'entretien de quatre cent jeunes demoifelles dans la magnifique maifon de Saint Cyr.

Dans le cinquième:

Il a bâti un fuperbe & vafte édifice pour les officiers & foldats que l'âge & les bleffures rendent incapables de fervir; & il y a attaché cinq cent mille livres de rente.

Dans le fixième:

Le nombre de foixante mille matelots enrôlés, dont vingt mille font employés à fon fervice, & les quarante mille autres au fervice de

---

(a) Tous les auteurs qui ont donné la defcription de Paris, ont unanimement oublié ces huit infcriptions importantes, qui font relatives aux principaux établiffemens du règne de Louis XIV, tandis qu'ils fe font attachés à donner les infcriptions des fanaux qui ne fubfiftent plus, ainfi que plufieurs autres qui n'ont jamais été gravées fur ce monument;

ses sujets, marque la grandeur & le bon ordre de sa Marine.

Dans le septième :

Six mille jeunes gentilshommes séparés par compagnie, gardent ses citadelles, remplacent les officiers de ses troupes ; & leur éducation est digne de leur naissance.

Enfin, dans le huitième cartouche :

Après avoir fait d'utiles règlemens pour le Commerce, & réformé les abus de la Justice, il donne un grand exemple d'équité, en jugeant contre ses propres intérêts, en faveur des habitans de Paris, dans une affaire de plusieurs millions.

Dans la cour de l'Hôtel de Ville.

Dès l'année 1680, l'hôtel de ville de Paris avoit décerné le nom de GRAND à LOUIS XIV. Cette cérémonie se fit avec la plus grande solemnité; & il fut décidé que dorénavant ce titre seroit employé dans tous les actes & les monumens publics. Quelque temps après, ce Prince étant venu rendre de solemnelles actions de graces à Dieu pour le recouvrement de sa santé, ensuite d'une maladie qui avoit fait craindre pour ses jours, fit l'honneur à la Ville de dîner avec toute la Famille Royale dans son hôtel. Pour consacrer la mémoire de ces événemens, la Ville de Paris lui fit élever une figure pédestre qui fut placée au fond de la cour de l'hôtel-de-ville, sous une arcade revêtue de marbre blanc, décorée de deux colonnes ioniques, dont les chapitaux sont de bronze doré. Le Roi est représenté en habit de triomphateur Romain : une main appuyée sur un faisceau d'armes qui s'élève d'un trophée ; & l'autre étendue, dans l'action d'agréer l'hommage que lui rend sa capitale. Cette statue est un chef-d'œuvre de Coyzevox. Le piédestal est orné de deux bas-reliefs & de deux inscriptions. Le premier des bas-reliefs représente les largesses que le Roi fit, en 1662, pour soulager son peuple au temps d'une grande disette : le second fait voir la Religion qui triomphe de l'Héréfie (a). L'inscription Latine & la traduction qui en a été faite, occupent les deux autres faces. Nous nous contenterons de la rapporter en François.

(a) Le cardinal Mazarin, pour satisfaire son ressentiment particulier contre les Parisiens, lorsque les guerres de la Fronde, dont il avoit été le sujet, furent appaisées, avoit fait élever en 1654, au milieu de la cour de l'hôtel-de-ville, une statue pédestre en marbre de LOUIS XIV encore enfant. Il étoit habillé à la Romaine, foulant sous ses pieds le monstre de la Révolte. Lorsque le Roi vint à l'hôtel-de-ville en 1687, il ordonna qu'on ôtât cette figure, dont il fit don à M. de Fourcy, alors prévôt des marchands, qui la fit transporter à Cheffi-sur-Marne près de Lagny, terre qui appartient à la maison de Puyfégur.

A LA

A LA GLOIRE
DE LOUIS LE GRAND,
Toujours vainqueur , toujours pacifique ,
Protecteur de l'Eglise & des Rois ,
LES PREVÔT DES MARCHANDS
ET ECHEVINS,
Ont élevé ce Monument éternel de
Leur fidélité ,
De leur respect , de leur zèle & de
Leur reconnoissance.
L'an de grace , M. DC. LXXXIX.

Dans la place de LOUIS LE GRAND , *dite de* Vendôme.

LOUIS XIV ayant acheté , dans le quartier du Palais-Royal , l'hôtel de Vendôme avec un terrein considérable qui en dépendoit, fit commencer , en 1687 , en cet endroit une grande place, dont les bâtimens devoient être occupés par la Bibliothèque du Roi, par toutes les Académies , par l'hôtel de la Monnoye & celui des Ambassadeurs-extraordinaires. C'étoit M. de Louvois , alors surintendant des bâtimens , qui, pour se signaler dans cette partie comme dans le ministère de la guerre, avoit suggéré cette pensée à LOUIS XIV.

Cette place étoit beaucoup plus vaste que celle d'aujourd'hui. Elle devoit être entourée de portiques qui formoient un soubassement, sur lequel étoit élevé un ordre ionique, qui annonçoit un palais immense. Son milieu , du côté des Capucines, étoit décoré d'un grand arc de triomphe. Son plan , quoique quarré , n'avoit que trois faces ; car le côté de la rue S. Honoré étoit ouvert, & terminé , en retour sur cette rue, par deux grands corps de bâtimens de l'architecture la plus magnifique.

Ce grand édifice fut élevé jusqu'à la hauteur du premier étage , & auroit sans doute eu son entière exécution , sans la mort de M. de Louvois en 1691 , qui fit discontinuer & même changer tout à fait ce projet. LOUIS XIV ayant fait présent à la Ville du terrein & de tous les matériaux, elle en prit occasion de demander à SA MAJESTÉ la permission d'en bâtir une place, & d'ériger au milieu un monument qui fût un témoignage de l'amour & de l'attachement de ses peuples. Ce Prince s'opposa longtemps à l'empressement de la Ville ; & ce ne fut qu'après les sollicitations les plus réitérées qu'il y consentit, ainsi que le disent les inscriptions qui sont sur le piédestal.

On commença par resserrer le premier plan de cette place : au lieu

D d

de la forme quarrée qu'elle avoit, on la fit octogone. Jules-Hardouin Manfard, qui avoit donné le deſſein du premier projet, donna auſſi le deſſein du ſecond. Il décora la nouvelle place d'un grand ordre corinthien qui embraſſe deux étages, & l'éleva ſur un ſoubaſſement orné de refends & percé d'arcades. La Ville fit ſeulement conſtruire le mur de face qui forme la décoration, & vendit enſuite les différens emplacemens à pluſieurs particuliers qui s'étoient enrichis dans les affaires, & qui y firent bâtir des logemens de la plus grande magnificence.

Au milieu de cette place, qui a ſoixante & quinze toiſes de longueur ſur ſoixante & dix de largeur, la Ville de Paris fit élever, le 13 août 1699, avec la plus grande ſolemnité, la ſuperbe ſtatue équeſtre de Louis XIV, que l'on y voit ſur un piédeſtal de marbre blanc. Le Roi eſt vêtu en héros de l'antiquité, le bras étendu dans l'action de donner ſes ordres. Le ſculpteur a ſaiſi cet air de grandeur & de majeſté, qui faiſoit une ſi forte impreſſion ſur tous ceux qui l'approchoient. La ſtatue de Louis XIV & celle du cheval furent faites d'un ſeul jet. Ce grand ouvrage de fonderie a vingt-un pieds de haut. Il fut jetté en bronze par Jean-Balthazar Keler, fondeur Suiſſe, ſur les deſſeins & d'après les modèles du célèbre François Girardon, ſculpteur de notre académie Royale. On a employé pour cette fonte, tant pour les jets, que pour les évents, ſoixante & dix milliers de métal. Le piédeſtal de cette ſtatue équeſtre a trente pieds d'élévation, vingt-quatre de longueur, & treize de largeur. Les faces en ſont ornées de différentes inſcriptions Latines, qui détaillent ce que ce Prince a fait pour l'Egliſe, pour la France en général, & pour la Ville de Paris en particulier. Elles ont été compoſées par l'académie Royale des inſcriptions & belles-lettres.

Dans la première, qui eſt en face de la ſtatue, il y a:

LUDOVICO MAGNO
DECIMO QUARTO,
FRANCORUM ET NAVARRÆ
REGI CHRISTIANISSIMO,

Victori perpetuo,
Religionis Vindici,
Juſto, pio, felici, Patri Patriæ,
Erga Urbem munificentiſſimo;
Quam Arcubus, Fontibus, Plateis,
Ponte lapideo, Vallo ampliſſimo arboribus conſito,
Decoravit,
Innumeris Beneficiis cumulavit;

Quo imperante fecuri vivimus, neminem timemus.
Statuam hanc Equeftrem , quamdiu oblatam, recufavit;
Et civium amori
Omniumque votis indulgens,
Erigi tandem paffus eft;

Præfectus et Ædiles,

Acclamante Populo, læti pofuere.
1699.
Optimum Principem Deus fervet.

Dans la feconde à droite:

Chriftianiffimus & Ecclefiæ primogenitus,
Religionis antiquæ vindex, eam domi forifque propagavit,
Edicto Nannetenfi , quod olim temporum infelicitas extorferat,
fublato.
Hæreticorum factionem à Patre afflictam & exarmatam,
Honoribus, dignitatibus, publicis officiis fpoliatam, fine bello extinxit.
Templa profanæ novitatis evertit. Pravi cultûs *reliquias* abolevit.
Ad unitatem Catholicam reverfis, ne fidei morumque doctrinâ,
Et ad piè vivendum fubfidia deforent, providit.
Dociles præmiis conciliavit; egentes fublevavit;
Omnes clementiâ & manfuetudine in officio continuit.
Trecentas Ecclefias à fundamentis erexit, ornavit.
In extremam Afiam, Epifcopos & Sacerdotes,
Qui Chriftum gentibus annunciarent , mifit, & liberaliffimè fovit.
Chriftianos toto Oriente ab Infidelium injuriis fecuros præftitit.
Loca fancta, ut Chriftianis peregrinis paterent, majeftate nominis
effecit.
Sepulcrum Domini pretiofiffimis donariis decoravit.
Captivos Chriftianos, etiam hoftes, ex Barbaricâ fervitute liberavit.
Argentoratenfi Ecclefiæ à Clodovæo & Dagoberto fundatæ
Sacra Patria & Epifcopum poft annos CLII reddidit.
Electorem Archiepifcopum Ecclefiæ Trevirenfi fuæ ,
Erfurdiam Moguntinæ reftitui procuravit.
Infanos fingularium certaminum furores,
Sanctiffimis Legibus, inexorabilique fervitute compreffit.
Domos alendis & educandis pauperibus conftruxit & ditavit.
Ampliffimè regnare fibi vifus eft ,
Cùm Religionem fanctiffimam & caftiffimam,

Poteftate, legibus, exemplo, juftitiâ, liberalitate,
Defendit, ftabilivit, firmavit.

———————————

Dans la troifième à gauche :

Arma femper fumpfit invitus, pofuit volens.
Chriftiani orbis quater pacator.
Illo regnante & aufpice, fcientiis, artibus, commercio, floruit Gallia.
Viros doctrinâ infignes ubique munificentiâ profecutus,
Scientiarum, Numifmatum, Picturæ, Statuariæ, Architectonices,
Academias inftituit ;
Gallicam Academiam adoptavit,
Cunctas contubernales habuit ; eafque, vel difficillimis temporibus,
liberalitate fovit.
Peritiffimos artifices, tam exteros, quàm fuos, donis invitavit,
excitavit præmiis.
Navalibus copiis, utramque Indiam Gallis aperuit.
Interno mari Oceanum junxit.
Litigiofas ambages foro fummovit, Regnum emendavit legibus,
moribus ornavit.
Superiorum judicum delectu, non femel in provincias miffo,
Quod inferiorum vel errore vel corruptelâ peccatum fuerat, correxit,
Ac tenuiores à potentiorum injuriis vindicavit.
Extruxit arces aut munivit plus c c. Hoftium terrores, Imperii
firmamenta.
Novos portus fecit, veteres ampliores tutiorefque reddidit.
Milites fenio aut vulnere invalidos non indecoro dedit frui otio, ac
domo excepit Regiæ pari.
Nautas annis aut vulneribus graves honeftâ miffione dimifit, certumque
e is ftipendium conftituit.
San-Cyrianas Ædes alendis ac educandis nobilibus puellis dicavit.
Rerum moderator, fibi ipfe Confiliarius, Quæftor, Adminifter,
Quietis, quam dat, vix particeps, tot tantaque negotia fuftinuit folus.
Aditu facilis, comis alloquio, patens femper precibus, fæpè votis
occurrens,
Pater Patriæ,
Omnes charitate ac providentiâ complexus :
Quantus militiæ, tantus domi :
Unum victoriarum laborumque fructum quæfivit,
Felicitatem populorum.

———————————

Enfin

Enfin , dans la dernière :

A Victoriis regnum puer quinquennis aufpicatus eft.
Annum XVI ingreffus exercitibus præfuit ,
Fortunam Victoriamque comites duxit.
Licentiæ militum fræna injecit ,
Difciplinamque militarem reftituit.
Hoftes terrâ marique tricenis præliis fudit.
CCCL urbes munitas cepit.
Bataviam unâ æftate victoriis peragravit.
Germaniæ , Hifpaniæ , Bataviæ ,
Totiufque ferè Europæ conjuratæ ,
Pluribus in locis , maximéque diverfis , conatus repreffit ;
Validiffimas urbes expugnavit , exercitus delevit ;
Victis pacem dedit.
Socios & fœderatos defendit , fervavit.
Armâ Othomanica Germanorum cervicibus imminentia ,
Cæfis ad Arrabonem Turcis , depulit.
Cretam obfeffam navium & copiarum fubfidiis
Diù fuftentavit.
Mare à prædonibus pacavit.
Afia , Africa & America fehfere quid Marte poffet.
Imperii fines longè latéque propagavit.
CCCC millia militum fub fignis habuit.
Naves CXX , triremes XL , nautarum præter remiges LX millia.
Bellum latè divifum atque difperfùm , quod conjunxerant
Reges potentiffimi , & fufceperant integræ Gentes ,
Mirâ prudentiâ & felicitate confecit.
Regnum non modò à belli calamitate , fed etiam
A metu calamitatis defendit.
Europa damnis fatigata conditionibus ab eo latis
Tandem acquievit :
Et cujus virtutem & confilium armata timuerai ,
Ejus manfuetudinem & æquitatem
Pacata miratur & diligit. (a)

Le piédeftal de cette ftatue équeftre ne fut revêtu des trophées de bronze

(a) Les ouvrages qui ont publié jufqu'ici ces infcriptions , ne les ont point encore données avec l'exactitude convenable ; ils ont tous répété les mêmes erreurs. Dans les *Defcriptions de Paris* de Germain Brice & de Piganiol , ainfi que dans l'*Hiftoire de la Ville de Paris*, on trouve des mots oubliés , des mots mis pour d'autres , des folécif- mes , & jufqu'à une ligne paffée. De plus , au- cun de ces auteurs ne s'eft rendu attentif à l'or- dre & à l'arrangement du ftile lapidaire.

& des cartels foutenus par des enfans, qui le décorent, qu'en 1730. Dans l'un des cartels, à droite de la statue, on lit :

LUDOVICUS XV,
Franciæ & Navarræ Rex optimus,
MAGNI *Pronepos,*
Europæ arbiter,
Sufcepto è MARIA *Polonâ* DELPHINO,
A'PRÆFECTO ET ÆDILIBUS,
Proavo
Monumentum abfolvi fivit,
Anno 1730.

Dans l'autre cartel, à gauche, il y a :

Cippum
Cui Equeſtris LUDOVICI MAGNI
Statua impofita eſt,
Splendidis ordine uno
Latè feptum Ædibus,
Reftitui & ornari curarunt
PRÆFECTUS ET ÆDILES,
anno 1730.

La Ville de Paris érigea à LOUIS XIV plufieurs portes triomphales ou arcs de triomphe. La porte S. Antoine, que quelques-uns croient avoir été bâtie fous le règne de Henri II pour fervir de monument à la gloire de ce Prince, fut reftaurée, en 1671, par François Blondel, à l'occafion de la paix des Pyrénées, cimentée par le mariage de Marie-Thérèfe d'Autriche.

En 1670, pour célébrer les exploits de ce grand Roi, ainfi que tous les encouragemens qu'il accordoit aux arts, la Ville fit commencer l'arc de triomphe du Trône, qui demeura imparfait, & que l'on a démoli, fous la régence de M. le duc d'Orléans, jufqu'aux fondations.

Pour la conquête de la Hollande, la Ville fit auffi conftruire., en 1673, la magnifique porte S. Denis, monument fupérieur en ce genre à tous ceux que les anciens nous ont laiffés. La porte S. Martin fut élevée enfuite au fujet de la continuation des victoires du Roi. Enfin la porte S. Bernard fut exécutée pour célébrer l'abondance dont LOUIS XIV faifoit jouir fes états (a).

(a) Il fut fait encore quantité de buftes & de ftatues en marbre de ce Prince, qui furent placées

Monument élevé à LOUIS XIV *à* Boufflers.

M. le maréchal de Boufflers fit ériger à LOUIS XIV un monument (*a*) de son amour & de fa reconnoiffance pour toutes les graces & les faveurs qu'il avoit reçues de ce Prince. Il ordonna, en 1694, au célèbre Girardon une ftatue équeftre en bronze, qu'il fit tranfporter à fa terre de Boufflers, qui eft dans la Picardie, à quelques lieues de Beauvais. Il la fit placer dans l'avant-cour de fon château, qu'il fe propofoit de décorer, à cette occafion, avec la plus grande magnificence. Ce fut le 4 feptembre 1701 que cette ftatue fut éle-vée. Les infcriptions Françoifes & Latines, qui font gravées fur les quatre côtés du piédeftal, expliquent le fujet de ce monument qui eft prefque ignoré.

La première infcription, en face de la ftatue équeftre, eft conçue ainfi :

A LOUIS LE GRAND,

LE *plus augufte, le plus magnanime, le plus vaillant, le plus libé-ral & le plus jufte Roi qui ait été, au-deffus enfin de toutes les louanges. Dieu, qui l'a accordé aux vœux de la France, a raffem-blé dans fa perfonne, la plus majeftueufe qu'on ait jamais vue, toutes les qualités de l'ame, du cœur & de l'efprit, qui peuvent former non-feulement le plus grand Monarque, mais le plus parfaitement honnête-homme de l'Univers.*

Seconde infcription:

MORTELS *& fiècles à venir, refpectez, & confervez ce monument : il mérite d'être éternel par le grand Héros qu'il repréfente, & pour faire connoître à jamais la reconnoiffance du Sujet le plus fidélement atta-ché à fon Roi qui ait été.*

en différens endroits ; mais comme ce ne font pas des monumens publics confacrés par la nation, nous n'en ferons pas le détail.

Au commencement de ce fiècle, M. Titon du Tillet propofa de faire élever, au milieu d'une grande place, un Mont-Parnaffe fur lequel il au-roit raffemblé les ftatues de tous les grands poëtes François qui ont fait honneur à la nation ; Cor-neille, Racine, Molière, la Fontaine, Defpréaux, Quinault, &c. Chaque Poëte devoit être ac-compagné d'un Génie pour le défigner. Les por-traits des Poëtes moins fameux devoient être placés dans des médaillons portés par d'autres Génies. Il avoit projetté de repréfenter LOUIS XIV fous la figure d'Apollon, au fommet de ce Parnaffe ; & de placer la Seine au-deffous de Pégafe, faifant jaillir de fon urne l'Hyppocrène, dont les eaux, après plufieurs détours, devoient fe précipiter dans un immenfe baffin. Tout cet ouvrage, de gran-deur coloffale, auroit été exécuté en bronze. Cette penfée étoit grande, fublime ; & fon exécution eût fuffi pour immortalifer le règne de LOUIS XIV, s'il n'étoit immortel par tant d'autres endroits.

M. Grofley fe fignale aujourd'hui par un projet à peu près femblable. Il fait exécuter en marbre, à fes dépens, pour placer dans l'hôtel de ville de Troyes, fa patrie, feize buftes d'hommes illuftres nés dans cette ville. Ceux de Mignard, de Girardon, de Pierre Pithou, &c., font déjà fculptés par M. Vaffé.

(*a*) Les defcriptions des monumens érigés à LOUIS XIV dans nos provinces, font des morceaux nouveaux, dont les Villes où ils fe trouvent nous ont envoyé les détails. Nous n'avons rencontré à ce fujet, même dans la *Defcription de la France*, aucun fecours qui mérite d'être cité.

Troifième infcription:

CETTE *figure équeftre de* LOUIS LE GRAND *a été érigée, le quatrième du mois de feptembre* 1701 *, par très-haut & très-puiffant feigneur Louis-François de Boufflers , duc de Boufflers , maréchal de France , chevalier des ordres du Roi , colonel du regiment des Gardes Fran-çoifes , grand bailli & gouverneur héréditaire de la ville de Beauvais & du Beauvoifis , gouverneur & lieutenant-général , pour le Roi , des provinces de Flandres & du Hainaut , gouverneur particulier des ville & citadelle de Lille , général des armées du Roi , chevalier de la Toifon d'or. Tant de bienfaits & de dignités reçues de la bonté d'un fi grand Roi & d'un fi bon maître , ont engagé ce Seigneur à laiffer aux fiens , à fa province & à toute la pofterité , cette marque de fa reconnoiffance.*

La quatrième infcription eft Latine , & n'eft que la traduction des deux dernières.

Tous les embelliffemens projettés pour la place qui devoit entourer cette ftatue, n'ayant pu avoir lieu par l'impuiffance où s'eft trouvée cette famille de fubvenir à des dépenfes auffi confidérables, elle eft reftée ifolée fans accom-pagnemens. MM. les magiftrats de Beauvais viennent d'obtenir du Roi la permiffion de transférer ce monument dans une place de leur ville , dont il fera l'ornement.

Monument érigé à LOUIS XIV *à* Lyon.

Plufieurs de nos villes de province , à l'exemple de la capitale, s'empref-sèrent d'élever des ftatues à LOUIS XIV. La ville de Lyon en fit exécuter une équeftre , par des Jardins , fculpteur du Roi , qui avoit déjà fait le beau morceau de la place des Victoires. Ce Prince eft repréfenté en habit de triomphateur Romain, tenant un bâton de commandement. Le piédeftal , fur lequel eft élevée cette ftatue, eft orné de deux grandes & belles figures de bronze, dont l'une repréfente le Rhône, & l'autre la Saone , lefquelles occu-pent deux faces de ce piédeftal , & ont été exécutées par les frères Couftou.

Il y a fur ce piédeftal , qui n'a été revêtu de fes ornemens qu'en 1722 , diffé-rentes infcriptions à demi effacées. Sur le côté qui eft en face de la figure, on lit :

LUDOVICO XIV, REGI MAXIMO.

Et du côté de la Saone, à gauche de la ftatue,

VERÆ RELIGIONIS ADSERTORI.

Les deux autres expriment le fujet de ce monument, & la date de fa dédicace, qui fe fit , le 27 décembre 1713 , en préfence de MM. les Prevôt des marchands

&

& Echevins de cette ville, ainſi que de M. le maréchal-duc de Villeroy, gouverneur de la province. Cette ſtatue eſt érigée dans un endroit appellé ci-
devant la place de *Belle-cour*, qui depuis a pris le nom de la place de Louis
LE GRAND.

Elle a la forme d'un parallélogramme. Il n'y a que les deux petits côtés
du nord & du midi qui ſoient décorés de deux grandes façades de bâtimens
d'ordre corinthien élevé ſur un ſoubaſſement.

Monument élevé à Louis XIV. *à* Rennes.

Les Etats de Bretagne chargèrent, en 1685, Coyzevox d'exécuter, pour
la ville de Rennes, une ſtatue équeſtre de Louis XIV en bronze. On ignore
les raiſons qui ſuſpendirent ſon exécution ou ſon tranſport ; mais ce qu'il y
a de certain, c'eſt qu'elle ne fut poſée ſur ſon piédeſtal qu'en 1726, onze ans
après la mort du Roi. Ce Prince y eſt repréſenté habillé à la Romaine. Deux
des faces du piédeſtal ſont occupées pa rdes bas-reliefs, & les deux autres
par des inſcriptions.

La première eſt :

LUDOVICO MAGNO,

PIO, FELICI, SEMPER AUGUSTO,
ARMORICA
AMPLISSIMIS PORTUBUS ORNATA,
UTRIUSQUE INDIÆ COMMERCIO DITATA,
ANNO M. DC. LXXXV,
REGNI XLIII,
VOVERAT.
ANNO M. DCC. XXVI, POST OBITUM XI,
VIRTUTUM BENEFICIORUMQUE MEMOR,
COMMUNI OMNIUM ORDINUM PLAUSU
POSUIT.

La ſeconde :

EQUESTREM HANC STATUAM,

TOTIUS ARMORICÆ IMPENDIO
CONFLATAM ET ORNATAM,
CIVITAS RHEDONENSIS
DE PECUNIA
AD RESARCIENDAS
URBIS NUPER INCENSÆ RUINAS,
SIBI A COMITIIS ATTRIBUTA,
ADVEHENDAM ET COLLOCANDAM
CURAVIT.

Ff

Le plan de la place, au milieu de laquelle se trouve ce monument, est un parallélogramme de cinquante-cinq toises de longueur sur quarante de largeur. Un des côtés est occupé par la façade du Palais qui passe pour un des plus beaux édifices de France par l'ordonnance de son architecture, qui est dorique : les trois autres façades ne furent construites qu'après l'incendie de 1720, qui réduisit en cendres la plus grande partie de la ville de Rennes. Elles sont décorées d'un grand ordre ionique élevé sur un soubassement, & ont été exécutées sur les desseins de M. Gabriel, premier architecte du Roi, père de celui qui occupe aujourd'hui cette place.

Monument élevé à Louis XIV. à Dijon.

Les Etats de Bourgogne avoient semblablement fait exécuter à Paris une statue équestre en bronze de Louis XIV, par le Hongre, sculpteur du Roi, pour orner la ville de Dijon. Quoiqu'elle eût été ordonnée du vivant de ce Prince, elle ne fut cependant placée sur son piédestal qu'en 1725. Ce fut M. de la Briffe, alors intendant de la province, qui en fit l'inauguration. Cette statue est élevée à Dijon vis-à-vis le palais des Etats, au milieu d'une place circulaire dont elle fait l'ornement. Il n'y a d'inscription que sur deux faces du piédestal, qui ne fut revêtu de marbre qu'en 1746.

On lit sur la première :

LUDOVICO MAGNO, REGI CHRISTIANISSIMO,
Pio, felici, semper augusto,
Rebus pace & bello per totam ferè Europam
Religiosè, fortiter & heroïcè gestis,
Æternum hoc amoris & obsequii monumentum,
Promoventibus serenissimis Principibus CONDÆIS
Hujusce Provinciæ successivis Pro-Regibus,
Exoptantibus insuper omnium ordinum Incolis,
Comitia Burgundiæ ardentissimè voverant:
At moles operis ingens providi numinis ductu
Huc advehi, disponi & dicari tunc tantùm potuit,
Cum LUDOVICUS XV, *Rex Dilectissimus,*
Avitarum virtutum æmulus hæres,
Bello triumphisque clarus, licet pacis studiosior,
Artium parens, Regum exemplar & decus,
LUDOVICUM MAGNUM *redivivum*
Felicibus Populis jam ostenderet.

Et sur la seconde :

Ahenam hanc LUDOVICI XIV *statuam equestrem*

Lutetiæ-Parifiorum conflatam & elaboratam ;
Huc tandem per longas viarum ambages
Adductam, bafi marmoreæ impofitam ,
Et amantiffimo civium afpectui traditam :
Convenientibus honorum titulis
Pofteritati infcribendam curaverunt ;
PAULO-HYPPOLITO DE BEAUVILLIER, *Duce* DE ST. AGNAN ;
Pari Franciæ , Burgundiæ Pro-Rege,
R*mus.* DD. ANDOCHIUS PERNOT , *Ciftertii Abbas ,*
Et Cleri Burgundici Electus generalis ;
ANNA-CLAUDIUS DE THIARD ; *Marchio de* BISSY ;
Regiorum exercituum legatus ,
Nobilium ejufdem Provinciæ Electus generalis ,
Et Jo. BAPT. VOISENET *Tertii-Ordinis generalis Electus ,*
Anno R. S. H. MDCCXLVII.

Les deux autres faces du piédeftal, où il n'y a point d'infcriptions, furent
réfervées alors pour être remplies, lorfque M. le prince de Condé jouiroit de
fon gouvernement, donné, pendant fa minorité, à M. le duc de Saint-Agnan.

Monument érigé à LOUIS XIV à Montpellier.

LOUIS LE GRAND n'étoit plus, lorfqu'en 1716 les Etats de Languedoc réfolurent de lui élever une ftatue équeftre au milieu de la promenade du Peyrou, à Montpellier. On choifit cette efplanade, à caufe de fa belle fituation
& de fa vue étendue de tous côtés , tant fur la mer que fur les Pyrénées & les
montagnes voifines. Elle n'eft bornée, du côté de la ville, que par la magnifique porte du Peyrou, de la compofition de Daviler. C'eft un arc de triomphe percé d'une feule arcade fans colonnes ni pilaftres , qui fut exécuté en
1692. Quatre bas-reliefs , en forme de médaillons, en font les feuls ornemens. Des deux bas-reliefs qui font fur la face du côté de la ville, l'un repréfente la deftruction de l'héréfie, avec cette infcription : *Extinctâ hæ-*
refi. L'autre fait voir la jonction des deux mers par le moyen du canal de
Languedoc, avec la légende : *Junctis Oceano & Mediterraneo mari.*

Du côté de la promenade, font les deux autres bas-reliefs. Le premier
exprime Hercule qui terraffe un lion, & épouvante un aigle, avec ces mots :
Fufis terrâ marique conjuratis gentibus. On voit dans le fecond des villes, des
provinces qui fe foumettent, & au-deffous : *Sub oculis hoftium, Belgii arcibus*
expugnatis.

Le couronnement de cette porte eft formé par un attique. M. de Baville,
intendant de Languedoc en 1715, après la paix générale, y fit graver cette
infcription :

LUDOVICO MAGNO,

L. XXII. AN. REGNANTE,

Dissociatis, repressis, consiliatis gentibus
Quatuor-decennali bello conjuratis,
Pax terrâ marique parta. 1715.

La figure équestre du Roi en bronze, qui est élevée au milieu de la place en face de cet arc de triomphe, est l'ouvrage de deux habiles sculpteurs, Mazeline & Utrels, tous deux Flamands, de l'académie de peinture & de sculpture de Paris. Elle fut fondue dans le fauxbourg S. Germain. Sa hauteur entière est de quinze pieds cinq pouces au-dessus du piédestal.

Pour la conduire à Montpellier, on la mit sur un chassis construit avec de grosses poutres & des madriers assemblés d'une manière solide. Elle fut traînée sur des rouleaux, au moyen de moufles dont les cordages étoient tirés par des cabestans tournés par des hommes, jusqu'à la rivière de Seine : de-là on la fit descendre à Rouen, où elle fut embarquée pour faire le trajet de la mer jusqu'à l'embouchure de la Garonne, sur laquelle elle fit naufrage aux approches de Bordeaux.

Ce ne fut qu'après un travail long & pénible, qu'on parvint à la retirer de l'eau : on la conduisit ensuite sur cette même rivière jusqu'à Toulouse, & de-là par le canal Royal, d'où on lui fit traverser les étangs de Thau, Frontignan & Maguelone ; & enfin, passant des étangs dans la rivière ou canal du Lez, elle arriva au port du Mont-Juvenal en 1717.

On transporta ensuite cette statue, au moyen de rouleaux, moufles & cabestans, jusqu'auprès de la fontaine de Lattes, vis-à-vis l'enclos des cordeliers, où elle fut saluée de treize coups de canon.

Lorsqu'elle arriva sur la place du Peyrou, il n'y avoit que le noyau du piédestal de fini. On n'attendit pas que les ornemens de marbre blanc, dont il devoit être revêtu, fussent achevés. M. de Baville, impatient de voir élever ce monument, fit presser les travaux à cet effet. Par les soins du sieur Abeille, habile machiniste, on exécuta une charpente quarrée qui entouroit le piédestal, au haut de laquelle on attacha les moufles ; & au moyen de quatre cabestans, un à chaque coin de la charpente, cette lourde masse fut enlevée & mise en place, sans aucun accident, le 10 février 1718, par des matelots qui firent toute la manœuvre.

Les mesures furent si bien prises que, lorsque la statue fut élevée à une certaine hauteur, en lâchant doucement les cabestans, les trois gougeons de fer, qui étoient plantés dans les trois pieds du cheval, entrèrent juste dans les trous préparés pour les recevoir.

Ce fut le 27 février 1718, sur les quatre heures du soir, que M. le duc

de

de Roquelaure, commandant en chef de cette province, M. le marquis de Caylus, maréchal des camps & armées du Roi, ainsi que MM. les consuls accompagnés des officiers & de la nobleffe, allèrent en cérémonie à la place du Peyrou faluer la ftatue, qui fut haranguée enfuite.

La Ville fit tirer le même foir, dans cette place, un feu d'artifice ; & il y eut des illuminations par-tout. M. Joly, habile fculpteur de Paris, fut choifi pour faire en marbre le revêtement & tous les ornemens convenables pour la décoration du piédeftal de ce monument.

Ce piédeftal eft barlong, flanqué de pilaftres en confoles renverfées, avec enroulemens ou volutes en haut & en bas : il eft élevé fur trois gradins. On n'a mis que l'infcription fuivante dans la table de la face qui regarde la porte de la ville.

LUDOVICO MAGNO,

COMITIA OCCITANIÆ
INCOLUMI VOVERE,
EX OCULIS SUBLATO
POSUERE,
ANNO CIƆ. IƆ. CCXVIII.

M. de Mandajors, gentilhomme d'Alais, de l'académie Royale des belles-Lettres, eft l'auteur de cette infcription qui eft de toute beauté.

Cette ftatue équeftre n'eft environnée d'aucun autre bâtiment : on évite au contraire de rien laiffer fur la promenade qui puiffe borner la vue. On ne fouffre point également qu'aucun des bâtimens, qui font au-deffous du Peyrou, aient des tours, & s'élèvent au-deffus de la promenade. Dans les différens projets qui ont été faits pour rendre cette place plus régulière, on s'eft toujours reftreint à n'y point faire de plantation : &, pour avoir de l'ombrage, on a fur-tout eu en vue de faire une promenade baffe, en formant un mur d'enceinte ; qui, en la mettant dans la ville, laifferoit entre fon mur & ce-lui du Peyrou, un efpace affez large & affez vafte pour y planter des arbres, & procurer par ce moyen l'avantage de pouvoir fe mettre à l'abri des ardeurs du foleil.

STATUE EQUESTRE DE LOUIS XV A PARIS.

Composée et Exécutée en Bronze par M. Bouchardon.

Plan du Pié-destal.

Echelle de   *Toises.*

Dessiné par Mariee.   *Gravé par Sellier.*

MONUMENS
ÉRIGÉS A LA GLOIRE
DU ROI.
PREMIERE PARTIE.

CHAPITRE PREMIER.
PLACE DE LOUIS XV A PARIS.

Aprés la paix d'Aix-la-Chapelle, le règne de Louis XV étant devenu mémorable par l'assemblage de toutes les prospérités que produit la victoire, & par les progrès des arts qui sont le fruit de la paix, il convenoit que la Nation consacrât dans des monumens publics le nom & les faits d'un Monarque qui réunit, aux plus brillantes qualités du Conquérant heureux, les plus touchantes vertus du Roi pacifique.

Déjà plusieurs grandes villes du royaume avoient rempli cette bienséance avec autant d'ardeur que d'éclat. Paris, qui n'annonce jamais mieux la supériorité de ses avantages, que par la supériorité de ses efforts pour la gloire de ses Souverains, voulut se signaler à cette occasion par un monument qui retraçât aux yeux de l'avenir son attachement pour le Roi, & qui fixât en même temps la réputation qu'elle s'est acquise d'être le centre du génie & le séjour des beaux arts.

Ce fut le 27 juin 1748, que le Prevôt des Marchands & les Echevins demandèrent à S. M. la permiſſion de lui élever, dans tel quartier de cette capitale qu'il lui plairoit d'ordonner, un témoignage du zèle, de l'amour & de la reconnoiſſance de ſes peuples. S. M. ayant bien voulu déférer à l'empreſſement de ſes ſujets, le célèbre Bouchardon fut chargé par la Ville de l'exécution de la ſtatue équeſtre du Roi en bronze : & , afin que ce monument fût placé d'une manière qui répondît aux vœux de la Nation, M. de Turnchem, alors directeur des bâtimens de S. M., invita MM. les architectes de l'académie à compoſer des projets de place pour les quartiers de Paris qui leur paroîtroient les plus favorables.

Non ſeulement les architectes du Roi, mais encore pluſieurs autres artiſtes, ſaiſirent avec empreſſement cette occaſion pour donner des preuves de leur zèle & de leurs talens. Il n'eſt pas croyable combien l'émulation, & l'envie de ſe ſurpaſſer mutuellement dans ce concours, pour célébrer dignement notre auguſte Monarque, produiſirent de chefs-d'œuvre. Chaque artiſte choiſit le quartier qui lui parut prêter à l'idée qu'il s'étoit formée du beau; & , ne ſuivant que ſon génie pour guide, on vit naître des penſées d'embelliſſement pour cette capitale, & des projets de place dont ſe feroient honorés les plus habiles architectes de l'antiquité. Il y en eut qui firent juſqu'à des modèles en relief, que tout Paris fut voir avec empreſſement (a).

Tous ces deſſeins furent préſentés au Roi; les uns par le Gouverneur de Paris & le Prevôt des Marchands; les autres par le Directeur de ſes bâtimens. SA MAJESTÉ, après les avoir examinés, voyant qu'il n'étoit pas poſſible d'exécuter une place convenable ſans dévaſter des quartiers marchands, & ſans ſacrifier la commodité & les intérêts d'un nombre de ſes ſujets par la deſtruction d'une infinité de maiſons, voulut l'emporter de généroſité ſur ſon peuple, & fit préſent à la Ville d'un grand terrein vuide qui lui appartenoit entre le Pont-Tournant des Tuilleries & les Champs-Elyſées. Cette action, ſenſiblement inſpirée par la bonté qui fait le caractère du Roi, méritoit ſeule une ſtatue.

Tous nos artiſtes, invités de nouveau par M. le marquis de Marigny, qui avoit ſuccédé à M. de Turnehem dans la place de directeur & ordonnateur des bâtimens du Roi, redoublèrent d'ardeur pour donner à S. M. de nouvelles preuves de leur attachement & de leur capacité.

Il leur fut diſtribué à chacun un plan gravé du quartier du Pont - Tournant, avec la ſeule condition de placer la ſtatue du Roi dans la direction de la grande allée qui eſt en face du jardin des Tuilleries.

Dans un terrein auſſi étendu, entouré de jardins, de promenades, d'une rivière, & dont toutes les vues ſont précieuſes, rien ne paroiſſoit plus

(a) Nous donnerons quelques-uns de ces projets dans la ſeconde partie de cet ouvrage.

difficile

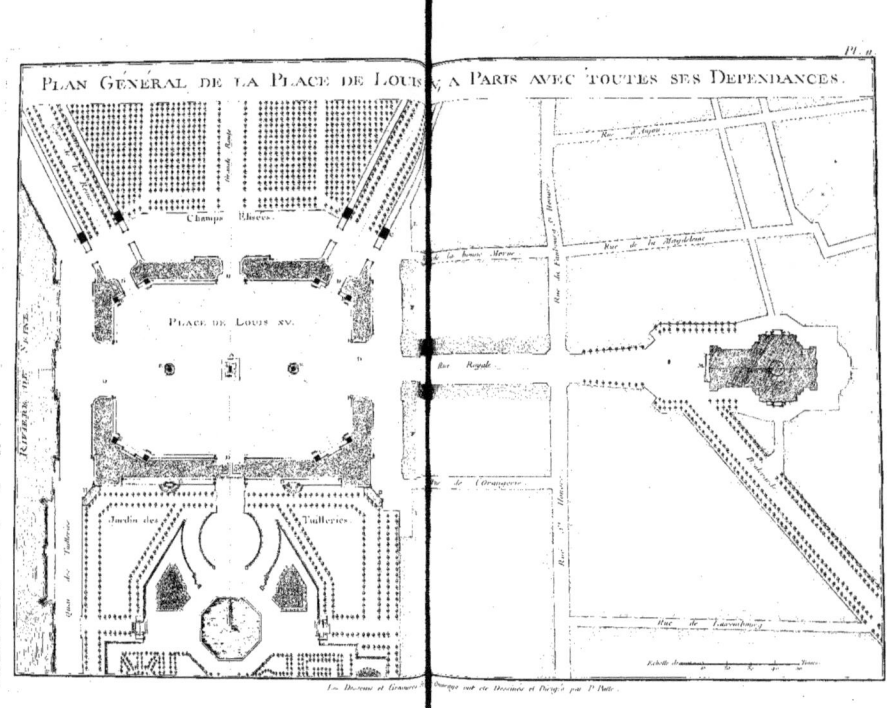

Pl. II

PLAN GÉNÉRAL DE LA PLACE DE LOUIS XV, A PARIS AVEC TOUTES SES DEPENDANCES.

difficile que de compofer une place dont la maffe pût fe deffiner fuffifamment & faire fenfation fans mafquer aucune de ces vues. Chacun s'attacha donc à tirer le parti qui lui parut le plus avantageux de cette fituation extraordinaire, pour créer du nouveau & du grand.

SA MAJESTÉ, quoique très-fatisfaite de la plupart des nouveaux projets qui lui furent préfentés par le Directeur de fes bâtimens, trouvant dans plufieurs différens avantages qu'Elle auroit defiré rencontrer dans un même plan, ordonna à M. Gabriel, fon premier architecte, de faire cette réunion, afin d'en former un tout qui fervît de modèle pour l'exécution. On voit, par cet expofé, que la Place de LOUIS XV à Paris eft véritablement l'ouvrage de la Nation. C'eft un choix fait par SA MAJESTÉ de ce qu'il y avoit de mieux imaginé dans les projets qui lui furent préfentés. Et, fi l'on confidère les obftacles qu'il a fallu vaincre pour parvenir à l'enfemble de la compofition de cette Place, on conviendra qu'on a tiré d'un local auffi ingrat tout le parti poffible, & qu'on ne pouvoit rien trouver de plus heureux (a).

Ce fut le 20 juillet 1753 que le Roi approuva & figna à Compiègne ce projet, qui fut dépofé au greffe de fes bâtimens; &, conformément à fes ordres, M. le marquis de Marigny en envoya des doubles à la Ville, qui chargea M. Gabriel de l'exécution de cette Place, à laquelle il ajouta toute la perfection que l'on remarque dans fes détails.

Après avoir donné la defcription des bâtimens de la Place, nous ferons celle de la ftatue équeftre de SA MAJESTÉ, & de la cérémonie de fon inauguration.

ARTICLE PREMIER.

DESCRIPTION

DE

LA PLACE DE LOUIS XV.

CETTE Place (planches II & III) fait la réunion du jardin des Tuilleriés avec les Champs-Elyféés : fon plan eft un parallélogramme de cent vingt-cinq toifes de longueur fur quatrevingt-fept de largeur, entre les balûftrades

(a) Il a été préfenté vingt-huit projets à S. M. pour la place du Pont-Tournant : les académiciens, qui en ont propofé, font MM. Gabriel, Soufflot, Boffrand, Contant, F. Blondel, Aubry, Chevautet, Godeau, Hazon, le Bon, de Laffurance, de Luzy, l'Ecuyer, Beaufire, & Loriot. Il y eut auffi quelques architectes, qui n'étoient pas de l'académie, qui préfentèrent des deffeins; entre autres, MM. Deftouches & Servandoni : ce dernier avoit accompagné fon plan d'un fort beau mémoire qu'il a bien voulu me communiquer, & dont j'ai fait quelque ufage.

H h

intérieures. Les quatre angles de ce parallélogramme forment quatre pans coupés de vingt-deux toises de longueur chacun, & font terminés, à leurs extrémités, par des guérites *B, B*, qui font très-décorées.

Deux de ces pans coupés, du côté des Champs-Elyfées, font ouverts, & aboutiffent à deux avenues diagonales, dont l'une eft appellée le Cours de la Reine. Du même côté, & à la tête des Champs-Elyfées, font quatre pavillons *C, C*, décorés de boffages, à l'ufage des fontainiers, gardes & portiers des Champs-Elyfées & du Cours de la Reine (*a*).

On arrive à cette Place par fix entrées *D*, dont les deux principales ont chacune vingt-cinq toises de large. Elle eft renfermée par de grands foffés de onze à douze toises de largeur, & de quatorze pieds de profondeur, qui fe communiquent les uns aux autres, du côté des Champs-Elyfées, par fept ponts de pierre. Le fol de ces foffés doit être femé de gazons, & entouré de larges chemins fablés.

Les paffages des ponts s'annoncent par de grandes portions circulaires, fermées par des baluftrades qui fe raccordent à celles de l'intérieur de la Place, au moyen de feize gros piédeftaux deftinés à porter des lions & des fphinx en bronze.

Il règne autour de l'intérieur de la Place des banquettes ou trottoirs élevés au-deffus du fol, d'où l'on monte par des degrés à tous les paffages des ponts & entrées, ainfi qu'en face des huit guérites.

On fe propofe d'exécuter, à trente-deux toises de diftance du centre *A*, où eft la ftatue du Roi, dans l'allignement des deux allées diagonales, deux grandes fontaines *E, E*, formant chacune un gros champignon d'eau, tant pour l'utilité publique que pour l'embelliffement de cette Place.

Le fond de la Place, du côté du fauxbourg faint Honoré, en face de la rivière, eft terminé par deux grands corps de bâtimens *F, F*, de quarante-huit toises de longueur, lefquels font féparés par une rue de quinze toises de largeur, appellée rue Royale, qui a quatrevingt-dix toises de long, & fe termine par des pavillons formant un carrefour dans la rue faint Honoré. Cette rue fera prolongée fur le même allignement jufqu'à la rencontre des Boulevards, où s'élève la nouvelle églife de la paroiffe de la Magdeleine *M*, (*pl. II*), dont le portail fera point de vue au centre de la Place.

Deux autres bâtimens *L, L*, d'une ordonnance moins riche que celle des grandes façades, de trente-deux toises de longueur chacun, féparés par les rues de l'Orangerie & de la Bonne-Morue, de quarante pieds de large, termineront en arrière-corps le fond de cette Place, & iront aboutir, l'un au jardin des Tuilleries, & l'autre aux Champs-Elyfées.

(*a*) Dans le *Mercure* du mois d'août 1763, il a été inféré une defcription de la Place de | Louis XV à Paris, dont nous avons adopté plufieurs endroits.

Pour l'exécution parfaite de ce magnifique édifice, on se dispose à former une terrasse basse G de droit & de gauche du Pont-Tournant, fermée sur le devant d'une balustrade posée sur le cordon du mur du fossé.

Cette terrasse, élevée de trois à quatre marches au-dessus du sol entre les deux Renommées, sera prolongée dans toute la largeur du jardin, & communiquera aux terrasses supérieures par deux grands escaliers d'une forme elliptique, placés en face des deux fontaines dont il a été parlé ci-devant.

Le mur de cette terrasse supérieure sera décoré de refends, de bossages, tables & autres ornemens, & se terminera par une balustrade. Les deux Renommées du Pont-Tournant seront conservées sur de gros piédestaux; & on en posera deux nouvelles sur d'autres piédestaux semblables, à l'extrémité des avant-corps.

Il y aura de plus deux corps-de-garde H, H, placés en pans coupés sous lesdites terrasses; l'un faisant décoration par son entrée sur le quai de la Conférence, & l'autre du côté de la terrasse des Feuillans.

Ces corps-de-garde se raccorderont aux murs de face des Tuilleries, & à ceux des deux côtés de ce jardin, par d'autres piédestaux destinés à porter des grouppes de figures en marbre.

En face de la Place, & dans toute sa largeur, sera construit un mur de quai avec un grand avant-corps dans le milieu, décoré & orné de bossages, tables & inscriptions, consoles & balustrades apparentes du côté de la rivière, qui formeront le parapet du côté du quai.

Il sera élevé sur cet avant-corps deux piédestaux I, I, pour recevoir deux figures de bronze représentant la Seine & la Marne; & les arrière-corps seront terminés par des descentes ou degrés pour communiquer à la rivière.

Cette Place, l'une des plus belles de l'Europe par son étendue & par sa décoration, ne laissera rien à desirer, lorsqu'on aura écrêté la montagne de l'Etoile de dix-huit à vingt pieds, sans rien déranger de sa plantation, comme on se le propose, & que l'on aura reconstruit le pont de Neuilly en face de la montagne de Chante-Coq, dans la direction du milieu de la Place : alors elle deviendra l'entrée de la ville pour l'arrivée de la province de Normandie, & elle sera extrêmement fréquentée.

Le haut de la *planche IV* fait voir l'élévation géométrale de la Place de Louis XV, sans comprendre celle des deux grands corps de bâtimens qui la terminent du côté de la rue saint Honoré, & que nous avons portée dans la planche suivante pour éviter la confusion.

Cette élévation est prise sur la ligne 1, 2, (*pl. III*) du plan; elle est bordée par des balustrades : on y remarque de gros socles avec des lions & des sphinx, lesquels facilitent le raccordement de la hauteur des balustrades intérieures des fossés de la Place avec celles de l'extérieur. Les quatre pans coupés sont ornés chacun de deux guérites à leurs extrémités ; de forte qu'il y en a huit dans toute la Place.

Ces guérites font très-bien décorées, & ornées de frontons furmontés d'un pied-douche avec des guirlandes de feuilles de chêne. Elles font deftinées à porter des grouppes de figures de marbre, analogues aux Vertus qui font là la bafe du gouvernement de Louis XV, & au progrès des arts. Chaque grouppe doit être accompagné de Génies qui aident à en caractérifer les fujets.

La première de ces huit guérites aura pour amortiffement Jupiter & la Clémence, pour repréfenter l'autorité du Roi, dont le pouvoir eft tempéré par la bonté.

Une autre fera couronnée par un grouppe repréfentant Apollon & la Poëfie ; ce qui fera allufion au progrès des belles-Lettres.

La troifième guérite fera terminée par Minerve & l'Etude, pour repréfenter le triomphe des Arts & des Sciences.

On verra fur la quatrième Mercure & la Richeffe, fymbole du Commerce & de fes accroiffemens.

Le couronnement de la cinquième fera Cérès & l'amour du Travail, pour caractérifer l'Agriculture & les encouragemens qu'on lui prodigue.

Hercule & la Modération termineront la fixième guérite, & feront allégoriques à la vraie valeur & à la modération du Roi, lors de la paix d'Aix-la-Chapelle.

La feptième aura pour amortiffement Mars & la Juftice, grouppe qui perfonnifiera les Guerres entreprifes par le Roi.

La huitième guérite enfin fera couronnée par Neptune & par la Fortune, pour défigner la Marine.

Toutes les baluftrades intérieures de la Place font pofées fur un focle avec des banquettes ou trottoirs élevés au deffus du fol, d'où l'on monte à tous les paffages des ponts & en face des guérites.

Sur la gauche, on a exprimé le profil du Pont-Tournant avec celui de la terraffe des Tuilleries.

Le bas de la *planche IV* exprime la décoration des bâtimens de la rue Royale. Du côté de la Place, elle eft décorée d'un gros pavillon avec fix colonnes corinthiennes élevées fur un foubaffement : tout le refte eft d'un genre fimple & noble. Le rez-de-chauffée eft percé d'arcades & de croifées alternativement : au-deffus font deux étages terminés par une corniche qui va aboutir contre le gros pavillon en retour des deux façades de la Place. Le carrefour de la rue faint Honoré, avec la rue Royale, eft figuré par un petit pan coupé avec quatre avant-corps, après lefquels commence l'avenue d'arbres qui doit former une place au nouveau portail de la Magdeleine, avant que de fe réunir aux Boulevards.

Les

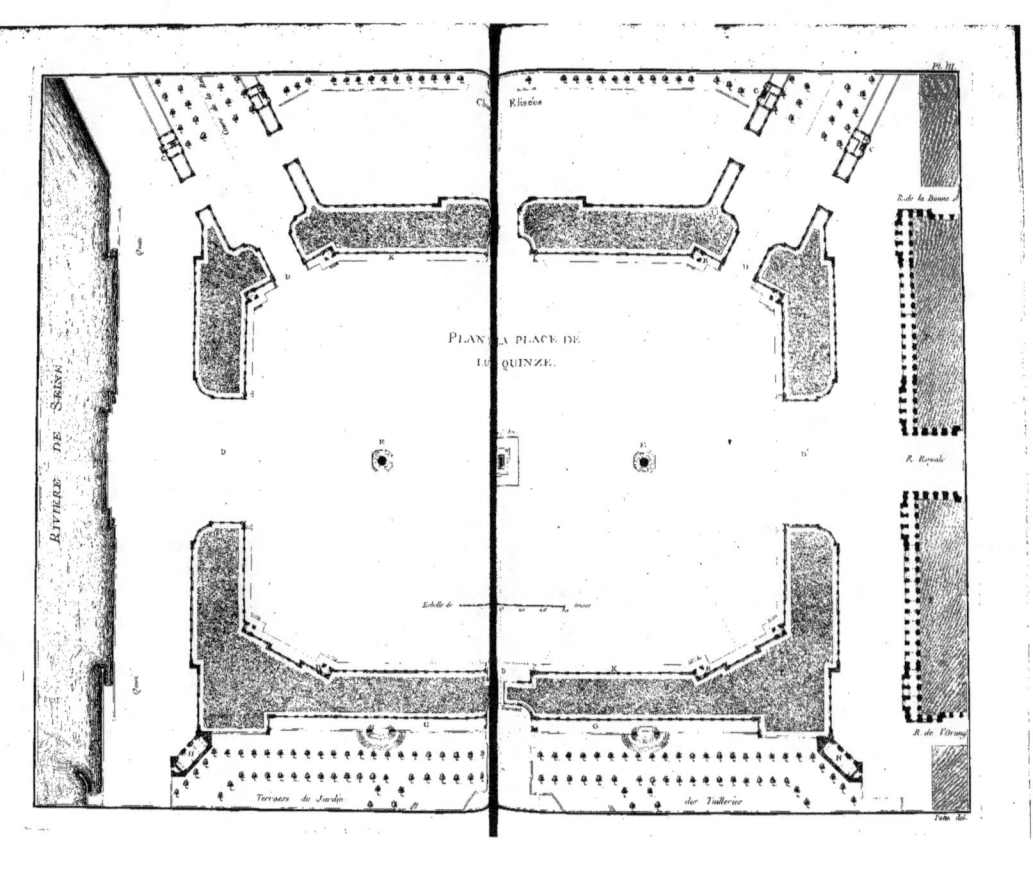

PLAN DE LA PLACE DE LOUIS QUINZE.

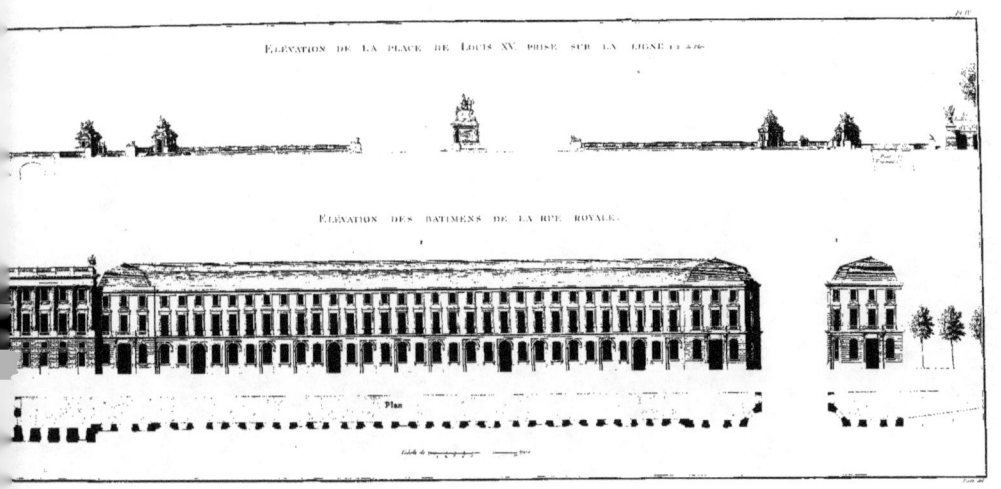

ÉLÉVATION DE LA PLACE DE LOUIS XV PRISE SUR LA LIGNE ␣␣␣␣

ÉLÉVATION DES BATIMENS DE LA RUE ROYALE.

Plan

Pl. V

ÉLÉVATION DES DEUX GRANDS BATIMENS DE LA PLACE,

Avec le Portail de l'Église de la Madeleine.

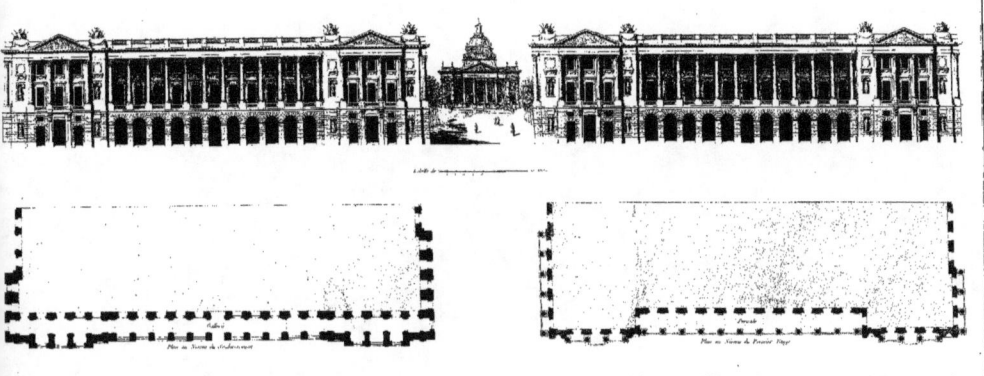

Échelle de

Plan au Niveau du Soubassement.

Plan au Niveau du Premier Étage.

Pl. VI.

Developpement des Grands Batimens.

Echelle de _____ 1 _____ 2 _____ 3 _____ 4 _____ 5 _____ 6 toises.

Plan au Niveau du
premier Etage.

Gravé par Loyer.   Patte Del.

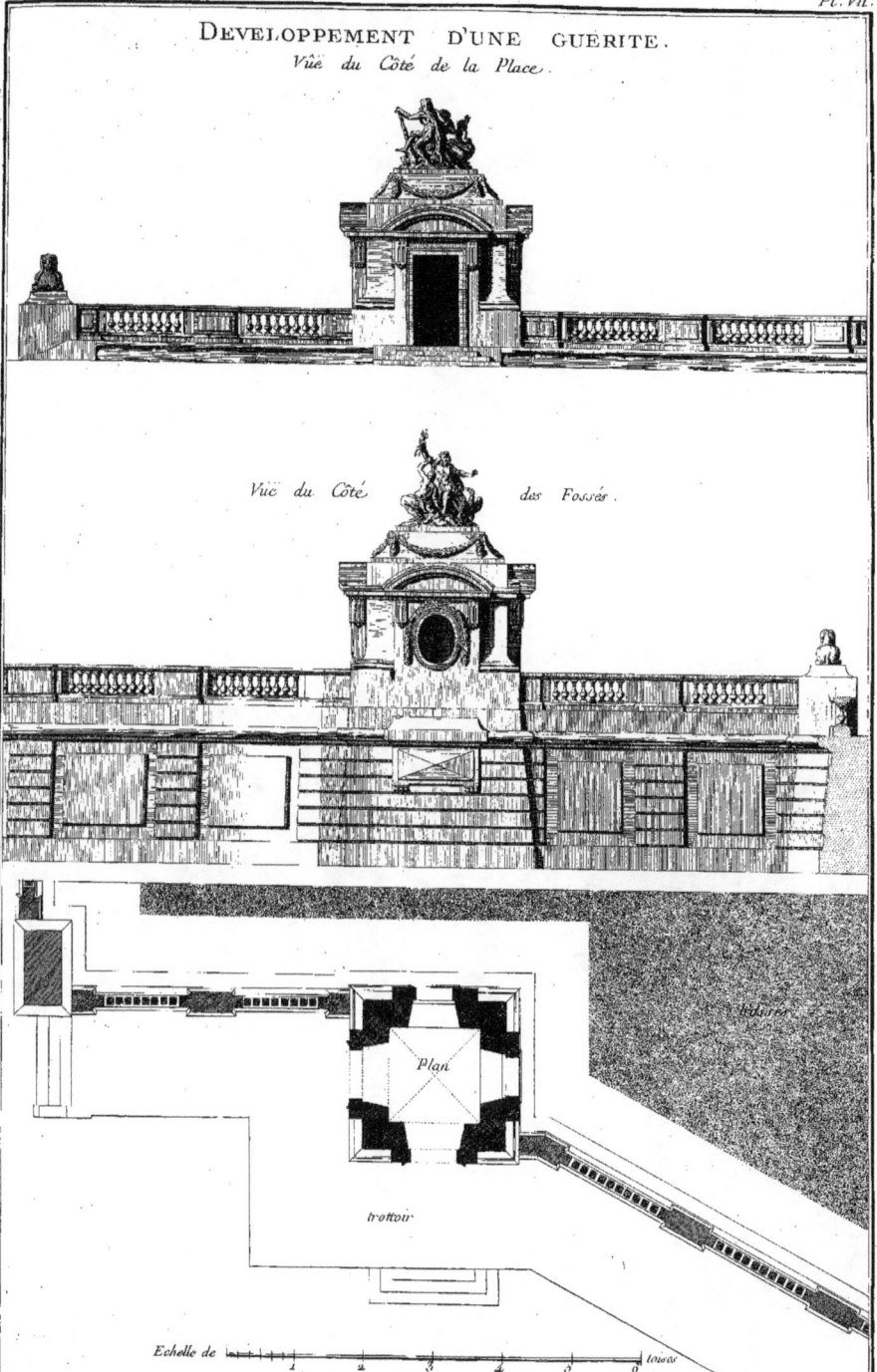

Pl. VII.

DEVELOPPEMENT D'UNE GUERITE.
Vûe du Côté de la Place.

Vûe du Côté   des Fossés.

Plan

trottoir

Echelle de ╟┼┼┼┼┤   toises
            1   2   3   4   5   6

Patte. Del.

Pl. VIII.

PLAN ET ÉLÉVATION

D'un des 4 Pavillons Marqués C. sur le Plan
Général.

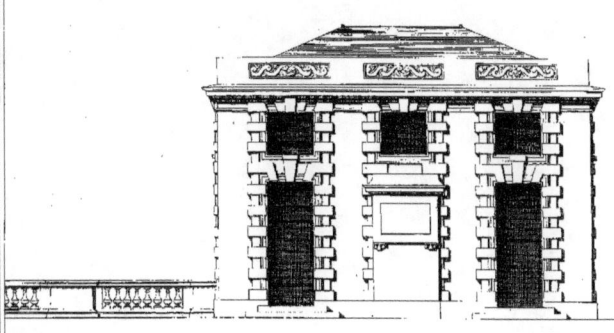

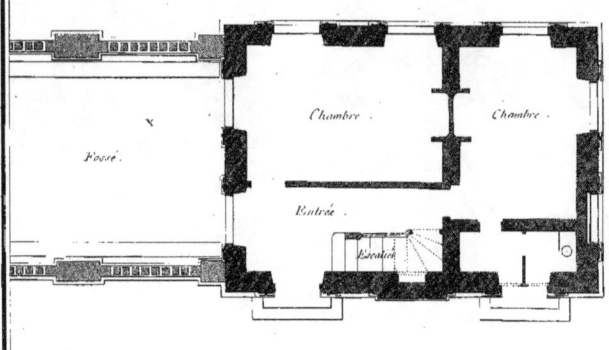

Fossé.

Chambre.   Chambre.

Entrée.

Escalier.

Échelle de   1   2   3   4   5   6   Toisé.

Les deux grands bâtimens qui terminent le fond de la Place, du côté du fauxbourg faint Honoré, *pl. V*, ont chacun quarante-huit toifes de longueur fur foixante & quinze pieds de hauteur. Ces édifices forment des portiques au rez-de-chauffée dans toute leur étendue ; & au premier étage, ils font ornés chacun d'un périftile d'ordre corinthien, compofé de douze colonnes de trois pieds de diamètre, pofées fur un foubaffement de vingt-quatre pieds d'élévation, lequel eft orné de boffages & percé d'arcades.

Cet ordre embraffe deux étages de croifées à plate-bande d'une excellente architecture. Les chapiteaux & l'entablement font fculptés & enrichis de tous les ornemens qui leur font propres, ainfi que les plates-bandes de l'architrave & les plafonds dans les périftiles.

Les extrémités de ces bâtimens font compofées chacune d'un avant-corps avec quatre colonnes couronnées d'un fronton, dans le tympan duquel eft fculpté un fujet allégorique dont les figures ont neuf pieds de proportion, & font exécutées par MM. Slodz & Couftou, fculpteurs du Roi.

Le premier fronton, près la rue de la Bonne-Morue, repréfente l'Agriculture. Elle eft figurée par une femme couronnée d'épics de bled, tenant de la main gauche le cercle des douze fignes du Zodiaque, & de la droite embraffant un jeune arbre chargé de fleurs. On voit à fes pieds une charrue & plufieurs enfans avec des gerbes de bled, ainfi que divers outils concernant le labour & la culture des terres.

Le deuxième fronton du même bâtiment, près la rue Royale, annonce le progrès du Commerce, par une figure couronnée de perles, de corail & de fruits, qui tient dans fes mains le caducée & le bonnet de Mercure. A côté, font des enfans grouppés à des ballots : on apperçoit auffi un ancre, un gouvernail & des marchandifes de différentes fortes.

Le bas - relief du troifième fronton, qui eft en parallèle, exprime la Magnificence. Elle eft figurée par une femme couronnée d'un diadème, richement vêtue : de la main gauche, elle tient un médaillon où eft repréfentée la Place de Louis XV ; & de la droite, une ftatue de Minerve : près d'elle font plufieurs Génies qui caractérifent les arts libéraux, enfans de la Richeffe & du Luxe.

Le quatrième fronton, qui eft le plus près du jardin des Tuilleries, fait allufion à la Félicité publique. On voit une femme affife fur une corne d'abondance, à côté d'un trône ; elle eft couronnée de fleurs, paroiffant jouir d'un parfait contentement, en regardant des enfans qui exécutent des danfes au fon de la flûte dont joue l'un d'entre eux.

Les arrière-corps des pavillons, qui terminent ces bâtimens, font ornés de niches, de médaillons, de tables, & font couronnés par de gros focles fur lefquels il y a des trophées.

Ii

Au milieu du foubaffement de chacun de ces pavillons, on voit une grande porte ornée de confoles qui fupportent un balcon, avec deux autres portes à côté. Enfin, ces deux grandes façades font couronnées par une baluftrade fans comble apparent.

En jettant les yeux fur les *planches VI, VII & VIII* qui fuivent, on y remarquera tous les détails des différentes parties qui compofent cette Place. L'on s'y eft arrêté d'autant plus volontiers, que la magnificence du total fe fubdivife en une infinité de beautés toutes différentes, qu'on ne pouvoit faire appercevoir qu'en les développant.

Entre les deux grands corps de bâtimens, on apperçoit (*pl. V*) le portail de la Magdeleine qui doit faire point de vue à la Place : la beauté du plan de cette Eglife qui s'exécute, & le génie que l'on remarque dans fa compofition, nous ont engagé à en donner un détail particulier (*a*).

Le plan de cet édifice (*pl. IX*), qui a l'avantage d'être parfaitement ifolé, a foixante toifes de longueur fur quarante de largeur. Sa principale entrée eft formée par un porche orné de colonnes, dont quatre font avant-corps dans le milieu. On y arrive par un grand perron de douze toifes d'étendue : fes extrémités font terminées par deux chapelles ; l'une pour les mariages, l'autre pour les baptêmes. La nef eft décorée de colonnes ifolées : les bas-côtés font périftiles ; les autels des chapelles font tous placés en face de la nef. Dans l'épaiffeur des murs de féparation, il y a des paffages pratiqués, par où les prêtres communiqueront des facrifties dans les chapelles & dans le porche, foit pour dire la meffe, foit pour aller adminiftrer les facremens, confeffer, baptifer ou marier, fans être obligés de paffer, comme il eft d'ufage, au travers de la foule des affiftans.

Au milieu de la réunion des branches de la croix, fous le dôme, eft élevé le maître-autel. C'eft le lieu le plus diftingué d'une Eglife, & où la décence demanderoit qu'il fût toujours placé. Trois colonnes engagées à chacun des pilliers des pendentifs doivent foutenir toute cette coupole. Mais, ce qu'il y a à remarquer de préférence dans ce plan, eft une diftance de vingt-huit pieds qui fe trouve entre les plus proches colonnes des différentes branches de la croix, & celles qui environnent le milieu. Cet arrangement eft abfolument neuf, & rendra cet endroit, qui a coutume d'être fi refferré dans nos Eglifes, vafte, fpacieux & capable de contenir un peuple immenfe.

Le portail (*pl. X*) eft décoré d'un grand ordre corinthien. Un magnifique perron, terminé par deux ftatues, exhauffe majeftueufement cet édifice. Comme le fol de la Place du Roi eft fort bas, par rapport à celui où l'on conftruit cette Eglife, fon élévation contribuera beaucoup à en augmenter l'effet. De plus, les deux rangées d'arbres, qui doivent former autour de ce

---

(*a*) Le deffein de ce monument eft de M. Contant, architecte du Roi.

monument comme une espèce de place, avant de se réunir aux Boulevards, lui
serviront d'accompagnement, & aideront à le faire valoir. Dans le milieu de ce
portail, il y a un avant-corps porté sur quatre colonnes, couronné par un fronton. A ses extrémités, sont deux autres avant-corps avec chacun deux pi-
lastres & deux colonnes cantonnées d'une manière très-ingénieuse. Les
entre-colonnes de cet ordre corinthien sont coupées un peu au-dessous du
tiers de leur hauteur par un imposte ou plinte règnant dans tout l'intérieur
du porche, où l'on voit cinq portes terminées par des frontons circulaires.
Au-dessus & appuyé sur la plinte, sont des niches avec des statues ornées de
frontons triangulaires, excepté à plomb de la grande porte d'entrée, où l'on
remarque une table pour une inscription.

Tout cet édifice est couronné par une balustrade avec des entrelas; sur laquelle il y a, soit des vases, soit des figures qui répondent au-dessus des colonnes. En retraite, sur le mur de la nef, règne un attique: son milieu est sur-
monté d'un piédestal portant une croix rayonnante. Ses deux extrémités forment un avant-corps percé chacun d'une croisée, & ont pour amortissement
deux petits dômes quarrés qui soutiennent ce portail, l'élèvent, & servent en
même temps d'accompagnemens pour faire pyramider le grand dôme.

L'intérieur de ce monument (*pl. XI*), est décoré d'un ordre corinthien,
de quatre pieds de diamètre, dont les colonnes sont une à une, à l'imitation des anciens: l'architecte ne s'en est écarté qu'aux endroits où la solidité & la symmétrie l'exigeoient, tels qu'aux extrémités des bras de la croix
& aux angles des pendentifs. Entre les colonnes, le long de la nef, on voit
dans le fond des chapelles des niches quarrées, ornées de figures, & couronnées de frontons avec des vitraux au-dessus: trois marches élèvent ces chapelles, du sol de l'Eglise. A plomb de leur entrée, sur le mur des
bas-côtés, il règne des tribunes tout au pourtour. On ne sçauroit trop applaudir à la convenance de cette décoration. Des niches, des statues, des
bas-reliefs devroient toujours faire le principal ornement des Temples: car
les tableaux y paroissent toujours postiches; ils n'ont aucune liaison avec l'architecture, ils tranchent trop, & ôtent cette unité & cet accord qui font le
charme de cet art.

Au milieu de cette Eglise, s'élève la coupole qui sert de baldaquin au
maître-autel. Entre les colonnes, au tour du sanctuaire, il y aura quatre statues élevées sur des piédestaux, représentant les quatre Evangélistes: les pendentifs, dont la naissance est cachée par des torchères, seront décorés de bas-
reliefs. Leur couronnement doit être une grande corniche dont la frise sera
ornée de guirlandes de fleurs. Au-dessus, il y aura une balustrade suffisamment avancée pour dérober d'en bas, par sa saillie, la vue des jours qui
doivent éclairer les peintures de la coupole. Enfin, la voûte de la nef, qui

doit tourner au tour des pendentifs, contribuera à donner à cet ensemble une légèreté & une élégance qu'il n'est pas ordinaire de rencontrer dans l'intérieur des Eglises modernes (a).

ARTICLE II.

DESCRIPTION *de ce qui a été pratiqué pour transporter la statue équestre du Roi dans la Place, & l'élever sur son piédestal.*

DÈS le mois de février de l'année 1754, on commença les fondations du piédestal destiné à porter la statue équestre du Roi. Elles furent fondées à vingt pieds de profondeur environ, sur un gros gravier, & sans pilotis, le terrein se trouvant suffisamment bon. La première assise fut formée de gros quartiers de pierres de taille bien appareillées, dont les supérieures faisoient successivement retraite, en observant de placer les joints en liaison, & en unissant ensemble toutes ces pierres avec de forts crampons. Ce fut sur ce massif solide qu'on établit le noyau en pierre de taille du piédestal, pour être revêtu de marbre par la suite.

On fit une si grande diligence que la Ville en posa la première pierre le 22 avril de cette même année, avec les cérémonies accoutumées. Dans cette première pierre, on enferma une boëte de cèdre à double fond; on mit dans le premier fond une médaille d'or & six d'argent. Ces médailles représentent d'un côté le buste du Roi; & de l'autre est l'inscription suivante, surmontée d'un petit écusson des armes de la Ville (b).

PRINCIPI OPTIMO,

OB QUÆSITAM VICTORIIS PACEM,

EQUESTREM STATUAM

PRÆFECTUS ET ÆDILES LUTETIÆ-PARISIORUM DEDICARUNT,

ET PRIMUM LAPIDEM POSUERUNT

M. DCC. LIV.

(a) Il est à remarquer, dans le dessein de l'intérieur de cette Eglise (*pl. XI*), une nouveauté digne d'attention. On se propose de faire profiler l'entablement de six pouces, tant dans la nef que dans les bas-côtés; de sorte que les architraves des entre-colonnes auront un pied de moins de largeur que celles qui sont à plomb du nud des colonnes. L'intention de M. Contant, en faisant ainsi retourner son entablement, est, 1°. de faire paroître ses colonnes moins grêles, & de dérober la grande largeur de leur espace, qui est de trois diamètres. 2°. De rendre sa construction plus légère, ses plate-bandes plus faciles à exé-

cuter, & ses colonnes plus en état de soutenir un pareil fardeau. 3°. De donner une richesse singulière à son ordre, par ce profil qui fera faire onglet à l'entablement vis-à-vis les angles du chapiteau, & rappellera en même temps l'arc doubleau de la voûte de la nef qui s'élève à plomb, pour ne former qu'un tout ensemble. 4°. Enfin, de faciliter l'exécution de la corniche, en supprimant les modillons dans la partie de l'entre-colonne; ce qui permettra de lui donner beaucoup moins de saillie, & conservera toute la richesse à la partie qui ressaute.

(b) *Extrait des régîtres de l'Hôtel de Ville de Paris,*

Dans

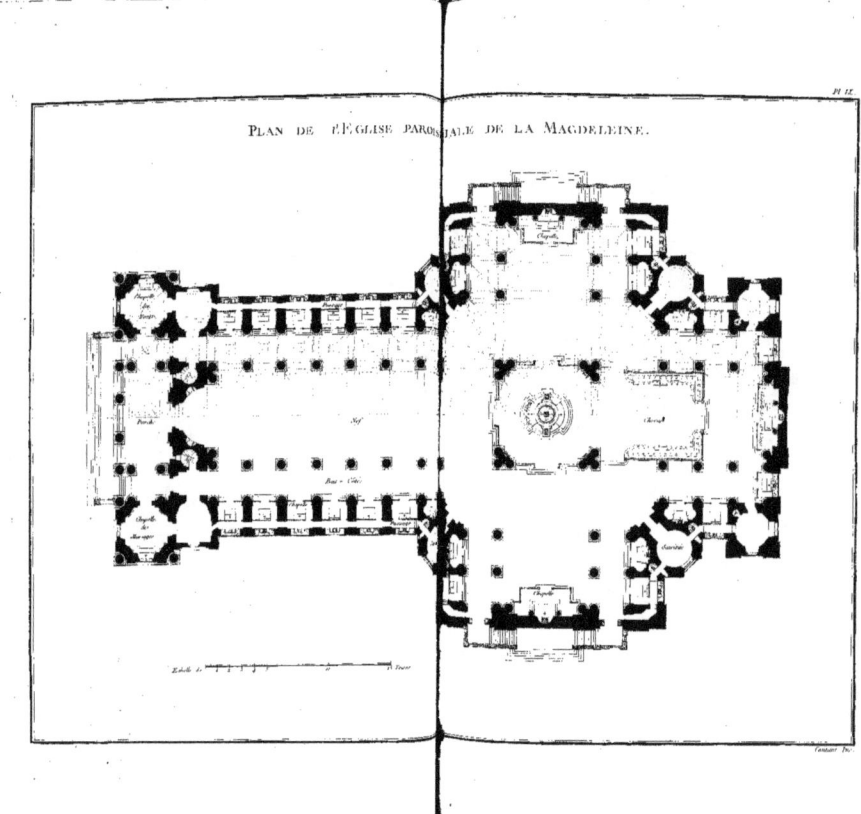

PLAN DE L'ÉGLISE PAROISSIALE DE LA MAGDELEINE.

Pl. X.

ELÉVATION DU PORTAIL DE L'ÉGLISE DE LA MAGDELEINE.

Echelle de ... Toises

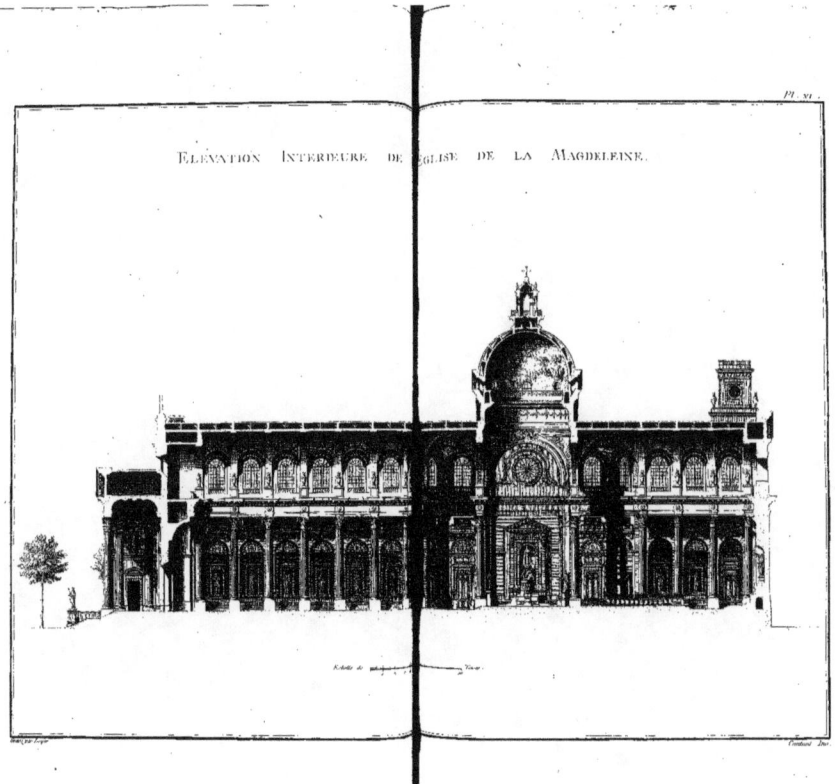

Pl. XI.

ÉLÉVATION INTÉRIEURE DE L'ÉGLISE DE LA MAGDELEINE.

Dans le fecond fond, on plaça cette autre infcription Françoife, gravée fur une plaque de cuivre.

L'an M. DCC. LIV. le Lundi XXII Avril.
DU REGNE DE LOUIS XV.

CETTE *première Pierre de la fondation de la Statue ci-deffus a été pofée par Mre.* Louis-Bazile DE BERNAGE, *chevalier, feigneur de* Saint-Maurice, Vaux, Chaffis *& autres lieux, confeiller d'état ordinaire, grand-croix de l'Ordre royal & militaire de S.Louis, Prévôt des Marchands; & de l'Echevinage de* Claude-Eléonore DE LA FRESNAYE, *écuyer, ancien quartinier;* Pierre-Philippe ANDRIEU, *écuyer, ancien avocat au Parlement, feigneur de* Suizil *&* Macreux; Noël-Pierre-Pafchalis DES BAUDOTES, *écuyer, confeiller du Roi en l'hôtel de-Ville;* Jean-François CARON, *écuyer, confeiller du Roi, notaire au Châtelet de Paris;* Antoine MORIAU, *écuyer, confeiller du Roï, fon procureur & avocat & de la Ville;* Jean-Baptifte-Julien TAITBOUT, *écuyer, greffier; &* Jacques BOUCOT, *écuyer, receveur.*

Cette boëte à double fond fut renfermée dans une autre boëte de plomb, qui fut placée dans l'encaftrement pratiqué dans la pierre, & recouverte de mortier : on mit pardeffus un autre pierre qui fut fcelléc.

Le piédeftal a vingt-un pieds d'élévation fur quatorze pieds & demi de long & huit pieds & demi de large. Il eft pofé fur deux grandes marches de marbre blanc veiné, que l'on fe propofe d'entourer d'une baluftrade auffi de marbre, & d'un foffé en dedans, pour empêcher l'accès du monument (a).

La ftatue équeftre de S. M., qui s'élève fur ce piédeftal, fut fondue le 6 mai 1758, en préfence du Gouverneur de Paris, du Prevôt des Marchands, des Echevins & du Directeur des bâtimens du Roi. Ce fut le fieur Gor, commiffaire des fontes de l'artillerie, qui en conduifit l'opération d'une manière nouvelle, & avec le plus grand fuccès (b). Il n'arriva qu'un petit accident, qui contribua même à la perfection de ce monument. Les parties inférieures du moule ayant retenu la chaleur plus long-temps que les fupérieures, lorfqu'on le fit chauffer avant la fonte, il s'enfuivit que la bronze agit fur les parois du moule en cet endroit, s'incorpora dans la potaffe, & forma une efpèce de mouffe ou de galle de deux ou trois lignes, fur les jambes, la queue & le deffous du ventre du cheval, qu'il fallut enlever après coup à la lime. Mais ce léger inconvénient fut caufe en même temps que ce morceau de fculpture fut réparé avec un fini qu'on n'a peut-être jamais donné à aucune figure en bronze.

Les intentions de SA MAJESTÉ étant qu'on ne pofât fa ftatue que lors de

(a) *Mercure de France*, août 1763.   (b) Voyez ce qui a été dit page 33.

K k

la publication de la paix , elle ne fut tranfportée de l'attelier du fauxbôurg du Roule où elle avoit été travaillée, que le 17 février 1763, quelque temps avant fa dédicace.

Ce monument fut trois jours & demi à arriver à la Place. Le chariot (O, pl. XIII, fig. 1) qui fervit à fon tranfport, avoit un timon, & étoit foutenu fur quatre roues pleines, cerclées de fer. La ftatue y étoit placée, de manière qu'elle ne pouvoit point toucher fa charpente, par la précaution qu'on avoit prife de garnir de couffins remplis de crins tous les endroits qui l'approchoient.

Pour éviter toute efpèce de frottemens ou de cahots, ce chariot fut conduit à bras jufqu'à la Place. Seize hommes appliqués en deux divifions à deux cabeftans, ainfi que quatre autres qui pouffoient avec des leviers de fer les roues, firent toute l'opération du tranfport. De dix toifes en dix toifes renvion, on enlevoit quelques pavés pour placer un point d'appui, afin de contenir folidement un de ces cabeftans : enfuite on tournoit le moulinet tout doucement & fans fecouffe ; lequel faifoit filer autour de fon axe un cable attaché au timon du chariot pour le faire avancer. Pendant cette opération, on tranfportoit le fecond cabeftan ; on lui donnoit un nouveau point d'appui ; de forte que, quand l'un ne pouvoit plus agir, l'autre continuoit d'attirer la ftatue , & ainfi fucceffivement.

Lorfqu'elle paffa devant la maifon de feu M. Bouchardon, on fit une décharge de canons & de boëtes , pour honorer la mémoire de cet artifte célèbre , qui, par ce bel ouvrage , s'eft acquis une gloire que la nation partage avec lui.

Auffitôt que la ftatue fut arrivée , on fe difpofa à la placer fur le piédeftal L. L'idée de la machine dont on fe fervit pour cette opération n'étoit pas abfolument nouvelle. En 1713, il en avoit déjà été employé une à peu près femblable pour élever la figure de LOUIS XIV à Lyon. M. Bouchardon, qui connoiffoit la bonté de cette invention pour affurer le fuccès de la pofe de fon monument, en avoit donné l'efquiffe à un habile charpentier, qui la développa , la perfectionna & en préfenta un modèle à la Ville.

Pour conftater la folidité de cette machine, & fi elle feroit fuffifante pour élever un pareil fardeau, le Prevôt des marchands & les Echevins nommèrent, pour l'examiner, MM. Camus, de Parcieux, Gabriel, Soufflot & Perronet. Sur le rapport avantageux qu'en firent ces commiffaires, le charpentier fut chargé de l'exécuter en grand pour la pofe de la figure du Roi.

Cette machine étoit élevée fur un fort bâti de charpente A, A, A, A, de quarante-cinq pieds de haut fur foixante de long & quarante de large , lié par des entre-toifes , des décharges, des arcs-boutans, enfin affemblé fuivant l'art (pl. XII & XIII.)

Pour affurer fa fondation, on l'avoit pofée fûr de petits murs *B*, *B*, conftruits en moëlons de trois pieds d'épaiffeur, élevés de deux pieds au-deffus du fol; & à plomb des maîtreffes pièces verticales qui foutenoient cette cage de charpente, on avoit mis de gros quartiers de pierre. L'infpection du deffein fait voir tout cet arrangement.

Vers le haut de cette charpente, étoit un pont *C*, élevé de droite & de gauche dans toute fa longueur; il étoit faillant en dehors, & deftiné pour les opérations des ouvriers.

L'intervalle entre les deux ponts *M* (*pl. XII.*) étoit en partie occupé par la machine qui devoit enlever la ftatue. C'étoit une efpèce de chariot *D*, fup-porté par deux treuils *I*, *I*, & difpofé de manière à pouvoir faciliter les diffé-rens mouvemens néceffaires, foit en avant, foit en arrière, pour la placer fûr fon piédeftal.

Afin de parvenir à pofer la ftatue, il falloit opérer trois différens mou-vemens : 1°. un mouvement vertical ou d'afcenfion droite : 2°. un mouve-ment horizontal, pour la faire arriver à plomb du piédeftal : 3°. un mou-vement de defcenfion pour la faire defcendre; de manière que les trois gou-geons de fer, qui excédoient les pieds du cheval, puffent fe placer dans les trous préparés exprès pour les recevoir.

Avant d'expliquer comment ces trois mouvemens s'exécutèrent, il eft à propos de décrire la manière dont on avoit arrangé tous les cordages au tour de la ftatue équeftre.

On avoit paffé fous le ventre du cheval, en deux divifions, à droite & à gauche des jambes du Roi, un grand nombre de groffes cordes (*pl. XIII, fig.* 1), qui formoient des efpèces de fangles (1), & qui étoient arrêtées quelques pieds au-deffus du corps du cheval par leurs extrémités, dans des crochets de fer adhérens à quatre moufles (2), & reparties également de chaque côté. Ces moufles, qui étoient triples, c'eft-à-dire, qui avoient trois poulies de renvoi, correfpondoient à quatre autres femblables (3) pla-cés à l'extrémité fupérieure de la machine. Ce fut dans ces huit moufles (2 & 3) que l'on paffa les quatre cables qui fervirent à enlever la ftatue, lefquels faifoient chacun trois révolutions autour de ces moufles, & dont les bouts étoient fixés aux treuils *E* de la machine placée fur le haut du bâti de charpente.

Indépendamment de ces cables, il y en avoit encore un autre (4) très-gros qui paffoit par-deffous le ventre du cheval, mais en allant de la tête à la queue : il étoit fixé par fes extrémités à deux poulies fimples (5), élevées à peu près à la hauteur de la tête du Roi; lefquelles correfpondoient à deux autres (9). Par ces poulies (5 & 9), paffoient des cables (11, 11) qui filoient fur les treuils *H*, *H*, placés à l'extrémité fupérieure de la machine.

Ces cables (11) n'étoient que de retraite & feulement de précaution : dans le cas que quelqu'un des quatre autres fût venu à manquer, ils étoient feuls capables de foutenir le poids de la ftatue.

On avoit apporté la même attention pour empêcher que l'action des cordages n'endommageât ce monument, que lorfqu'on l'avoit amené de l'attelier à la Place ; c'eft-à-dire, qu'on avoit garni de couffins (6) tous les endroits où les cordages pouvoient l'approcher.

Le premier mouvement (*fig.* 2), qui confiftoit à élever la ftatue au-deffus du piédeftal, fut exécuté par le moyen des treuils *E , E.* Il y avoit deux bras de levier appliqués aux extrémités de chacun de ces quatre treuils, & à chaque levier deux ouvriers : de forte que ce furent feize hommes placés fur les ponts à droite & à gauche, qui enlevèrent ce fardeau ; car les deux autres treuils *H , H ,* quoiqu'ils aidaffent à l'élever, n'étoient, comme nous l'avons dit, que de fureté.

De crainte que les cables qui filoient fur les treuils ne fuffent pas tirés bien perpendiculairement, il y avoit encore des ouvriers avec de petits maillets de bois, qui n'étoient occupés qu'à faire gliffer & ferrer, l'une contre l'autre, les révolutions que faifoient les cables autour des treuils : à l'aide de cette précaution & de l'attention des ouvriers à donner tous en même temps leurs coups de levier, dont chacun faifoit élever la ftatue de fix à fept pouces, elle fut parfaitement tirée d'à plomb. Ce premier mouvement s'exécuta en une heure & un quart.

Le fecond (*fig.* 1), qui confiftoit à faire parvenir la ftatue au-deffus du piédeftal *L ,* s'opéra par le moyen de deux rouleaux *I , I ,* placés en travers de la machine. L'extrémité de chacun de ces rouleaux avoit deux rondelles de fer pleines, qui étoient faites en forme de rainure, de façon qu'elles embraffoient les pièces de bois *P , P ,* qui terminoient, dans fa longueur, le haut du grand bâti de charpente : par cet arrangement, la machine pouvoit fe mouvoir comme un chariot, fans avoir à craindre qu'elle fortît de fa direction.

Pour faire avancer cette machine vers le piédeftal, laquelle étoit alors chargée de la ftatue qu'elle foutenoit en l'air, on appliquâ un levier avec deux ouvriers à chacune des extrémités des rouleaux *I , I.* On plaça encore deux autres ouvriers *N* fur un pont en face du côté des Tuilleries, lefquels faifoient agir un treuil *M ,* qui tiroit la machine par le milieu & aidoit à la diriger.

L'effentiel étoit de conduire ce chariot le long du bâti de charpente bien parallèlement : car, comme il étoit contenu dans le haut par des rondelles adaptées aux extrémités des rouleaux, il étoit évident que, s'il fe dérangeoit de fon parallèlifme, & qu'il fe dirigeât obliquement, il pouvoit forcer le

haut

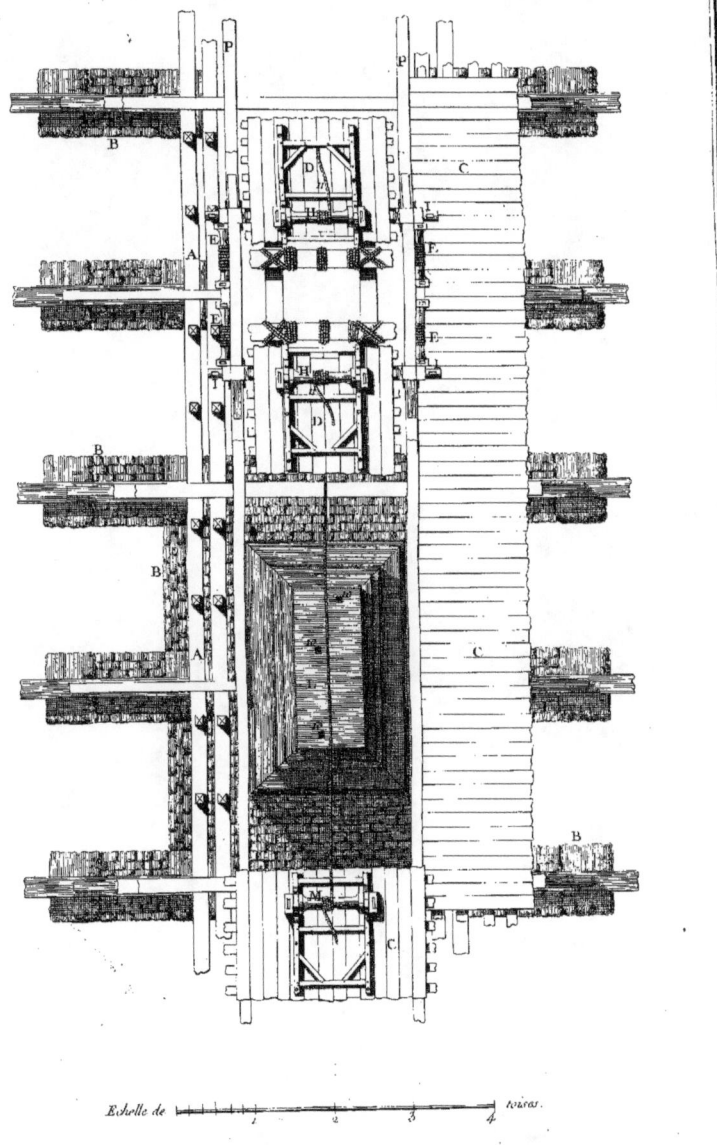

Pl. XII.

PLAN DE LA MACHINE
qui a Servi à elever la Statue du Roy sur son piedestal.

Echelle de 1 2 3 4 *toises.*

Loyer Sculp.

Dessiné par Crelin.

Pl. XIII.

ÉLÉVATION DE LA MACHINE

Qui a servi à Élever la Statue Équestre du Roy sur son Piédestal.

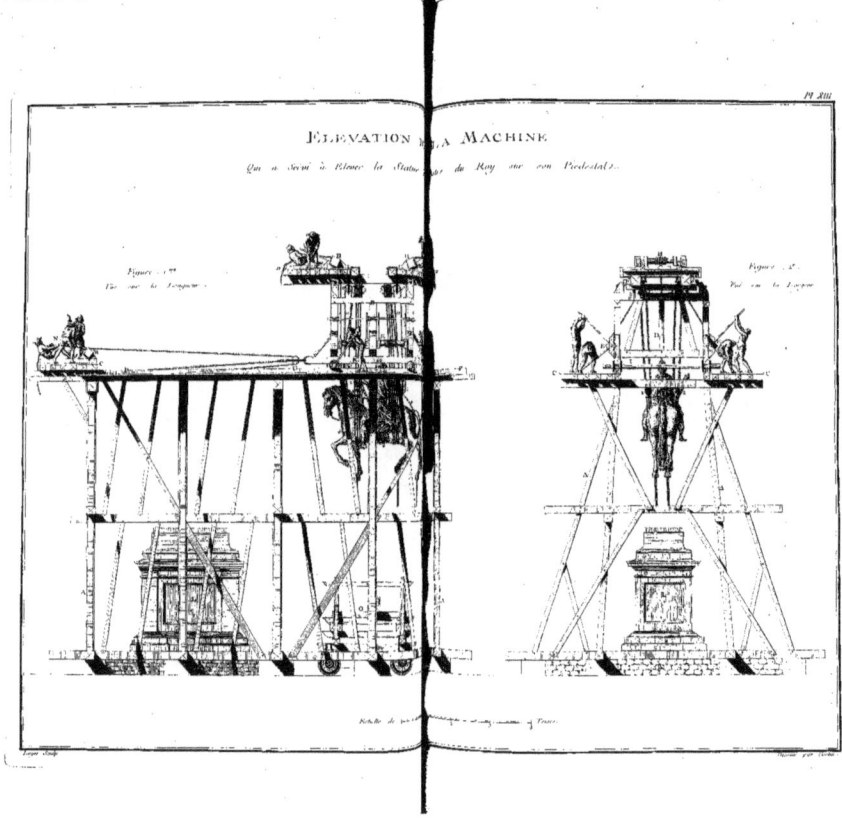

Figure 1ère.
Vue sur la Longueur.

Figure 2e.
Vue sur la Longueur.

Échelle de pieds.

haut du bâti de charpente, ou s'y engager. Malgré toutes les précautions que l'on avoit prifes, cet inconvénient arriva. Le chariot s'étant un peu dirigé de côté, tous les efforts que l'on fit pour le rétablir dans fa direction furent inutiles; on ne put dégager les rondelles qu'en faifant une échancrure de quelques pouces dans une des deux pièces de bois *P*. Par ce moyen, on parvint à lui faire continuer fa route jufqu'à ce que la figure fe trouvât à plomb du piédeftal. Ce mouvement, à caufe des retards que cet accident occafionna, fe fit à peu près dans le même efpace de temps que le premier.

Alors il ne s'agiffoit plus que de defcendre la ftatue fur le piédeftal *L*, qui étoit l'objet du troifième mouvement. Il s'opéra en faifant tout doucement défiler les treuils *E*, *E*, & *H*, *H*, c'eft-à-dire, en faifant tout le contraire de ce qui avoit été fait dans la première opération.

Quand les gougeons de fer qui excédoient les pieds du cheval approchèrent des trous (10, *pl. XII.*) préparés dans le piédeftal pour les recevoir, on redoubla d'attention pour faire en forte qu'ils y entraffent enfemble. Par le moyen des treuils *I*, *I*, qui pouvoient faire mouvoir la machine fur le bâti, rien n'étoit plus facile que de faire avancer ou reculer la ftatue pour diriger leur introduction.

Mais il pouvoit arriver encore que la ftatue fe trouvât un peu plus à gauche ou à droite des trous (10) qu'il ne falloit; alors les gougeons n'auroient pu y entrer. On avoit obvié à cet inconvénient d'une façon très-induftrieufe. Vers le haut de la machine, il avoit été placé deux coins de bois (7 & 8). En ôtant le coin (7), & forçant fur celui (8), on pouvoit repouffer la ftatue vers la droite du piédeftal : en ôtant le coin (8), & forçant fur celui (7), on pouvoit au contraire la faire aller vers fa gauche. Tous les obftacles qui fe pouvoient rencontrer ayant été prévus & levés, la ftatue fut pofée fur fon piédeftal fans accident : les gougeons de fer des pieds du cheval entrèrent facilement dans les trous (10) pour y être fcellés en plomb (*a*). Ces trois opérations durèrent environ quatre heures à exécuter.

Après cette pofe, à laquelle affiftèrent le Gouverneur de Paris, le Prevôt des Marchands & les Echevins, ainfi qu'un monde confidérable que la curiofité de ce fpectacle y avoit attirée, la ftatue du Roi fut couverte d'une enceinte de charpente jufqu'au jour de fa dédicace. Pendant cet intervalle, on travailla à décorer le piédeftal, & à y graver les infcriptions.

(*a*) On avoit, dès la veille, préparé ces trous, par l'introduction de différentes barres de fer rouges, afin d'en ôter toute humidité.

A R T I C L E   I I I.

DESCRIPTION *du Monument élevé à* LOUIS XV *à* Paris, *& de sa dédicace ou inauguration.*

CE fut le 20 juin 1763 que se fit la cérémonie de l'inauguration de la statue du Roi. Vers les dix heures du matin, le Corps de Ville partit de son hôtel, & se rendit à celui du Gouverneur de Paris, pour l'accompagner à la Place, en cet ordre. Le colonel des archers de Ville étoit à leur tête, avec les officiers des différentes compagnies. Les officiers étoient à cheval, & les archers à pied, marchant quatre de front, ainsi que le guet à cheval qui les précédoit. Ils étoient suivis des gardes du Gouverneur, de ses officiers, de ses pages & de ses gentilshommes, tous richemens vêtus.

M. le duc de Chevreuse paroissoit ensuite à cheval, ayant à sa droite le capitaine de ses gardes. La plus grande magnificence éclatoit dans tout l'équipage de ce Gouverneur, qui jetta de l'argent au peuple depuis son hôtel jusqu'à son arrivée à la Place. M. Pontcarré de Viarmes, Prevôt des Marchands, étoit à sa gauche avec un des principaux officiers des archers de Ville, jettant semblablement de l'argent sur son passage. MM. Mercier, Babille & de Varenne, Echevins, suivoient, ainsi que le Procureur du Roi, le Receveur & le Greffier. Enfin, venoient les Conseillers de Ville, les Quartiniers & un nombre de Bourgeois mandés, formant deux lignes. Un détachement des archers de Ville fermoit la marche.

Ce pompeux cortège entra dans la Place par la rue Royale, & en fit le tour en prenant par la droite. Arrivé en face du monument, l'enceinte de charpente qui l'environnoit disparut à l'instant. M. le duc de Chevreuse & toute sa suite saluèrent la statue du Roi avec une profonde inclination, au bruit de tous les canons de la ville, & aux acclamations d'un peuple innombrable qui répétoit *Vive le Roi.* Après cette cérémonie, tout le cortège défila par le quai des Tuilleries, & le Corps de Ville reconduisit le Gouverneur de Paris jusqu'à son hôtel (a).

SA MAJESTÉ ayant desiré, comme nous l'avons dit, que l'on joignît la célébration de la paix à l'inauguration de sa statue, le lendemain 21 la publication en fut faite avec les cérémonies ordinaires, & le surlendemain 22 la Ville donna un feu d'artifice sur l'eau, précédé de jeux & de différentes joutes de lances, en face de la Place. Les terrasses du jardin du palais Bourbon & de l'hôtel de Lassay furent ornées, dans toute leur longueur, de loges

(a) La Ville fait consacrer dans un grand tableau l'inauguration de la statue du Roi, par M. Vien; lequel doit être placé à l'hôtel-de-ville. | M. Deshays est chargé aussi de faire le sujet de la publication de la paix, pour pendant.

très-bien décorées. Pendant tout l'après-dîner que durèrent les joûtes de lances & le feu d'artifice qui les fuivit, il fut fervi avec abondance, aux dépens
de la Ville, toutes fortes de rafraîchiffemens à plus de cinq mille perfonnes
qui occupoient ces loges. Une forte pluie, qui étoit tombée, dérangea l'effet
du feu d'artifice ; mais la joie du public n'en fut pas moins complette. C'étoit
un fpectacle admirable que de voir tout le peuple de Paris placé en amphithéâtre fur les bords de la Seine, depuis le Pont-Royal jufques par-delà les Invalides, à perte de vue.

Après le feu d'artifice, il y eut des illuminations par toute la ville. Les fix
Corps des Marchands fe fignalèrent, fur-tout par celles qu'ils firent exécuter
dans la Place du Roi, dont toute la décoration de l'architecture fut figurée en
lampions. On pourra à l'avenir faire d'auffi belles illuminations, mais on ten-
tera en vain de les furpaffer.

On fit auffi couler pour le peuple des fontaines de vin dans la Place du
Roi & dans les différens quartiers de Paris, auxquelles on joignit des fymphonies, pour animer la joie publique, & procurer le plaifir de la danfe : &
de plus tous les fpectacles furent donnés gratis. Pour terminer cette fête, également glorieufe à Louis XV & à fes fujets, Sa Majesté honora de la croix de
S. Michel les deux plus anciens Echevins en fonction, MM. Mercier & Babille.

Tout le monde fut frappé de la beauté du monument élevé au Roi au
centre de cette Place (pl. I.). Les ornemens en font fimples & dans le grand goût
de l'antique. Les principales Vertus dont le Tout-puiffant remplit les Souverains
qu'il donne à la terre dans les jours de fa bonté, accompagnent le piédeftal
& foutiennent fa corniche. Elles font debout, de dix pieds de proportion,
& font caractérifées par leurs attributs particuliers : les deux Vertus qui
occupent le devant du piédeftal du côté du jardin des Tuilleries, repréfentent
l'une la Force, l'autre l'Amour de la paix. Entre ces figures, on voit une
table de marbre ornée de deux branches de laurier en bronze doré, avec cette
infcription Latine :

LUDOVICO XV,

OPTIMO PRINCIPI,

QUOD

AD SCALDIM, MOSAM, RHENUM

VICTOR

PACEM ARMIS,

PACE

ET SUORUM ET EUROPÆ

FELICITATEM

QUÆSIVIT.

MONUMENS

Du côté des Champs-Elysées, à la face oppofée du piédeſtal, ſont placées les deux autres Vertus : à droite eſt la Prudence, & à gauche la Juſtice. Entre ces deux figures, on lit, dans une table auſſi ornée de branches de laurier :

HOC

PIETATIS PUBLICÆ

MONUMENTUM

PRÆFECTUS

ET

ÆDILES

DECREVERUNT ANNO

M. DCC. XLVIII.

POSUERUNT ANNO

M. DCC. LXIII.

Les deux grandes faces du piédeſtal ſont décorées de deux bas-reliefs en bronze, de ſept pieds & demi de long ſur cinq pieds de hauteur. Celui qui fait face aux grands bâtimens repréſente le Roi, aſſis ſur un trophée d'armes, donnant la paix à l'Europe : au-deſſus eſt une Renommée, qui tient une trompette d'une main, & une palme de l'autre. Dans le fond, on apperçoit un homme & ſon cheval qui ſont terraſſés. L'autre bas-relief, du côté de la rivière, fait voir le Roi dans un char de triomphe, couronné par la Victoire, & conduit par la Renommée à des peuples qui ſe ſoumettent.

Le piédeſtal eſt revêtu de marbre blanc veiné, & poſé ſur deux marches. Sa friſe & la grande doucine qui le termine vers le bas, ſont enrichies d'ornemens en bronze. Sur ſon ſocle, vis-à-vis des deux bas-reliefs, il y a deux grands trophées du même métal, compoſés de boucliers, caſques, épées & piques antiques.

Enfin, la corniche de ce piédeſtal eſt couronnée par un pied-douche, dont les angles ſont ornés par quatre muſles de lions, auxquels ſont attachées des guirlandes de feuilles de laurier qui ſe lient avec des cornes d'abondance. Au milieu de la face du pied-douche qui regarde les Tuilleries, ſont placées les armes du Roi. Au milieu de celle qui eſt tournée vers les Champs-Elyſées, ſont les armes de la Ville. Tous ces différens ornemens ſont également exécutés en bronze.

Au-deſſus de ce ſuperbe piédeſtal, s'élève la ſtatue équeſtre de Louis XV de quatorze pieds de proportion. Il eſt couronné de laurier, & habillé à la manière des triomphateurs Romains. Il tient de la main droite le bâton de commandement ſur lequel il eſt appuyé, de l'autre la bride de ſon cheval. Sa tête eſt tournée vers la rue S. Honoré. On y remarque ce regard majeſtueux, qui imprime le reſpect & l'amour dans tous les cœurs. Rien n'eſt plus noble que l'enſemble de cette

figure.

figure. Le cheval eft auffi un chef-d'œuvre pour la légèreté, la proportion agréable, & la correction du deffein. Jufqu'alors on avoit imaginé que les chevaux des ftatues équeftres ne pouvoient être de trop grande taille. Les Princes & les Héros avoient toujours été repréfentés montés fur des efpèces de chevaux d'attelage, ou fur des limoniers : celui-ci feul, par fa nobleffe, fa grace, l'élégance de fes contours, paroît digne d'être monté par un Roi. Tout ce morceau de fculpture a feize pieds huit pouces de hauteur ; &, en comprenant le piédeftal, trente-fept pieds huit pouces.

Par fa pofition avantageufe, cette ftatue peut être apperçue des quais le long de la rivière, des Champs-Elyfées & de la grande route qui les traverfe, de la rue Royale, en paffant dans la rue faint Honoré, & furtout de la principale allée des Tuilleries, d'où elle produit le plus grand effet. Le magnifique fer-à-cheval de ce beau jardin femble un cirque deftiné à préparer l'avenue de ce monument : les colonnades des grands bâtimens de la Place, que l'on voit au travers des arbres qui bordent fa terraffe, par leur fuite perfpective, annoncent l'objet le plus vafte & le plus pompeux : enfin, les deux Renommées, qui couronnent le Pont-Tournant, & au milieu defquelles s'élève la ftatue du Roi, donnent à cet enfemble un air triomphal ; on croit voir un champ de gloire qui s'ouvre au bout de cette promenade. Nous avons faifi l'efprit de ce point de vue dans la vignette, page 72.

Pour perpétuer l'époque de l'érection de ce monument, la ville de Paris a fait frapper une médaille. D'un côté, eft le bufte du Roi avec ces mots, LUDOVICO XV, OPTIMO PRINCIPI ; de l'autre eft repréfentée la ftatue équeftre fur fon piédeftal : on lit pour légende, MONUMENTUM AMORIS ; & à l'exergue, PRÆF. ÆDIL. PARIS. DD. M. DCC. LXIII.

On ne peut trop exalter les efforts difpendieux de la ville de Paris, nonfeulement pour la prompte exécution de ce monument, mais encore pour lui donner une fupériorité fur tout ce qui avoit été exécuté jufqu'alors. Réfolue de ne rien négliger pour fa perfection, elle ne voulut point que la ftatue du Roi fût faite à l'entreprife. Elle récompenfa généreufement M. Bouchardon, & lui accorda deux cent foixante mille livres pour fon modèle, celui du piédeftal, & fa main-d'œuvre, & fe chargea de tout le refte de la dépenfe. Cet habile homme n'ayant pu avoir la fatisfaction de terminer les ornemens & les Vertus qui décorent le piédeftal, défigna, en mourant, M. Pigalle, comme un des artiftes le plus capable de le remplacer. Ce choix ayant été confirmé par la voix publique, le Corps de Ville fit avec ce fculpteur un marché de fix cent vingt-cinq mille livres pour le parfait achèvement du piédeftal en marbre blanc veiné, ainfi que pour la fourniture du bronze néceffaire pour les ornemens & les figures qui doivent l'accompagner, relativement au deffein de M. Bouchardon.

M m

CHAPITRE II.

MONUMENT
ÉLEVÉ A LOUIS XV
A BORDEAUX.

BORDEAUX, une des plus grandes, des plus belles & des plus commer-
çantes villes du royaume, forma en 1728 le deſſein de conſtruire une Place
ſur ſon port, & d'y ériger une ſtatue équeſtre de SA MAJESTÉ, pour marque de
ſon amour & de ſon attachement. En conſéquence, les Maire, Sous-Maire &
Jurats firent une délibération qui fut homologuée par arrêt du Conſeil d'état
le 7 février 1730 (a).

Feu M. Gabriel, premier architecte du Roi, fut chargé par la Ville de
donner les deſſeins de cette Place. Son plan (pl. XV.) eſt un parallélogramme de ſoixante toiſes de long ſur cinquante de large, dont les angles
ſont coupés, & dont un des grands côtés eſt formé par une partie du quai
avancé dans la rivière de la Garonne, d'où l'on peut découvrir la ſtatue du
Roi dans une étendue immenſe. A droite de ce quai eſt le bâtiment de la
Bourſe, & à gauche celui de l'hôtel des Fermes; tout le reſte eſt occupé
par des maiſons de particuliers.

La décoration de cette Place (pl. XVI.) eſt compoſée d'un ordre ioni-
que-pilaſtre, élevé ſur un ſoubaſſement. Deux pavillons formant avant-
corps, annoncent ſon entrée du côté du quai, & ſont décorés, ainſi qu'un
troiſième qui ſe voit dans le fond, de colonnes terminées par des frontons
triangulaires, dans leſquels on remarque des bas-reliefs.

Le pavillon à droite, occupé par l'hôtel des Fermes, a deux frontons:
dans celui du côté de la Place, eſt repréſentée Minerve qui protège les
Arts; &, dans celui du côté de la rivière, on voit Mercure qui favoriſe le
Commerce de la Garonne.

Le pavillon à gauche, qui ſert pour la Bourſe, a trois frontons. Dans
le premier, en face de la rivière, eſt Neptune qui ouvre le Commerce;
dans le ſecond, qui eſt du côté de la Place, on a repréſenté la Grandeur des Princes; & dans le troiſième, en face du château Trompette, la

(a) Extrait des regîtres de l'hôtel-de-ville de Bordeaux, envoyé par M. Boutin, intendant de la Guienne.

Pl. XIV.

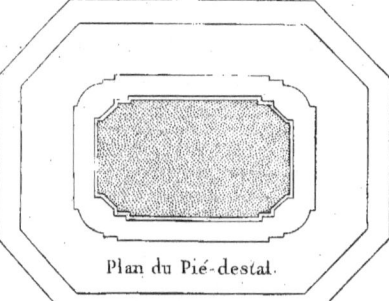

STATUE DE LOUIS XV. A BORDEAUX.

Inventée et Exécutée en Bronze, par M. Lemoine.

Plan du Pié-destal.

Echelle de   6   Pieds.

Le Mire Sculp.

jonction de la Garonne & de la Dordogne : enfin, le fronton du pavillon du fond de la Place exprime la Libéralité.

Tout cet édifice est couronné par une balustrade portant des trophées & des vases, ainsi que par un grand comble à la mansarde, avec une campanille servant d'amortissement à chaque pavillon.

Le 9 janvier 1731, M. Gabriel, stipulant pour les Magistrats de la ville de Bordeaux, fit un marché à Paris avec M. Lemoyne, sculpteur de l'académie Royale, par lequel cet artiste s'engagea, dans quatre ans, de faire la statue équestre de S. M. en bronze, moyennant la somme de 130000 livres pour toute fourniture & main-d'œuvre quelconque.

La première pierre du piédestal fut posée le 8 août 1733 en grande cérémonie, par M. Boucher, alors Intendant de la Guienne, accompagné du Sous-Maire, des Jurats, & au bruit de plusieurs décharges de mousqueterie & de canons.

Dans cette première pierre, il fut mis un coffre de plomb qui contenoit un autre petit coffre de bois de cèdre, garni en dedans d'un satin bleu, orné d'un galon d'or, dans lequel on renferma six médailles, une d'or & cinq d'argent, qui furent frappées à cette occasion. Un des côtés de ces médailles représente la statue du Roi sur son piédestal, avec cette légende, CIVITAS BURDIGAL. OPTIMO PRINCIPI. M. DCC. XXXII. L'autre exprime la perspective de cette Place, avec ces mots au tour, PRÆSIDIUM ET DECUS.

Il fut placé sur ces médailles un petit matelas de la même étoffe, aussi orné d'or, & dessus une plaque de cuivre rouge sur laquelle étoient gravés les noms de M. Boucher, Intendant, & des Sous-Maire, Jurats, Procureur-Syndic, Secrétaire de la Ville, ainsi que celui de M. Gabriel.

La statue du Roi fut faite à Paris dans le fauxbourg du Roule. Il y avoit plus de quarante ans qu'on n'avoit coulé en France de statue équestre colossale en bronze, lorsqu'on entreprit celle de Bordeaux : tous les fondeurs qui en avoient exécuté n'étoient plus. Heureusement, M. Boffrand (a), témoin oculaire de la fonte du monument élevé à Louis XIV par la ville de Paris dans la place de Vendôme, avoit conservé des desseins du procédé dont on s'étoit servi pour opérer cette grande fonte, qu'il communiqua à M. Lemoyne. Mais toute la théorie imaginable, en quelque genre que ce soit, supplée foiblement à la pratique : l'expérience sera toujours le meilleur de tous les maîtres.

Malgré tous les soins que l'on employa pour assurer le succès de cette

(a) Cet architecte a donné depuis cet ouvrage au public. Il est intitulé : *Description de ce qui a* | *été pratiqué pour fondre, d'un seul jet, la statue de* LOUIS LE GRAND, *&c.*

fonte, la statue du Roi manqua. Les uns dirent que c'étoit parce que la barre de fer, destinée à soutenir la bronze de la queue du cheval, avoit été brûlée au recuit : les autres, parce que les parties du moule en cet endroit s'étoient trouvées trop foibles pour supporter le poids du métal. Quoi qu'il en soit, le fait est qu'il se fit une ouverture dans le moule vers le haut de la queue du cheval, par laquelle la matière s'échappa & se fraya un passage au travers des terres, après avoir rempli les parties inférieures de la statue, telles que les pieds, le dessous du ventre, & une partie de la croupe du cheval, ainsi que les jambes du Roi.

Des événemens désespérés donnent quelquefois lieu à des ressources imprévues : on en vit alors un exemple frappant. Varrin, qui étoit le fondeur de cet ouvrage, entreprit de faire servir la partie inférieure de la statue qui avoit réussi, & de refondre, après coup sur place, la partie supérieure qui avoit manqué. M. Lemoyne fit un nouveau modèle en cire de cette partie; & le moule ayant été rétabli, Varrin parvint, par une industrie sans exemple, à réparer cet accident, de manière que les deux parties se rejoignirent parfaitement, & comme si elles avoient été coulées d'un seul & même jet.

Ce monument ayant été porté à sa dernière perfection, il fut transporté, vers le mois de mai 1743, dans un bateau, à Rouen, où on l'embarqua sur le vaisseau du Roi *la Grive*, que SA MAJESTÉ avoit bien voulu accorder à la ville de Bordeaux pour ce transport.

Ce vaisseau arriva le 12 juillet dans la capitale de la Guienne. Comme on avoit eu des nouvelles de son entrée dans la Garonne, dès le 10, les Maire, Sous-Maire & Jurats envoyèrent au-devant un pilote de confiance pour le conduire dans le port, dont on avoit fait écarter tous les navires. A peine fut-il apperçu, que l'on fit une triple décharge de toute l'artillerie de la ville. A ce signal, tout le peuple assemblé dans la Place-Royale & sur les quais, fit éclater sa joie par des acclamations & des cris redoublés de *Vive le Roi.*

Le 24 du même mois, la statue fut débarquée & déposée dans la Place. La garde bourgeoise, s'étant mis sous les armes, prit possession de son enceinte. Elle étoit composée de cinquante hommes, commandés par des officiers qui tenoient table dans leurs corps-de-garde.

Pendant que l'on travailloit à élever le monument sur son piédestal, à l'aide d'une machine de la composition de Varrin, fondeur de la statue, on construisit, au fond de la Place, un grand amphithéâtre très-décoré, pour y placer les dames & les personnes les plus distinguées de la ville, qui furent invitées à prendre part à la cérémonie de la dédicace de ce monument.

Elle se fit le 19 août 1743. Il y eut ce même jour un grand dîner à l'hôtel-de-ville, où le Parlement, & les autres Cours supérieures qui avoient

été

été invités , fe rendirent : & , fur les cinq heures de l'après-midi , le Corps de Ville fe mit en marche vers la Place , en habits de cérémonie. M. Boucher, Intendant de la province , étoit à la tête, fuivi de M. de Ségur, fous-Maire , & de MM. Defpence & d'Alème , Jurats tirés du corps de la nobleffe. On voyoit enfuite MM. du Moulin & Bacalan, Jurats tirés de l'ordre des avocats , ainfi que MM. Roche & Caftagne , Jurats tirés du corps des marchands. Enfin , venoient tous les officiers du Corps de Ville. La marche étoit fermée par les trompettes, les tymbales & autres inftrumens, dont les fanfares étoient accompagnées par des falves continuelles de l'artillerie de la ville , des châteaux , & de tous les canons des vaiffeaux du port.

Tout ce cortège fit trois fois le tour de la ftatue de SA MAJESTÉ , & la falua à chaque tour avec des cris de *Vive le Roi* , qui étoient répétés par tout le peuple , avec les plus grandes démonftrations de joie. Après le premier falut, M. Boucher fit appeller M. Lemoyne, le complimenta & le loua publiquement, au nom de la Ville , fur la reffemblance , la nobleffe & la perfection qu'il avoit données à ce monument ; & , pour mettre le comble à ces éloges , il finit en l'embraffant. Cet exemple fut fuivi par les fous-Maire & Jurats, qui tous lui marquèrent leur fatisfaction. Après que les deux autres faluts furent finis, tous ces MM. retournèrent avec le même appareil à l'hôtel-de-ville , où l'on dreffa un procès-verbal de la cérémonie , qui fut envoyé à la cour.

Le foir, il y eut une grande illumination par toute la ville & fur les vaiffeaux, qui fut fuivie d'un feu d'artifice , après lequel on donna un bal dans l'hôtel-de-ville , où l'on fervit avec abondance toutes fortes de rafraîchiffemens.

Quelques jours après , le Corps de Ville ayant examiné le compte des dépenfes qui avoient été faites, rendit M. Lemoyne quitte de tous les engagemens qu'il avoit contractés avec la Ville , & le gratifia de la fomme de trente mille livres. Il porta même la générofité jufqu'à lui faire fervir une table pendant tout le temps qu'il féjourna à Bordeaux , & le rembourfa de tous fes frais de voyage.

A l'occafion de cette fête, le Roi a ennobli MM. du Moulin, Roche & Caftagne.

La ftatue équeftre de S. M. eft pleine de vie & d'action : on diroit que le fculpteur a animé le bronze, tant elle a d'expreffion & de feu. Le Roi eft repréfenté revêtu en héros de l'antiquité, la tête tournée du côté du quai, & tenant un bâton de commandement. Le piédeftal, fur lequel on apperçoit ce monument, eft revêtu de marbre blanc veiné. (*pl. XIV.*) Dans la face qui regarde la rivière & dans celle qui lui eft oppofée, il y a deux tables pour recevoir les infcriptions fuivantes, qui ne font point encore gravées :

N n

L U D O V I C O   X V,
S Æ P E   V I C T O R I,
S E M P E R   P A C I F I C A T O R I,
S U O S   O M N E S   Q U Â   L A T E   R E G N U M   P A T E T
P A T E R N O   P E C T O R E   G E R E N T I,
S U O R U M   I N   A N I M I S   P E N I T U S   H A B I T A N T I.

U T   Q U E M   S I B I   P R Æ S E N T E M
A D E S S E   S E N T I T   B E N É F I C I I S,
C I V I T A S   B U R D I G A L E N S I S
E J U S   A U G U S T O   S E M P E R

C O N S P E C T U   F R U A T U R,
H O C   P I E T A T I S   P U B L I C Æ
M O N U M E N T U M   P O S U E R U N T.

Au-deſſus de ces inſcriptions, ſont deux cartels, l'un repréſentant les armes du Roi, & l'autre les armes de la Ville.

Les deux autres faces à droite & à gauche ſont ornées de bas-reliefs, qui repréſentent la *bataille de Fontenoy*, & la *priſe de Port-Mahon*, qui ont fait tant d'honneur à M. le maréchal-duc de Richelieu, gouverneur de la Guienne. Sur un empattement qui eſt au bas du piédeſtal, on apperçoit quatre trophées, faiſant alluſion aux quatre parties du monde, l'Europe, l'Aſie, l'Afrique & l'Amérique. Tous les ornemens & les bas-reliefs de ce piédeſtal ont été exécutés par M. Francin, de l'académie Royale de peinture & de ſculpture de Paris.

Pour terminer abſolument cette Place, il reſte à exécuter les figures des fontaines qui doivent être placées aux extrémités du quai *A, A,* (*pl. XV.*) en face de la Place - Royale. Ces fontaines ſeront deux grouppes de bronze de onze pieds de proportion, élevés ſur des piédeſtaux : l'un exprimera la rivière de la Garonne, & l'autre la rivière de la Dordogne, chacune accompagnée d'un enfant & d'attributs qui les caractériſent. Ces deux figures doivent être repréſentées dans des attitudes où elles ſemblent venir admirer la ſtatue équeſtre qui vient honorer leurs bords. Au-deſſous de ces figures, ſur le devant du piédeſtal, il y aura une grande coquille en placage de bronze, d'où ſortira l'eau des fontaines. Ces deux grouppes coûteront à la Ville de Bordeaux environ cent mille livres.

Pl. XV

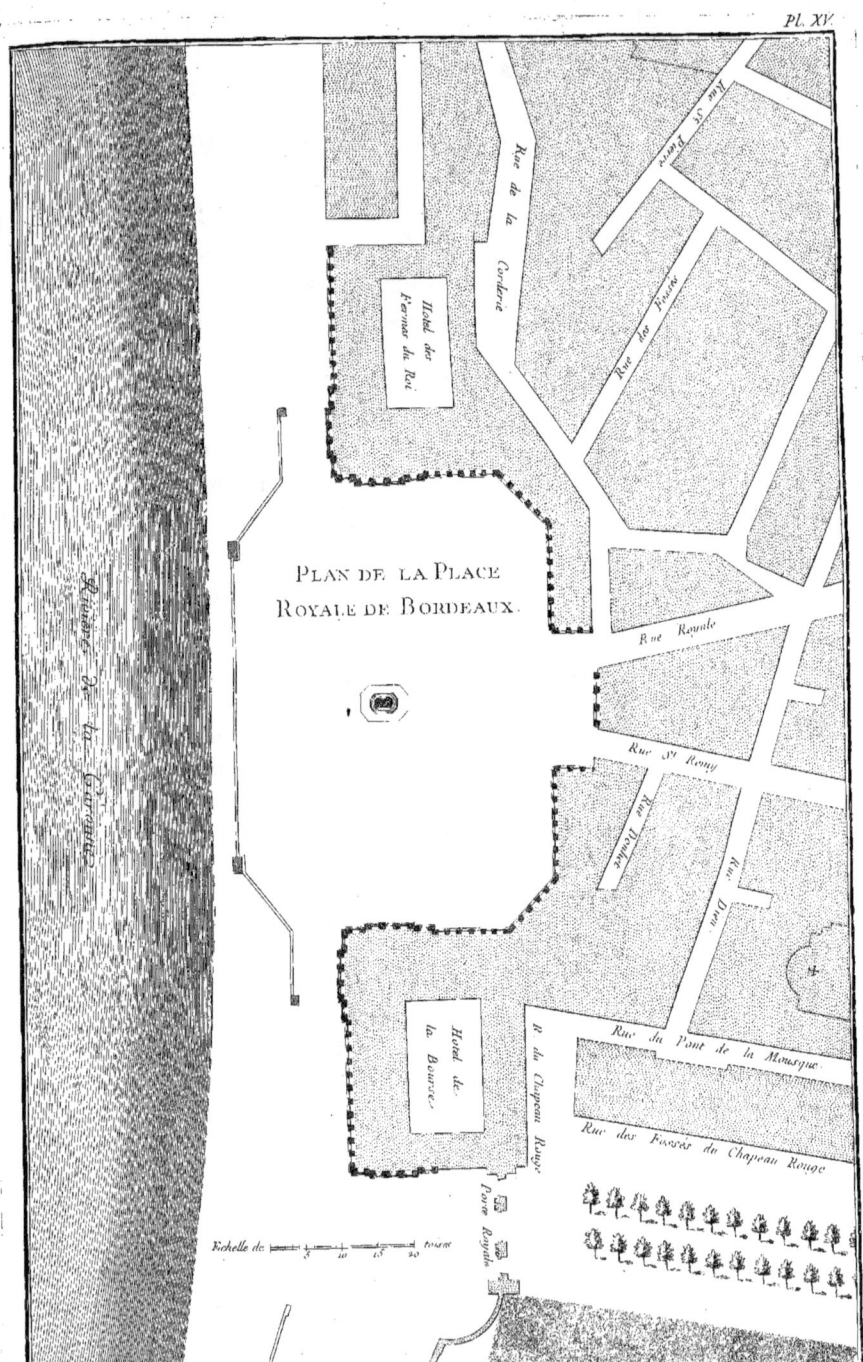

PLAN DE LA PLACE
ROYALE DE BORDEAUX.

Rivière de la Garonne.

Rue de la Corderie

Hotel des Fermes du Roi

Rue St. Pierre

Rue des Faures

Rue Royale

Rue St. Remy

Rue Douve

Rue Douve

Hotel de la Bourse

R. du Chapeau Rouge

Rue du Pont de la Mousque.

Rue des Fossés du Chapeau Rouge

Porte Royale

Echelle de ┣━━━━┿━━━┿━━━┿━━━┥ toises
        5   10   15   20

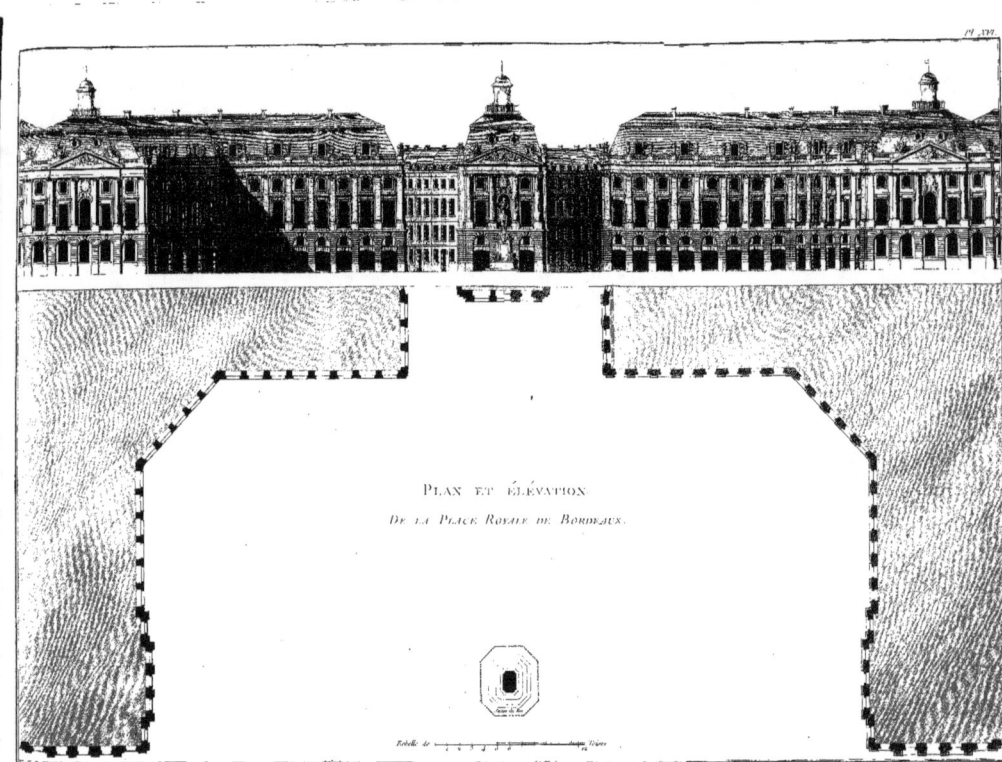

Pl. XVI.

PLAN ET ÉLÉVATION

DE LA PLACE ROYALE DE BORDEAUX.

Échelle de

Pl. XVII.

STATUE DE LOUIS XV A VALENCIENNES,

Composée et Exécutée par M. Sally.

Plan du Piédestal.

Echelle de ⊢—————————⊣ Toises.

Dessiné par Marvie.   *Gravé par St Le Merc.*

CHAPITRE III.

MONUMENT
ÉLEVÉ A LOUIS XV
A VALENCIENNES.

EN 1744, le Roi ayant féjourné huit jours à Valenciennes, pour célébrer cet honneur mémorable, les Magiſtrats formèrent le deſſein d'élever, ſur la grande Place de cette ville, la ſtatue pédeſtre de SA MAJESTÉ.

M. le prince de Tingry, lieutenant-général des armées du Roi & des provinces de Flandres, gouverneur de la ville & de la citadelle de Valenciennes, & M. le baron de Lucé, alors intendant du Hainaut, en ayant obtenu la permiſſion du Roi, M. Sally, célèbre ſculpteur de notre académie Royale de peinture & de ſculpture, fut chargé de l'exécution de ce monument.

Cette ſtatue fut exécutée à Paris : SA MAJESTÉ fit préſent à la ville de Valenciennes du bloc de marbre. Lorſqu'elle fut finie, on l'embarqua ſur la Seine; & de-là, en remontant l'Oiſe, elle parvint à Saint-Quentin, d'où elle fut conduite par terre à Valenciennes ſur des traîneaux, & à l'aide d'une machine de l'invention de M. Laurent.

Ce fut le 5 ſeptembre 1752 que la ſtatue arriva dans cette Ville. Elle fut placée ſur ſon piédeſtal le 7, & demeura couverte juſqu'au 10, qui étoit le jour marqué pour la cérémonie de ſon inauguration (a).

Ce piédeſtal avoit été élevé dans la principale Place (pl. XVIII) où eſt ſitué l'hôtel-de-ville, l'hôtel des fermes, & par laquelle il faut néceſſairement paſſer quand on traverſe Valenciennes. Cette Place a environ vingt - cinq toiſes de large ſur quatrevingt-neuf de long; il y a dix rues qui y aboutiſſent. La ſtatue du Roi n'eſt pas placée au milieu, mais à neuf ou dix toiſes d'une des extrémités du côté de l'hôtel des fermes, auquel elle tourne le dos. A gauche, eſt le bâtiment de l'hôtel-de-ville, qui eſt ancien & gothique; & à droite, pour rendre cet endroit plus régulier & mieux décoré, on a reconſtruit depuis peu tout le côté dont nous avons repréſenté l'élévation (pl. XIX.).

M. le prince de Tingry ayant annoncé qu'il arriveroit le 9 pour aſſiſter

(a) Extrait des regîtres de l'hôtel-de-ville de Valenciennes, communiqué par M. de Blair de Boiſemont, intendant du Hainaut.

à la cérémonie de l'inauguration de la statue du Roi, un détachement de la garnison, les cavaliers de la maréchaussée, les cinq compagnies d'infanterie, & celle des chevaux-légers de la Ville, allèrent au-devant de lui. A son arrivée, il fut salué d'une décharge d'artillerie : les rues par lesquelles il passa étoient bordées d'une haie de troupes de la garnison. Les magistrats en corps se rendirent à son hôtel, où il fut harangué par M. Maloteau, conseiller-pensionnaire, & il reçut les complimens du clergé, de tous les corps militaires & de la noblesse. Le soir, toute la Ville fut illuminée. Il y eut des feux de joie dans toutes les rues.

Le 10 après midi, les magistrats, précédés des compagnies d'infanterie & de cavalerie bourgeoises, furent à l'hôtel de M. le prince de Tingry, pour l'accompagner à la cérémonie. Ce Prince se mit à leur tête, ayant l'Intendant à sa droite, & le Prévôt à sa gauche. Ils se rendirent sur la grande Place, précédés des mêmes compagnies bourgeoises.

Lorsqu'ils furent arrivés auprès du piédestal de la statue du Roi, on tira le voile qui la couvroit. M. le prince de Tingry, & toute sa suite, la salua pour marquer son respect, & on défila par la droite en faisant le tour du piédestal. Au même instant, toutes les cloches & les carillons sonnèrent; les compagnies bourgeoises firent trois décharges de mousqueterie; les troupes de la garnison, de la ville & de la citadelle, qui étoient sur les remparts, y répondirent, & il fut tiré trois salves de toute l'artillerie. On entendit de toutes parts, & par une multitude innombrable de peuple qui s'étoit rendue sur la Place & aux fenêtres, des cris redoublés de *Vive le Roi*, auxquels se joignirent toutes sortes de fanfares, de tymbales, de trompettes, de cors-de-chasse, de hautbois, de tambours, *&c.*

Le cortège se rendit ensuite à l'hôtel-de-ville, où M. Blondel, échevin, prononça, au nom de la province, le discours suivant à l'occasion de l'érection de ce monument.

MONSEIGNEUR,

»   LA PATRIE emprunte ma voix, pour exprimer des sentimens que
» je partage avec elle. Nous rendons un hommage immortel au meilleur
» de tous les Rois. Le même monument va confondre, à l'avenir, les
» preuves de sa gloire avec celles de notre amour.
»   Ici, MESSIEURS, les exploits de LOUIS XV se présentent en foule;
» exploits d'autant plus chers à notre mémoire, qu'ils furent le salut de
» ces contrées, & que nous goûtâmes la joie d'en être les spectateurs :
» en effet, tant que le Roi a combattu sur nos frontières, nous avons
» volé par-tout sur ses pas; par-tout nous avons trouvé la victoire. Nous

étions

étions à Fontenoy, à Lawfeld, lorfqu'il donna, à une armée formi- «
dable, l'exemple des vertus guerrières ; & ne laiffa de reffource à des «
nations humiliées, que dans fa modération & fa clémence. Nous l'a- «
vons vu, à l'éclat des triomphes, ajouter la rapidité des conquêtes ; «
emporter d'affaut une fortereffe (a), contre laquelle l'expérience des «
plus grands capitaines avoit échoué jufqu'à nos jours. Et quel fruit «
exigea-t-il de tant de profpérités ? la feule douceur de rétablir le calme «
dans nos provinces, en pacifiant toute l'Europe. «

Qui fçait mieux que vous, MONSEIGNEUR (b), ces campagnes «
glorieufes que l'hiftoire célébrera à jamais ? Vos talens dans la guerre «
vous avoient approché de votre Monarque ; il vous confioit les ordres «
qui préparoient ou décidoient les batailles ; vous l'accompagniez dans «
fes victoires ; il vous combla de faveurs à fon entrée triomphante dans «
l'une de fes conquêtes ; & bientôt, pour prix du zèle que vous aviez «
fait éclater fous fes yeux, il augmenta le grade militaire dont il avoit «
honoré vos premiers fervices. «

Les exploits de LOUIS XV ne font pas feuls préfens à nos efprits : «
il eft un événement dont la mémoire nous eft infiniment précieufe. «
Rappellez-vous, MESSIEURS, le jour fortuné où votre Souverain dai- «
gna paroître au milieu de vous. C'eft dans le lieu même où vous ren- «
dez la juftice à vos concitoyens, qu'il reçut vos hommages, vos vœux, «
& les nouveaux fermens d'une fidélité inviolable. C'eft de ce lieu qu'il fut «
témoin de vos fêtes ; qu'il s'émut, qu'il s'attendrit aux acclamations «
d'un peuple empreffé ; &, pour tout dire en un mot, qu'il fit briller «
les vertus qui font le bonheur de la France, & qui lui ont acquis le «
titre de BIEN-AIMÉ. «

Ce n'eft qu'aux Princes vertueux, les délices de leurs fujets, que «
les monumens font dûs ; & notre Monarque en avoit depuis long- «
temps d'ineffaçables dans nos cœurs : réfolue de les rendre publics, «
notre compatriote exécute nos projets avec autant d'ardeur que de «
défintéreffement. Quel avantage pour la Patrie, d'admirer, dans ce «
chef-d'œuvre de fculpture, le cifeau d'un de fes citoyens. Elle peut fe «
glorifier déformais d'avoir produit le rival des Girardons. Déjà elle «
comptoit au nombre de fes artiftes, les Vateau, les Pater : mais fon «
intérêt ne guida, n'échauffa jamais le génie de ces hommes célèbres ; «
prefque tous leurs ouvrages font perdus pour cette ville ; une mort «
prématurée empêcha l'exécution de ceux qu'ils lui deftinoient. Sally, «
plus heureux, confacre à fa patrie le plus noble de fes travaux : il la «

(a) Berg-op-Zoom affiégé fans fuccès par le duc de Parme en 1588, & par Spinola en 1622, conquis par le Roi en 1747.

(b) M. le prince de Tingry fut aide-de-camp du Roi pendant les campagnes de Flandres. Il eut l'honneur de recevoir SA MAJESTÉ lorfqu'elle entra dans Tournay ; il fut nommé lieutenant-géné- ral de fes Armées à la promotion du 10 mai 1748.

» décore d'un monument propre à exciter l'émulation de ses conci-
» toyens, en leur inspirant l'amour des talens : il leur présente un
» modèle capable de former des maîtres dans cet art merveilleux, qui,
» en animant le marbre & l'airain, contribue à l'immortalité des héros.
»   Nos annales perpétueront le souvenir d'un jour aussi solemnel. Vous
» nous l'avez procuré, MONSEIGNEUR, vous en qui nous retrouvons un
» nom & des vertus que la France révère depuis son origine ; vous, le
» digne successeur d'un père dont la mémoire sera éternellement pré-
» cieuse à la nation, aussi bien que chérie de nos habitans ; vous, MON-
» SEIGNEUR, à qui les dons du cœur & de l'esprit ont mérité les distinc-
» tions, la faveur, l'amitié de votre maître.
»   Oui, MESSIEURS, l'amitié ; & ce mot renferme l'éloge du Monar-
» que, en même temps que celui du héros dont je parle. Qu'il est rare
» d'avoir sur le trône le cœur ouvert à ce sentiment ! Qu'il est beau de
» voir l'amitié récompenser la vertu !
»   Agréez, MONSEIGNEUR, l'hommage de la plus vive reconnoissan-
» ce ; tout Valenciennes vous l'offre par ma voix en cet instant.
»   Souffrez, MONSIEUR (a), que nous nous acquittions envers vous
» du même devoir. Vous avez concouru à ce jour si mémorable ; &
» votre bienveillance pouvoit-elle nous manquer, puisqu'il s'agissoit de
» la gloire du Roi, & de l'avantage de cette Ville ?... La Patrie ne parle
» ici, MONSIEUR, que de vos bienfaits : l'Etat publie assez sans elle les
» qualités éminentes avec lesquelles vous gouvernez les provinces ; cet
» esprit juste, actif, pénétrant, supérieur à votre place, qui traite sans
» embarras, & toujours avec succès, une multitude d'affaires importan-
» tes. Heureux ! si nous jouissions longtemps d'un gouvernement dont
» la sagesse a comblé nos espérances.
»   Valenciennes n'oubliera jamais, MESSIEURS (b), que la pompe, la
» magnificence de ce jour, les fêtes, les spectacles, l'excès de l'allégresse
» publique, que tout cela, dis-je, a couronné l'administration des Ma-
» gistrats.... Je m'arrête ici, MESSIEURS : l'honneur que j'ai d'être assis
» parmi vous, ne me permet pas d'être plus longtemps l'interprète de
» ma Patrie ; c'est à la voix publique d'exprimer les sentimens qui vous
» sont dûs «.

La statue pédestre du Roi (pl. XVII.) a environ neuf pieds de proportion.
SA MAJESTÉ est représentée en héros de l'antiquité, couronné de laurier,
tenant de la main gauche la poignée de son épée, qui est commencée à tirer
du foureau, & étendant la droite dans l'action de donner des ordres. Elle est

(a) M. le baron de Lucé, à qui la Ville est   lui ériger une statue, & du don du bloc de mar-
redevable, ainsi qu'à M. le Prince de Tingry,   bre qu'il eut la bonté d'y joindre.
de la permission que le Roi daigna accorder de   (b) MM, les Magistrats.

placée fur un piédeftal de marbre blanc veiné de onze pieds de haut, élevé fur trois marches ; au bas duquel il doit y avoir un trophée qui n'eft pas encore exécuté. Deux de fes faces doivent auffi être ornées de bas-reliefs relatifs aux victoires du Roi, & fur les deux autres font gravées deux infcriptions. Dans la première, il y a :

LUDOVICO XV,
REGI CHRISTIANISSIMO
ET DILECTISSIMO,
PIO, FELICI,
SEMPER AUGUSTO,
VALENTIANIS CIVITAS,
ALMÆ PACIS OTIA SPIRANS,
STATUAM HANC MARMOREAM
CIVIS MANU ELABORATAM,
ÆTERNUM
AMORIS ET OBSEQUII
MONUMENTUM,
DAT, DICAT, CONSECRAT.

Et dans la feconde :

PRÆFECTUS ET ÆDILES,
ACCLAMANTE POPULO,
POSUERE
ANNO M. DCC. LII.

La cérémonie de l'inauguration ou de la dédicace finie, les officiers, la nobleffe & les dames accompagnèrent le Gouverneur aux cazernes, afin de jouir du fpectacle des tables fervies avec la plus grande abondance, & qui étoient dreffées dans les cours pour tous les foldats & fergens de la garnifon.

M. le Prince de Tingry n'ayant pas jugé convenable de jetter de l'argent au peuple à caufe des accidens qui arrivent ordinairement dans ces fortes d'occafions, pour mieux placer les marques de fa générofité, fit diftribuer des fommes confidérables, tant aux couvens des religieux & religieufes mendians, qu'à tous les hôpitaux, à toutes les maifons de charité, & aux pauvres familles de la ville. Il fit encore un préfent confidérable au fieur Sally : exemple qui fut imité par M. de Lucé & par les magiftrats.

Vers les fix heures du foir, l'Intendant, les officiers de l'état-major, ceux de la garnifon, une grande partie du clergé, les magiftrats, les gentilshommes

& les dames de la ville, foupèrent chez le Prince, où ils furent traités avec la plus grande magnificence & fans confufion, quoiqu'il y eût au moins quatre cent perfonnes à différentes tables.

A dix heures, on fe rendit à l'hôtel - de - ville. M. le Prince de Tingry, avec M. de Lucé & le Prévôt, allumèrent le feu de joie qui étoit préparé vis-à-vis ; & on tira l'artifice qu'on avoit fait venir de Paris. L'hôtel-de-ville, toutes les maifons de la Place furent parfaitement illuminées, ainfi que tout le refte de la ville, & les habitans firent des feux devant leurs portes. On plaça encore des fontaines de vin aux quatre coins de la Place, & on diftribua des fymphonies en plufieurs endroits différens, pour que le peuple prît part à la joie d'un fi heureux événement.

Vers les onze heures, le Gouverneur donna dans fon hôtel un bal des plus magnifiques, qui dura jufqu'à fept heures du matin.

Le lendemain 11, la comédie fut donnée *gratis* au peuple ; & le foir on ouvrit le bal que les magiftrats avoient fait préparer dans la falle du concert, où il y eut un grand concours de monde, à qui on diftribua toutes fortes de rafraîchiffemens. Enfin, les jours fuivans il y eut concert, où il fut chanté une cantate, compofée au fujet de l'érection de la ftatue du Roi.

Jamais Valenciennes n'a eu de fêtes auffi brillantes & auffi magnifiques que celles qui ont été exécutées à l'occafion de l'inauguration de la ftatue de SA MAJESTÉ, & jamais la joie n'a été plus univerfelle.

CHAPITRE

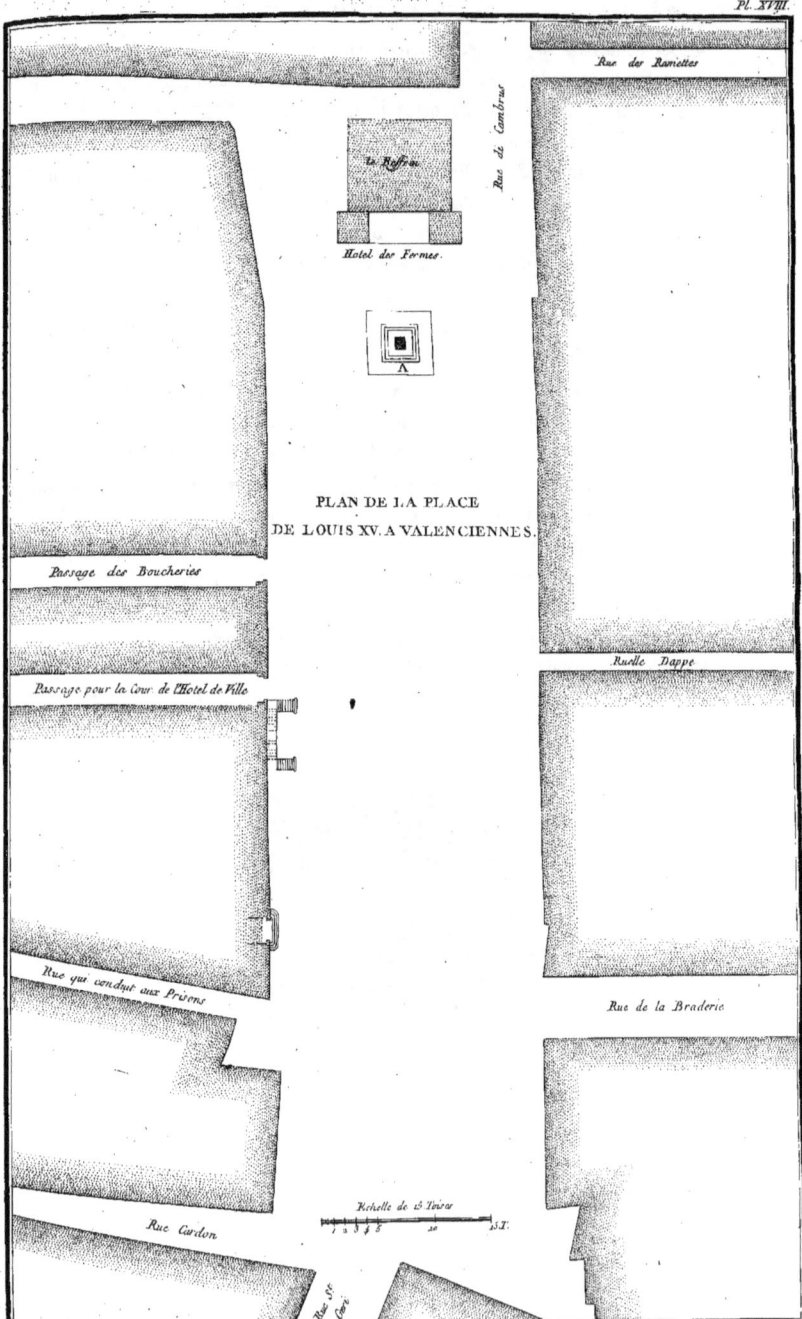

Pl. XVIII.

Rue des Ramettes

Rue de Cambray

Le Beffroi

Hotel des Formes.

PLAN DE LA PLACE
DE LOUIS XV. A VALENCIENNES.

Passage des Boucheries

Passage pour la Cour de l'Hotel de Ville

Ruelle Dappe

Rue qui conduit aux Prisons

Rue de la Braderie

Echelle de 15 Toises

Rue Cardon

Pl. XIX.

ELÉVATIONS DES BÂTIMENS DE LA PLACE ROYALE DE VALENCIENNES.

Vue sur la Largeur du côté de l'Hôtel des Fermes J.

Vue sur la Longueur du côté opposé à l'Hôtel de Ville.

Echelle de

Pl. xx.

STATUE DE LOUIS XV A RENNES.

Composée et Exécutée en Bronze par M. Lemoine.

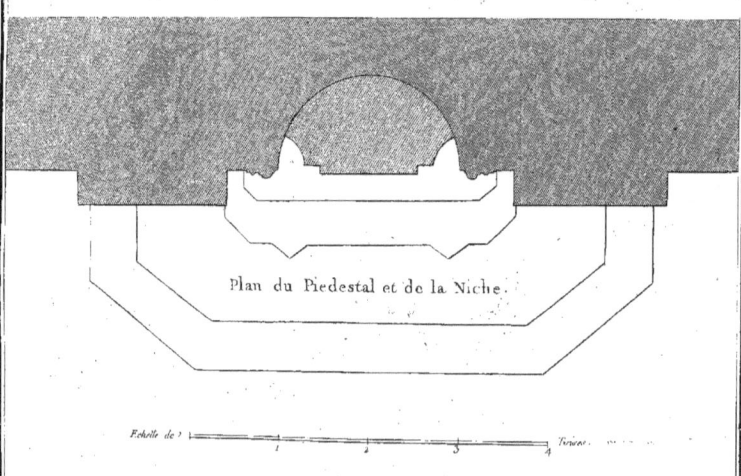

Plan du Piedestal et de la Niche.

CHAPITRE IV.

MONUMENT ÉLEVÉ A LOUIS XV

A RENNES.

ARTICLE I.

Dans le mois de décembre 1720, un violent incendie réduisit en cendres plus de la moitié des maisons & édifices de Rennes, & entre autres une tour fameuse nommée la tour de l'horloge.

A peine les flammes furent éteintes, que les citoyens fondant leurs espérances sur la protection de S. M., & sur les secours qu'ils pourroient obtenir des Etats de la Province, résolurent de réédifier une nouvelle Ville sur les ruines de l'ancienne.

Les allignemens des rues & des places, ainsi que la distribution des terreins pour les maisons & édifices de la nouvelle Ville, furent tracés sur le plan levé par M. Robelin, ingénieur du Roi, & chevalier de l'ordre militaire de saint Louis.

Sa Majesté, informée du zèle des habitans de Rennes pour la réconstruction de leur Ville, nomma feu M. Gabriel, son premier architecte, pour faire des projets qui répondissent à un embellissement si désiré.

A la place des débris & des ruines de l'ancienne Ville, on vit bientôt s'élever des rues spacieuses, bordées de maisons & d'édifices bien décorés. Nombre de monumens publics l'embellirent, & annoncèrent à la postérité le goût des citoyens, & leur attachement pour la patrie. La grande Place, sur laquelle il ne restoit d'autres édifices que le palais du Parlement de Bretagne, & au milieu de laquelle on voit la statue équestre de Louis XIV, fut décorée d'hôtels superbes, ornés d'un grand ordre ionique élevé sur un soubassement.

M. Gabriel donna en même temps le projet d'une autre place dans le centre de la Ville, dont un des côtés devoit être décoré d'une nouvelle tour de l'horloge, ainsi que de deux pavillons, l'un destiné pour loger le Présidial, l'autre pour l'hôtel-de-Ville. (pl. XXI.)

Lorsque ce projet fut présenté aux Etats de Bretagne, l'attachement de

P p

cette augufte Affemblée pour le Roi, leur fit naître la penfée de faifir cette occafion pour tranfmettre à la poftérité une preuve de leur refpect & de leur amour pour fa Perfonne. Ils réfolurent donc de faire conftruire cette tour fur les fonds de la Province, & d'élever, au milieu de fon frontifpice, un monument à la gloire de SA MAJESTÉ.

Il devoit confifter dans une niche au rez-de-chauffée de la tour, de onze pieds quatre pouces de largeur fur vingt-fept pieds de hauteur fous clef, dans laquelle on devoit placer une ftatue pédeftre du Roi, fur un piédeftal accompagné de différens attributs. Le chambranle & les arrière-corps de cette niche devoient être terminés par une corniche, fur laquelle deux Vertus, repréfentant la Force & la Juftice, tenant une couronne de laurier, auroient été affifes.

Une infcription, placée dans une table de marbre blanc, au-deffus de ces deux Vertus, décorée de fleurons & de divers ornemens, devoit annoncer les vœux de la Province, par ces mots gravés en lettres d'or, VOVIT ARMORICA.

Enfin, le fronton, qui couronnoit toute cette décoration, devoit porter fur le fond de fon tympan les armes du Roi avec le collier de fes ordres, & plufieurs trophées.

Les différens édifices, qui devoient figurer un des côtés de la Place, furent achevés en 1744, tels qu'ils font repréfentés pl. XXII. Ils forment, aux extrémités de cette façade, deux grands avant-corps, occupés par l'hôtel-de-ville & le préfidial, qui fe réuniffent à la nouvelle tour de l'horloge, de cent cinquante pieds d'élévation. Le premier étage de cette tour eft décoré d'un ordre dorique, dont les colonnes font accouplées & élevées fur un foubaffement : au milieu eft une niche qui fut deftinée à placer la ftatue du Roi. Cet ordre eft couronné par un fronton : fon entablement fe raccorde avec les corniches des deux pavillons & des portions circulaires. Au-deffus eft un attique en forme de piédeftal portant cette tour, qui eft ornée d'un ordre corinthien avec des arcades, & qui eft couronnée par une capanille avec un petit dôme, furmonté par une aiguille fleurdelifée.

Les maifons des particuliers, qui forment les deux autres côtés de cette Place, étoient auffi élevées & finies dans le même temps. Mais le terrein oppofé à celui des trois édifices publics, qui devoit faire le quatrième côté, & être occupé par un hôtel deftiné à loger le Gouverneur de la province de Bretagne, eft demeuré vague jufqu'à ce jour. A cela près, il ne reftoit plus, pour confommer le projet, que de faire exécuter la ftatue du Roi & le piédeftal pour le placer dans la niche.

Les Députés des Etats à la Cour étoient chargés de choifir un habile artifte, pour lui confier l'exécution de la ftatue pédeftre du Roi, & de tous les trophées, attributs & ornemens qui dévoient l'accompagner; lorfque SA MAJESTÉ, dans le cours de fes triomphes, volant des bords de l'Efcaut fur les bords du Rhin, & paffant par Metz dans le deffein de punir fes ennemis de la témérité qu'ils avoient eue de venir en Alface pour tenter de forcer les barrières de cette province, fut attaquée, le 8 août 1744, d'une maladie dangereufe, qui le mit aux portes du tombeau. L'attendriffement général, ou plutôt le défefpoir de la France à cette nouvelle, fera une époque mémorable dans l'hiftoire. Nos temples offroient les fpectacles les plus touchans; on y voyoit un peuple innombrable profterné aux pieds des autels, fondant en larmes, interrompre, par des fanglots, les facrifices offerts pour demander la confervation de notre Augufte Monarque (a). Lorfqu'enfuite on apprit que SA MAJESTÉ étoit hors de danger, l'ivreffe de la joie fuccéda à cette douloureufe confternation. Jamais on ne vit l'image du bonheur fi bien peinte fur tous les vifages; c'étoit le plus beau jour de la Nation. » Le courrier, qui » apporta la nouvelle de fa convalefcence, fut prefque étouffé par la foule » du peuple; on baifoit fon cheval, on le menoit en triomphe; toutes les » rues retentiffoient de ces cris d'allégreffe: *Le Roi eft guéri (b)* «.

Des preuves d'une auffi extrême tendreffe pour LOUIS LE BIEN-AIMÉ, méritoient d'être éternifées par des monumens publics. Les Etats de Bretagne ayant tenu leur affemblée après cet événement, ils ordonnèrent que le monument qu'ils avoient projetté d'élever précédemment au Roi, auroit pour objet de célébrer fa convalefcence & fes victoires, M. Lemoyne, fculpteur de SA MAJESTÉ, & déjà connu par beaucoup d'excellens ouvrages, fut chargé de fon exécution.

Cet artifte vint à Rennes, examina les trois édifices publics dont on a parlé ci-deffus: il jugea que le monument dont il s'agiffoit ne pouvoit être placé plus avantageufement que dans la niche, & au-devant du rez-de-chauffée de la tour de l'horloge; qu'il fuffifoit d'augmenter la largeur & la hauteur de cette niche de quelques pieds, & de changer fon couronnement, ainfi que fa table d'attente, en fupprimant les deux Vertus qui étoient déjà fculptées, pour les remplacer par d'autres attributs plus convenables aux circonftances. Son deffein ayant été approuvé, il fut chargé de l'exécution. Ce monument fut achevé & placé dans le courant de l'automne 1754. Il eft compofé de trois figures, qui concourent à former une action.

La ftatue du Roi (*pl. XX.*) eft placée fur un piédeftal de quatorze pieds de hauteur, accompagnée de trophées & de drapeaux. SA MAJESTÉ eft repréfentée tenant le bâton de commandement, vêtue à la Romaine, & prête

---

(a) Il vient d'être gravé, à l'occafion de cette maladie, une médaille qui doit faire partie de l'hiftoire métallique du Roi. Sur le revers, on a repréfenté la France plongée dans la plus pro-

fonde douleur, & profternée au pied d'un autel, avec cette légende, *Luctus nullo ævo cognitus.*

(b) *Hiftoire de la guerre de 1741*, IIe. partie, pag. 47.

à marcher à de nouvelles conquêtes. La Déeſſe de là Santé eſt au côté droit du piédeſtal, tenant d'une main un ſerpent qui mange dans une patère qu'elle lui préſente de l'autre main : on voit auprès de la Déeſſe un autel entouré de fruits, ſymbole des vœux des peuples. De l'autre côté du piédeſtal eſt la Bretagne avec les attributs de la guerre & du commerce : la joie, qui ſuccède à ſes allarmes, éclate ſur ſon viſage. La ſtatue du Roi à onze pieds trois pouces de hauteur, & les deux figures qui l'accompagnent ont dix pieds de proportion ; toutes les trois ſont de bronze, ainſi que les ornemens. On lit ſur le piédeſtal l'inſcription ſuivante :

L U D O V I C O　　X V,

R E G I　C H R I S T I A N I S S I M O,

R E D I V I V O　E T　T R I U M P H A N T I,

HOC　AMORIS　PIGNUS

ET　SALUTIS　PUBLICÆ　MONUMENTUM

COMITIA ARMORICA POSUERE

ANNO M. DCC. LIV.

Les Etats de Bretagne ſolemniſèrent, par une fête éclatante, la dédicace de ce précieux monument, & annoncèrent, par une inſcription, qu'ils accompliſſoient, dans le ſein de la paix, les vœux qu'ils avoient formés pendant la guerre. Cette inſcription, placée en face du monument, contenoit ces mots :

V I C T O R I　V O V E R U N T,

P A C I F I C A T O R I　P O S U E R E.

Ces deux inſcriptions ont été compoſées par M. Duclos, de l'académie Françoiſe.

A R T I C L E　I I.

DESCRIPTION *de la dédicace & de la fête qui a été donnée à cette occaſion.*

LE 9 novembre 1754, M. Lemoyne, conduit par le hérault des Etats, ſe préſenta à leur aſſemblée, & leur annonça que tout étoit prêt pour la cérémonie de la dédicace : auſſitôt ils arrêtèrent de la faire le jour ſuivant, & d'y aſſiſter en corps. Ils envoyèrent en conſéquence une députation prier les Commiſſaires du Roi & Madame la ducheſſe d'Aiguillon de s'y trouver (a).

Le 10, les Etats partirent en corps pour ſe rendre à la Place Royale. Lorſ-

(a) Mémoire envoyé par M. le Bret, Intendant de Rennes.

qu'ils

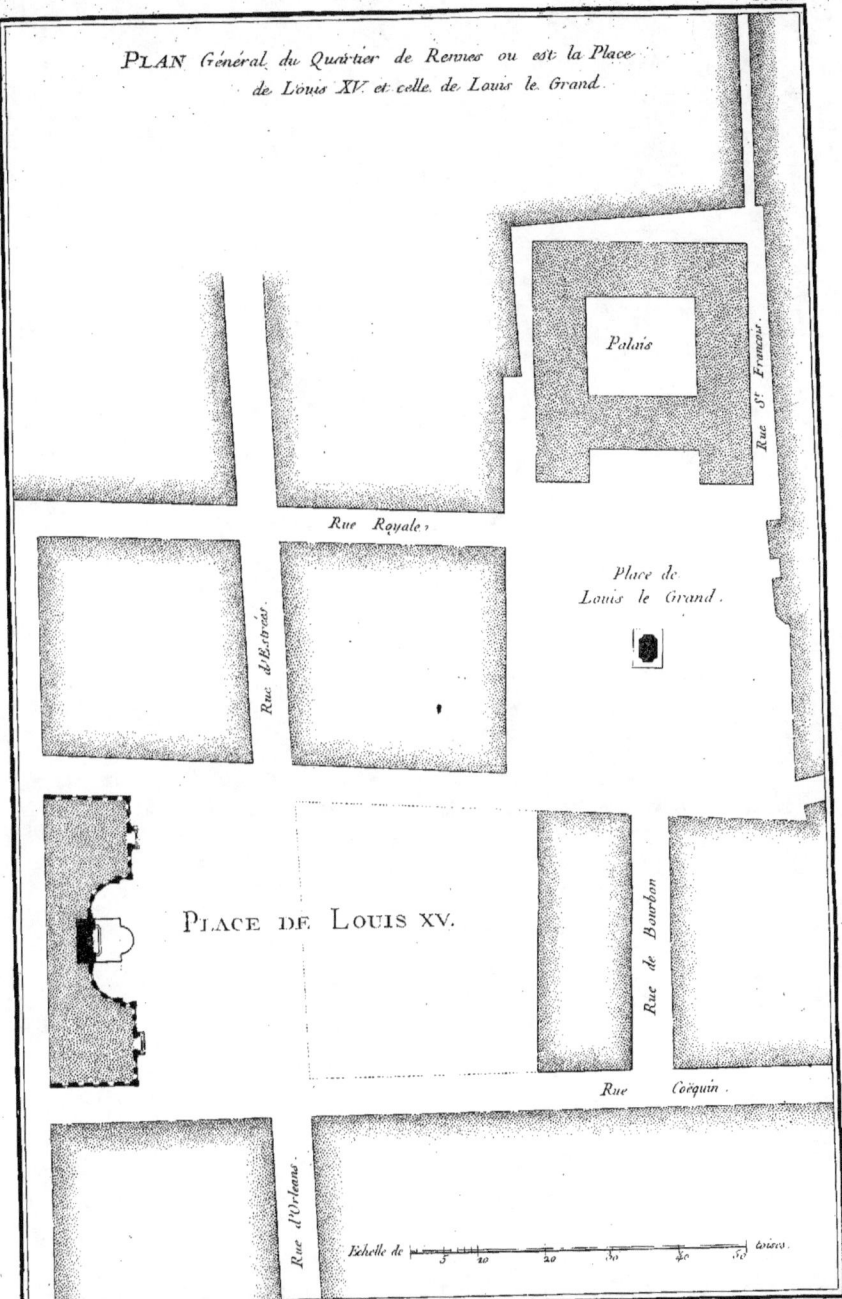

PLAN Général du Quartier de Rennes ou est la Place de Louis XV. et celle de Louis le Grand.

Palais

Rue St François.

Rue Royale,

Place de Louis le Grand.

Rue d'Estrée.

PLACE DE LOUIS XV.

Rue de Bourbon

Rue Coëquin.

Rue d'Orleans.

Echelle de ___ 5 ___ 10 ___ 20 ___ 30 ___ 40 ___ 50 toises.

Pl. XXII.

ELEVATION DE LA PLACE ROYALE DE RENNES.
Vuë du côté de la Tour de l'Horloge.

Echel de ⊢⊢⊢⊢⊢⊢⊢⊢⊢⊢ *Toises.*

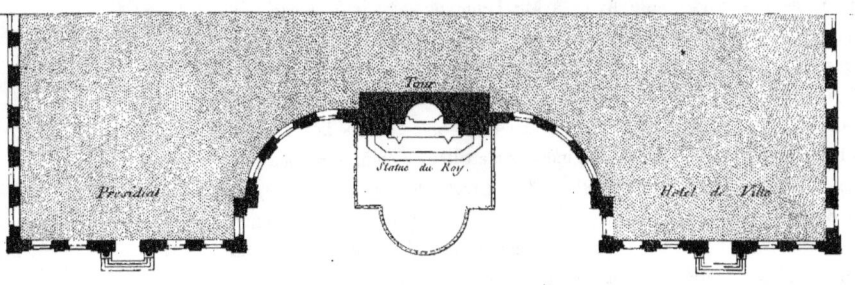

PLAN.

qu'ils furent placés, les commiffaires du Roi, ayant M. le duc d'Aiguillon à leur tête, arrivèrent à l'affemblée, fuivant le cérémonial qui avoit été réglé. Madame la ducheffe d'Aiguillon & les dames invitées étoient aux fenêtres de l'hôtel-de-ville ; la principale bourgeoifie occupoit la maifon du préfidial, qui eft de l'autre côté. Le héraut, revêtu de fa cotte d'armes, monté fur un cheval caparaçonné, & précédé de tymbales & de trompettes, parut au milieu de la place, & fit cette proclamation :

De la part des Etats, Meffeigneurs & Meffieurs, c'eft aujourd'hui que les Etats font la dédicace du Monument qu'ils ont fait ériger comme un gage de leur amour pour le Roi. VIVE LE ROI !

Tout le monde répondit aux cris du héraut par la même acclamation. A l'inftant, M. Lemoyne fit tomber le voile qui jufqu'alors avoit couvert le monument. Les commiffaires du Roi s'étant avancés devant la ftatue de SA MAJESTÉ, la faluèrent par une profonde inclination, felon l'ufage. Après qu'ils fe furent retirés avec le même cérémonial qui s'étoit obfervé à leur arrivée, les trois ordres des Etats, marchant chacun dans fon rang, firent le même falut. Ils retournèrent enfuite au lieu de leur affemblée, où l'Evêque de Rennes leur annonça que le Roi, pour donner à la Bretagne des marques de fa fatisfaction, accordoit deux abbayes dans l'ordre du clergé, deux compagnies de cavalerie, & quatre places de garde-marine dans l'ordre de la nobleffe, & des lettres de nobleffe à deux membres du tiers-état. Les Etats répondirent par un cri unanime de *Vive le Roi.* Ils envoyèrent une députation faire des remercîmens à M. le duc d'Aiguillon, ordonnèrent une gratification de cinquante mille livres à M. Lemoyne, & ils fe féparèrent.

Jamais l'ordre de la nobleffe n'avoit été plus nombreux. Tous les officiers Bretons de terre & de mer, qui n'étoient pas arrêtés par leur devoir hors de la province, s'étoient rendus aux Etats avec l'empreffement qu'ils ont pour tout ce qui regarde la perfonne du Roi. La cérémonie de la dédicace, pendant laquelle il y eut des falves continuelles d'artillerie, étant terminée, la milice bourgeoife, qui bordoit la Place & les rues, fe mit en bataille, & défila devant le monument. La Place fut ouverte au peuple, qui s'y rendit en foule, & à qui l'on diftribua du vin & des vivres en abondance. Les vivres étoient portés de toute part dans des chars ornés de feftons & de guirlandes, précédés de tymbales, de trompettes & de cors de chaffe, tirés par des chevaux couverts de riches caparaçons.

Ces chars étoient conduits par de jeunes gens galamment vêtus : d'autres jeunes gens, montés fur des échaffauts ornés de pampres & de lauriers, faifoient couler des fontaines de vin fans interruption. Plufieurs troupes de fymphonies, placées fur des amphithéâtres ou répandues dans les places & les carrefours, animées elles-mêmes par la joie publique, contribuoient à la redoubler.

Le foir, la comédie fut donnée *gratis*, & toute la ville fut illuminée.

La fête fut terminée par un bal public, que les Etats donnèrent dans l'hô-tel-de-ville. La décoration des falles, le goût des habits, la richeffe des buf-fets, offroient le plus beau fpectacle. Au milieu d'une foule prodigieufe, on ne voyoit que cette confufion brillante qui naît de la joie, & qui fait un des principaux ornemens des grandes fêtes. Chaque rue paroiffoit être de même une falle de bal, & par-tout les danfes continuèrent jufqu'au lende-main avec une égale vivacité.

Les Etats, defirant perpétuer la mémoire du fujet de cette fête, avoient ordonné que l'on frappât trois mille médailles, tant en or qu'en argent & en bronze, qui furent diftribuées dans l'affemblée. Elles repréfentent, d'un côté, le bufte du Roi vu de profil, avec la légende ordinaire ; & de l'autre, le monument élevé par la ville de Rennes, avec ces mots, LUDOVICO REDIVIVO ET TRIUMPHANTI.

Dans un jour deftiné à l'allégreffe, les malheureux n'ont pas échappé à l'attention des Etats : ils ont fait répandre leurs largeffes dans les hôpitaux & dans les prifons de toutes les villes de la Bretagne, qui, d'un concert unani-me, ont fignalé leur amour pour le Roi par des feux & des illuminations le jour même que la fête s'eft donnée dans la capitale de la province. Le même efprit animoit tous les Bretons : & la fête a été également glorieufe pour le Prince & pour les fujets.

Ce monument a coûté à la Province de Bretagne environ cinq cent cin-quante mille livres, fans y comprendre les dépenfes qui ont été occafion-nées par la fête ci-deffus.

Il ne refte plus, pour embellir & perfectionner la Place Royale, que de faire conftruire, fur le terrein oppofé aux bâtimens où eft adoffée la ftatue du Roi, un hôtel, dont la décoration extérieure foit en convenance avec celle de ces trois édifices. M. le duc d'Aiguillon, commandant en chef dans la province, & M. le Bret, intendant, ont à ce fujet formé des projets dont l'exécution aura lieu, lorfque les fonds néceffaires feront affurés.

Pl. XXIII.

STATUE DE LOUIS XV A NANCI,

Composée et Exécutée en Bronze par M. Guibal.

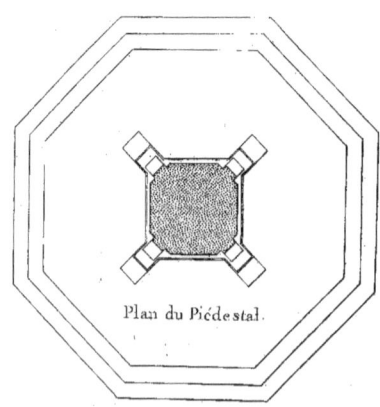

Plan du Piédestal.

Echelle de 4 Toises pour le Piédestal.

Gravé par N. Le Mire.

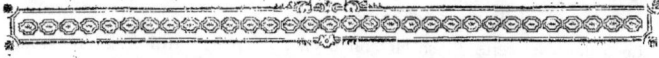

CHAPITRE V.

MONUMENT ÉLEVÉ A LOUIS XV
A NANCY.

L A ville de Nancy, capitale de la Lorraine, ne confiſtoit anciennement que dans ce qu'on appelle aujourd'hui la vieille-ville. Ce ne fut que ſous le règne du Grand-Duc Charles que la nouvelle fut commencée à bâtir : l'une & l'autre s'embellirent beaucoup ſous le règne de Léopold (a).

Ce Prince, du petit nombre de ceux qui ont rendu leurs peuples heureux, avoit projetté de rendre cette Ville une des plus belles de l'Europe. La paix, dont il eut le bonheur de faire jouir les Lorrains, favoriſa ſes deſſeins. De beaux édifices s'élevèrent de toutes parts à Nancy. Il commença un nouveau palais ſur les ruines de l'ancien. Ce bâtiment, qui étoit de la plus grande magnificence, & dont il n'y eut de bâti que la façade, occupoit la place que l'on nomme aujourd'hui la Carrière : c'étoit M. Boffrand, un des premiers architectes François, qui en avoit donné le plan. La mort de Léopold ayant fait diſcontinuer ce projet, ſon fils, élevé ſur un plus grand trône, ne put ſuivre ſes vaſtes deſſeins pour l'embelliſſement de cette capitale.

Ce fut dans ces circonſtances que STANISLAS I, quittant ſa patrie pour pacifier l'Europe, vint combler les vœux des Lorrains, & eſſuyer leurs larmes (b). Il ſuivit l'exemple de LÉOPOLD, fit un grand nombre d'établiſſemens utiles, encouragea les arts, & fit éclorre les talens en tout genre.

Parmi les merveilles dont ce Prince a embelli la Lorraine, & dont on eſt redevable à ſon goût pour les arts, à ſon génie, à ſes lumières, on diſtingue ſurtout la Place qu'il a fait exécuter à Nancy, pour y élever une ſtatue à LOUIS XV ſon gendre. Le projet de S. M. Polonoiſe fut, dans ſon principe, de donner à tous les ſiècles le premier exemple d'un Roi, qui, dans ſes propres états, érige des ſtatues à ſon ſucceſſeur.

SA MAJESTÉ avoit d'abord réſolu de placer ce monument dans la grande Place de la ville-neuve. Sur les repréſentations qui lui furent faites de la longue interruption dans le commerce de tous les marchands qui en occupent

(a) *Compte général de la dépenſe des édifices que le Roi de Pologne a fait conſtruire*, pag. 14.
(b) *Ibidem*, pag. 15.

les bâtimens, Elle changea d'idée, & choisit un terrein entre les deux villes, qui étoit exempt de toutes difficultés.

Le dessein de cette Place fut conçû en 1752. Le Roi STANISLAS. lui-même en traça le plan, dont il confia l'exécution au sieur Héré de Corny, son premier architecte.

ARTICLE I.

DESCRIPTION de la Place Royale de Nancy.

LA première pierre des bâtimens fut posée solemnellement le 18 mars 1752 par M. le duc Ossolinski, grand-maître de la maison de SA MAJESTÉ, avec cette inscription gravée sur une plaque de cuivre :

STANISLAUS PRIMUS,

REX POLONIÆ ET MAGNUS LITHUANIÆ DUX,

ET

DUX LOTHARINGIÆ ET BARRI,
Forum hoc Regium
Amplissimis undique edificiis
Exornatum,
Augustâ LUDOVICI XV effigie
Insignitum,
Ad
Urbis primariæ ornamentum
Et
Commoda publica
Extrui curavit
Anno M. DCC. LII.
Primum hunc Lapidem
Solemniter posuit,
Plaudentibus Civibus,
FRANCISCUS - MAXIMILIANUS, DUX DE TENCZIN
OSSOLENSKI,
Supremus Aulæ Regiæ in Lotharingiâ Præfectus,
Regiorum Galliæ Ordinum
Eques torquatus.

Cette Place (*pl. XXIV.*) a, par son plan, soixante toises de long sur cinquante de large. Elle est percée, dans le milieu de ses faces orientale & occidentale, par deux grandes rues *H, H,* qui sont terminées par deux portes triomphales :

triomphales : l'une fe nomme la porte Saint-Staniflas ; l'autre la porte Sainte-Catherine. Les quatre angles de la Place font ouverts. Les deux rues marquées *G*, *G*, fervent d'entrées à différentes rues, parmi lefquelles il y en a une qui aboutit à la primatiale, la première & la plus belle églife de Nancy. Les deux angles marqués *F*, *F*, font ouverts fur les foffés de la ville, & font décorés de fontaines qui contribuent à les mafquer. Toute la face du midi *B* fert de bâtiment à l'hôtel-de-ville : celle de l'orient eft compofée de deux grands pavillons *D*, *D*, occupés par l'hôtel des fermes & par celui de M. Alliot : les deux autres *C*, *C*, oppofés, font occupés par le collège Royal des médecins, une falle de comédie, & par la maifon du fieur Jacquet. Enfin, la face du nord *E*, *E*, fert de logement à différens particuliers, & mafque les foffés des remparts entre les deux villes ; elle eft partagée dans fon milieu par une large rue, qui conduit à l'arc de triomphe ou Porte Royale *I*.

On communique, par cet arc de triomphe, dans un endroit appellé la Carrière ; à droite de l'entrée eft un bâtiment *L*, qu'on nommoit ci-devant l'hôtel de Craon, & où réfident actuellement la cour fouveraine de Nancy, la chambre des comptes, & autres jurifdictions. A gauche *K*, le Roi de Pologne a fait conftruire en fymmétrie un édifice de la même décoration pour la Bourfe & la jurifdiction Confulaire. Les façades des bâtimens *M*, *M*, qui forment les deux côtés de cette Place, ont été auffi décorées uniformément aux dépens du Roi. Il y a au milieu un promenoir public *N* avec deux rangées d'arbres, qui eft environné de banquettes à hauteur d'appui, ornées de vafes & de grouppes d'enfans.

L'extrémité de ce vafte endroit, à l'oppofé de l'arc de triomphe, eft terminé par l'hôtel de l'intendance *O*. Rien n'eft plus magnifique & ne s'annonce avec plus de majefté que cet édifice. Il eft préparé par deux colonnades circulaires d'ordre ionique formant périftile, dont les entre-colonnes font décorées de buftes : ces deux colonnades ne s'élèvent que d'un étage, & vont fe réunir au principal corps de bâtimens qui en a deux. Le rez-de-chauffée eft ouvert, & forme quatre allées de colonnes qui produifent le plus bel effet, & conduifent à un jardin public. Cet ordre ionique eft furmonté d'une baluftrade décorée d'entrelas ; à plomb de chaque colonne, font des vafes ou des grouppes d'enfans. Tout cet enfemble donne à ce bâtiment un air riche & impofant, auquel on ne fçauroit refufer fon admiration.

Vis-à-vis de l'intendance eft une fontaine triomphale *P*, qui a été élevée à l'occafion des victoires du Roi.

L'architecture de la Place de Nancy eft auffi de la plus magnifique décoration ; les bâtimens en font d'une fymmétrie exacte. L'hôtel-de-ville *B*, qui occupe le côté du midi (*pl. XXV.*), eft décoré d'un grand ordre corinthien-pilaftre, qui embraffe deux étages. Les croifées du premier font à plein-ceintre,

R r

celles du fecond font bombées ; les unes & les autres font ornées de balcons & d'agraphes. L'avant-corps du milieu eft couronné par un fronton, fur
lequel on remarque deux figures affifes. Il y a dans le tympan les armes du Roi
de Pologne ; & au-deffous, dans l'emplacement d'une croifée, eft l'écuffon de
la ville de Nancy, avec cette devife : *Non inultus premor.*

Les deux extrémités de cette façade forment deux avant-corps, terminés par
des amortiffemens ornés d'écuffons, accompagnés de drapeaux. Ce bâtiment,
auffi bien que tous ceux de la Place, eft couronné à l'Italienne par une baluftrade avec des vafes & des grouppes d'enfans.

Un foubaffement, percé d'arcades & orné de refends, élève majeftueufement
cet ordre corinthien. Dans le milieu, on remarque un grand balcon de la
plus riche compofition, foutenu par fix confoles ; & aux extrémités, il y en
a deux autres qui font auffi fupportés par quatre confoles.

L'intérieur de l'hôtel-de-ville répond à la beauté du dehors. Un grand
veftibule occupe toute la largeur de l'avant-corps, & eft décoré de deux rangs
de colonnes. A droite en entrant, on remarque une falle très-fpacieufe deftinée
pour les concerts & pour les bals : à l'oppofé, font les falles d'affemblée
des magiftrats. Au fond, eft un grand efcalier partagé en deux rampes,
qui conduifent au premier étage : fon plat-fond eft orné de peintures à
frefque. Au-deffus du veftibule, eft une grande falle peinte auffi à frefque, repréfentant des fujets allégoriques à la louange de LOUIS XV. Toute l'aîle,
au-deffus de la falle du concert, eft occupée par l'appartement que le Roi de
Pologne s'y eft réfervé. L'autre partie, qui eft vis-à-vis, fait le logement du
Lieutenant-général de police.

A droite & à gauche de cette façade, il y a deux grands grillages en fer,
G, G, dont les ornemens font dorés, qui font à l'oppofé des fontaines, & forment deux efpèces de portes Flamandes de vingt-deux pieds d'ouverture,
donnant entrée à quatre rues dans la Place : à côté de cette ouverture,
font des travées, compofées chacune d'une porte en plein-ceintre avec un
couronnement.

Les deux autres corps de bâtimens que l'on apperçoit à l'extrémité de cette
planche, font les retours des pavillons *D & C*, à l'entrée de la Place, par
les rues Saint-Staniflas & Sainte-Catherine, qui la traverfent à l'orient & à
l'occident.

Les ornemens de tous les grillages en fer qui font dans cette Place font dorés ;
ce qui lui donne le plus grand éclat : ils font pofés fur des focles de pierre de
taille de dix-huit pouces de hauteur, & terminés par des pilaftres quarrés,
couronnés par des vafes. A ces pilaftres, font attachés des bras de lanternes
à contours modernes, enrichis d'un cartouche où fe voit le chiffre de S. M. T. C :
une branche de laurier en varie toutes les formes, auffi bien qu'une branche

de palmier qui s'élève du bas. Le tout fe termine par un coq élancé, les ailes déployées, au bec duquel eft fufpendue la lanterne. Les deux bras fe regardent & font un chantourné par le haut de la grande ouverture. La variété des contours, la délicateffe du travail, le génie & le goût qui y règnent, forment les plus belles grilles qui foient exécutées (a).

La façade du Nord n'eft élevée que d'un étage, & eft de la même décoration que le foubaffement des autres façades : elle fert à mafquer le rempart, & y fait retour pour donner communication de la ville-neuve à la ville-vieille. (pl. XXVI.)

Au bout de la rue qui la divife, eft un arc de triomphe décoré d'une grande porte dans le milieu, & de deux autres à côté, qui ouvrent l'entrée de la place de la Carrière. Son architecture eft un ordre corinthien, élevé fur un piédeftal couronné par un attique, & terminé par une Renommée qui tient un médaillon de Louis XV. On lit au-deffous :

HOSTIUM TERROR,
FŒDERUM CULTOR,
GENTISQUE DECUS ET AMOR.

Sur cet attique, il y a quatre figures allégoriques repréfentant l'Abondance, la Valeur, la Force & la Sageffe ; & de plus trois bas - reliefs dans des tables : dans le premier, eft Apollon au milieu des neuf Mufes ; dans le fecond, l'union de la Paix & de la Victoire ; dans le troifième, un Héros, qui, avec un arc, tire un monftre qui repréfente la Difcorde.

Sur le focle de cet attique, au milieu de l'arc de triomphe, il y a, INVICTUM VICIT PACIS AMOR.

Enfin, dans le médaillon qui couronne chacune des deux petites portes, il a été gravé dans l'un PRINCIPI PACIFICO, & dans l'autre PRINCIPI VICTORI.

Aux deux extrémités de cette façade, on remarque, dans les angles F, F, de la Place, deux fontaines de la plus riche ordonnance, dont les figures font exécutées en plomb bronzé : elles font chacune compofées d'une grande arcade & de deux autres petites à côté : dans le milieu de la grande arcade, à gauche, eft la figure de Neptune fur fon char, traîné par des chevaux marins, tenant fon trident; il eft accompagné de Tritons, de Nayades, de Fleuves, de Dragons ; toutes ces figures dégorgent des eaux, & forment une cafcade dont la nappe tombe dans un grand baffin. Le bas de la *planche XXVIII* fait voir plus en détail cette décoration.

Le milieu de l'arcade à droite repréfente le triomphe d'Amphytrite,

(a) Tous ces ouvrages en fer font de la compofition & ont été exécutés par Jean Lamour, ferrurier de Nancy.

avec des Nayades & des monſtres marins jettant auſſi de l'eau.

Les petites arcades des côtés ſont ornées d'enfans qui jouent avec des poiſ-
ſons, leſquels vomiſſent également de l'eau. Tous les grillages qui accompagnent ces fontaines ſont élevés ſur un plan ceintré, & ont chacun ſoixante-
cinq pieds de longueur, développés ſur quarante-ſix de diamètre. Ils ſont
décorés de pilaſtres d'ordre compoſé, & couronnés par les armes du Roi,
& autres amortiſſemens.

Les deux bâtimens qui aboutiſſent, de part & d'autre, contre le cadre du
deſſein, ſont les retours des pavillons D & C dans les rues qui traverſent le
milieu des façades orientale & occidentale.

L'élévation occidentale (pl. XXVII.) eſt compoſée de deux pavillons C, C, qui ſont occupés par le collège Royal des médecins, la ſalle de
comédie & la maiſon du ſieur Jacquet. Sa décoration eſt de la même ordonnance que celle de l'hôtel-de-ville. A l'entrée de la rue Saint-Staniſlas qui
les ſépare, il y a une demi-grille terminée par de gros pilaſtres ſurmontés
chacun d'un vaſe de fleurs. A gauche, on apperçoit encore une autre grille
ſervant d'entrée à différentes rues, avec le profil de la façade de l'hôtel-de-
ville; & ſur la droite, une des fontaines, avec le côté de la façade du nord.

Tous les bâtimens de la Place ſont environnés de trottoirs fort bas, de
neuf pieds de large, à l'exception de ceux qui ſont le long de la rue qui
conduit à l'arc-de-triomphe, leſquels ont douze pieds avec pluſieurs marches
pour y monter, à cauſe de la pente du terrein en cet endroit : devant ces
trottoirs, il y a dans tout le pourtour des barrières.

Dans le plan général, à l'endroit marqué P, il y a une fontaine triomphale couronnée par un obéliſque. Comme elle a pour objet les victoires
du Roi, nous en avons fait un deſſein ſéparé (pl. XXIX). Sur chacune des
faces triangulaires, on a repréſenté en bas-reliefs, dans des médaillons, les
Conquêtes de LOUIS XV en Flandres : ces médaillons ſont entourés de lauriers qui s'entrelaſſent avec beaucoup de grace. Le bas de cette fontaine eſt
décoré de trois Fleuves aſſis ſur des rochers, & appuyés ſur leurs urnes : ils
portent ſur leurs épaules une grande coquille, au milieu de laquelle on apperçoit
l'obéliſque. Dans les angles, ſont trois monſtres dont le col ſemble ſerré par
des enroulemens qui leur font vomir de l'eau, laquelle s'élevant en forme de
jet, retombe dans la coquille, & de-là va paſſer dans les urnes des Fleuves ;
d'où elle coule, en faiſant nappe ſur les rochers, dans le grand baſſin.

Cet obéliſque eſt couronné par une Victoire qui s'élance en l'air, tenant
d'une main une couronne de laurier, & de l'autre une trompette pour annoncer les conquêtes du Roi.

ARTICLE

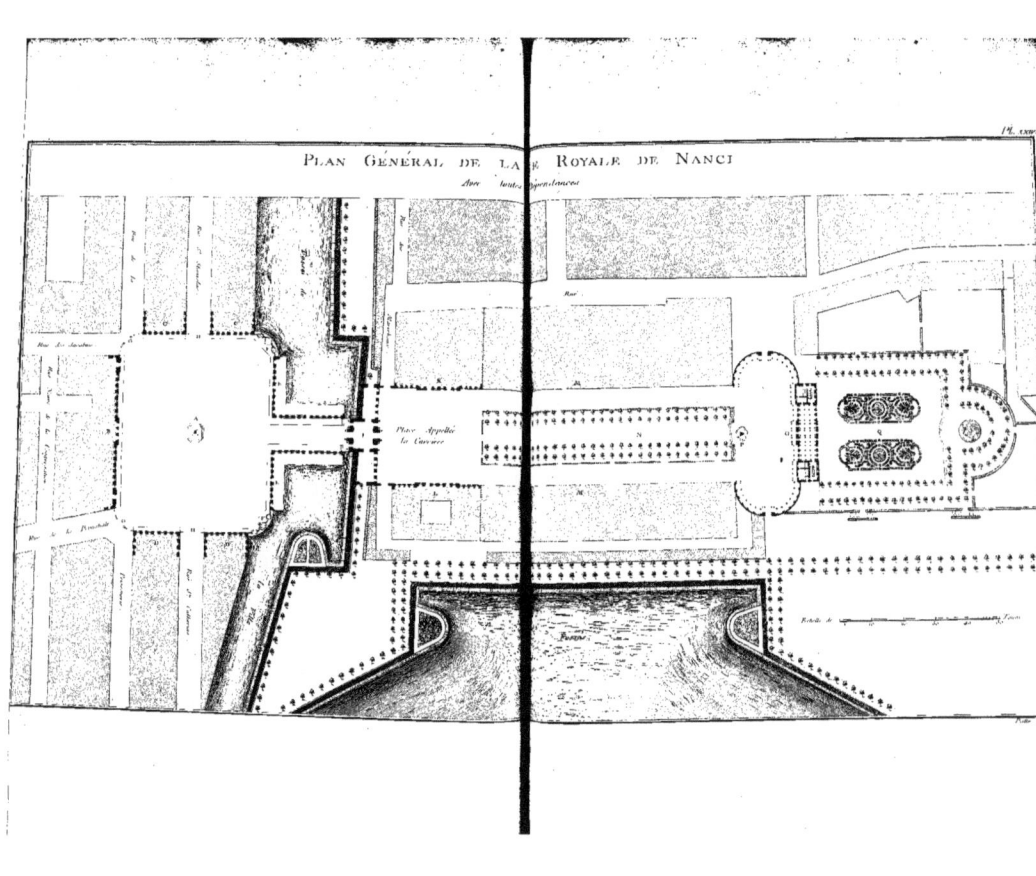

Pl. LXXV.

PLAN GÉNÉRAL DE LA E ROYALE DE NANCI

Avec toutes Dependances

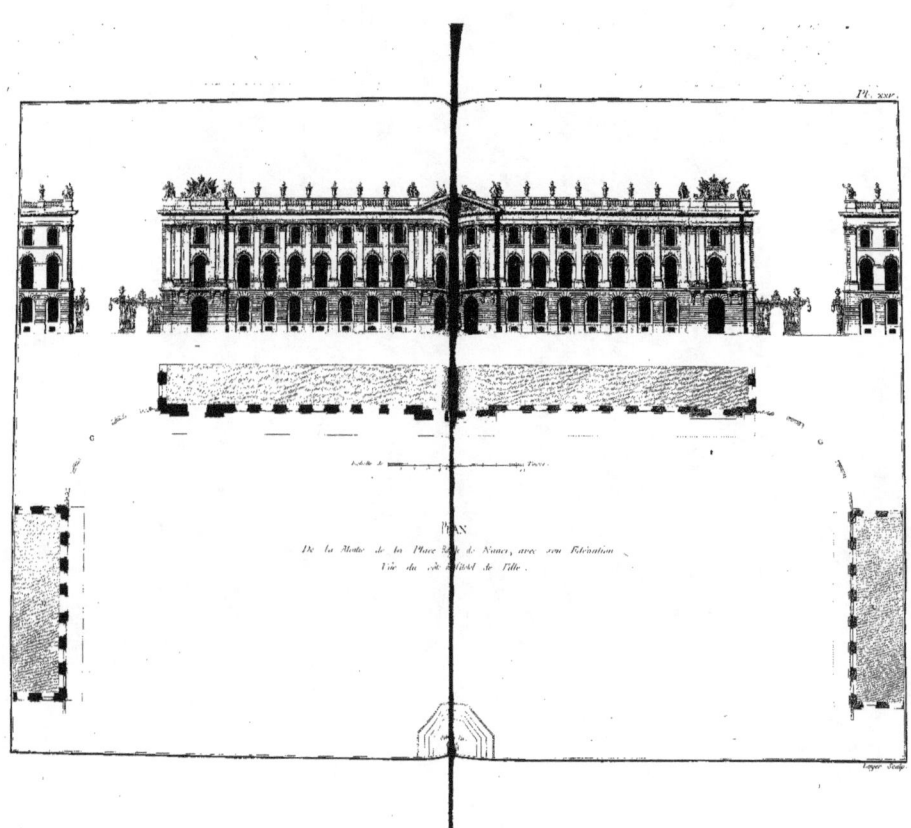

Pl. XXIV.

PLAN
De la Moitié de la Place Royale de Nancy, avec son Élévation
Vûe du côté de l'Hôtel de Ville.

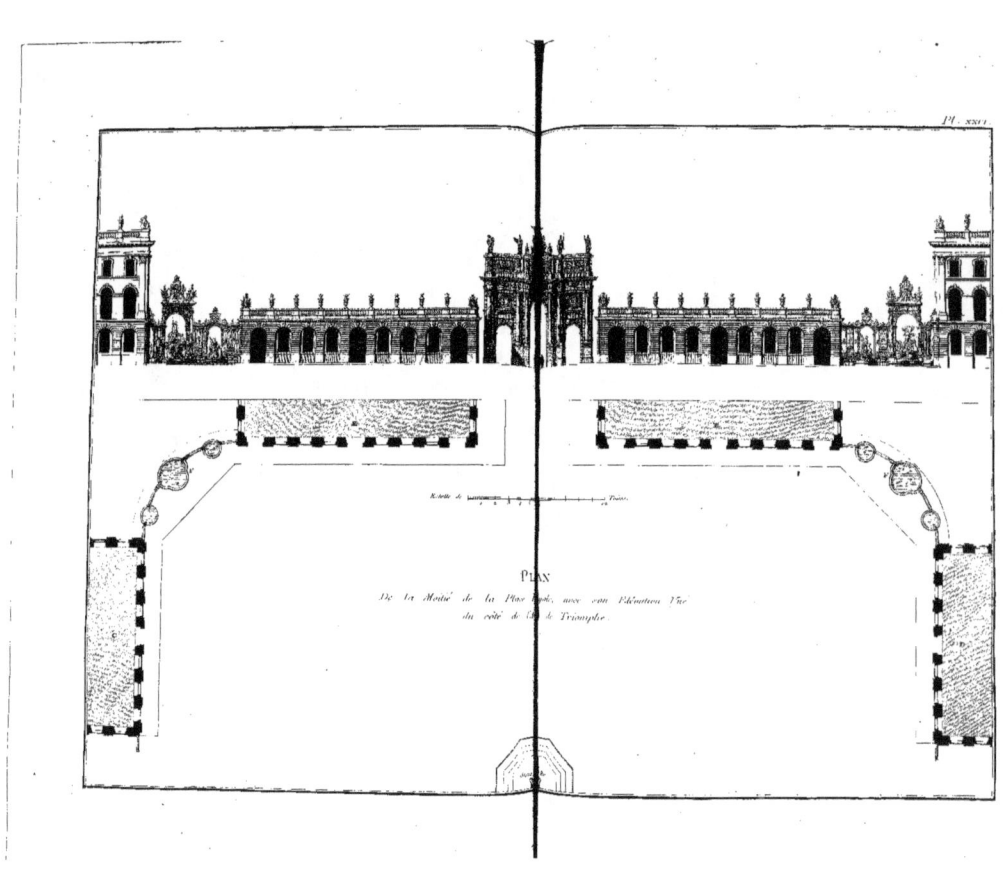

Pl. XXVI

PLAN

De la Moitié de la Place Royale, avec son Elévation Vue
du côté de l'Arc de Triomphe.

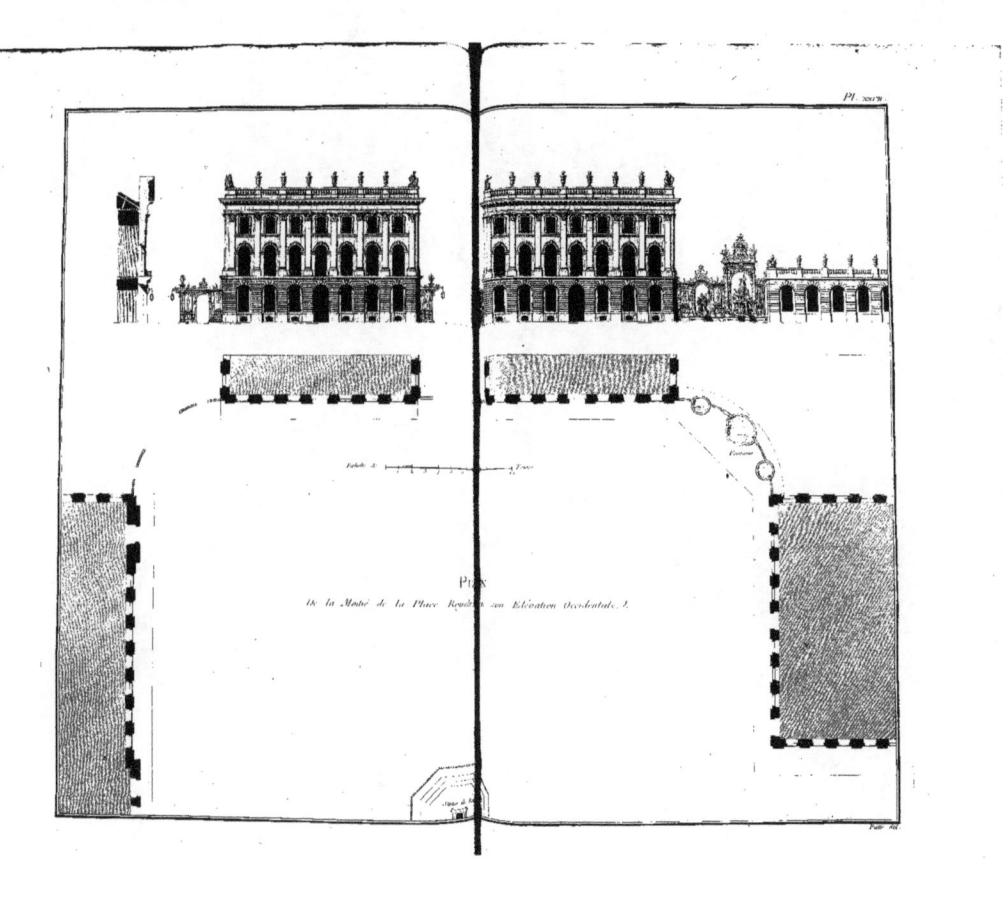

Pl. XLVII.

PLAN
de la Moitié de la Place Royale, son Elévation Occidentale.

Pl. XXVIII.

BAS-RELIEFS

Qui sont sur les 4 Faces du Piedestal.

DÉCORATION

D'une des Fontaines de la Place Royale de Nanci.

Echelle de |⊢⊢⊢⊢⊢| 2 3 *Toises.*

Patte Del.

Pl. XXIX.

FONTAINE TRIOMPHALE ÉLEVÉE A NANCI.

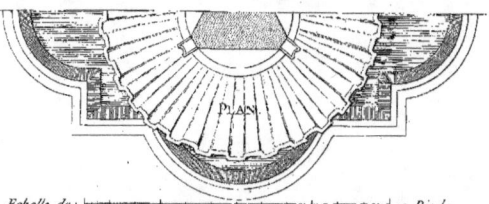

PLAN

Echelle de |————————| 6 |————————| *12 Pieds.*

Marvie Sculpsit.

ARTICLE II.

DESCRIPTION *de la ſtatue de* LOUIS XV, *de ſa dédicace*, *& des fêtes qui furent données à cette occaſion.*

Au milieu de la Place Royale de Nancy (*A*, *pl. XXIV*), eſt élevée la ſtatue pédeſtre de LOUIS XV en bronze, de onze pieds quatre pouces de hauteur. Ce Prince eſt repréſenté en habit de triomphateur Romain , dans l'attitude la plus noble, avec un manteau Royal ſur ſes épaules ; & à ſes pieds, un globe fleurdeliſé (*pl. XXIII.*). Sa tête eſt tournée vers la France ; & ſon bras droit, dont il tient le bâton de commandement, eſt étendu vers l'Allemagne. Le piédeſtal qui ſupporte cette figure eſt de marbre blanc veiné ; il eſt exhauſſé ſur trois marches, & terminé par des conſoles en enroulemens dans le bas. A ſes quatre coins, il y a quatre ſtatues aſſiſes de huit pieds & demi de proportion, exécutées en plomb bronzé, repréſentant la Prudence, la Juſtice, la Valeur & la Clémence. Sur ſes faces , il y a des bas-reliefs , en bronze entourés de cartouches avec des légendes ou deviſes. Nous en avons donné les différens deſſeins dans le haut de la *planche XXVIII.*

Le premier bas-relief repréſente le mariage de L O U I S XV avec MARIE , fille du Roi de Pologne. On lit au bas, *Hoc præſago jungimur nexu.* M. DCC. XXV.

Le ſecond déſigne allégoriquement la paix conclue à Vienne. Cette Déeſſe, une branche d'olivier à la main, paroît ſur un nuage , & ſépare les combattans, en leur montrant la Lorraine qui tient l'écuſſon de ſes armes & de celles de Bar, avec la légende : *Univerſæ præmium pacis.* M. DCC. XXXVI.

Dans le troiſième bas-relief on voit la priſe de poſſeſſion de la Lorraine , figurée par une femme accompagnée d'un Génie aſſis ſur une corne d'abondance ; elle a les yeux tournés vers le Soleil, autour duquel eſt la deviſe ; *Nec pluribus impar.* Au - deſſous de ce cartouche, il y a : *Quantus hinc mihi ſplendor !* M. DCC. XXXVII.

Le quatrième repréſente l'Académie des ſciences & belles-lettres de Nancy , figurée par une Minerve aſſiſe ſur un nuage, d'où ſort un Génie tenant un lys de la main droite, & une couronne de laurier de la gauche : au bas ſont deux autres Génies qui tiennent différens inſtrumens relatifs aux arts & aux ſciences. Dans le fond, on apperçoit une bibliothèque , avec ces mots , *Liliorum nativi fructus.* M. DCC. LI.

La ſtatue de LOUIS XV, les quatre attributs & les bas-reliefs , ſont du deſſein des ſieurs Guibal & Chifflet, ſculpteurs du Roi, qui en ont auſſi été les fondeurs. Elle fut coulée en bronze à Lunéville le 15 juillet 1755. Tout ce monument à coûté 161453 liv., tant pour le piédestal & sa fondation sur pilotis, que pour la fourniture & l'emploi des marbres de Gènes, ainsi que pour la bronze de la figure & des quatre bas-reliefs, le modèle en cire, la main-d'œuvre de la statue, son transport de Lunéville à Nancy, enfin, sa pose sur le piédestal, & la balustrade en fer qui l'environne (*a*).

Tous les ouvrages de la Place Royale de Nancy ayant été portés à leur perfection dans l'espace de quatre années, S. M. Polonoise fixa le jour de la dédicace de la statue de LOUIS XV au 26 novembre 1755 ; &, pour donner le plus grand éclat à cette cérémonie, Elle voulut elle-même l'honorer de sa présence (*b*). Pour cet effet, le Roi vint à la Malgrange le 23 ; & jugeant que la fête ne pouvoit mieux commencer qu'en rendant à Dieu des actions de grâces de la naissance de Mgr. le comte DE PROVENCE, il se rendit le 25 en l'église primatiale, sur les dix heures au matin. Le Primat, revêtu de ses habits pontificaux, reçut & complimenta S. M. à la porte de l'église, où les compagnies souveraines, les autres corps de justice en habits de cérémonie, & le clergé séculier & régulier s'étoient rendus. Avant le *Te-Deum*, le Primat récita à haute voix une prière pour SA MAJESTÉ TRÈS-CHRÉTIENNE, à l'occasion de la statue dont on devoit faire le lendemain la dédicace. On distribua ensuite cette prière imprimée au peuple : elle étoit conçue ainsi :

» SEIGNEUR, *Roi des Rois, soutien de tous les Empires, nous sçavons que*
» *c'est à vous seul qu'appartiennent l'honneur & la gloire ; & qu'en rendant*
» *nos hommages aux Puissances de la terre, nous devons nous rappeler qu'elles*
» *ne sont que des émanations de votre grandeur, & ne rapporter qu'à vous*
» *seul l'éclat & le pouvoir qui les environnent.*

» *C'est dans ces dispositions que nous envisageons le monument qui s'é-*
» *lève aujourd'hui dans nos murs à la gloire du Fils aîné de votre Eglise.*
» *En le voyant sur le Trône où vous l'avez placé, soumis à vos droits su-*
» *prêmes, nous vous remercions de l'avoir rendu digne de nos respects.*

» *Votre Toute-puissance l'a fait grand par sa naissance, & votre bonté*
» *l'a rendu respectable par les dons que vous avez pris plaisir à répandre*
» *dans son cœur. C'est pour vous glorifier,* SEIGNEUR, *que nous consacrons*
» *aujourd'hui ce monument à perpétuer le souvenir des deux qualités qui le*

(*a*) La main-d'œuvre de la statue en particulier, de son modèle en cire, & des quatre bas-reliefs du piédestal, n'a coûté que 41000 liv. par convention faite d'avance ; & le Roi STANISLAS a accordé en sus aux sculpteurs une gratification de 6000 livres.

La matière employée pour la statue & les bas-reliefs, a été fournie par le Roi de Pologne, & a coûté 39082 livres.

Il est entré dans la composition de sa bronze :

1°. D'étain, la quantité de	6887 L pes.
2°. De rosette & cuivre rouge,	19450 ½
3°. De cuivre jaune,	7685
Total de l'alliage qui compose la bronze,	34022 l. ½

Compte général de la dépense des édifices que le Roi de Pologne a fait construire, pag. 56 & suiv.

(*b*) *Extrait de mémoires & relations*, envoyés par M. de la Galayssière, intendant de la Lorraine.

diſtinguent le plus ; le courage & la douceur , ſi bien marqués par ſa fer- «
meté & par ſa modération : qualités éminentes qui ſe tempèrent l'une par «
l'autre , & qui , réunies dans ce Monarque , nous retracent l'image des «
divines perfections que nous adorons le plus en vous , votre juſtice & votre «
miſéricorde.   «

Béniſſez, donc en ce jour nos deſſeins , SEIGNEUR. L'amour en eſt le prin- «
cipe , & vous en êtes la fin. C'eſt votre éternelle & adorable Providence «
qui nous a rendus ſes Sujets ; daignez nous faire part des bénédictions «
que nous vous conjurons de répandre ſur ſa Perſonne ſacrée.   «

Tandis que du haut du Ciel vous veillez ſur ſes jours précieux , nous «
nous occupons à rendre ſon nom immortel , & à lui renouveller la ſoumiſ- «
ſion que nous lui avons jurée.   «

Faites , GRAND DIEU , qu'en obéiſſant avec joie à ſes loix , nous reſtions «
toujours ſoumis aux vôtres , & que nous ne ceſſions de vous ſervir avec le «
même zèle & la même pureté de ſoi , dont jamais nous ne nous ſommes «
écartés par un effet particulier de votre Grace.   «

Ainſi ſoit-il.

Ce jour fut célébré par le canon des remparts & de grandes réjouiſſances
publiques.

Le lendemain 26, S. M. vint à Nancy vers midi dans toute la pompe de la
royauté. Son caroſſe étoit ſuivi de ſix autres , & accompagné par ſes pages à
cheval & ſes heyducs à pied , précédé & ſuivi de ſes gardes - du - corps.
Le régiment du Roi , en garniſon à Nancy , bordoit en haie les rues depuis
la porte Saint-Nicolas juſqu'à la Place Royale. S. M. fut ſaluée par trois ſalves
de l'artillerie des remparts juſqu'à ſon arrivée à l'hôtel-de-ville , où Elle fut
complimentée à la porte par M. Thibault , lieutenant-général de police , à la
tête des magiſtrats , en ces termes :

SIRE,   «

LA magnificence de ces lieux enchantés , & l'appareil de l'auguſte «
cérémonie qui va conſacrer à l'immortalité votre tendreſſe pour «
S. M. T. C. , excitent dans les cœurs & dans les eſprits le ſaiſiſſement «
& l'admiration : mais la préſence de V. M. y répand un nouvel éclat , «
qui ranime de plus en plus le zèle & l'amour de vos peuples pour le «
grand Monarque qui en eſt l'objet.   «

Qu'il eſt glorieux, SIRE , à la capitale de vos états d'être l'organe des «
ſentimens de la nation ! & qu'il ſera doux à nos arrières-neveux , en «
jettant la vue ſur LOUIS LE BIEN-AIMÉ , de ſe rappeller STANISLAS «
LE BIENFAISANT ! Sans ceſſe ils ſe diront que les faits mémorables de «

» fa vie ; une grande couronne facrifiée deux fois au repos de la Polo-
» gne & de l'Europe ; des adverfités foutenues avec le calme philofo-
» phique de la profpérité ; un dernier trône accepté pour y faire monter
» toutes les vertus, la religion à leur tête ; des bienfaits fans nombre de
» tout genre, font autant de titres refpectables, à chacun defquels l'an-
» tiquité païenne eût dreffé des autels; & que néanmoins il rejetta pour
» lui-même un monument qui auroit fait leurs délices, comme celui-ci
» fait aujourd'hui les nôtres, & le fujet de l'allégreffe publique. Mais,
» qu'il me foit permis de le dire, votre modeftie, SIRE, vous abufe.
» L'hiftoire ne dépofera pas moins que, s'il fut à Sparte un Agéfilas qui
» fe défendit de cet honneur féduifant, fur le principe qu'en vain on le
» confacreroit dans la mémoire des hommes, fi fes actions n'en étoient pas
» dignes: il fut auffi dans l'heureufe Auftrafie un généreux STANISLAS,
» qui, fans devoir être agité du même doute, refufa les ftatues que fes
» fujets lui vouloient ériger, quoiqu'il n'en méritât pas moins que les
» Titus & les Trajans.
» Les éminentes qualités de ces Rois & de ces Empereurs magnani-
» mes, rapprochées des vôtres, offrent, en effet, le parallèle le plus jufte
» des fouverains, amis de l'humanité, & fenfibles feulement au bonheur
» du monde. *Vivez*, SIRE, *vivez* longtemps pour le nôtre. Ce font les
» vœux ardens que forme la ville de Nancy, en mettant fes très-hum-
» bles & très-refpectueux hommages aux pieds de V. M.

Le régiment du Roi, pofté fur la Place Royale, formoit un bataillon
quarré autour de la ftatue. Un détachement des Gardes Lorraines, commandé
par M. le chevalier de Beauveau, étoit en face de l'hôtel-de-ville, & en gar-
doit l'extérieur. La garde de la perfonne du Roi étoit confiée à un détachement de fes Gardes-du-Corps, commandé par M. le Prince de Chimay; cinquante étoient rangés des deux côtés du grand efcalier de l'hôtel-de-ville.

Un héraut d'armes fuperbement vêtu, monté fur un cheval richement caparaçonné, précédé des tymbaliers & trompettes, fortit de deffous l'arc-de-triomphe ; en s'avançant par fa droite, il fit le tour de la Place ; &, s'arrêtant devant
chaque pavillon, fit à haute voix cette proclamation : *Meffieurs, c'eft aujour-
d'hui que le Roi fait la dédicace du monument que S. M. a fait ériger, comme un
gage de fon amour pour le Roi fon gendre.* VIVE LE ROI, VIVE LE ROI, VIVE
LE ROI.

La plus grande partie de la Nobleffe Lorraine, qui occupoit les fenêtres
de la Place Royale, ainfi qu'une foule d'étrangers & de peuple, rangés fur
les galleries & les amphithéâtres conftruits au-deffus des bâtimens, répété-
rent plufieurs fois la même acclamations. Alors les fieurs Guibal & Chifflet
ayant fait tomber le voile qui couvroit la ftatue de LOUIS XV, de nouvelles

acclamations

acclamations, en couronnèrent la dédicace. Pendant la cérémonie, l'artillerie des remparts, la mousqueterie du régiment du Roi, firent des salves continuelles au bruit des tymbales & des trompettes ; & enfin la Place fut ouverte au peuple.

Au lieu d'eau, les superbes fontaines, qui font à deux angles de la Place Royale, formèrent des ruisseaux de vin le reste du jour : quatre Conseillers de l'hôtel-de-ville jettèrent, à pleines mains, de l'argent par les fenêtres des quatre pavillons, & les pauvres honteux furent consolés dans le même moment par des largesses considérables.

Le héraut d'armes étant rentré sous l'arc-de-triomphe, S. M. reçut les complimens en grande députation de sa cour souveraine, de sa chambre des comptes, des quatres chapitres illustres de filles de Remiremont, d'Epinal, Bouxières & Poussay ; ensuite M. le comte de Tréssan, Lieutenant-général des armées du Roi, au nom de la société Royale littéraire de Nancy, prononça le discours suivant au Roi STANISLAS à l'occasion de cette dédicace :

SIRE,

QUE toutes les Nations applaudissent au grand spectacle que V. M. « donne à la terre ! Spectacle vraiment nouveau pour elle ! Monument « éternel de la plus généreuse reconnoissance & du plus parfait amour ! « Dessein sublime, qui ne pouvoit être conçu que dans l'ame la plus « élevée, la plus tendre & la plus philosophe ! «

Sur un trône où V. M. nous rappelle sans cesse la sagesse de Licur- « gue, & la bienfaisance de Titus, elle paroît vouloir suspendre les « respects & les vœux que nos cœurs aiment à lui offrir ; Elle ne s'oc- « cupe dans ce grand jour que de la gloire de LOUIS ; Elle nous anime « à la célébrer ; Elle nous en donne l'exemple ; & cette pompe solem- « nelle nous retrace les triomphes de Paul Emile & de Scipion. Mais, « SIRE, les fêtes préparées par un peuple vainqueur des plus grands « Rois ; ces fêtes furent toujours troublées par le bruit des chaînes (a) & « par les gémissemens des captifs ; souvent elles consternèrent la nature « & l'humanité ; souvent on vit le sage frémir & leur refuser ses regards ! «

Un spectacle bien différent rassemble aujourd'hui vos sujets fortu- « nés ; LOUIS reçoit ici des hommages dignes du pacificateur de l'Euro- « pe ; ses trophées, les images de tant de provinces & de villes conqui- « ses, de tant de forteresses détruites, font voilées par les mains de la « paix ; tout concourt, tout contribue à la splendeur de cette auguste « fête ; une joie pure remplit tous les cœurs, une cour brillante, un « peuple heureux, le citoyen & l'étranger font également éclater leurs « transports ! «

(a) Nous avons fait usage de cette expression dans notre *Avant-Propos.*

T t

»   Que ces vœux ardens, ces cris de joie ; que ces expressions naïves
» de l'admiration & de l'amour, s'élèvent jusqu'au trône de V. M. ! Que
» ce jour, à jamais célèbre dans les annales de l'univers, ren de la gloire
» de LOUIS & celle de STANISLAS inséparables (*a*) ! Que , gravés
» & réunis sur le même bronze, leurs images & leurs noms adorés, paf-
» sent ensemble à l'immortalité !

»   Le temps fuit, il entraîne, il renverse dans sa course rapide les mo-
» numens les mieux affermis ; il couvre de sable ces fastueuses pyrami-
» des, qui n'ont pu transmettre jusqu'à nous le nom des Souverains qui
» les élevèrent ; il cache sous l'herbe ces monstrueux colosses que Néron
» crut faire passer à la postérité ; il efface jusques aux noms, jusques aux tra-
» ces de ces villes triomphales, cimentées par le sang de tant de peuples ;
» les palais, les temples prophanes élevés à leurs fondateurs, n'offrent
» plus que des débris dispersés ! Cependant, au milieu des ruines de la
» capitale du monde, malgré la fureur des barbares & les ravages des
» temps, il semble qu'une divinité se plaise à soutenir de sa main les
» monumens consacrés aux bienfaiteurs de la terre ! les colonnes de Tra-
» jan & d'Antonin subsistent encore ; on contemple avec une sorte de
» respect & d'amour l'arc-de-triomphe de Titus ; & la statue de Marc-
» Aurèle sera toujours le plus bel ornement du Capitole (*b*) !

»   Quel augure plus certain & plus cher à nos cœurs pour les monu-
» mens que V. M. consacre en ce jour ! Toutes les vertus se rassemblent
» pour en affermir la base ; elles paroissent élever de leurs mains la statue
» d'un héros qu'elles ont formé ; leur présence nous devient sensible ;
» elles pénètrent nos ames, elles unissent tous nos vœux ! O jour à jamais
» mémorable ! Jour heureux, si digne du beau règne de STANISLAS !
» Tu resserres encore les nœuds sacrés qui réunissent les François & les
» Lorrains ; tu rappelles sous le même empire une nation que nos Rois
» dûrent toujours regretter !

»   Nation illustre & toujours passionnée pour vos Maîtres ! le ciel ré-
» compensoit leurs vertus ; il surpassoit vos espérances, lorsqu'il écouta
» les vœux que vous formiez pour leur gloire ! L'Eternel, qui couron-
» ne, éteint ou change à son gré les dynasties, éleva sur le trône des
» Césars cette maison si féconde en Princes magnanimes & le meilleur
» des citoyens ; un sage couronné, le pacificateur de sa patrie , le bien-
» faiteur de la vôtre , STANISLAS, vous fut accordé.

»   Non, ce n'étoit plus à la victoire à faire briller sur vos remparts les
» lys si souvent unis aux Alérions; l'hymen & la paix, les traités les plus
» solemnels se réunissent pour vous les rendre aussi chers qu'ils sont res-

---

(*a*) La ville de Nancy a fait frapper une médaille, où l'on voit les images des deux Rois,
avec cette légende , *Utriusque immortalitati.*   (*b*) Les seuls monumens entiers de l'ancienne
Rome qui subsistent aujourd'hui, sont ceux qui
sont ici rapportés.

pectés; c'est STANISLAS qui les élève aujourd'hui dans vos murs, c'est «
ce Prince vertueux, éprouvé par les revers, toujours grand dans l'une «
& l'autre fortune, cher à la religion, ami des arts & de l'humanité; «
c'est le père de la Lorraine qui vous appelle aux pieds du Monarque «
de la France; c'est STANISLAS qui vous met sous la protection de «
LOUIS, & qui lui répond de votre fidélité.   «

C'est du haut de ce trône, où nous voyons briller sur son front «
auguste la force & la douce sérénité; c'est de ce trône même qu'il vous «
montre le héros qui doit un jour vous donner des loix! LOUIS, du «
sein de son empire, applaudit à votre amour pour STANISLAS, il «
forme les mêmes vœux que vous pour le long cours d'une si belle «
vie: tous les deux vous annoncent, tous les deux vous assurent que les «
mêmes loix, les mêmes soins paternels veilleront à jamais sur vous, «
sur vos enfans & sur vos derniers neveux.   «

Antique Austrasie, appanage des fils de nos premiers Rois, tu n'as «
plus à craindre de tristes vicissitudes: la France heureuse & réunie sous «
l'empire des Bourbons, voit régner hors de ses plus anciennes limites «
les augustes rejettons de LOUIS LE GRAND; mais elle ne connoît plus «
ces partages dangereux, qui, divisant un état, en énervent quelque- «
fois la puissance, & menacent toujours des plus cruelles révolutions «
les provinces aliénées qui s'en séparent.   «

Des frontières encore moins redoutées par leurs places formida- «
bles, que par le Monarque puissant qui sçait les faire respecter; ces «
barrières impénétrables assurent ta tranquillité, ton commerce, tes «
villes & tes moissons. Des traités solemnels & scélés de l'aveu de toute «
l'Europe, garantissent tes derniers engagemens; rien ne peut altérer «
les sentimens qu'ils ont fait naître en toi; la force ne peut rien aujour- «
d'hui contre tes sermens écrits déjà dans les cieux; & le bruit des ar- «
mes ne se fera plus entendre dans ton sein.   «

Jouis de ton bonheur! Vois le laboureur cultiver sans crainte tes ferti- «
les campagnes, les muses & les arts habiter & décorer tes villes (a)! Vois «
ces remparts ouverts & couronnés par des arcs-de-triomphe! Vois ces «
bastions s'applanir & devenir des ornemens pour ta capitale! Tout «
respire ici les douceurs de la paix; tout annonce aux yeux de l'étran- «
ger, & la fidélité de tes peuples, & la confiance de ton Souverain. «

Contemples cette statue du plus juste & du plus aimé des Rois [b]; «
les muses, la justice, les arts & l'abondance entourent la place où «

(a) On a ouvert le milieu d'une Courtine pour y placer l'arc-de-triomphe; les orillons des bastions ont été enlevés, & font place à deux fontaines magnifiques: un autre bastion sert de promenade publique.

(b) Le Palais de la Cour Souveraine, celui de l'Hôtel-de-ville, ceux de l'Académie, des Marchands, du Concert & des Spectacles entourent la Place Royale.

» STANISLAS vient de l'élever, c'eſt dans cette place, dans cette vaſte
» Carrière [a] que les jours de fêtes vont ſe multiplier pour toi ; tu verras
» tes peuples s'y raſſembler pour célébrer les bienfaits de STANISLAS,
» les victoires de LOUIS & la naiſſance de leurs auguſtes enfans.

»   Au milieu de ces monumens de l'amour de ton Roi, ſous ces por-
» tiques embellis & conſacrés par les attributs de LOUIS, tes citoyens [b]
» viendront ſe délaſſer de leurs ravaux, & s'entretenir de leur bon-
» heur; c'eſt ici que la nation trouvera toujours des ſecours préſens dans
» les malheurs publics ; tout eſt prévu par la ſageſſe de STANISLAS,
» tout eſt aſſuré par ſes ſoins les plus tendres; & nul membre de l'état
» ne doit plus craindre de demeurer inutile ou malheureux.

»   Ah ! Grand Roi, qu'il eſt doux de vous obéir ! Qu'il vous eſt aiſé
» de faire naître les talens & d'élever les ames ! Que votre génie ſupé-
» rieur connoît bien le grand art de former des Sujets utiles pour vos
» auguſtes deſcendans!

»   A peine les nations voiſines pourront-elles croire ce que nous voyons
» exécuter ſous votre règne ; on les entendra s'écrier avec ſurpriſe, en
» admirant ces ouvrages où brillent la magnificence & le goût du ſiècle
» d'Auguſte : *Nul étranger ne fut appellé pour les conſtruire & pour les*
» *embellir ; tous les ornemens qui les décorent furent une ſource de richeſſes*
» *pour les Lorrains ; éclairés par STANISLAS, ſes ſujets parvinrent à*
» *la perfection de tous les arts, & les tréſors, prodigués pour ces ouvra-*
» *ges immenſes, ne ſortirent point de l'intérieur de ſes états. C'eſt ainſi*
» *(diront-elles encore) que l'émulation, l'induſtrie & l'amour du travail*
» *naiſſent ſous l'empire des grands Rois ; c'eſt ainſi que les vraies richeſſes*
» *d'une nation s'accroiſſent par les ſoins prévoyans du ſage.*

»   Cette même émulation, SIRE, ce ſentiment, ce beau feu ſi na-
» turel à cette nobleſſe illuſtre qui ſoutient dignement la gloire de tant
» de noms révérés ; c'eſt cette émulation, animée ſans ceſſe par vos
» regards, qui caractériſe déjà les Lorrains parmi les autres nations de
» l'Europe ; attachés à vous plaire, puiſant leurs ſentimens dans votre
» cœur, déjà l'on ne diſtingue plus les Lorrains des anciens Sujets de
» LOUIS ; tous s'empreſſent également à participer à la gloire d'un auſſi
» beau règne.

»   Déjà les noms inſcrits depuis tant de ſiècles dans les faſtes de l'Auf-
» traſie, parent la liſte des chefs de nos guerriers ; nos cohortes les plus
» formidables s'honorent de voir à leur tête les neveux de ces braves
» chevaliers qui combattirent ſous les ordres de Godefroi, & ſous les
» étendarts de Philippe (a) ; cette phalange ſi digne par ſes actions bril-

---

(a) Cette Carrière immenſe, aujourd'hui très-
décorée, ſervoit autrefois aux joûtes & aux carou-
ſels, & conſerve l'ancien nom de Carrière.

(b) *O Melibœe Deus nobis hæc otia fecit.*
(c) Les chevaliers Lorrains ſe ſont fort diſtin-
gués dans les anciennes Croiſades.

lantes

lantes de porter le nom de son maître ; cette école d'une haute «
noblesse destinée aux premiers emplois, s'applaudit de voir leurs enfans «
sous ses drapeaux. «

Déjà la cour de LOUIS voit les Lorrains partager avec nous les re- «
gards & les faveurs de ce grand ROI, ils accourent aux pieds de notre «
auguste Reine, ils jouissent du bonheur de la voir & de l'entendre ; ils «
adorent avec nous les vertus célestes & toujours aimables que le ciel, «
prodigue pour elle de ses trésors, se plût à verser dans une si belle ame. «

Ils cherchent, ils aiment à reconnoître les traits chéris de leur bien- «
faiteur dans ce grand Prince, que l'esprit de sagesse éclaira dès l'en- «
fance, & dont les premiers pas dans les sentiers de la gloire l'annon- «
cèrent à l'Univers comme le digne fils d'un héros : suivant LOUIS «
dans ses campagnes, marchant à ses côtés dans les batailles, intrépide «
comme lui dans les périls ; comme lui modéré dans la victoire ! Heu- «
reux fils ! Heureux époux ! Père fortuné ! Ce Prince auguste est l'a- «
mour, il est sans cesse l'exemple des fidèles sujets de LOUIS ; ses enfans «
assurent le bonheur de la France ; ils sont déjà notre félicité. Il n'est «
plus de père aujourd'hui qui puisse soupirer en secret sur la charge trop «
pesante d'une nombreuse famille ; il ne doit plus penser qu'au bon- «
heur de l'élever pour servir des Princes qui nous sont si chers. «

A leur vue, au milieu d'une cour parée par cette auguste famille, qui «
rassemble les graces les plus touchantes & les vertus les plus sublimes ; at- «
tachés à son service ; à l'aspect des honneurs, des emplois éclatans, des «
récompenses qui nous attendent ; aujourd'hui membres d'un état libre «
& florisant, gouverné par l'autorité la plus légitime, par les loix les «
plus sages, par le plus grand & le plus aimé des maîtres, on entend «
les Lorrains s'écrier avec nous : Que nos sermens nous sont chers & «
sacrés ! Que nos liens sont doux ; ils ne se font sentir que par notre «
bonheur ! «

Telle est la voix du cœur, ce cri si tendre de la nature que l'amour «
seul peut exciter. Tels sont les transports que nous font éprouver nos «
maîtres, lorsque nous approchons de leur personne sacrée. Mais qui «
pourroit exprimer ceux de notre ame, lorsque nous les voyons com- «
battre à notre tête, & voler à la victoire ? Tout notre sang enflammé «
dans nos veines, brûle alors de se répandre pour eux, nous ne for- «
mons des vœux que pour des têtes si chères, nous ne voyons point «
les traits qu'on nous lance, nous ne voyons que les lauriers que nous «
sommes sûrs de cueillir sur leurs pas. «

Aujourd'hui, prêts à voler au premier signal de LOUIS, je l'avoue, «
SIRE.... peut-être une trop grande ardeur nous fait-elle désirer de le «
recevoir ; mais digne image de la divinité, le vainqueur de Fonte- «

V v

» noy ne lance qu'à regret fon tonnerre, tel que Henry IV dans le feu
» des combats, mais humain comme lui dans le fein de la victoire,
» défintéreffé dans la paix, fidèle à la foi des traités ; LOUIS, par la
» douceur de fes regards, tempère le beau feu qui nous anime ; nous
» n'ofons former de vœux que pour les deffeins que fa haute fageffe lui
» lui fait concevoir. Soumis, pénétrés de confiance, pourrions-nous
» douter que ce héros ne fçache maintenir la plus ancienne monarchie
» de l'Europe dans toute fa gloire, & la réputation & le bonheur dont
» une nation belliqueufe jouit fous fon empire.
»   Mais ne troublons point par l'image d'une guerre, que la fageffe des
» confeils & des projets, que l'expérience· & l'audace des généraux de
» LOUIS rendroient glorieufe à fes armes.... Ne troublons point les
» afyles facrés où STANISLAS veille fans ceffe au bonheur de l'huma-
» nité ! Qu'il y goute le plaifir fi pur pour les grandes ames, de voir des
» enfans heureux dans fes fujets ! Que les mufes, enrichies par fes dons
» & par fes travaux, obéiffent à fa voix ! Qu'elles célébrent LOUIS dans
» leurs concerts ! Que leurs fleurs immortelles s'entrelacent avec les
» palmes de ce héros ! Que leurs lires, que leurs trompettes laiffent
» 'quelquefois entendre autour de fa ftatue les fons champêtres de nos
» peuples heureux ! Et que des cris de joie mille fois répétés, por-
» tent jufqu'à l'Eternel les vœux ardens que nous formons pour nos
» maîtres.

Sur les quatre heures, le Roi fe rendit à la falle de comédie, où il entendit un fort beau prologue en l'honneur des deux Rois, & analogue à la
cérémonie du jour, dont les paroles étoient de la compofition de M. Paliffot de
Montenoy, & la mufique du fieur Surat, tous deux Lorrains. Après la comédie, S. M. fe rendit à la falle du bal paré que donnoit la Ville. Il étoit compofé de toute la haute nobleffe de Lorraine, de l'un & de l'autre fexe ; de
dames & de cavaliers étrangers de la plus grande diftinction.

Le Roi y refta environ une demi-heure ; & ayant jugé que le refte de la
journée feroit trop court pour fuffire à l'exécution des autres apprêts d'une
fi belle fête, la remit au lendemain, & partit au bruit de l'artillerie des remparts, & au milieu des acclamations de joie.

En paffant près de la grande place de la ville-neuve, S. M. y vit les foldats & fergens des quatre bataillons du régiment du Roi, affis à de longues
tables, formant un quarré, éclairées par cinq pyramides, dont quatre de
vingt-trois pieds, & celle du milieu de quarante pieds de haut, toutes furmontées de fleurs-de-lys couronnées, ayant fur leurs faces les armes en feu
tranfparent de S. M. Polonoife & celles de la Ville. Le devant & le derrière des tables étoient ornés des faifceaux d'armes du régiment, terminés

chacun par une fleur-de-lys illuminée : les drapeaux étoient déployés autour des tables, fur lesquelles veilloit tout le corps des officiers, M. le comte de Guerchi, colonel, à la tête; & les instrumens du régiment donnèrent le concert le plus agréable pendant le repas, qui ne laissa rien à desirer aux soldats.

A la suite du bal paré, il y eut un grand bal masqué à l'hôtel-de-ville; la salle étoit éclairée d'une infinité de bougies. Aux deux côtés, étoient des amphithéâtres tapissés, occupés par les Dames : & derrière la salle, il y avoit un ambigu, dont on ne peut mieux crayonner la magnificence qu'en disant que le premier aspect présentoit deux cent cinquante mets les plus recherchés & les plus rares, continuellement remplacés à mesure de la consommation : les vins étrangers, les rafraîchissemens de toute espèce, les oranges, les confitures sèches, les liqueurs étoient fur un amphithéâtre vis-à-vis de l'ambigu; le tout orné de guirlandes de fleurs d'Italie, de figures de Saxe, & d'autres en caramelle, dominées par la statue de S. M. T. C. Le public fut servi avec autant de politesse que de profusion. Le bal dura toute la nuit, & le peuple donna les plus grandes démonstrations de joie, par les danses qu'il y eut dans toutes les rues.

Sa Majesté revint le fur-lendemain 27 à l'hôtel-de-ville, où elle vit la place Royale illuminée de quatre-vingt mille lampions & pots à feu qui en dessinoient toute l'architecture & produisoient un effet admirable.

Après avoir considéré quelque temps cette illumination, le Roi descendit du grand sallon de l'hôtel-de-ville pour aller sous le péristile de l'arc-de-triomphe, voir exécuter un magnifique feu d'artifice à l'extrémité de la Carriére.

Comme S. M. Polonoise sortoit, M. Thibault, chef du magistrat, eut l'honneur de lui présenter une médaille d'or, gravée par madame de Saint-Urbain, pour immortaliser la tendresse & les vertus des deux Rois. Cette médaille représente d'un côté la tête du Roi Stanislas, avec cette inscription, STANISLAUS I, *Rex Poloniæ, Magnus-Dux Lithuaniæ, Lotharingiæ & Barri*. Au revers, la statue pédestre de Louis XV sur son piédestal, avec cette légende, *Utriusque immortalitati*. Et pour exergue, *Civitas Nanceiana*. M. DCC. LV. En présentant cette médaille, M. Thibault dit à ce Prince, » Sire, plus l'on se refuse à l'immortalité, plus on la mérite. » Souffrez donc que la ville de Nancy fasse violence à Votre Majesté, » en la suppliant d'accepter cette médaille qui représente le plus beau jour de » la Lorraine, & le plus digne d'être consigné dans ses fastes.

Sa Majesté, en recevant la médaille, eut la bonté de dire au Magistrat, » *Messieurs, fur ce médaillon est mon effigie; mais les vôtres font gravées dans* » *mon cœur.*

Le Roi vit ensuite tirer le feu d'artifice au bout de la Carrière. Il repréfentoit un fuperbe édifice d'architecture de quarante pieds de hauteur fur feize de largeur, accompagné de vingt-deux arcades formant un portique, & fe réuniffant de droite & de gauche au morceau-milieu en forme de fer à cheval ; le tout décoré des armes de Leurs Majestés très-Chrétienne & Polonoise, avec des guirlandes de fleurs : le feu étoit compofé de foleils, de gerbes à étoiles, de dragons vomiffans des feux de diverfes couleurs, de pilaftres en feu à la mofaïque, & d'une perfpective de jardin de feu ornée de cerceaux, illuminé de lances à feu clair, d'une cafcade de feu avec deux piédeftaux aux côtés, furmontés de vafes d'où il fortoit des gerbes enflammées.

A chaque piédeftal, il y avoit deux chiffres à jour en feu tranfparent. Celui de Louis XV, avec cette infcription au-deffus : *Æternæ paci.* Et au-deffous, *Vivat Ludovicus XV* : & celui du Roi de Pologne, avec ces deux infcrip-tions, *Perpetuæ felicitati :* & au-deffous, *Vivat Stanislaus I.* Au milieu de la frife dans un cartouche, il y avoit l'infcription de la médaille que l'hôtel-de-ville de Nancy a fait frapper en l'honneur des deux Rois, *Utriufque im-mortalitati.*

Après le feu d'artifice tiré, Sa Majesté partit au bruit des nouvelles fal-ves d'artillerie & de moufqueterie.

Tous les habitans de Nancy ont fait les honneurs de leur ville pendant trois jours qu'ont duré les réjouiffances publiques, en tenant table ouverte pour tous les étrangers qui ont remporté la plus haute idée des magnificences dont ils ont été témoins, & de l'attachement & de l'amour fincères des Lorrains pour Leurs Majestés très-Chrétienne & Polonoise (*a*).

(*a*) Extrait de différentes relations imprimées.

Pl. xxx.

STATUE DE LOUIS XV, A REIMS,

Composée et Exécutée en Bronze par M. Pigalle.

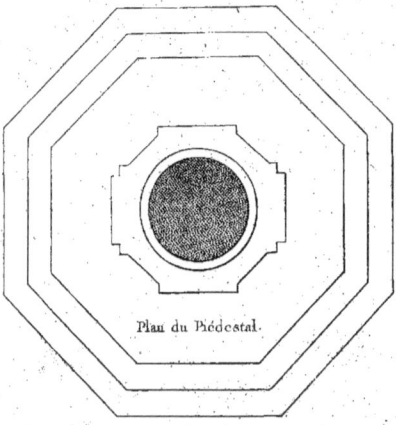

Plan du Piédestal.

Echelle de ⊢━━━━━⊣ Pieds.
          6   12

Baquoi Sculp.

CHAPITRE VI.

MONUMENT
ÉLEVÉ A LOUIS XV
A REIMS.

Cette Ville, une des plus grandes de la Champagne, & qui a le privilège de facrer nos Rois, s'eft beaucoup embellie fous ce règne. En 1730, elle commença ce fuperbe cours qui fait aujourd'hui l'admiration des étrangers, & forma en même temps le projet de conftruire des fontaines publiques, en faifant couler, dans l'enceinte de fes murs, les eaux de la Vefle; établiffement extrêmement néceffaire dans une ville fituée en partie fur un terrein cretacé, où les eaux des puits font mal faines, peu propres à diffoudre le favon, & par conféquent peu favorables aux manufactures. Feu M. Godinot, chanoine de Reims, ayant perfectionné la culture des vignes, & notamment la façon des vins de Champagne qui lui doivent leur réputation; & ayant amaffé à ce négoce des fommes confidérables, les appliqua à cette entreprife, & fit faire, à fes frais, des ouvrages immenfes pour conduire à Reims des eaux abondantes & falubres. Comme ces travaux ne purent être entièrement achevés, malgré les fommes qu'avoit données généreufement ce citoyen, S. M., qui ne laiffe échapper aucune occafion de fe montrer le Père de fes peuples, voulut bien accorder, par arrêt du Confeil de 1751, à cette Ville quinze mille livres pendant douze ans, à commencer de l'année 1756, pour achever ces fontaines.

Par fuite d'embelliffement, feu M. de Pouilly, alors lieutenant des habitans, avoit conçu le projet d'orner la ville de Reims d'une Place Royale, avec un monument à la gloire du Roi. La mort l'ayant furpris avant que fon deffein fût rempli, M. Rogier fe fit un devoir de fuivre les vues de fon prédéceffeur. Ce fut M. le Gendre, précédemment ingénieur des ponts & chauffées de la Province, & aujourd'hui un des infpecteurs généraux de la généralité de Paris, qui fut chargé par la ville de Reims d'en compofer les deffeins qui furent agréés par Sa Majesté.

Les premiers travaux pour la conftruction de la Place qui environne le monument, furent commencés en 1756. Son plan (pl. XXXI.) eft à peu près quarré; elle a quarante toifes de long fur trente-fix de large. Un côté eft

X x

occupé par l'hôtel des fermes ; le côté oppofé eft percé dans fon milieu par une rûe appellée la rue Royale, qui doit aboutir jufqu'à l'hôtel-de-ville, au-deffus de la porte duquel on voit la ftatue de Louis XIII. Deux rues paralèlles à la rue Royale du même côté vont rendre, l'une au marché aux draps, l'autre au marché au bled. La rue des Tapiffiers, précédée de celle du bourg de Vefle, tombe d'équerre fur la direction de la rue Royale au milieu de la Place, & eft allignée à la rue Dauphine, qui aboutit à la porte de Cérès. La ftatue du Roi, fuivant cette ligne vifuelle, peut-être apperçue dans une éten-due de près d'une demi-lieue.

Les façades des maifons du côté de la Place font ornées d'un foubaffement percé d'arcades avec des refends (*pl. XXXII.*). Au-deffus s'élève un ordre dorique qui embraffe deux étages ; il n'y a que l'avant-corps du milieu de l'hôtel des fermes qui foit décoré de quatre colonnes furmontées d'un fron-ton, dans le tympan duquel on doit fculpter, à la place des armes du Roi qu'on avoit projetté d'abord, ainfi qu'il eft exprimé fur notre deffein, un bas-relief repréfentant Mercure, le dieu du commerce. Près de lui, il y aura des Génies qui déploient des étoffes, & une Bacchante avec des enfans qui apportent des corbeilles de raifins, qui font la richeffe de la Champagne. Les arrière-corps font décorés de tables renfoncées qui renferment les croifées. Rien n'eft plus noble que cette fimplicité. Tout cet édifice eft couronné par une baluftrade fans comble apparent. La même ordonnance règne dans toutes les autres façades qui font occupées par des maifons de particuliers. A la tête feulement des rues Royale, Dauphine & des Tapiffiers, font des pavillons ornés chacun de deux colonnes doriques, élevées fur de grands corps liffes qui produifent un très-bon effet.

M. Coquebert, lieutenant des habitans, a veillé avec tant d'activité à la conftruction de cette Place, qu'elle a été avancée au point d'être prefque achevée dans le cours des fix années de fa magiftrature. C'eft à fa bonne admi-niftration, auffi bien qu'aux foins de M. Cliquot Blervache, procureur du Roi, fyndic, que l'on doit les fecours qu'il a plû à S. M. d'accorder à la ville de Reims dans une entreprife auffi confidérable ; & M. Sutaine, qui a fuccédé à M. Coquebert, continue avec la même vigilance à perfectionner ce que fes prédéceffeurs ont commencé.

Le témoignage de l'amour de la ville de Reims (*pl. XXX.*) fe fait remarquer au milieu de la Place (*a*). C'eft une ftatue pédeftre en bronze de la plus grande beauté, exécutée par M. Pigalle, fculpteur du Roi : elle a onze pieds & demi de proportion. Louis XV eft repréfenté couronné de laurier, habillé à la Romaine, regardant fon peuple avec bonté, & étendant fa main fur fes

_____

(*a*) Comme cette ftatue eft finie, & fur le point d'être placée fur fon piédeftal, j'ai cru devoir m'exprimer comme fi elle l'étoit.

fujets en figne de protection. Des esclaves enchaînés, plus convenables pour caractériser les Princes qui font consister toute leur gloire dans l'ambition des conquêtes, auroient mal figuré autour d'un Monarque dont l'humanité est l'ame de toutes les actions. Aussi la ville de Reims a-t-elle voulu que la statue du Roi fût accompagnée par des attributs qui rendissent sensible notre félicité. D'un côté du piédestal est placé un Citoyen heureux goûtant les délices de la tranquillité d'esprit, & réfléchissant sur le bonheur dont il jouit sous les auspices de la bienfaisance de notre auguste Monarque ; près de lui est un enfant qui caresse un loup : on y voit aussi un vase & quelques bourses ouvertes. De l'autre côté du piédestal est une femme, dont le visage serein & riant représente allégoriquement la douceur du Gouvernement. Elle tient d'une main un gouvernail, & de l'autre elle conduit un lion en liberté & sans effort, en le tenant seulement par quelques poils de sa crinière.

Entre ces deux figures qui ont dix pieds de proportion, on lit, gravés en lettres d'or, ces vers dans une table de bronze appliquée sur le piédestal :

C'EST ICI QU'UN ROI BIENFAISANT

VINT JURER D'ETRE VOTRE PERE :

CE MONUMENT INSTRUIT LA TERRE

QU'IL FUT FIDELE A SON SERMENT.

Cette inscription est d'autant plus heureuse qu'elle est rélative au local, qu'elle peint avec énergie l'objet de ce monument, & qu'elle fait penser le lecteur (a).

Plusieurs de nos gens de lettres avoient proposé au Corps de Ville de Reims des inscriptions en profe Françoise, où ils avoient essaïé d'imiter la simplicité de la langue Latine en ces occasions. Mais il semble que notre langue se refuse au stile lapidaire. Malgré sa clarté, elle n'est pas assez concise : les verbes auxiliaires qui allongent & énervent ses phrases, empêchent qu'elle ne s'exprime avec la force, la noblesse, & la sublime élégance du latin. Il faut périphraser le plus souvent pour se faire entendre. Ces considérations pourroient déterminer les sçavans, dans tous les temps, & malgré l'adoption générale de la langue Françoise dans toute l'Europe, à lui préférer la latine pour les inscriptions.

Il y auroit peut-être un moyen plus analogue au génie de notre langue ; ce seroit de substituer à l'affectation du style lapidaire de beaux vers François, tels que ceux que nous venons de rapporter, ou d'autre semblables, qui peignissent en grand, par des pensées sublimes & caractériques, le héros que l'on a dessein de célébrer. Si, sur le piédestal de la Place de Vendôme, par exemple, on avoit gravé ces deux vers de Racine :

(a) On dit qu'elle est de M. Cliquot Blervache.

En quelque obfcurité que le ciel l'eût fait naître,
Le monde en le voyant, eût reconnu fon maître.

Il eft à croire qu'ils auroient frappé davantage que toutes ces immenfes infcriptions latines qu'on y remarque, & que peu de perfonnes font en état d'entendre. On fe feroit repréfenté, en lifant ces vers, la figure impofante & majeftueufe de Louis XIV, qui faifoit tant d'impreffion fur tous ceux qui approchoient ce Monarque. La vérité de leur application auroit faifi également les ignorans comme les fçavans. C'étoit la penfée de M. de Voltaire, lorfqu'il envoya l'infcription fuivante pour être placée fur le piédeftal de Louis XV à Reims.

Efclaves profternés fous un Roi conquérant,
De vos pleurs arrofez la terre :
Levez-vous, Citoyens, fous un Roi bienfaifant ;
Enfans, Béniffez votre Pere.

Je reviens à mon fujet. Le piédeftal eft élevé fur trois marches, & revêtu de marbre blanc veiné tiré des carrières du Bourbonnois, nouvellement découvertes. Vers le bas, fur un focle qui forme un empatement, font placées les armes du Roi, accompagnées des différens ornemens qui leur font propres. Ce fut le 29 janvier 1763, que le fieur Gor, commiffaire des fontes de l'artillerie, coula en bronze, à l'arcenal de Paris, la ftatue de SA MAJESTÉ, fuivant la nouvelle méthode qu'il avoit employée ci-devant pour celle du Roi, érigée à Paris. Il avoit déjà fondu de la même manière, le 20 novembre 1762, les deux ftatues qui accompagnent le piédeftal. Tout ce morceau-milieu coûte à la ville de Reims, y compris les marbres, 415000 livres.

La ftatue de S. M. feule devoit être coulée en bronze, & les attributs du piédeftal en plomb ; mais le defir de rendre durable tout ce qui compofe ce monument, & de répondre à la perfection que le fculpteur a mife dans fon modèle, a engagé la ville de Reims à le faire exécuter dans fa totalité en bronze. Comme cette entreprife exigeoit une dépenfe fupérieure aux finances de la Ville, M. Bertin, ci-devant contrôleur-général, & M. d'Ormeffon, intendant des finances, ont bien voulu feconder fon zèle.

Pour perpétuer l'époque de l'érection de cette ftatue, la ville de Reims a fait frapper une médaille qui a été placée dans les fondations du piédeftal. D'un côté, eft repréfenté le monument & de l'autre, on lit l'infcription fuivante dans une couronne d'alizier (a).

_____

(a) L'alizier eft un arbre, dont le fruit ne diffère de celui du poirier, que par la forme feulement.

LUDOVICO

Pl. XXXI.

Cul de Sac.

Marché au Bled.

Marché au Drap.

Fontaine d'Ormesson.

Fontaine Machault.

Ruë de l'Escrevière.

Ruë Trudaine.

Ruë Royale.

Ruë Bertin.

PLAN GÉNÉRAL DE LA PLACE
ROYALE DE REIMS.

Ruë des Tapissiers.

Ruë Dauphine.

Hotel des Fermes.

Pl. XXXII.

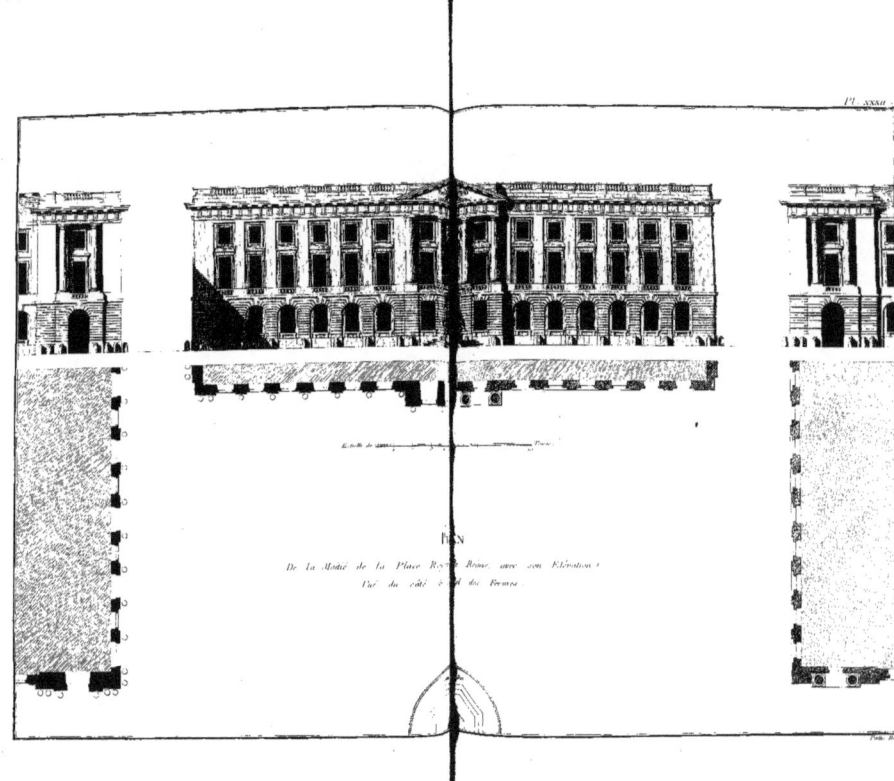

PLAN
De la Moitié de la Place Royale Basse avec son Elévation :
Vüe du côté de l'ail des Formes.

27

LUDOVICO XV,

REGI CHRISTIANISSIMO,

PRINCIPI OPTIMO,

HOC AMORIS MONUMENTUM
DECREVERUNT.

SEN. POP. QUE REM.

ET

PRIMUM LAPIDEM PP.
ANNO M. DCC. LXIV.

C'eſt-à-dire, la ville de Reims ayant réſolu d'élever ce monument de ſon amour à LOUIS XV, le meilleur des Princes, en a poſé la première pierre en 1764.

Lorſque la cérémonie de la dédicace de la ſtatue ſe fera, nous nous propoſons de l'ajouter à notre ouvrage par ſupplément.

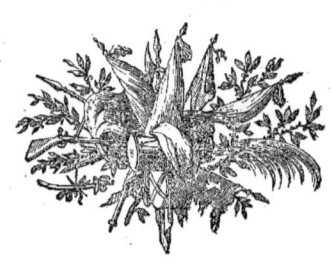

CHAPITRE VII.

MONUMENT
QUI DOIT ETRE ÉRIGÉ
A LOUIS XV
A ROUEN.

Sɪ la situation de la capitale de la Normandie paroît, au premier coup d'œil, séduisante, son intérieur offre au contraire les spectacles les plus désagréables. Des rues étroites & mal percées, quantité de maisons de bois placées au hasard, semblent rappeller la barbarie gothique dans un siécle où l'on ne s'applique de toutes parts qu'à embellir la France.

A l'exception de la Cathédrale, de l'église de saint Oüen, du Pont-de-Bateaux & de l'Hôtel-Dieu qui a été bâti depuis quelque temps, on ne trouve dans la ville de Rouen aucun édifice remarquable.

La nécessité de reconstruire l'hôtel-de-ville qui menaçoit ruine, fit naître aux Magistrats municipaux le dessein d'embellir cette Capitale, & d'y ériger en même temps un monument à la gloire de SA MAJESTÉ.

M. le Carpentier, architecte du Roi, si connu par le goût & le génie qui caractérisent toutes ses productions, fut choisi pour en composer les projets. Par l'inspection du local, il remarqua que la place du Vieux-Marché, qui se trouve entre le portail de la Cathédrale & l'Hôtel-Dieu dans le même allignement, étoit le lieu le plus propre pour reconstruire l'hôtel-de-ville avec une place Royale. Profitant habilement du hasard de cette position unique, il distribua toutes les différentes parties de son projet, de manière que, du vestibule de son nouvel hôtel-de-ville, on pouvoit avoir pour point de vue la Cathédrale & l'Hôtel-Dieu. Un autre avantage qui concouroit à faire valoir ce dessein, c'est qu'en entrant dans Rouen par la route ordinaire, son exécution devoit former un enchaînement d'édifices remarquables, dont la Place du Roi pouvoit passer pour le centre.

Comme la ville de Rouen est petite & resserrée, eu égard au grand nombre de ses habitans, ce qui oblige d'élever les maisons extraordinairement pour pouvoir les loger : une idée naissant d'une autre, cet architecte prit de-là occasion d'étendre son plan depuis le Vieux-Marché, dans un terrein vague,

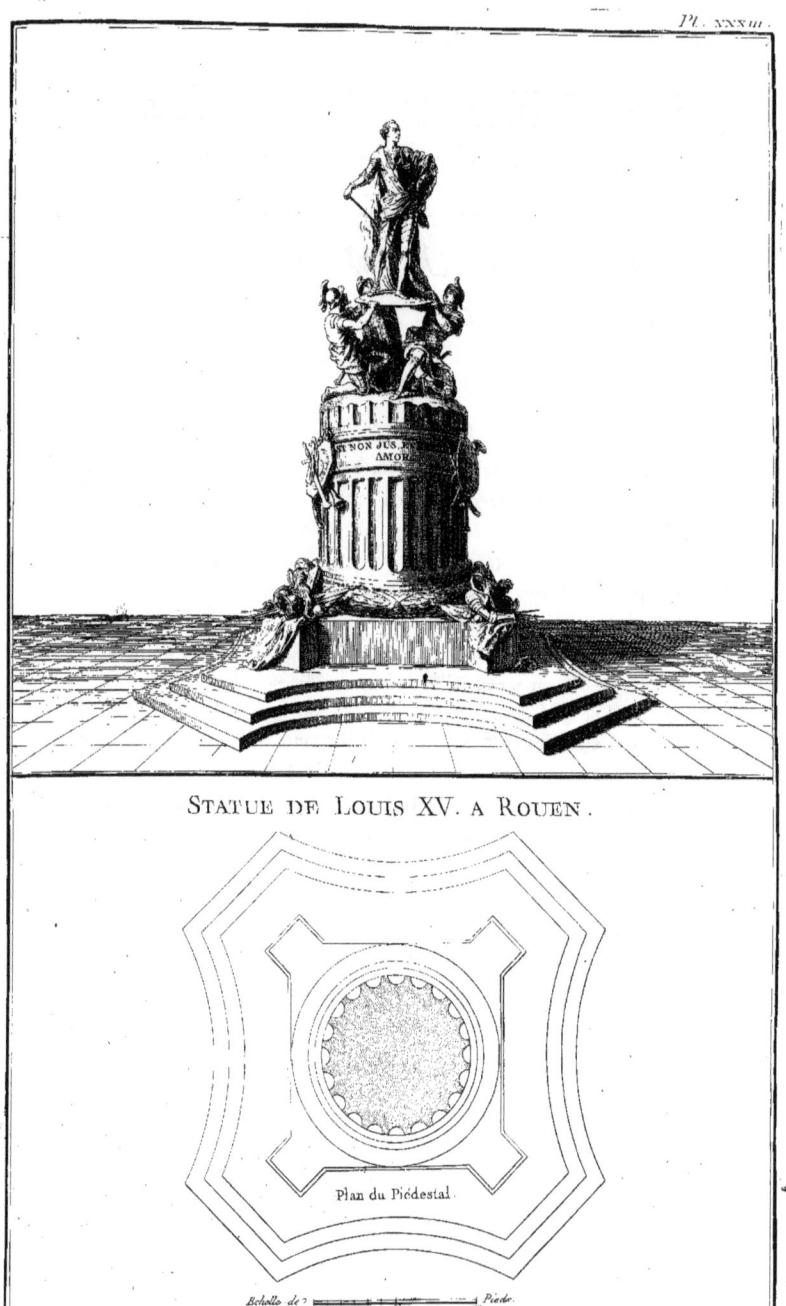

Pl. XXXIII.

NON JUS
AMOR

STATUE DE LOUIS XV. A ROUEN.

Plan du Piédestal.

Echelle de   Piede.

Le Carpentier Inventt.   Le Mire Sculp.

jusqu'à l'Hôtel-Dieu : n'étant gêné par aucun édifice, il alligna ses rues parfaitement, & décora ce nouveau quartier, qu'il ajoutoit à la ville, d'une autre
Place avec une fontaine au milieu. Rien n'est plus sage que de tracer sur un
plan général les embellissemens à desirer, & dont les lieux sont susceptibles,
quoiqu'ils ne puissent être exécutés que dans une longue suite d'années ; ce
que nous aurons commencé, nos neveux l'acheveront. Si on avoit suivi cette
méthode dans les grandes villes, on ne verroit pas tant d'ouvrages publics
& particuliers qui forment un ensemble décousu, & dont les diverses parties
n'ont ni accord, ni unité, ni correspondance.

Après que ces projets eurent été suffisamment médités, ils furent présentés
au Roi par feu M. le maréchal de Luxembourg, alors gouverneur de la province de Normandie, le 3 avril 1757. SA MAJESTE les ayant agréés, en
autorisa l'exécution cette même année par un arrêt de son Conseil.

La Place Royale, suivant ce plan arrêté (pl. XXXIV), doit avoir cinquante-cinq toises de longueur sur quarante-huit de largeur. L'hôtel-de-ville
occupe un des côtés; la façade qui lui est opposée est divisée en deux parties
égales par une grande rue de six toises, qui doit aboutir au portail de la Cathédrale, d'où l'on pourra découvrir la statue du Roi. Deux rues de cinq
toises diviseront semblablement les deux autres côtés; sçavoir, la rue saint
Eloy, qui .... nom, pour tendre au centre de
la place, & la rue de la Prison : enfin, les rues Cauchoise, de la rie, du
Vieux-Palais, du Puits & de Sainte-Croix des Pelletiers, déboucheront encore dans cet endroit, qui, par ce moyen, se trouvera dans la traversée de
la ville pour aller dans le pays de Caux, au Havre, &c.

La première pierre du nouvel hôtel-de-ville, par où l'on a commencé la
construction de la Place, fut posée le 8 juillet 1758. A cette occasion la ville
de Rouen fit frapper une médaille gravée par M. Roettiers, représentant d'un
côté le portrait du Roi vu de profil; & de l'autre la principale façade de cet
édifice. Cette médaille fut enfermée dans une boëte de plomb, qui contenoit
aussi une plaque de cuivre, sur laquelle étoient gravés les noms du gouverneur, de l'intendant de la province, des officiers municipaux & de l'architecte. On a encore mis dans cette boëte plusieurs pièces d'argent monnoyé,
qui instruiront la postérité de l'époque de la construction de ce monument.

Ce bâtiment (pl. XXXV & XXXVI.) a quarante-cinq toises de face sur
la Place Royale, avec deux aîles qui forment une cour intérieure de vingt-sept
toises de longueur sur vingt-un de largeur, fermée par un mur d'appui surmontée d'une grille de fer. A la suite de cette cour, il y a un jardin public,
dont partie de l'emplacement se trouve dans l'accroissement de la ville. Les
plans de cet hôtel-de-ville indiquent suffisamment toutes ses distributions, qui
sont dégagées avec tout l'art imaginable. Indépendamment des pièces néces-

faires à un femblable édifice, on y a ménagé des falles pour l'affemblée de l'académie des fciences, belles-lettres & arts, ainfi que pour le concert. La maifon
commune des citoyens devoit recevoir les Mufes qui cultivent leurs talens
& contribuent à leurs plaifirs (a).

La décoration de la façade de l'hôtel-de-ville (pl. XXXVII.) confifte
dans un ordre ionique élevé fur un foubaffement percé d'arcades ornées de
refend ; fon plan forme trois avant-corps ; un au milieu décoré de fix colonnes avec trois croifées en arcades, & deux aux extrémités avec quatre colonnes & une feule arcade. Les entre-colonnes des arrière-corps au contraire
ont des croifées quarrées, entourées de chambranles furmontés de corniches,
au-deffus defquelles font pratiquées des tables contenant des bas-reliefs inter-
médiairement placés avec des médaillons. Cet ordre ionique eft terminé par
une baluftrade, fur laquelle font placées des figures à plomb des colonnes de
l'avant-corps du milieu.

Au-deffus de cet avant-corps s'élève un attique percé de croifées, lequel
foutient un dôme quarré, qui eft couronné d'une campanille fervant de befroi.
Tout le refte de cet édifice eft couvert d'un comble. Le foubaffement de
chacun des avant-corps des extrémités eft orné de fontaines. On y voit deux
tritons affis fur des rochers appuyés fur une urne commune, d'où l'eau coule
& fe répand en forme de nape en .... Enfin, l'entrée de
cet hôtel de ville eft féparée par un grand perron orné de fphinx, qui
donne de la grace à l'ordonnance de la façade.

Les trois autres côtés de la Place (pl. XXXVIII.) feront occupés par
des maifons de particuliers, & doivent être ornés, comme l'hôtel-de-ville,
d'un ordre ionique embraffant deux étages, & élevé fur un foubaffement.

Au milieu de la Place Royale fera érigée la ftatue pédeftre de SA MAJESTÉ,
portée fur un bouclier par trois foldats (pl. XXXIII). Louis XV eft repréfenté en hautes armes modernes, avec une cuiraffe, des braffards & des cuiffards.
Il a un manteau royal & une écharpe. Pardeffus fa cuiraffe eft fon cordon
bleu, & l'ordre de la toifon d'or dont il eft décoré. Une de fes mains eft
appuyée fur le côté ; de l'autre il tient le bâton de commandement. Les
foldats qui le portent font élevés fur un tronc de colonnes qui fert de piédeftal
au monument, & qui fignifie en même temps que la colonne de l'Etat étant
brifée, il en renaît de fon fein une nouvelle. Aux quatre coins de la bafe
font des trophées de guerre qui défignent les victoires du Roi, & aident à
faire pyramider ce morceau. Sur le tronc de la colonne, on lira cette belle
infcription, qui eft gravée dans les cœurs de tous les François :

SI NON JUS, EVEHERET AMOR.

(a) *Recueil des plans, coupes & élévations de l'hôtel-de-ville de Rouen*, publié par M. le Carpentier.

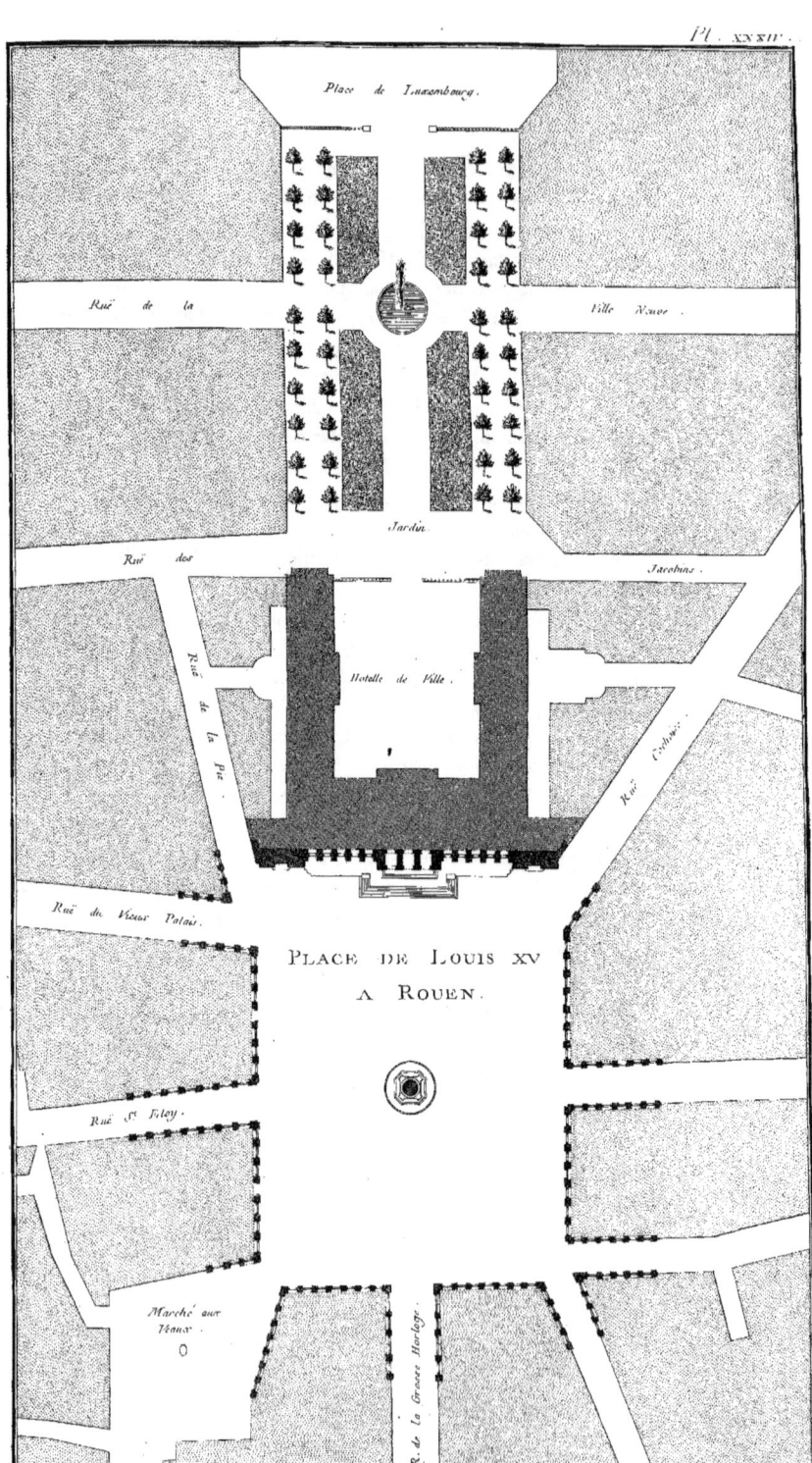

Pl. XXXIV.

Place de Luxembourg.

Ruë de la

Ville Neuve.

Ruë des

Jacobins.

Jardin.

Ruë de la Pie

Hotelle de Ville.

Ruë Coline

Ruë du Vieux Palais.

PLACE DE LOUIS XV
A ROUEN.

Ruë St Filoy.

Marché aux
Veaux.

R. de la Grosse Horloge.

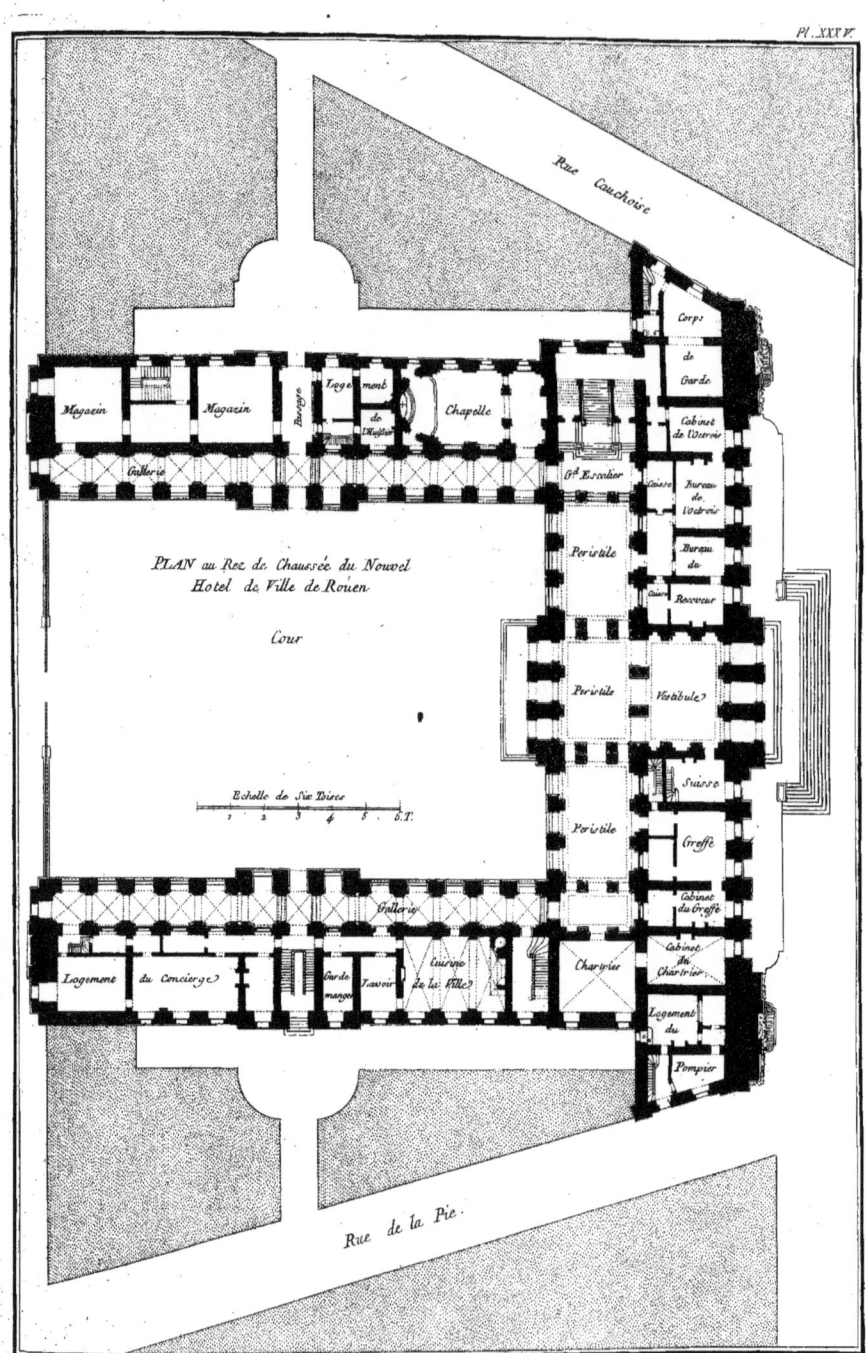

Pl. XXXV.

Rue Cauchoise

Corps de Garde

Cabinet de l'Octroi

Caisse Bureau de l'Octroi

Magazin   Magazin   Logement de l'Hospice   Chapelle

Galerie

Bureau du Caisse Recveur

Gd Escalier

Peristile

PLAN au Rez de Chaussée du Nouvel
Hotel de Ville de Rouen

Cour

Peristile   Vestibule

Suisse

Echelle de Six Toises
1 2 3 4 5 6.T.

Peristile   Greffe

Cabinet du Greffe

Cabinet du Chartrier

Galerie

Logement du Concierge   Garde manger Lavoir Cuisine de la Ville   Chartrier

Logement du Pompier

Rue de la Pie.

Gravé par Loyer

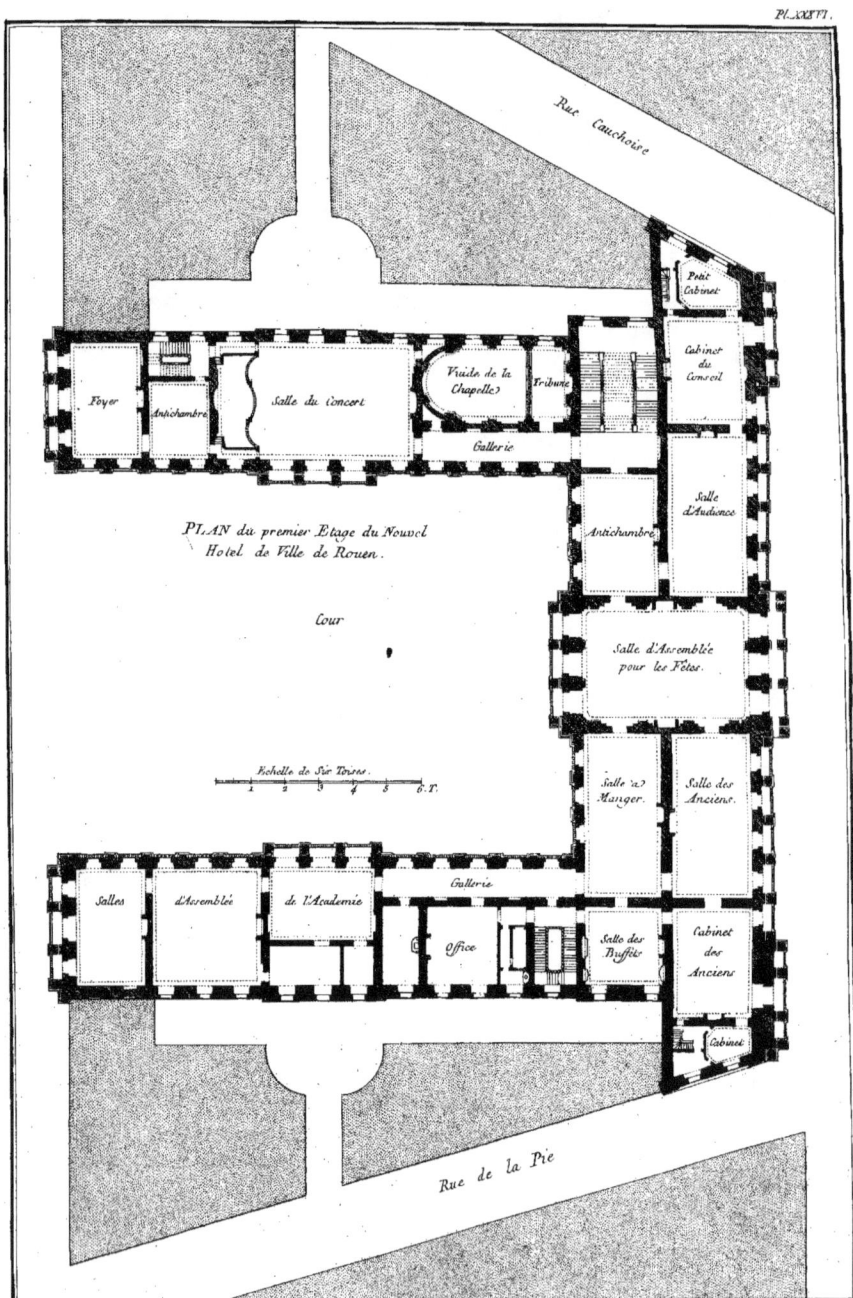

Pl. XXXVI.

Rue Cauchoise

Petit Cabinet

Cabinet du Conseil

Foyer

Antichambre

Salle du Concert

Vuide de la Chapelle

Tribune

Gallerie

Salle d'Audience

PLAN du premier Etage du Nouvel
Hotel de Ville de Rouen.

Antichambre

Cour

Salle d'Assemblée
pour les Fêtes

Echelle de Six Toises.
1 2 3 4 5 6. T.

Salle à
Manger.

Salle des
Anciens.

Salles

d'Assemblée

de l'Académie

Gallerie

Salle des
Buffets

Cabinet
des
Anciens

Office

Cabinet

Rue de la Pie

Gravé par Loyer.

Pl. XXXVII.

ELEVATION DE LA PLACE ROYALE DE ROUEN.

Vue du Coté de l'Hôtel de Ville.

Echelle de 12 Toises

Loye Sculp

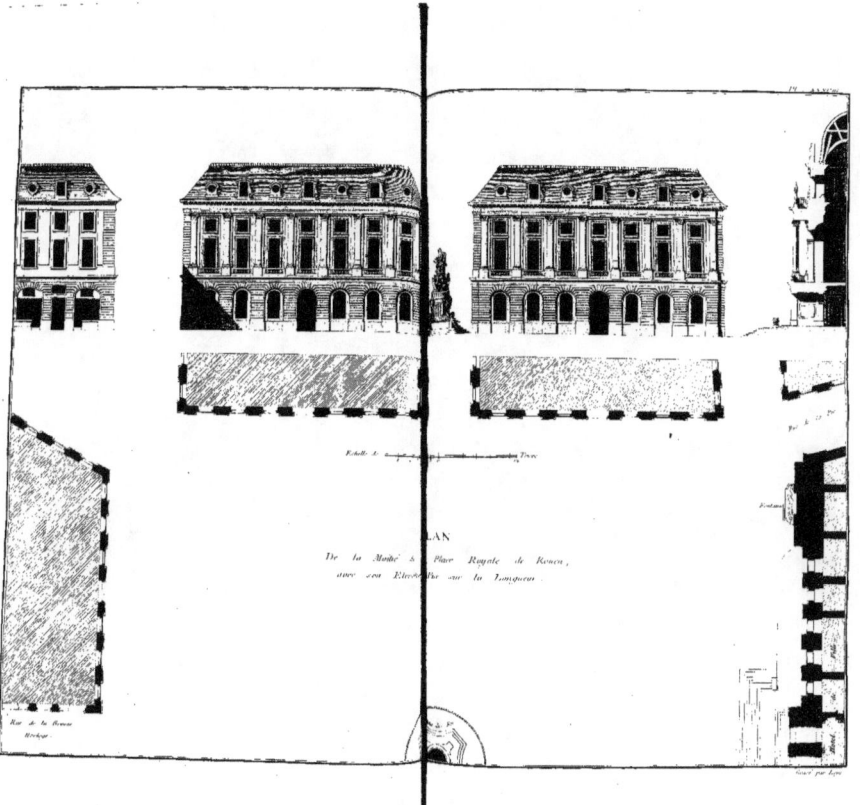

PLAN

De la Moitié de la Place Royale de Rouen,
avec son Elevation sur la Longueur.

Rien n'eſt plus dans le vrai que la manière dont S. M. eſt ici repréſentée. Cette penſée eſt ſublime, ingénieuſe & préſente une foule d'idées : elle eſt rélative à nos antiquités nationales, & à la manière dont on proclamoit nos anciens Rois en les élevant ſur le pavois. Ceux qui blâment les ſculpteurs de traveſtir nos Princes en héros Grecs ou Romains, & de s'éloigner du coſtume des habillemens de notre Nation, applaudiront à ce deſſein qui ne peut que produire beaucoup d'effet dans l'exécution, & orner la ville de Rouen d'un monument unique, & capable de faire le plus grand honneur aux Magiſtrats qui en ſolliciteront la prompte exécution, que les circonſtances de la paix permettent d'eſpérer.

CHAPITRE VIII.

ÉNUMÉRATION
DES
MÉDAILLES ROYALES (a)
QUI ONT ÉTÉ FRAPPÉES SOUS LE REGNE
DE LOUIS XV.

Les médailles font des monumens durables & faits pour tranfmettre à la poftérité les grands événemens. Aucun règne ne fournit de matière plus intéreffante que celui de Louis XV. Des provinces fubjuguées ou acquifes à la France, des batailles gagnées, des alliés fecourus, protégés ou rétablis; des établiffemens dans tous les genres; le commerce étendu de toutes parts; la France embellie d'un bout à l'autre; les arts protégés & perfectionnés: enfin, tout ce que renferme de glorieux l'hiftoire des plus grands Rois. Nous allons parcourir les événemens qui ont donné lieu à des médailles, & conftater leurs différentes époques.

La première médaille fut frappée à l'occafion de l'heureux avénement de Louis XV au trône, le premier feptembre 1715; il avoit alors cinq ans, étant né le 15 février 1710.

Les quatre médailles fuivantes eurent pour objet la déclaration de la Régence, & l'application de M. le duc d'Orléans, régent, à gouverner les affaires du royaume.

L'efpérance que donnoit le Roi en 1716, fut le fujet de la fixième médaille.

La création d'une chambre de juftice, cette même année, donna matière à la feptième.

Le bonheur que la France fe promet en 1716 fous le règne de Louis XV, & les vertus éminentes qu'une heureufe culture faifoit germer dans l'ame de ce jeune Prince, fut l'occafion de la huitième médaille.

Les quatre médailles fuivantes font allufion à l'éducation du Roi, & à fes progrès, pendant les années 1717 & 1718.

(a) On entend par médailles Royales, celles qui compofent l'hiftoire métallique du Roi.

La treizième médaille eut pour objet la prife de Fontarabie, le 16 juin 1719.

Le Roi ayant vifité, cette même année, fa monnoie des médailles, donna matière à la quatorzième.

La quinzième médaille eut pour fujet l'inftruction du Roi en 1720.

La paix avec l'Efpagne, dans ce même temps, fut conftatée par une médaille qui eft la feizième.

Le congrès de Cambray en 1721, fut l'occafion de la dix-feptième médaille.

Le 4 août, on célébra la joie univerfelle de la France, pour le rétabliffement de la fanté du Roi, par deux médailles.

L'ambaffade que le Grand-Seigneur envoya à S. M. en 1721, donna lieu à la vingtième médaille.

Le mariage du Roi projetté cette même année avec l'Infante d'Efpagne qui vint en France, donna lieu à deux médailles.

Les vingt-trois & vingt-quatrième médailles furent frappées à l'occafion du facre du Roi à Reims, le 25 octobre 1722.

La majorité du Roi à l'âge de quatorze ans, déclarée le 16 février 1723, fut conftatée par deux médailles.

La France ayant été nommée médiatrice entre le Czar & la Porte, le 8 juillet 1724, cet événement fournit la matière de la vingt-feptième médaille.

La vingt-huitième eut pour fujet une très-nombreufe promotion de cinquante-huit nouveaux chevaliers du Saint-Efprit, le 3 juin 1724.

A l'occafion de la conftruction du pont de Blois fur la Loire, cette même année, on frappa une médaille.

En 1725, il en parut une rélative à la chaffe.

Le mariage du Roi célébré à Fontainebleau le 5 feptembre 1725, avec la Princeffe Marie, fille du Roi Staniflas, fut folemnifé par trois différentes médailles.

La trente-quatrième repréfente, fur fon revers, le Roi gouvernant par lui-même en 1726, fuivant les maximes de fon bifaïeul.

Les préliminaires de la paix avec l'Empire, l'Efpagne, la Hollande & l'Angleterre, fignés à Paris le 31 mai 1727, fournirent la matière de la trente-cinquième médaille.

Il en fut frappé une autre cette même année pour le rétabliffement des compagnies de Cadets.

La naiffance des deux Dames de France, le 14 août 1727, donnèrent occafion à la trente-feptième médaille.

La trente-huitième eut pour objet la protection que le Roi accorda aux Arts & aux Sciences en 1728.

SA MAJESTÉ étant tombée malade à Fontainebleau en 1728, on grava une médaille à l'occafion de fa guérifon.

La profpérité conftante de la France fut célébrée par une médaille en 1729.

Mᵍʳ· le Dauphin étant né le 4 feptembre 1729, pour perpétuer cette époque mémorable, il fut frappé deux médailles.

La quarante-troifième eut pour objet l'hommage-lige de François-Etienne, duc de Lorraine pour le duché de Bar, le premier février 1730.

On conftata par une médaille la naiffance du duc d'Anjou, frère de Mᵍʳ· le Dauphin, qui arriva le 30 août de la même année.

Le nouveau pont de Compiègne-fur-l'Oife, donna lieu à la quarante-cinquième médaille en 1730.

Les nouvelles fortifications ajoutées à la ville de Metz, furent l'occafion de la quarante-fixième médaille en 1732.

Cette même année, il y eut plufieurs camps formés pour exercer les troupes; ce qui fournit la matière d'une médaille.

La quarante-huitième eut pour fujet les accroiffemens de la bibliothèque du Roi, qui, pendant la feule année 1732, avoit été augmentée de dix mille manufcrits.

Les travaux fur les grands chemins qui embelliffoient la France de toutes parts en 1733, furent conftatés par une médaille.

L'heureux événement de la prife du fort de Kell, le 28 octobre 1733, fut la matière de la cinquantième médaille.

La conquête du Milanois fur la maifon d'Autriche en 1733, donna occafion à une médaille.

La cinquante-deuxième éternife la bataille de Parme, gagnée le 29 juin 1734 fur les Allemands.

La prife de Philifbourg le 18 juillet 1734, malgré le débordement du Rhin, & en préfence de toute une armée Allemande, fut le fujet de la cinquante-troifième.

La bataille de Guaftalle, gagnée le 19 feptembre 1734, contre les Impériaux, fournit la matière de la cinquante-quatrième médaille.

La fuivante eut pour objet les Allemands pouffés au-delà de l'Adige en 1735.

L'éducation de Mᵍʳ· le Dauphin en 1736, fut le fujet de la cinquante-fixième médaille.

La cinquante-feptième célèbre la réunion du duché de Lorraine & de Bar à la France, en 1737.

Il fut frappé une médaille à l'occafion de la paix avec l'Allemagne en 1738.

Cette même année, la France ayant appaifé par fa médiation les guerres inteftines qui divifoient la République de Genève, cet événement donna lieu à la cinquante-neuvième médaille.

On

On folemnifa femblablement, par une médaille, la médiation du Roi en 1739, entre l'Allemagne, la Porte-Ottomane & la Ruffie.

La ville de Menin, prife en fept jours, le 4 juin 1744, fournit la matière de la foixante-unième médaille.

La ville d'Ypres, prife en douze jours, le 27 juin 1744, occafionna une nouvelle médaille.

La prife de Furnes, le 10 juillet de cette même année, donna lieu à la médaille fuivante.

Après la maladie de S. M. à Metz, au mois d'août 1744, époque mémorable de la tendreffe des François pour le Roi, on célébra fa convalefcence par une médaille, qui eft la foixante-quatrième.

Le Roi ayant pris Fribourg en Brifgaw, le 6 novembre 1744, cet événement fut conftaté par une médaille.

Les foixante-fixième & foixante-feptième médailles furent frappées à l'occafion du premier mariage de Mgr. le Dauphin avec Marie-Thérèfe, Infante d'Efpagne, en 1745.

La bataille de Fontenoy que le Roi gagna, accompagné de Mgr. le Dauphin, le 11 mai 1745, victoire que l'on a remarqué être la première depuis faint Louis, qu'un Roi de France ait remportée en perfonne fur les Anglois, fut célébrée par la foixante-huitième médaille.

Les prifes de la ville & de la citadelle de Tournay, qui fuivirent cette bataille, l'une le 22 mai, l'autre le 19 juin 1745, fournirent la matière de la médaille fuivante.

La continuation des conquêtes du Roi, & la rapidité conftante de fes victoires, furent le fujet de la foixante & dixième médaille.

La prife de Bruxelles, le 21 février 1746, au milieu de l'hiver, donna lieu à la foixante & onzième.

La foixante & douxième eut pour objet les prifes de Charleroy, de Namur, de Mons, de Saint-Guiflain, d'Anvers, & de tout ce qui reftoit de villes dans la Flandre Autrichienne, en 1746.

La bataille gagnée à Rocoux, le 11 octobre 1746, donna encore occafion à une nouvelle médaille.

Le fecond mariage de Mgr. le Dauphin avec la Princeffe Marie, fille de Jofeph, Roi de Pologne, Electeur de Saxe, célébré le 9 février 1747, fut folemnifé par deux médailles.

La victoire de Lawfelt, remportée le 2 juillet 1747, fut conftatée par la foixante & feizième médaille.

Berg-op-Zoom, ville à la fois fortifiée par l'art & par la nature, & dont les plus habiles Généraux de l'Europe avoient auparavant effayé de fe rendre maîtres avec des armées nombreufes, ayant été prife en fix jours le 16 feptembre

1747 ; pour perpétuer ce glorieux avantage, on frappa une médaille.

Le Roi ayant soumis toutes les villes de Flandre, battu par trois fois les Autrichiens, les Anglois & les Hollandois, & reçu à composition tout le pays jusqu'à la Meuse, & même au-delà, mit le comble, par sa modéra-tion, à la gloire qu'il avoit acquise, en signant les préliminaires de la paix à Aix-la-Chapelle en 1748 : événement mémorable qui fut constaté par une médaille.

La soixante & dix-huitième médaille a pour objet la paix glorieuse d'Aix-la-Chapelle, conclue le 18 octobre 1748.

La naissance de Mgr. le duc de Bourgogne, le 13 septembre 1751, fut le sujet de la quatre-vingtième.

On célébra semblablement la naissance de Mgr. le duc d'Aquitaine en 1753, par une médaille.

En 1754, on en frappa une pour la naissance de Mgr. le duc de Berry.

En 1755, la naissance de Mgr. le comte de Provence fut encore le sujet d'une nouvelle médaille.

La quatre-vingt-quatrième médaille fut frappée pour célébrer la prise de Port-Mahon en 1756.

Le traité d'alliance avec la Reine de Hongrie, conclu à Versailles le pre-mier mai 1756, fut constaté par la quatre-vingt-cinquième médaille.

La suivante fut occasionnée par la naissance de Mgr. le comte d'Artois, le 9 octobre 1757.

Le pacte de famille fait avec l'Espagne en 1761, fut aussi le sujet de la quatre-vingt-septième médaille.

La paix rétablie entre les François & les Anglois en 1763, fournit la matière de la quatre-vingt-huitième.

La pose du monument érigé à la gloire du Roi à Paris, fut célébrée par une médaille : d'un côté, est le portrait de S. M., avec ces mots que nous avons adop-tés dans le frontispice de notre ouvrage, LUDOVICO XV, PATRI PATRIÆ. A LOUIS XV, Père de la Patrie : de l'autre, on voit la statue sur son pié-destal avec la légende, Galliâ plaudente, c'est-à-dire, Avec les applaudisse-mens de toute la France : & à l'exergue, LUTETIA, M. DCC. LXIII, à Paris, 1763.

Enfin, le Roi étant venu poser la première pierre de l'Eglise de sainte Geneviève, le 6 septembre 1764, donna occasion à la quatre-vingt-dixième médaille.

Il a aussi été frappé nombre de médailles, relatives à différens établisse-mens que le Roi a faits, lesquelles ne sont point encore publiées.

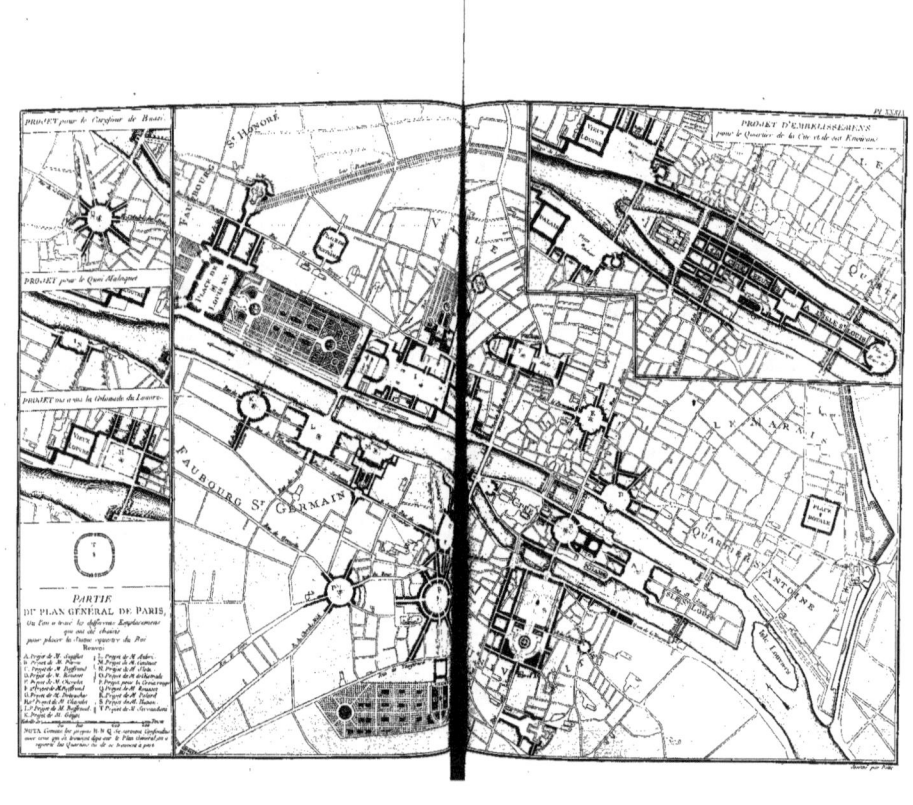

Pl. XXXII.

PROJET pour le Carefour de Buci.

PROJET pour le Quai Malaquet.

PROJET vu à vis la Colonade du Louvre.

St. HONORÉ

PROJET D'EMBELLISSEMENS
pour le Quartier de la Cité et de ses Environs.

FAUBOURG St. GERMAIN

QUARTIER St. ANTOINE

PARTIE
DU PLAN GÉNÉRAL DE PARIS,
Où l'on a tracé les différens Emplacemens
qui ont été choisis
pour placer la Statue equestre du Roi

DES PROJETS
DE PLACE
Qui *ont été proposés pour ériger la statue de* LOUIS XV *dans Paris.*

SECONDE PARTIE.

Nous avons dit, dans la première partie de cet ouvrage, que lorsque la Ville eut demandé la permission au Roi de lui élever une statue dans tel quartier de cette Capitale qu'il lui plairoit d'ordonner, tous nos Artistes furent invités à composer des desseins pour les emplacemens qui leur paroî‑ troient les plus favorables. Nous allons décrire, dans cette seconde partie, la plupart de ces projets, qui ont été tracés en petit sur un plan général de Paris (*pl. XXXIX.*), afin que l'on puisse juger de leur étendue, de leur situation respective, & des avantages qu'ils auroient procurés à cette Ville. Il convient, pour la gloire de nos Artistes, pour la satisfaction des ama‑ teurs, & pour le progrès des arts, que ces grandes idées ne soient pas ensé‑ velies dans le secret, & perdues à jamais pour le public.

Dans ce nombre de projets, nous avons fait choix de plusieurs, dont les plans & les élévations ont été détaillés plus particulièrement; lesquels sont terminés par un précis des moyens qu'il seroit facile d'employer pour procurer à cette Capitale les embellissemens dont elle est susceptible.

Les quartiers de Paris qui ont été préférés, font compris depuis le Pont-Marie & de la Tournelle jufqu'aux Champs-Elyfées, & depuis la porte du Luxembourg jufqu'à l'églife paroiffiale de faint Euftache. Quoique l'on ait préfenté plus de cinquante projets, pour placer la ftatue de S. M. dans les différens endroits de cette Ville, il n'y a eu cependant qu'une vingtaine d'emplacemens de propofés, plufieurs de nos Artiftes s'étant rencontrés dans le choix du même local.

Ces différens emplacemens font l'ifle Saint-Louis, l'ifle du Palais, la place Dauphine, la Grève, le bout de la rue de la Féronnerie, le quartier des Halles, le terrein de l'hôtel de Soiffons, le devant de la colonnade du Louvre, le jardin de l'Infante, le Carroufel, l'efplanade du Pont-Tournant, le carrefour de la rue de Belle-Chaffe & de la rue de Bourbon, le bout du Pont-Royal, le quai des Théatins ou Malaquet, la Croix-Rouge, l'hôtel de Conty, le carrefour de Buffy, le bout de la rue de Tournon, & enfin le quartier de la rue faint Jacques.

La plupart de ces projets étoient décorés de magnifiques colonnades, de cirques, de temples de la Victoire, de greniers publics ; d'hôtel-de-ville, de falles de fpectacle, de grenier à fel, d'hôtel des monnoies, d'arcs-de-triomphe, de fontaines, d'églifes, de halles, &c.

CHAPITRE PREMIER.

DESCRIPTION d'un projet de Place, entre l'ifle Saint-Louis & l'ifle du Palais.

LE premier projet, coté A fur le plan général (pl. XXXIX.), eft une penfée de M. Soufflot, contrôleur-général des bâtimens du Roi à Paris. Il avoit conçu le deffein de placer le monument à la gloire de SA MAJESTÉ dans l'emplacement du bras de rivière qui fépare l'ifle Saint-Louis d'avec l'ifle du Palais, fur lequel eft le Pont-Rouge. En continuant le quai d'Orléans jufqu'à celui du Terrein, & le quai de Bourbon jufqu'à celui Saint-Landry, tout cet intervalle auroit été comblé. On remarque dans les anciens plans de Paris quelques-uns de ces bras de rivière qui ont été fucceffivement fupprimés. Loin de réfulter aucun inconvénient de cette nouvelle fuppreffion, il arriveroit au contraire que l'eau qui coule fous le Petit-Pont & le Pont Saint-Michel feroit plus abondante ; ce qui favoriferoit la navigation dans cette partie de la rivière, où il y a, fur tout en été, très-peu d'eau, quoique ce foit le paffage ordinaire pour les bateaux & les trains de bois, à caufe de l'embarras occafionné fous les arches du pont Notre-Dame par la Pompe & les moulins à bled.

Suivant

Suivant ce projet, le plan de la Place devoit être presque quarré. Deux de ses côtés auroient été ouverts & terminés par des quais à droite & à gauche : les deux autres auroient pu être décorés d'hôtels & d'un bâtiment pour l'archevêché. Au milieu de ce vaste emplacement, & dans la direction de la rue Saint-Louis, continuée au travers du cloître Notre-Dame jusqu'à la rue de la Juiverie, devoit être érigée la statue du Roi, qui, par sa position, eût été apperçue de cette dernière rue qui traverse tout Paris dans sa prolongation.

L'exécution de cette Place pouvoit procurer beaucoup d'avantages à ce quartier, qui est si mal distribué. L'isle Saint-Louis seroit devenue plus vivante, plus fréquentée ; ses maisons auroient acquis plus de valeur. En étendant les vues de ce projet, il seroit devenu pour cette Capitale une source d'embellissemens. Dans le cas que l'on se résoudroit par la suite, suivant les vœux de nos citoyens, à transférer l'Hôtel-Dieu ailleurs, & à supprimer les maisons de dessus les ponts, il seroit facile de continuer le quai d'Orléans jusqu'au Marché-Neuf, & même jusqu'à celui des Orfèvres ; ce qui dégageroit la Cité de ce côté. On parviendroit semblablement à isoler l'autre par la prolongation du quai Saint-Landry, le long de la rue de la Pelleterie jusqu'au quai de l'Horloge. Il n'est pas douteux que cette continuité de quais, aboutissant de toutes parts à la Place du Roi, placée dans le centre de Paris, près de la Cathédrale, ne produisît un très-bon effet.

CHAPITRE II.

DESCRIPTION d'un projet de Place dans l'isle du Palais.

CE quartier, qui est proprement l'ancienne Lutèce, n'a presque point changé depuis que la politesse & les beaux arts ont pris la place de la barbarie gothique. Quoique ce soit l'endroit de Paris le plus fréquenté, il n'y en a point dont les rues soient plus étroites, plus mal percées, & les maisons plus mal bâties. Les deux principaux édifices de cette isle, sçavoir l'église Notre-Dame & le Palais, n'ont point d'issues convenables. Lorsque le peuple est attiré dans la Cathédrale, soit par des *Te-Deum*, soit par d'autres cérémonies extraordinaires, il n'arrive que trop souvent des accidens aux gens de pied par les embarras causés par les voitures depuis l'entrée du Marché-Neuf jusqu'au pont Notre-Dame. Les heures de la sortie du Palais n'en occasionnent pas moins dans les rues adjacentes. Ces considérations déterminèrent M. Pitrou, inspecteur général des ponts & chaussées, au choix de cet emplacement pour y élever la statue du Roi, afin de procurer à la Cité des dégagemens utiles, & des embellissemens nécessaires.

Bbb

Plan général de la Place. (pl. XL.)

La forme de ce plan eſt circulaire, & a ſoixante-dix toiſes de diamètre. M. Pitrou avoit placé ſa direction dans l'allignement des rues Saint-Jacques, Saint-Martin & du pont Notre-Dame, dont il avoit déterminé le centre par une ligne droite tirée du milieu de l'entrée de la Place Dauphine *B (pl.XXXIX.)* du côté du Pont-Neuf, au milieu de la grande rue de l'iſle Saint-Lo uis. Il diſpoſoit de tout le terrein qui eſt depuis le bâtiment des Enfans - Trouvés juſqu'au pont Notre-Dame, ainſi que de tout celui qui ſe trouve depuis le Pont-Rouge juſqu'à l'entrée du Palais. A gauche en entrant par le Pont-Notre-Dame, devoit être placé l'hôtel-de-ville, dont les deux aîles, terminées par des pavillons, cuſſent formé une avant-cour à cet édifice, qui n'auroit été ſéparé de la Place que par une grille de fer de vingt-deux toiſes de longueur.

Indépendamment de la rue de la Juiverie & du pont Notre-Dame, cette place étoit encore traverſée par la rue de la Vieille-Draperie, au bout de laquelle eſt une entrée du Palais. A droite & à gauche de l'avant-cour de l'hôtel-de-ville, il devoit y avoir deux nouvelles rues, dont l'une répondoit au parvis Notre-Dame, & l'autre à un nouveau quai, d'où il auroit été poſſible de découvrir l'iſle Saint - Louis, & tout l'intervalle entre le pont Notre-Dame & l'Arſenal.

Ce quai devoit occuper l'emplacement de l'hôtel des Urſins, & être décoré d'une grande façade d'hôtel-de-ville de plus de cent toiſes. Depuis ce bâtiment juſqu'au bord de la rivière, il y avoit une diſtance d'environ trente toiſes, dont une partie auroit été occupée par un port couvert, qui, par ſon expoſition au nord, eût été très-propre pour conſerver les vins. A l'aide d'une rampe douce dans ſa partie découverte, il étoit poſſible de faire monter les voitures ſur le quai : de plus, il devoit y avoir un pont de pierre à la place du Pont-Rouge, pour procurer une communication libre de l'une à l'autre des iſles du Palais & de Saint-Louis.

M. Pitrou avoit encore propoſé d'ouvrir un paſſage au travers des cours du Palais, ſans ſupprimer aucune des chambres, au moyen d'une arcade d'environ quarante pieds de hauteur, au-deſſus de laquelle la cour des Aides auroit été conſervée. Par cette arcade, qui devoit être fermée la nuit avec des grilles de fer, la ſtatue de S. M. auroit été apperçue du Pont-Neuf, ainſi que la façade de ſon hôtel-de-ville.

La penſée de cet architecte, en plaçant la ſtatue du Roi, non ſeulement au milieu de ſon peuple, mais encore dans l'endroit où ſe trouveroit réunie la cathédrale, le palais de juſtice & l'hôtel-de-ville, eſt extrêmement avantageuſe; & l'union de ces trois objets, pour accompagner ce monument, eſt digne d'attention.

Elévation de la Place. (pl. XLI.)

La décoration de cette Place confifte dans un ordre ionique. Les avant-corps font ornés de colonnes, & les arrière-corps de pilaftres. Cet ordre embraffe deux étages, & eft élévé fur un foubaffement avec des croifées ceintrées : on y voit des bas-reliefs, des trophées & des figures fymboli-ques. Une baluftrade termine cet édifice, dont tous les combles font apparens.

Cet architecte vouloit que la ftatue du Roi eût un rapport avec fon emplace-ment. Il propofoit de repréfenter S. M. debout fur un piédeftal, vêtu en habit de guerre, avec un manteau Royal fur les épaules, jetté de manière que l'enfemble de la figure fût développé. Louis XV couronné de lauriers, tenant de la main gauche une branche d'olivier, fymbole de la paix, auroit étendu le bras droit du côté du Palais, dans l'action de rendre la juftice à fon peuple au retour de la guerre, après avoir, dans la cathédrale, remercié Dieu du fuccès de fes armes (a).

CHAPITRE III.

DESCRIPTION d'un projet pour la Place Dauphine.

U N des projets de M. Boffrand, architecte du Roi, & premier ingénieur des ponts & chauffées du royaume, étoit de placer la ftatue de SA MAJESTÉ vis-à-vis l'éperon du Pont-Neuf, dans l'étendue de la place Dauphine, C (pl. XXXIX.) Il rendoit cet endroit fort vafte, en abbattant quelques mai-fons qui ferment cette Place à droite & à gauche. Par cette pofition, les deux meilleurs Rois que la France ait eus, auroient été placés en parallèle dans le lieu de Paris le plus fréquenté.

Plan de la Place. (pl. XLII.)

Il étoit formé de deux portions circulaires qui aboutiffoient, d'une part, à deux gros pavillons, formant la tête des quais des Orfèvres & de l'Hor-loge ; & de l'autre, à un grand arc-de-triomphe adoffé à la rue du Harlai, qui fervoit d'entrée au Palais, & occupoit le fond de la Place. Tout fon rez-de-chauffée devoit être deftiné pour les boutiques des marchands orfèvres & bijoutiers qui ont coutume d'habiter ce quartier.

(a) Si l'on veut voir un détail plus circonf-tancié de cette Place, il n'y a qu'à confulter un ouvragé pofthume de M. Pitrou, intitulé *Recueil de différens projets d'Architecture*, &c. dont nous avons extrait ce qui a été dit ici ; en prenant la liberté de faire quelques légers changemens dans la décoration de l'avant-corps, & de fubftituer une grande porte à une petite, accompagnée de deux cariatides entées l'une dans l'autre ; licen-ce qui n'eft pas fupportable.

Elévation de la Place. (*pl. XLIII & XLIV.*)

La décoration de cet édifice eft un grand ordre corinthien, embraffant deux étages, & élevé fur un piédeftal percé d'arcades, fervant d'entrée aux boutiques des marchands. Les avant-corps font ornés de colonnes, & les arrière-corps de pilaftres.

Les croifées du premier étage font enrichies de frontons, de confoles, & à plates-bandes, ainfi que celles du fecond. L'arc-de-triomphe que l'on voit dans le milieu eft de la même ordonnance d'architecture que la Place; il eft feulement couronné par un attique orné de bas-reliefs, d'infcriptions & de figures à plomb des colonnes. Les pavillons des extrémités font auffi couronnés par différens trophées accompagnés d'efclaves.

Tout ce bâtiment eft terminé à l'Italienne par une baluftrade, fans comble apparent. A droite & à gauche, on apperçoit en raccourci les quais des Orfèvres & de l'Horloge ; & , dans le lointain, le commencement du Pont-Saint-Michel & celui du Pont-au-Change.

Au centre de ce vafte emplacement, M. Boffrand avoit imaginé d'ériger un monument à la gloire du Roi, qui marquât davantage, par fon élévation, qu'une ftatue ordinaire. C'étoit une colonne de marbre blanc, qu'il furnommoit LUDOVISE, à l'imitation des colonnes Trajanes & Antonines, que l'on voit à Rome. Au pourtour devoit être fculptée, en bas-reliefs de grandeur naturelle, l'hiftoire de Louis XV. Des boffages placés entre ces bas-reliefs auroient contribué, par leurs parties liffes, à les faire valoir, & les auroient rendus bien plus diftincts que ceux des deux colonnes anciennes dont nous venons de parler, lefquelles fe touchent en tournant en fpirale. Cette colonne devoit être terminée par une ftatue du Roi en bronze, de vingt pieds de hauteur, qui, par fa fituation, auroit pu être apperçue de la plus grande partie de la Ville, & de fes environs. Enfin, cet architecte accompagnoit fon piédeftal de différens trophées, & de deux figures coloffales repréfentant la Seine & la Marne qui ne fe réuniffent véritablement qu'en cet endroit, lefquelles auroient aidé à faire pyramider ce morceau.

CHAPITRE IV.

DESCRIPTION *d'un projet de Place dans le quartier de la Grève.*

M^R. Rouffet, architecte du Roi, avoit auffi propofé deux projets pour le quartier de la Grève. L'un plus fimple, où il confervoit en partie l'ancien hôtel-de-ville, & l'autre plus riche. C'eft de ce dernier projet dont on voit la difpofition à l'endroit marqué *D* fur le plan général (*pl. XXXIX.*) dont nous allons parler.   La

La forme de son plan étoit demi-circulaire, & le quai en faisoit le diamètre. Tous les bâtimens étoient occupés par un hôtel-de-ville très-bien distribué, dont le premier étage étoit destiné à des appartemens pour le Roi &
la Reine. Deux rues nouvelles, l'une aboutissant à la colonnade du Louvre,
l'autre au portail de Saint-Gervais, débouchoient dans la Place. La statue du
Roi devoit être placée en saillie sur le bord du quai, de manière qu'en ouvrant une rue de l'autre côté de l'eau, on auroit pu l'appercevoir du parvis
Notre-Dame. Sa position même étoit telle qu'elle pouvoit aussi être vue le
long de la rue de Gesvres & des quais au-delà, jusqu'à la demi-lune du
Cours de la Reine.

Toute la décoration de l'hôtel-de-ville étoit de la plus grande magnificence, & en rapport avec la destination d'un semblable édifice.

M. Beausire, architecte de la Ville, avoit encore fait un projet pour le
quartier de la Grève (a).

CHAPITRE V.

DESCRIPTION d'un projet de Place au bout de la rue de la
Féronnerie.

DANS l'allignement de la rue de la Féronnerie, à l'endroit marqué E
(pl. XXXIX), M. Chevautet, architecte du Roi, avoit proposé un projet.
Il disposoit de tout le terrein qui est compris entre les rues Saint-Denis &
Saint-Martin. Son plan avoit soixante & dix toises de diamètre dans sa
plus grande longueur : les extrémités en étoient formées par deux portions circulaires. Au milieu de chacune, il y avoit un grand arc-de-triomphe qui ouvroit l'entrée d'une nouvelle rue. De larges portiques, destinés
pour des boutiques, devoient occuper tout le pourtour de la Place, qui,
du côté de la rue Saint-Martin, auroit été terminée par un hôtel pour le
Gouverneur de Paris. Le choix de cet emplacement est très-heureux, &
mérite d'être applaudi. La statue du Roi auroit pu être apperçue de trois rues
des plus fréquentées; sçavoir, les rues Saint-Martin, Saint-Denis & de la
Féronnerie.

(a) J'ai vu une esquisse de M. Duchesne, Prévôt des bâtimens du Roi, à peu près pour cet
emplacement. Il prenoit tout le terrein compris
entre le portail Saint-Gervais & Saint-Jean; &,
faisant un nouveau portail au chevet de cette dernière Eglise en symmétrie avec l'autre, il plaçoit
entre ces deux édifices l'hôtel-de-ville. La statue
du Roi auroit aussi été érigée en éperon sur le bord
de la rivière. De l'autre côté de l'eau, le quai
devoit former une grande portion circulaire, qui

embrassoit non seulement le Pont-Rouge, mais
qui pénétroit encore dans le cloître Notre-Dame.
Ce bassin immense, en face de la Place, étoit destiné pour des feux d'artifice & des fêtes sur l'eau.
Du parvis Notre-Dame, il y auroit eu un percé
jusqu'à la portion circulaire, dans la direction de
la statue du Roi, laquelle auroit pu également
être apperçue de la place Maubert, à l'aide d'un
percé, à travers du jardin du Terrein.

Ccc

CHAPITRE VI.

DESCRIPTION *d'un projet de Place dans le quartier des Halles.*

LES marchés publics étoient des édifices confidérables chez les anciens : ils s'appliquoient non-feulement à les rendre fpacieux & commodes, mais encore à les embellir de bâtimens fomptueux. Ceux des Grecs, au rapport de Paufanias (*a*), confiftoient ordinairement en de très-grandes places environnées de colonnades, au milieu defquelles on voyoit les ftatues de leurs dieux tutélaires ; tel étoit le marché de la ville de Pharos en Achaïe. Les Romains portèrent encore plus loin la magnificence : il y avoit à Rome plus de douze marchés publics qui formoient autant de Places régulières, que l'architecture & la fculpture fembloient avoir décorées à l'envi. Ces Places étoient ordinairement quarrées, fpacieufes & environnées de portiques qui fervoient de promenades : leur enceinte renfermoit des temples, des bafiliques, des obélifques, des ftatues, & fouvent des maifons particulières pour ceux qui y vendoient les denrées. Dans le marché nommé Antonin (*b*), parmi différens édifices publics, on remarquoit cette fameufe colonne connue fous le nom de colonne Antonine. Au milieu du marché aux bœufs, il y avoit une figure coloffale en bronze, qui repréfentoit un de ces animaux.

Néron qui, dans le commencement de fon règne, donnoit de fi grandes efpérances, voulant contribuer à l'utilité publique par la conftruction d'un femblable édifice, fit, fuivant Dion Caffius (*c*), la dédicace d'un marché fuperbe qu'il avoit fait bâtir. Le frontifpice de cet édifice fe trouve fur le revers d'une médaille, où il eft repréfenté orné d'un double rang de colonnes couronnées par un dôme, fous lequel on voit la ftatue de ce Prince.

Domitien & Nerva en firent exécuter qui furpaffèrent en magnificence celui de Néron : & l'édifice que l'on voit fur les médailles de Trajan avec cette infcription, *Forum Trajani*, raffembloit, dans les différens bâtimens qui entouroient ce marché, les tribunaux deftinés à rendre la juftice aux citoyens.

A l'exemple des anciens, M. Boffrand crut pouvoir placer la ftatue du Roi dans le quartier des Halles, au lieu marqué *F* fur le plan général (*pl. XXXIX*). On fçait que c'eft un des endroits des plus mal bâtis de Paris ; les maifons y font placées au hafard : la plupart des avenues pour y arriver font étroites, fans débouché, au point que la plupart des voitures, qui amènent les denrées les plus néceffaires, font fouvent obligées de paffer la nuit fans pouvoir les décharger : aucun quartier par conféquent n'a plus befoin d'être embelli. Cet habile architecte, débarraffant ce vafte emplacement

(*a*) L. *VII, chap.* 22.   (*b*) *Pline, liv.* 34.   (*c*) L. *LXI.*

de toutesces mafures , en faifoit un des plus beaux endroits de cette Capitale , & des plus commodes.

Plan général de la Place (pl. XLV.)

La diftribution de fon plan eft divifée en trois parties, ou plutôt compofé
trois Places dans le même allignement. La première , dont la forme eft prefque
quarrée , devoit être fituée dans le même emplacement de la Halle , où fe fait
préfentement le débit du pain, des légumes , des fruits , de la marée , du poiffon d'eau douce , des herbes , du fromage , &c. Une des extrémités étoit occupée par une poiffonnerie vafte, fpacieufe , bien airée & environnée de grands
portiques, ainfi que dans tout le pourtour de cette Place, pour pouvoir contenir les marchandifes & les mettre à couvert. Nombre de communications la
dégageoient : il y avoit trois iffues, l'une par la rue Saint-Denis , & les deux
autres par la rue Montmartre , fans comprendre celles qu'auroit procurées la
Place Royale , dont nous allons parler.

Cette feconde partie, qui étoit proprement le corps de la Place où M. Boffrand propofoit d'élever la ftatue du Roi , étoit fituée dans l'allignement de
la rue des Prouvaires, près le portail latéral de faint Euftache. Son plan étoit
quarré, environné de portiques qui devoient fervir pour les logemens des
fripiers , drapiers, droguiftes & autres marchands de toute efpèce, dont les
magafins auroient eu leurs entrées tant par les portiques que par les rues adjacentes. On remarque, par l'infpection du plan, que les avant-corps des
quatre faces de cette Place font ouverts par de larges périftiles, à travers
lefquels la ftatue de SA MAJESTÉ pouvoit être apperçue.

Cet architecte avoit imaginé de rendre ce monument allégorique à fa fituation : il vouloit que la figure du Roi fût grouppée avec l'Abondance , la
Prévoyance & la Santé. LOUIS XV, par cette pofition , fe feroit trouvé
au milieu de fon peuple , qui lui eft redevable de fa vigilance pour le bon
marché des denrées & la facilité de fa fubfiftance. C'eft ainfi que la ftatue
de l'Empereur Trajan , ce Prince adoré des Romains , fut placée au milieu
du marché de l'ancienne Rome.

La troifième partie de ce projet étoit fituée dans le terrein de l'hôtel de Soiffons; elle étoit deftinée pour une halle au bled , à la farine & aux autres
grains , & pour la vente du porc-frais. Ce marché, fuivant l'ufage, devoit
être fermé la nuit, pour la fureté des grains qui font fur le carreau de la halle,
& qui ne font enlevés qu'après qu'ils font vendus. Comme ces fortes d'endroits ont befoin de beaucoup d'étendue & de dégagemens, tant par rapport
aux voitures qui y entrent & en fortent , que pour contenir l'approvifion-
nement confidérable qu'exige une auffi grande ville que Paris , cet artifte
avoit mis tout le terrein de ce vafte emplacement à profit. Cette halle avoit

cinquante - quatre toises de longueur sur cinquante de largeur : son plan formoit une portion circulaire vers le côté de la rue de Grenelle : il devoit y avoir cinq entrées avec chacune trois portes ; elles avoient leurs issues par les rues de Grenelle , Coquillère , du Jour & des Vieilles - Etuves. Comme les trois parties de ce projet pouvoient se communiquer , il se seroit trouvé dans cette dernière les mêmes entrées & les mêmes débouchés , par la rue Saint-Denis & les autres rues adjacentes.

Elévation de la Place du Roi , & des deux places pour les Halles qui l'accompagnent. (pl. XLVI.)

La décoration de la Place Royale diffère , par son ordonnance , de toutes celles que l'on voit dans cette Capitale. C'est un grand ordre corinthien élevé sur un piédestal , & embrassant deux étages : les quatre côtés en sont ornés uniformément : chaque milieu est décoré par un grand arc-de-triom-phe en colonnade tout à jour , couronné par un attique , avec des tables pour des inscriptions , & des bas-reliefs relatifs aux actions du Roi. Au-des-sus de cet attique , à plomb des colonnes , il y a des figures allégoriques. Tou-tes les croisées de cet édifice sont circulaires : celles du premier étage sont accompagnées d'esclaves qui supportent les balcons du second. Tout le pié-destal est percé d'arcades servant d'entrées aux boutiques des marchands : enfin , ce bâtiment est terminé à l'Italienne par une balustrade sans comble apparent.

La halle aux légumes & aux poissons est décorée d'une manière relative à sa destination. Les avant-corps sont ornés de cariatides , qui portent des corbeilles de fleurs & de fruits. Tout le rez-de-chaussée est occupé par de larges portiques pour y placer les denrées. On voit , par le profil de la pois-sonnerie , qu'elle seroit très-bien airée à cause de sa grande élévation. Les combles sont apparens dans tout ce bâtiment , qui est couronné par un grand entablement orné de consoles & de guirlandes de fleurs dans les avant-corps.

La décoration de la halle au bled est également d'un genre simple & con-venable à son usage. Toutes ses entrées forment autant d'avant-corps com-posés au rez-de-chaussée d'un ordre toscan avec des bossages , & d'un ordre dorique au premier étage. Son pourtour est aussi environné de portiques , au-dessus desquels sont des logemens ou magasins à l'usage d'un semblable bâtiment.

CHAPITRE

CHAPITRE VII.

DESCRIPTION *de deux projets de Place vis-à-vis la colonnade du Louvre.*

LE premier projet marqué G (*pl. XXXIX.*) eſt de M. Deſtouches, alors architecte de la Ville. Il avoit choiſi ſon emplacement en face de la colonnade du
Louvre, cet admirable morceau d'architecture, dans lequel il ſemble que l'ancienne Rome nous ait tranſmis les traces pompeuſes de ſon génie & de ſa
grandeur. En retour, vis-à-vis la rivière, il faiſoit une façade de la même ordonnance d'architecture, dont le milieu étoit percé par de grandes arcades,
à travers leſquelles les paſſans auroient pu, de la rue Saint-Honoré, appercevoir la ſtatue du Roi. La troiſième façade étoit ſur l'allignement du portail
Saint-Germain-l'Auxerrois. Enfin, du côté du quai, cette Place étoit fermée par une grille décorée, d'eſpace en eſpace, par de larges piédeſtaux portant des grouppes de figures. Depuis cet endroit juſqu'au Pont-Neuf le long
du quai, cet artiſte plaçoit un hôtel-de-ville, dont l'extérieur eut été décoré en pilaſtres du même ordre & de la même décoration que celle du
Louvre. Enfin, tout le rez-de-chauſſée de cet édifice devoit être embelli
par un magnifique eſcalier à deux rampes, avec pluſieurs paliers qui auroient
produit le plus bel effet (*a*).

M. Chevautet, dont il a été parlé ci-devant, eſt l'auteur du ſecond projet *H*
(*planche XXXIX.*) Nous avons reporté ſur la gauche de notre deſſein le plan
exact de ce quartier, afin de le pouvoir décrire plus intelligiblement. Cet architecte abattoit toutes les maiſons depuis le Pont-Neuf juſqu'à la colonnade du
Louvre, ſans épargner même l'égliſe de Saint-Germain-l'Auxerrois. Dans la direction de la rue des Poulies, il faiſoit un foſſé vis-à-vis la colonnade, qui auroit
ſervi d'avant-cour, & préparé avec dignité l'entrée de cette maiſon royale.

La Place du Roi devoit occuper tout le terrein depuis cette rue juſqu'au
Pont-Neuf. Elle étoit formée par une enceinte à peu près quarrée, environ-
ronnée d'une baluſtrade ouverte dans le milieu. Aux quatre coins, il y avoit
des guérites couronnées de trophées ou de figures allégoriques aux vertus de
notre auguſte Monarque. Dans le fond de la Place en face de la rivière, cet
artiſte élevoit deux grands bâtimens pour un hôtel des monnoies & pour un
grenier à ſel, leſquels étoient ſéparés par une rue, à travers de laquelle on
auroit apperçu la ſtatue du Roi, de la rue Saint-Honoré. Enfin, vis-à-vis l'a-
vant-corps du Louvre & dans l'allignement du Pont-Neuf, il reconſtruiſoit
l'égliſe de Saint-Germain-l'Auxerrois.

(*a*) *Examen d'un eſſai ſur l'Architecture*, page 104.

Ddd

CHAPITRE VIII.

DESCRIPTION *d'un projet de Place entre le Louvre & le château des Tuilleries.*

LE troifième projet de M. Boffrand *I* (*pl. XXXIX.*) étoit de former une Place de tout le terrein qui fe trouve entre la façade du vieux Louvre du côté de la rue Fromenteau, & le château des Tuilleries. Ce vafte emplacement n'étoit pas occupé alors par des édifices auffi confidérables que ceux que l'on y remarque, tels que le bâtiment de la ferme du tabac, l'hôtel d'Elbeuf, & l'églife Saint-Louis du Louvre, qui ont été conftruits depuis. A l'exception de l'hôtel de Longueville qui eft fort ancien, il n'y avoit aucun édifice d'importance dans toute cette étendue.

Plan général de la Place. (*pl. XLVII.*)

Ce plan a la forme d'un parallélogramme. Deux de fes côtés font occupés par de grands corps de bâtimens, formant des portiques au rez-de-chauffée dans toute leur longueur, ainfi que par une nouvelle falle pour l'Opéra, & par un autre édifice en fymmétrie, pour y dépofer les ftatues antiques & modernes, les tableaux & autres ouvrages précieux qui font entaffés dans les magafins du Roi. Les deux autres côtés font formés, l'un par le Vieux-Louvre, l'autre par une magnifique colonnade à quatre rangs, fervant de porche à une nouvelle cour que M. Boffrand propofoit pour annoncer l'entrée du château des Tuilleries.

La ftatue du Roi, élevée au milieu de cette Place, auroit pu être apperçue du Palais-Royal, le long de la rue Saint-Thomas du Louvre, & en paffant fur le quai à travers le fecond guichet. L'infpection du plan fait voir quatre baffins difpofés fymmétriquement dans cet endroit, & entourés de baluftrades en pierre, au milieu defquels auroient été des figures couchées, telles que des fleuves ou autres ftatues allégoriques aux belles actions de SA MAJESTÉ.

Elévation de la Place. (*pl. XLVIII.*)

Cet édifice eft orné, dans toute fon étendue, d'un grand ordre corinthien, embraffant deux étages, & élevé fur un piédeftal percé d'arcades qui forment des portiques. Les avant-corps des bâtimens des deux grandes façades font décorés de colonnes, & les arrière-corps de pilaftres. Le milieu de chacun offre un arc-de-triomphe couronné par un attique avec des bas-reliefs, des infcriptions & des figures à plomb des colonnes. Les croifées du premier étage font ceintrées; celles du fecond font à plates-bandes avec des balcons en pierre foutenus par des confoles. Les combles font apparens dans ces deux édifices, & les avant-corps des extrémités ont feuls des baluftrades.

On remarque fur la gauche l'entrée de la nouvelle falle de l'Opéra ; fa décoration s'accorde avec celle de la Place. Un grand balcon & des bas-reliefs, relatifs à fon objet, font toute fa diftinction.

Vers le haut de cette *planche*, on apperçoit l'élévation de l'entrée de la cour projettée pour le château des Tuilleries. C'eft un périftile d'ordre co-rinthien tout à jour, & de même élévation que celui des grands bâtimens ; il eft élevé fur un piédeftal, & couronné par une baluftrade avec des figures qui répondent à l'axe des colonnes. Son milieu eft furmonté par les armes du Roi, qui font accompagnées de leurs fupports ordinaires. Des deux côtés de cette colonnade, il y a deux portions circulaires ornées d'un ordre ioni-quepercé d'a rcades, qui continuent le dehors de la décoration de la cour des Tuilleries.

Enfin, à droite & à gauche, on apperçoit la vue fur la longueur de la falle projettée pour l'Opéra, & celle du bâtiment deftiné à placer la col-lection des ftatues & des tableaux que le Roi pofsède, laquelle feroit un des ornemens de cette Capitale.

ARTICLE IX.

DESCRIPTION *d'un projet de Place à l'extrémité du Fauxbourg Saint-Germain.*

Mr. Goupi, architecte-juré-expert, avoit choifi le carrefour que forme la rencontre des rues de Belle-Chaffe & de Bourbon, pour y ériger la ftatue du Roi, dans la vue d'économifer, & de ne point prendre un terrein précieux dans le centre de Paris. Son plan marqué *K*, (*pl. XXXIX.*) eft un quarré arrondi par les angles. Les quatre côtés devoient être décorés par quatre hôtels deftinés pour les quatre Secrétaires d'état, de la Marine, de la Guerre, des Affaires étrangères & du Clergé. Tous ces édifices étoient enrichis d'allégories relatives aux miniftres qui les devoient habiter. L'hôtel du département de la Marine étoit couronné par un Neptune fur fon char ; celui de la Guerre par Mars, avec tous fes attributs, &c.

Dans l'allignement de la rue de Belle-Chaffe, & à travers les terraffes des Tuilleries & du couvent des Feuillans, cet architecte avoit imaginé d'ouvrir des percés, où l'on auroit placé des grilles, afin que l'on pût appercevoir la ftatue de Louis XIV dans la place de Vendôme, en même temps que celle de Louis XV, le long de cette direction.

CHAPITRE X.

DESCRIPTION *d'une Place projettée en face du Pont-Royal.*

Ce projet, qui eft marqué *L* fur le plan général (*pl. XXXIX.*), eft de
M. Aubry, architecte du Roi, & infpecteur général du pavé de Paris.

Plan général de la Place (*pl. XLIX.*)

Ce plan a quatre - vingt - dix toifes d'ouverture fur le quai , & autant
de profondeur jufqu'au bout du Pont - Royal. Son milieu eft marqué
par l'endroit où la rue de Bourbon eft coupée par la rue du Bac. Quatre
grands hôtels occupent les deux façades à droite & à gauche , & forment en
retour fur le quai des avant-corps. Cette Place eft terminée dans le fond
par une grande façade percée dans fon milieu d'une arcade , qui donne
entrée dans la rue du Bac. Tout le rez-de-chauffée de ce bâtiment eft occupé
par un portique, & le premier étage par un périftile avec des colonnes.

Elévation de la Place (*pl. L.*)

Toutes les richeffes de l'architecture ont été déployées dans la façade qui
termine le fond de la Place ; elle eft décorée d'un ordre corinthien élevé fur
un foubaffement percé d'arcades. On y remarque trois avant-corps. Celui
du milieu repréfente un arc-de-triomphe formé par des colonnes corinthiennes
accouplées, dont l'arcade principale, qui a trente pieds de largeur fur une
hauteur proportionnée, devoit fervir d'entrée à la rue du Bac. Au-deffus
on voit huit cariatides auffi accouplées , portant un entablement, à l'imitation des anciens qui en employoient quelquefois dans ces fortes d'édifices. Le couronnement de cet arc repréfente un globe fleurdelifé , porté fur
les épaules d'un Atlas d'une proportion coloffale. Deux Renommées l'accompagnent ; l'une aide à fupporter ce globe , l'autre tient une couronne de laurier, & fonne de la trompette ; enfin , deux lions, fymbole de la France ,
lient enfemble tout cet amortiffement qui eft fort ingénieux, & qui pofe fur
une efpèce d'attique orné d'une table pour une infcription, & de trophées fur
fes extrémités.

Des deux côtés de cet arc-de-triomphe, il y a des périftiles décorés du
même ordre corinthien , dont les entre-colonnes font ornées de niches avec
des ftatues allégoriques aux vertus du Roi : au-deffus de ces niches, il y a des
bas-reliefs relatifs aux actions les plus mémorables de fon règne ; de forte
qu'en fe promenant dans ces magnifiques galleries, on auroit pu s'inftruire de
l'hiftoire de Sa Majesté.

Chaque

Chaque avant-corps des extrémités de ce bâtiment eſt formé par ſix colonnes, entre leſquelles ſont trois croiſées avec des médaillons, & eſt ſurmonté par un fronton orné de bas-reliefs, ſur lequel ſont deux figures couchées. Chacun de ces pavillons eſt terminé par un dôme quarré qui ſoutient l'arc-de-triomphe & ſert à le faire pyramider. Enfin, tout cet édifice eſt couronné par une baluſtrade.

CHAPITRE XI.

DESCRIPTION d'un projet de Place ſur le quai Malaquet.

CE projet, qui occupe toute l'étendue qui ſe trouve entre l'hôtel de Bouillon & le monaſtère des Théatins M (pl. XXXIX.), eſt de M. Contant, architecte du Roi, & contrôleur général des bâtimens de SA MAJESTÉ aux Invalides. Le deſſein où l'on paroiſſoit être alors de reconſtruire l'hôtel-de-ville, afin de le rendre plus grand, plus commode, fit naître à cet habile artiſte la penſée de réunir ce bâtiment avec la Place du Roi ; perſuadé qu'un édifice que l'on peut regarder comme la maiſon commune des citoyens, devroit toujours être placé dans l'endroit le plus apparent d'une ville, & en faire la principale décoration. M. Contant ſe décida d'autant plus volontiers au choix de cet emplacement, qu'il n'y avoit aucun bâtiment de conſéquence à ſacrifier. Des cours, des jardins, des maiſons de peu de valeur occupoient toute ſa ſuperficie : ainſi point de difficulté pour l'acquiſition du local, avantage rare dans une ville telle que Paris (a).

La poſition d'un hôtel-de-ville ſur ce quai ſeroit des plus favorables pour les réjouiſſances publiques. Elles ne pourroient être exécutées dans un lieu plus convenable. On peut ſe rappeller le grand effet que produiſirent les fêtes du mariage de Madame première avec l'Infant Don Philippe, qui furent données en 1739, entre le Pont-Royal & le Pont-Neuf, dans ce beau baſſin, en face duquel devoit être exécuté le projet dont nous parlons. Le Roi avec toute ſa cour pourroit, quand il lui plairoit, venir jouir de ces ſpectacles dans ſa grande gallerie du Louvre (b), d'où il verroit, raſſemblé ſous ſes yeux, tout

(a) Le devis eſtimatif qui fut fait alors du terrein néceſſaire pour l'exécution de ce projet, ne montoit qu'à onze cent mille livres.

(b) M. Contant, dans un mémoire qu'il préſenta à l'occaſion de ce projet, propoſoit de transférer ailleurs les plans en relief de plus de deux cent villes fortifiées, dont cette vaſte gallerie eſt remplie, & d'exécuter à cette occaſion les portiques circulaires dont J. Hardouin Manſard avoit projetté d'accompagner le grand dôme des Invalides du côté de la campagne. Cet ornement

manque à cet édifice, & ſeroit une des merveilles de cette Capitale. Il vouloit auſſi qu'on les remplaçât par ces admirables tableaux de grands maîtres ; ſtatues précieuſes & autres curioſités de toute eſpèce, qui ſont enſévelis dans des magaſins, & dont on ne jouit point. Une ſuite d'auſſi beaux modèles inſpireroit le vrai goût, ſeroit d'un avantage infini pour les arts, & donneroit la plus haute idée de la grandeur & de l'opulence de notre nation.

son peuple qui feroit tranfporté de joie , en voyant fon Prince participer à fes plaifirs.

Plan de la Place (pl. LI.)

Ce plan a cinq cent vingt-quatre pieds d'ouverture fur le quai, & trois cent vingt - quatre de profondeur jufqu'au bord de la rivière. L'hôtel-de-ville occupe tout le fond, & eft terminé par deux grands corps de bâti-mens qui font retour & vont fe réunir, par deux portions circulaires, d'une part à l'hôtel de Bouillon, & de l'autre au monaftère des Théatins. En face de cet édifice, de l'autre côté de la Seine, eft la grande gallerie du Lou-vre, dont le milieu auroit répondu à celui de l'hôtel-de-ville ; de forte qu'avec l'étendue des quais environnans & de la rivière, toute cette partie eut formé un enfemble extrémement vafte, d'où la ftatue du Roi pouvoit être apperçue.

Par l'examen du plan, on remarque qu'il y a deux grands efcaliers à dé-couvert qui conduifent au premier étage de l'hôtel-de-ville, où font diftri-buées toutes les pièces néceffaires à un femblable édifice. Le rez-de-chauffée eft occupé par des galleries voûtées & ouvertes pour les paffages des voitures & des gens de pied, afin de pouvoir, de toutes les rues adjacentes, arriver & déboucher dans la Place. Derrière l'hôtel-de-ville, on voit encore une cour fermée par des grilles, avec un jardin public terminé à fon extré-mité par un château d'eau, au milieu duquel feroit une grande arcade pour faciliter la vue de la ftatue du Roi le long de la rue des Saints-Pères. A droite & à gauche de ce jardin, font des bâtimens peu élevés : enfin, du côté du quai, il y a deux grands efcaliers pour defcendre à la rivière.

Elévation de la Place. (pl. LII.)

La décoration de l'hôtel-de-ville qui occupe toute l'étendue de cette Place, eft de l'ordonnance la plus majeftueufe. Son milieu eft compofé d'un avant-corps orné d'un grand ordre corinthien de cinq pieds de diamètre, élevé fur un foubaffement qui règne le long de cet édifice. Il eft couronné d'un fronton avec les armes du Roi, & terminé par un dôme quarré foutenu par un atti-que. Les entre-colonnes font percées de trois arcades qui communiquent au principal fallon de l'hôtel-de-ville ; on y voit des niches, des tables, des médaillons : enfin, tout ce morceau-milieu eft accompagné de grands efca-liers ornés de vafes qui en relèvent l'effet pyramidal.

Les arrière-corps forment deux galleries qui vont aboutir contre deux gros pavillons qui terminent ce bâtiment en retour fur le quai. Des croifées al-ternativement ornées de frontons circulaires & triangulaires, avec des con-foles, en décorent les entre-colonnes. Chaque pavillon des extrémités eft couronné d'un dôme quarré avec une campanille terminée par une Renommée.

A gauche & à droite du deſſein, on apperçoit l'hôtel de Bouillon & le monaſtère des Théatins en ſymmétrie (a).

Le mur du quai, qui borde la rivière le long de la Place, eſt orné d'eſcaliers, de tables, de glaçons, de boſſages & d'une baluſtrade en pierre, ſur laquelle ſont placées, d'un côté la Seine, & de l'autre la Marne. Au milieu, on remarque cinq grandes urnes qui verſent de l'eau dans de petits baſſins, d'où elles s'échappent en nappes pour tomber dans la rivière. Cette eau auroit pu être élevée à l'aide d'un moulin avec des corps de pompes placés ſous la dernière arche du Pont-Royal.

CHAPITRE XII.

DESCRIPTION *d'un ſecond projet de Place ſur le quai Malaquet.*

MRS. SLOTZ, également habiles en ſculpture & en architecture, propoſèrent un modèle en relief d'une Place pour le Roi, dont l'emplacement étoit auſſi ſur le quai Malaquet, avec la différence que ſon milieu répondoit en face du ſecond guichet de la gallerie du Louvre. On voit ſa ſituation ſur le plan général de Paris à l'endroit *N* (*pl. XXXIX.*)

Plan de la Place (*pl. LIII.*)

Cette Place a ſoixante-douze toiſes d'ouverture ſur le quai, & trente toiſes de profondeur juſqu'au parapet. La façade oppoſée à la rivière eſt occupée par un hôtel-de-ville. On a affecté de donner à ce plan beaucoup de relief, afin de faire valoir cet édifice par des formes auſſi agréablesqu'avantageuſes, relativement à l'étendue des quais, dont il auroit pu être apperçu.

Ce bâtiment eſt compoſé de cinq avant-corps ornés de colonnes. Celui du milieu, qui ſe ſubdiviſe en pluſieurs parties, forme un périſtile : les arrière-corps à droite & à gauche ſont ornés de pilaſtres avec des terraſſes règnant dans toute leur longueur : ils ſont terminés par de petits avant-corps, & de-là vont ſe réunir, par des portions circulaires, à deux arcs-de-triomphe placés à l'entrée des rues des petits Auguſtins & des Saints-Pères. Pour pouvoir donner à cette Place, du côté du parapet, une forme à peu près ſemblable par le plan à celui de la façade de l'hôtel-de-ville, ſans cependant rétrécir le lit de la Seine, on s'eſt retiré en-deçà du quai; & en cet endroit on a placé, en correſpondance avec ſon milieu, & avec ceux des arcs-de-triomphe, de magnifiques eſcaliers à double rampe pour deſcendre à la rivière.

(a) On voit le modèle de cette Place en relief telle qu'elle a été préſentée au Roi dans le cabinet de M. d'Azincourt, chevalier de ſaint Louis, & ancien lieutenant-colonel, qui l'a exécutée lui-même avec une délicateſſe achevée. Les colonnes en ſont d'ivoire.

MM. Slotz avoient projetté de rendre la cour de cet hôtel-de-ville un monument cher à la Nation, en y plaçant, sous des portiques au pourtour, les statues de tous nos Rois de France sur des piédestaux, où auroient été gravés les faits les plus mémorables de leur règne.

Dans l'allignement du quai au centre de la Place, auroit été élevée la figure du Roi, que l'on auroit pu appercevoir de toute l'étendue de ce quai, en abattant les pavillons du collége des Quatre-Nations, qui l'offusquent.

Elévation de la Place (*pl. LIV.*)

L'ordonnance générale des bâtimens de cette Place consiste dans un grand ordre corinthien élevé sur un soubassement, orné de refends avec des croisées à plates-bandes. L'avant-corps de l'hôtel-de-ville présente un péristile au premier étage : son milieu est terminé par un fronton porté par six colonnes, & couronné par une campanille. C'est de-là que la Ville auroit pu voir, dans les jours de réjouissances, les fêtes & feux d'artifices qui se feroient exécutés sur la rivière, aussi bien que de dessus les terrasses portées par le soubassement dans l'étendue de tous les arrière-corps. Les croisées des entre-colonnes du premier étage sont plein-ceintre, ornées d'impostes & d'archivoltes, terminées par des trophées en bas-relief : celles du second sont à chambranle & à plates-bandes, avec des balcons en pierre enrichis d'entrelas portés par des consoles.

Aux extrémités de la façade de l'hôtel-de-ville, & en retour sur le quai à l'entrée des rues des Saints-Pères & des Petits-Augustins, on voit deux arcs-de-triomphe. Dans leurs entre-colonnes sont quatre de nos Rois de France. D'un côté, Clovis & Charlemagne, de l'autre, François I & Henry IV, élevés sur des piédestaux, accompagnés de figures faisant allusion aux actions les plus célèbres de leur histoire. Au-dessous on auroit placé dans le soubassement des inscriptions relatives à ces différens sujets. Le milieu de chacun des arcs-de-triomphe est terminé par un fronton, avec des bas-reliefs, représentant les solstices servant de supports à des cadrans, dont les chiffres auroient été transparens, pour faciliter d'appercevoir les heures la nuit à l'aide d'un flambeau qui auroit été placé derrière.

Les arcs-de-triomphe, ainsi que tous les bâtimens de l'hôtel-de-ville, sont couronnés par une balustrade sans comble visible, avec des figures assises, ou des vases à plomb des colonnes.

Le mur du quai, qui règne le long de cette Place, est décoré de bossages, de tables & de magnifiques escaliers à double rampe ornés de figures, & de cartels. Pour rendre pittoresque sa décoration, on y a exprimé des quartiers de roche, dont la forme, sçavamment bisarre, auroit relevé l'ensemble de ce morceau d'architecture.

CHAPITRE

CHAPITRE XIII.

DESCRIPTION *d'un projet fur le quai de Conty.*

L'EMPLACEMENT de l'hôtel de Conty, qui étoit alors à vendre, fit naître à M. de l'Eftrade la penfée d'y bâtir un nouvel hôtel-de-ville, & de lier cet édifice avec une Place pour le Roi. Son plan eft un quarré long terminé par un demi cercle, dont le diamètre eft plus grand que celui de la Place des Victoires. La ftatue du Roi devoit être placée au centre de ce demi cercle, où feroient venues aboutir fix rues ; fçavoir, deux rues diagonales qui comprenoient le bâtiment de l'hôtel-de-ville, & qui auroient permis d'appercevoir le monument érigé à SA MAJESTÉ de deux endroits différens du quai de Conty ; deux autres rues dans la portion circulaire, l'une nouvelle allant fe terminer au palais du Luxembourg, & l'autre comprenant une partie de la rue de Buffy jufqu'au petit marché ; enfin, la rue de l'Univerfité, ainfi qu'une nouvelle rue aboutiffant à la place Dauphine. On peut voir la diftribution de tout ce projet à l'endroit marqué O (*pl. XXXIX.*)

Les deux façades de cette Place, à droite & à gauche de l'hôtel-de-ville, devoient être occupées par des boutiques ; & au milieu de la portion circulaire, cet architecte fe propofoit d'élever un magnifique château d'eau.

M. Rouffet, architecte de l'académie, avoit auffi fait plufieurs efquiffes pour l'emplacement de l'hôtel de Conty. Il diftribuoit, comme dans le précédent projet, un hôtel-de-ville le long de la rivière, derrière lequel il formoit une place pour la ftatue de S. M., foit dans l'enfilade de la rue de Tournon fans fe fervir du préau de la foire Saint-Germain, foit en prenant une partie de ce préau, & décorant les murs de l'abbaye. Toutes ces efquiffes étoient bien diftribuées ; & perfonne, fi l'on en excepte M. Boffrand, n'avoit autant fait de projets de place pour le Roi dans les différens quartiers de cette Capitale.

CHAPITRE XIV.

DESCRIPTION *d'un projet de Place au carrefour de Buffy.*

DE tous les emplacemens qui ont été choifis par nos artiftes, il n'y en a point eu pour lequel on ait fait autant de deffeins que pour le carrefour formé par la rencontre des rues de Buffy, faint André-des-Arcs, Mazarine & de la Comédie.

Fff

M. Rouffet, dont nous venons de parler, avoit fur-tout compofé un projet à cette occafion de la plus grande magnificence. On en voit la pofition à l'endroit cotté *Q* (*pl. XXXIX.*)

Explication du Plan. (*pl. LV.*)

Cet architecte avoit donné à fon plan une forme circulaire de foixante & douze toifes de diamètre : dix rues pouvoient y aboutir, cinq defquelles font exiftantes ; fçavoir, les rues Dauphine, Mazarine, de Buffy, de la Comédie & de faint André-des-Arcs ; les cinq autres devoient être en partie nouvelles, & déboucher dans les rues de l'Univerfité, des Boucheries, des Auguftins, de l'Eperon & de Tournon. Cette dernière étoit confondue avec la rue de Seine, au moyen d'un petit carrefour auffi de figure circulaire, au milieu duquel devoit être élevé un obélifque. Rien, comme l'on voit, ne pouvoit être plus judicieufement penfé que les points de vue multipliés & les dégagemens que cet architecte avoit imaginés. Deux grands arcs-de-triomphe formoient les entrées des rues faint André - des - Arcs & de Buffy. Deux fontaines devoient être placées, l'une dans l'intervalle entre les rues Dauphine & Mazarine, & l'autre à l'oppofé, entre la rue de la Comédie & une nouvelle rue. M. Rouffet avoit rejetté les entrées des maifons & hôtels qui ont leurs vues fur cette Place dans les rues adjacentes, afin de ne point couper fa décoration, par différentes arcades, pour des portes cochères qui auroient paru trop petites, en les comparant fur-tout avec celles qui forment les arcs-de-triomphe.

Elévation de la Place. (*pl. LVI.*)

Sa décoration eft d'ordre dorique, formant périftile dans une partie de fon pourtour, & couronnée par un attique au droit des deux arcs - de - triomphe qui font à l'entrée des rues faint André - des - Arcs & de Buffy. Chacun de ces édifices fait avant-corps, & eft terminé par un Pégafe portant une Renommée : à plomb des colonnes, font des figures affifes, allégoriques aux vertus du Roi. A droite & à gauche, il y a deux arcades fervant d'ouverture à deux différentes rues qui aboutiffent dans cet endroit. Tous ces bâtimens font enrichis d'ornemens relatifs à leur deftination ; trophées d'armes, bas-reliefs, figures allégoriques, tables propres à recevoir des infcriptions, rien n'y eft oublié.

Pour achever de donner une idée de la décoration de cette Place, nous avons repréfenté féparément, vers le haut de la planche, une des fontaines qui font ornées du meilleur goût d'architecture ; ces fontaines fervent à diverfifier fon ordonnance, & à rendre moins monotone fon enfemble. Comme l'on a la gravure fous les yeux, nous nous croyons difpenfés de faire de cet édifice une defcription plus étendue & plus circonftanciée.

MM. Loriot, Godeau & Hupeau, architectes du Roi, Servandoni, Cueillier & plufieurs autres, avoient encore compofé des projets pour le carrefour de la rue de Buffy.

Dans un ouvrage intitulé *Projet d'embelliffement pour Paris*, on trouve décrit une penfée pour cet emplacement, qui eft remarquable par les percés qui y font propofés.

Il falloit abattre, fuivant ce projet, la rue Dauphine jufqu'à la rue Contrefcarpe, celle de S. André-des-Arcs jufques vis-à-vis l'ancienne porte Buffy, celle de la Comédie Françoife, celle des Mauvais-Garçons jufques vis-à-vis l'enfeigne du Griffon dans la rue de Buffy, enfin cette dernière avec la rue Mazarine jufqu'à l'alignement de la rue Contrefcarpe dans la rue Dauphine, de façon à former fur ce terrein un cercle parfait d'une étendue affez confidérable pour en faire une belle Place.

On propofoit de conftruire la décoration de ces édifices dans le même goût que la colonnade du Vieux-Louvre. Les bâtimens devoient être deftinés pour le lieutenant-général de police, le prevôt de Paris, le prevôt des marchands, & un hôtel-de-ville; enfin, on auroit vu dans l'enfoncement l'hôtel des comédiens François.

La ftatue du Roi, placée au centre, auroit pu être apperçue de la rue des Prouvaires; on l'auroit pu voir auffi de la porte faint Bernard, en allignant les rues faint André-des-Arcs, de la Huchette, des Bucheries & du Grand-Degré. On propofoit d'alligner encore la rue de la Comédie avec celle de Condé, pour laiffer voir un des pavillons du Luxembourg, que l'on perçoit même par une magnifique porte dans fa gallerie baffe jufqu'à la rue d'Enfer, où l'on auroit conftruit une fontaine pour point de vue.

La rue de Buffy étoit redreffée dans la même direction que celle du Four : & enfin, perçant le fond de la rue Mazarine fur le quai de Conty, du milieu de la Place, on auroit vu le Louvre. Par ce moyen, la ftatue du Roi auroit pu être apperçue d'une infinité de points de vue très-variés : mais il eft évident que ce projet auroit été extraordinairement difpendieux.

CHAPITRE XV.

DESCRIPTION *d'un projet de Place pour le Roi au bout de la rue de Tournon. (pl. LVII.)*

M^R. POLARD, inspecteur des ponts & chauffées, avoit choifi, dans le fauxbourg Saint-Germain, un emplacement pour la ftatue du Roi, qui auroit eu de très-grands avantages. Il fituoit fa Place au bout de la rue de Tournon, au lieu cotté *R* fur le plan (*pl. XXXIX.*). Il la faifoit circulaire de 75 toifes de diamètre. Son centre étoit à peu près au lieu où l'on voit aujourd'hui la falle de l'Opéra comique, dans le cul-de-fac des Quatre-Vents; ainfi ce projet devoit occuper une partie du terrein de la foire. Huit rues venoient aboutir à cet endroit. Dans l'allignement de la rue de Tournon, cet architecte en formoit une nouvelle qui s'allignoit avec la rue de Seine, à l'extrémité de laquelle il propofoit d'abattre un pavillon des Quatre-Nations, afin de permettre d'appercevoir la ftatue du Roi en paffant fur le quai. Perpendiculairement à ce dernier percé, il faifoit une autre rue qui traverfoit la Place. De plus, afin que l'on pût voir la figure du Roi du Pont-Neuf, il prolongeoit la rue Dauphine jufques-là, & même à l'oppofé il la continuoit jufqu'à la rue de Vaugirard; enfin, il avoit encore imaginé deux autres rues nouvelles, l'une qui, étant continuée, auroit abouti à la place Saint-Michel, l'autre dans la même direction, qui, dans fa prolongation, fe feroit terminée au bout du Pont-Royal. A l'aide de tous ces allignemens, il n'eft pas douteux que cette Place auroit été très-bien percée & très-régulière.

Cet architecte, perfuadé qu'un femblable monument doit être uniquement deftiné pour célébrer le Prince qui en eft l'objet, & que c'eft le refpecter d'autant plus qu'on n'y admet rien d'étranger, avoit confacré fon projet à repréfenter les conquêtes du Roi, & les actions glorieufes de fon règne. Tout y étoit employé à la magnificence & à la décoration. C'étoit un grand ordre corinthien, formant périftile divifé en huit parties, & dont les colonnes étoient accouplées. Toute l'ordonnance de l'architecture étoit portée fur un grand focle, qui élevoit le fol de ces périftiles de quatre ou cinq pieds au-deffus du niveau de la Place. Les entre-colonnes étoient décorées de grands bas-reliefs, relatifs à l'hiftoire de SA MAJESTÉ. Au-deffus, on voyoit des médaillons, dans lefquels étoient des infcriptions en gros caractères, qui exprimoient en peu de mots le fujet repréfenté. Tout cet édifice étoit couronné par une baluftrade; & à plomb des colonnes, il y avoit des figures allégoriques aux vertus du Roi.

Adoffé

'Adoffé au mur de ces colonnades, M. Polard avoit imaginé de placer des maifons à boutiques, auxquelles il propofoit d'accorder le même privilège qu'a la foire Saint - Germain. On remarque fur fon plan une rue tournante, qui auroit très-bien dégagé tous ces bâtimens.

M. Franque, un de nos architectes du Roi, avoit eu précifément la même penfée pour une Place en cet endroit. Il la perçoit à peu près de même ; avec la différence, qu'au lieu de colonnades, il l'environnoit d'hôtels pour les ambaffadeurs & miniftres étrangres.

CHAPITRE XVI.

DESCRIPTION d'un projet de Place dans le quartier de la rue Saint-Jacques.

M^R. Hazon, architecte du Roi, intendant & controlleur de fes bâtimens, alors penfionnaire de SA MAJESTÉ à l'académie de France à Rome, ayant été informé que la ville de Paris fe propofoit d'ériger une ftatue à la gloire de LOUIS XV, conçut un projet dont la penfée eft grande & poëtique. Il avoit choifi l'emplacement du quartier de la rue Saint-Jacques, l'un des plus fréquentés, & qui a le plus befoin d'ornemens, dans le deffein de profiter de la pente naturelle du terrein, qui commence à la rue des Noyers, pour terminer fa Place en amphithéâtre ; avantage qui n'auroit pas peu contribué à relever l'effet de fa décoration.

Pour l'exécution de ce projet, il auroit fallu abbattre le petit Châtelet qui gêne fi fort la voie publique. Cet architecte érigeoit, à peu près dans le même endroit, un magnifique arc-de-triomphe d'ordre corinthien, fervant d'entrée principale à la Place marquée S (pl. XXXIX.). A quelque diftance, & fur la même ligne, il plaçoit deux grands obélifques furmontés de Renommées.

Les rues du Petit-Pont & Saint-Jacques, jufqu'à la rue des Noyers, faifoient la longueur de fon plan, auquel il donnoit la forme d'un parallélogramme. L'élévation étoit décorée, de droite & de gauche, de promenoirs en colonnades à quatre rangs, du même ordre que l'arc-de-triomphe, & terminés par des pavillons qui formoient les quatre angles de la Place.

Au milieu, étoit élevé un rocher ; fur lequel il repréfentoit le Roi dans un char traîné par un quadrige ; conduit par la Victoire (a) au moment où, de retour de fes conquêtes, il vient de paffer fous l'arc-de-triomphe (b), &

(a) La Victoire fur un nuage, grouppée avec le char, tenant les rênes d'une main, & de l'autre montrant au Monarque le temple de la Gloire.
(b) L'idée de l'auteur étoit auffi de retracer l'événement remarquable de la journée du 7 novembre 1744, où le Roi, après fa convalefcence, revenant de l'armée de Flandres, entra victorieux dans Paris.

franchit ce rocher qui se trouve sur son passage, pour courir au temple de la Gloire, qui auroit fait le fond de la Place.

C'est là où M. Hazon donnoit tout à la magnificence. Cet édifice, allégorique à la gloire de la Nation, étoit d'ordre dorique & orné de figures symboliques, de bas-reliefs & d'inscriptions pour perpétuer la mémoire des plus belles actions des François, depuis le commencement de la Monarchie, & d'un grand nombre de médaillons, pour transmettre à la postérité les portraits des grands hommes en tout genre, qui ont concouru à la gloire de notre patrie.

Aux deux côtés de ce temple, il élevoit des colonnes triomphales pour aider à le faire pyramider. Tout cet ensemble étoit élevé sur une terrasse décorée, du côté de la Place, de fontaines, dont les eaux, après différentes chûtes, seroient venues remplir les fossés qui la terminoient aux deux extrémités, & de-là former des nappes le long du quai, en retombant dans la Seine.

CHAPITRE XVII.

DESCRIPTION d'un projet de Place à une des extrémités de Paris.

Mʀ. le chevalier Servandoni, si connu par les traits de génie qui caractérisent ses différens ouvrages, entre lesquels on peut placer le grand portail de saint Sulpice, & les belles fêtes de Madame première en 1739, présenta deux projets, l'un pour le carrefour de Bussy, qu'il décoroit de maisons à boutiques; & l'autre pour un endroit quelconque, pourvu qu'il fût isolé & à l'extrémité de la ville. C'est de ce dernier projet où il a donné l'essor à son imagination dont nous allons parler.

Plein des beautés de l'antique, cet artiste se rappella l'usage des Romains, qui bâtissoient, à l'extrémité de leurs villes, des cirques & des amphithéâtres pour les jeux & les spectacles publics. Il pensa que rien ne seroit plus digne d'une ville comme Paris, que d'avoir un édifice de ce genre, où, dans les jours de fêtes & de réjouissances, elle pourroit rassembler ses citoyens, donner à ses spectacles plus d'étendue & de liberté, en procurant aux spectateurs toutes les facilités du concours, sans les exposer aux troubles de l'affluence.

Il jugea que la statue du Roi, placée au centre d'un édifice de ce caractère, rappelleroit au peuple le génie bienfaisant qui préside à leur joie, & qui en est l'objet. Ainsi, ce monument auroit été à la fois érigé par l'amour des peuples à la gloire de LOUIS XV, & un lieu consacré par la vigilance des magistrats aux fêtes populaires.

A l'imitation des amphithéâtres Romains, M. Servandoni donna à son édifice la forme circulaire, qui lui parut préférable, parce qu'elle laisse découvrir plus d'objets. Il pratiquoit huit ouvertures, à travers desquelles du centre on devoit avoir huit points de vue très-variés, d'où l'on auroit pu appercevoir la statue du Roi dans des éloignemens plus ou moins grands.

Son plan avoit cent toises de diamètre *T* (*pl. XXXIX.*), & étoit parfaitement isolé (*a*). Quatre grands arcs de triomphe avec des arcades de vingt-huit pieds de largeur, réunis par quatre portiques circulaires, formoient le pourtour de cet édifice. Ces portiques avoient dans leurs élévations, ainsi que les arcs-de-triomphe, deux ordres d'architecture : au rez-de-chaussée, le dorique élevé de sept marches, & l'ionique au premier étage. Les marches n'étoient interrompues qu'aux endroits où sont les ouvertures diagonales percées chacune de trois entre-colonnes. Les colonnes, tant doriques qu'ioniques, étoient accouplées dans tout ce pourtour, parfaitement isolées, & formant péristile.

Il pouvoit contenir un nombre prodigieux de spectateurs dans ces galleries. Tout l'extérieur de cet édifice étoit couronné par un attique, de sorte que le dessus du second ordre, formoit encore une terrasse où la multitude pouvoit se placer, & où l'on arrivoit par des escaliers pratiqués dans les épaisseurs des murs à côté des arcs-de-triomphe.

Le fond de ces entre-colonnes étoit décoré de bas-reliefs relatifs à l'histoire du Roi ; on y auroit vu des inscriptions, des statues sur des piédestaux, des bustes, &c. Dans l'idée de cet artiste, cet édifice devoit être un monument où l'on auroit consacré à l'immortalité tout ce que le siécle de LOUIS XV a eu & aura de glorieux, où l'on auroit placé les statues des grands hommes, dont les services & les talens auroient soutenu & augmenté la fortune, ou l'éclat du nom François, avec les détails des succès divers que ce règne a enfanté en tout genre.

Cette pensée ne peut qu'être applaudie des vrais citoyens. Rien n'est plus propre à maintenir, & à exciter l'émulation que cette perpétuité de gloire. Les médailles que l'on frappe sont de foibles ressources pour cet effet. Perdues la plupart avec le temps, ou tout au plus renfermées dans le cabinet inaccessible de quelques curieux, elles ne donnent pour l'avenir qu'une espérance incertaine : elles ne sont connues que du public sçavant, & demeurent pour toujours soustraites aux regards de la multitude. Il n'en est pas ainsi d'un édifice public, capable par sa solidité de passer à la postérité la plus reculée, exposé à tous les regards, fait pour les attirer & les fixer par sa magnificence. Quelle voie est plus propre pour immortaliser tout ce qui mérite l'immortalité !

Cette multitude de piédestaux, de niches & de médaillons dans les entre-

(*a*) Extrait d'un mémoire que M. Servandoni avoit présenté relativement à ce projet ; & qu'il a bien voulu me communiquer.

colonnes, devoit offrir des rangs plus ou moins éminens pour tous les degrés
de réputation & de mérite. Afin d'éviter les injustices dont la flatterie ou
la rivalité menacent presque toujours les hommes vivans, il ne devóit y avoir
de place que pour les morts, parce qu'à leur égard la vérité cesse d'être
muette, & qu'il n'est point à craindre que l'opinion publique soit corrompue
par des préventions. A côté de ces statues & des ces monumens de la gloire
de leurs prédécesseurs, devoient être des places vuides, où le desir & l'espérance de les remplir, auroient fourni au zèle des citoyens un intérêt bien
sensible. Instruits de la route qui devoit conduire à ces places glorieuses, ils
auroient fait les plus grands efforts pour se signaler ; & toujours incertains
d'y parvenir, ils auroient cherché à se les assurer par leur constance.

Les quatre arcs-de-triomphe, suivant le projet de cet artiste, avoient
chacun leur destination particulière. Le premier étoit consacré au triomphe
de la Valeur ; le second, au triomphe de la Politique ; le troisième, au
triomphe de la Justice ; le dernier enfin étoit réservé au triomphe des Arts,
& devoit fournir des couronnes aux illustres favoris des Muses.

Ainsi la statue de Louis XV auroit été placée majestueusement dans un
lieu où tout auroit parlé de ses vertus & de sa gloire. Elevée au milieu de
cette arêne immense, elle auroit paru comme la source d'où tout dérive, &
le centre où tout aboutit. Les statues des grands hommes, distribuées avec
méthode dans ce superbe monument, n'y auroient été placées que pour
annoncer l'influence du pouvoir de Louis sur leur émulation, & le concours de tous les talens pour l'illustration de son règne.

CHAPITRE XVIII.

DES EMBELLISSEMENS DE PARIS.

APRÈS avoir fait la description des projets de Place pour le Roi, qui auroient procuré des embellissemens particuliers à cette Capitale, il ne sera
pas inutile de terminer cet ouvrage par des réflexions générales sur les moyens
que l'on pourroit employer pour embellir cette Ville dans sa totalité, & la
rendre aussi commode qu'agréable.

Il n'y a personne qui ne convienne que Paris, avec une infinité de bâtimens
admirables, n'offre dans son ensemble qu'un aspect peu satisfaisant : son extérieur
ne répond point à l'idée que les étrangers doivent se former de la Capitale
du plus beau royaume de l'Europe. C'est un amas de maisons entassées pêle-
mêle, où il semble que le hasard seul ait présidé. Il y a des quartiers entiers
qui n'ont presque pas de communication avec les autres : on ne voit que
des rues étroites, tortueuses, qui respirent par-tout la mal-propreté, où la

rencontre

rencontre des voitures met continuellement la vie des citoyens en danger, & caufe à tout inftant des embarras. La Cité fur-tout n'a prefque point changé depuis trois fiècles ; elle eft reftée dans l'état de confufion où l'ignorance de nos pères l'a laiffée (a). Tout le goût des embelliffemens s'eft borné feulement aux maifons des particuliers. Depuis environ cinquante ans, près de la moitié de Paris a été rebâtie, fans qu'il foit venu dans la penfée de l'affujettir à aucun plan général, & fans avoir encore cherché à changer les mauvaifes diftributions de fes rues. Lorfqu'il s'eft trouvé des maifons à y reconftruire, on a cru avoir beaucoup fait en élargiffant la voie publique de quelques pieds : on a laiffé échapper les occafions favorables de faire différens percés avantageux qu'il eût été facile de pratiquer, pour former, foit des débouchés, foit des communications utiles. Nous avons vu, par exemple, rebâtir les Quinze - Vingt, la ferme du tabac & l'hôtel d'Elbeuf : n'auroit-il pas mieux valu donner une iffue à la rue de Richelieu, la plus droite de Paris, la faire arriver fur le quai, & conftruire tous ces grands édifices à droite & à gauche ? Il en eft de même d'une maifon qui a été élevée fur le quai Saint - Bernard, dans l'allignement du pont Marie & du pont de la Tournelle, laquelle termine ce percé qu'il eût été très-intéreffant de continuer jufques derrière le collège du cardinal le Moine. Si l'on avoit confulté un plan de Paris bien entendu, auroit-on placé la fontaine de la rue de Grenelle dans l'endroit où on la voit ? en auroit-il plus coûté de la mettre en vue & dans un lieu plus apparent ? D'où vient, lorfqu'on a conftruit le grand portail de S. Sulpice, ne l'avoir pas placé où eft le chevet de cette églife ? on auroit tiré tout naturellement, de la rue de Tournon, une vue & une place qui permettroient de le découvrir ; au lieu que ce monument eft offufqué par fon féminaire qui y met un obftacle éternel. Nous n'avons prefque point d'édifices qui n'offrent des regrets par leur pofition.

Mais ce qui frappe le plus dans cette Capitale, c'eft de voir, dans fon centre & dans l'endroit le plus peuplé, l'Hôtel-Dieu qui eft le réceptacle de toutes les maladies contagieufes, & qui, en infectant une partie de l'eau de la rivière, exhale de toutes parts l'air le plus corrompu & le plus mal fain. Il y a long-temps que nos citoyens defirent de le voir transféré dans l'ifle des Cygnes.

Un abus qui n'eft pas moins fenfible & intéreffant pour la fanté de tous les habitans de Paris, c'eft l'ufage d'enterrer non feulement dans les églifes, mais encore dans les cimetières qui font répandus dans les différens quartiers de cette Capitale. Anciennement, il étoit défendu par la loi des Douze-Tables d'inhumer dans l'enceinte de Rome ; on a été près de douze fiècles

(a) Effai fur l'architecture, pag. 242, ouvrage où il y a nombre de réflexions pleines de goût fur les embelliffemens des villes.

fans enterrer dans les églifes. Dans le code Théodofien, il y a une loi qui ordonne expreffément la fépulture hors des villes, & cette loi a été renouvellée dans plufieurs Conciles. Sous la première & la feconde race de nos Rois, on n'inhumoit point dans l'enceinte de Paris. Le moine Saint-Vaaft dit que Gozlin, qui en étoit évêque, y étant mort en 886, tandis que les Normands en faifoient le fiège, on l'enterra, contre l'ufage ordinaire, dans la ville, afin de dérober fa mort aux affiégeans. Ce n'eft que par tolérance que l'inhumation dans les églifes s'eft introduite : on l'accorda d'abord aux Evêques & aux fondateurs des temples ; on étendit enfuite cette grace à ceux qui faifoient des legs pieux ; & comme les abus vont toujours en croiffant, avec de l'argent, chacun parvint fucceffivement à obtenir ce privilège.

Nous fommes étonnés que les Turcs ne prennent à Conftantinople aucune précaution contre la pefte qui ravage cette ville prefque tous les ans ; ces peuples, que nous regardons comme barbares, feroient fondés à nous faire les mêmes reproches, nous qui, fans y apporter la moindre attention, entretenons continuellement le germe de toutes les maladies & de la mort, par l'inhumation dans nos temples & dans l'enceinte de nos villes.

Pour remédier à cet inconvénient, il feroit à propos de rétablir comme autrefois les cimetières hors des villes ; on les rendroit bien fpacieux, bien airés ; on les entoureroit de hautes murailles : de cette manière les vapeurs s'élevant dans l'athmofphère y feroient battues, tranfportées au loin, & ne pourroient caufer aucune infection dans l'air.

Cette réforme ne trouveroit certainement aucune contradiction de la part des prêtres, qui en font eux-mêmes les premières victimes. Quant à l'intérêt pécuniaire qu'ils tirent de l'inhumation dans les églifes, & à la vanité du public qui fe croiroit léfée par ce changement, il ne feroit pas auffi difficile qu'on imagine de les concilier : ce feroit d'avoir dans ces cimetières des efpèces de chapelles privilégiées, où l'on paieroit pour être enterré ; ou bien d'environner ces vaftes endroits de portiques, fous lefquels, moyennant des droits aux églifes, on pourroit conftruire des caveaux pour les différentes familles qui en demanderoient. Entre les arcades, il feroit libre de placer des maufolées, des ftatues & des infcriptions à l'ordinaire. Les grands feuls jouiroient de la diftinction d'voir leurs cœurs dépofés dans les chapelles des églifes affectées à leur maifon, où l'on pourroit élever, comme il eft d'ufage, de magnifiques tombeaux, mais qui ne feroient que pour l'ornement, & feulement repréfentatifs. Il eft probable que l'églife ne perdroit rien à cette réforme : dès qu'on admettroit des diftinctions dans les cimetières, les particuliers, qui feroient en état de les payer, voudroient en jouir.

Après l'inconvénient du mauvais air que l'on refpire à Paris, le manque d'eau eft le plus fenfible. On s'apperçoit depuis longtemps de la néceffité de multiplier les fontaines dans quantité de quartiers qui en ont befoin , auffi bien que d'en procurer dans les maifons des particuliers. Les Romains, dont toutes les vues étoient fans ceffe dirigées vers le bien public, penfoient bien différemment de nous à cet égard. Que de dépenfes ne faifoient-ils pas pour procurer de l'eau en abondance aux différentes villes de leur domination? Ils en tiroient fouvent des endroits les plus éloignés. Pour la petite ville de Fréjus, ils en firent venir de dix lieues. Pour Nîmes, ils furent jufqu'à fept lieues chercher les eaux de la rivière d'Eure, en coupant & perçant des montagnes. M. Delorme, de l'académie de Lyon, a remarqué que, fi l'on mettoit bout à bout les aqueducs que les Romains ont fait conftruire pour amener de l'eau à Lyon, ils occuperoient une étendue de plus de trente-fix lieues de longueur. Plufieurs de nos villes de province ont fait des dépenfes confidérables depuis peu pour fe procurer des eaux en abondance; telles que Carcaffonne , Moulins , Dijon, Reims & Montpellier. Cette dernière ville entre autres vient de faire conftruire un aqueduc de fept mille quatre cent toifes de long pour amener quatre-vingt pouces d'eau dans fon enceinte (a).

Pourquoi la Capitale de la France ne feroit - elle pas des efforts pour fe procurer de femblables avantages? Il n'y a pas de ville plus mal approvifionnée d'eau. Les Pompes de Notre-Dame , de la Samaritaine, l'aqueduc d'Arcueil, les fources du Pré faint Gervais & celles de Belleville , ne produifent guère enfemble que deux cent pouces d'eau. Et, s'il eft vrai qu'il faille un pouce d'eau coulant continuellement par chaque millier d'habitans, comme on l'a remarqué (b), il faudroit encore , en fuppofant un million d'hommes à Paris, huit cent pouces d'eau; ce qui feroit environ vingt pintes par jour pour chaque perfonne, pourvu qu'on n'en laifsât point perdre pendant la nuit. Il a déjà été propofé plufieurs projets , tant dans le fiècle dernier que dans celui - ci , pour procurer à cette Capitale une fi grande utilité. Comme la plupart font ignorés , je crois devoir en parler.

Parmi les grands projets d'embelliffemens de M. Colbert , il avoit réfolu de multiplier les fontaines dans Paris. Dans l'emplacement de l'hôtel de Soiffons , où l'on exécute la nouvelle halle au bled, il avoit projetté de faire conftruire un vafte baffin, qu'on auroit rempli des eaux qu'il faifoit venir par de nouveaux aqueducs. Au milieu devoit s'élever un rocher, fur lequel quatre Fleuves de marbre auroient répandu l'eau, qui eut tombé en nappes dans ce baffin, & qui de-là fe feroit diftribuée dans les maifons des citoyens. Les matériaux néceffaires pour ce projet étoient déjà achetés ; & ce deffein auroit fans doute eu fon entière exécution, fi ce miniftre eût vêcu plus longtemps (c).

On lit dans un manufcrit de Charles Perrault , qui eft à la bibliothèque

---

(a) *Mémoire de M. Deparcieux.*
(b) *Ibidem.* pag. 8.

(c) *Œuvres de M. de Voltaire , Notes fur le temple du goût.*

du Roi, que vers l'an 1672, lorsqu'on cherchoit les moyens pour procurer des eaux à Versailles, il se préfenta un particulier qui s'offrit de faire venir fur le haut de Paris la rivière d'Eftampes, ou du moins une partie, moyen- nant une fomme qu'il demandoit. Pour en démontrer la poffibilité, il fit graver une carte, où le chemin par lequel il conduifoit le canal étoit mar- qué. A l'endroit où la rivière d'Orge paffe, entre Viry & Savigny, il projettoit un aqueduc pour le paffage de cette rivière. Comme ce projet n'avoit pour but que l'avantage de cette Capitale, on n'y fit point alors d'attention ; mais, dit Perrault, il eft très-exécutable, & feroit de la plus grande utilité.

Quoique je n'aie pas vu la carte qui montre le chemin que devoit parcourir ce nouveau canal pour arriver à Paris ; par diverfes obfervations faites, à la vérité, fans inftrumens, il me paroît qu'il faudroit prendre la rivière d'Eftampes du côté de Villeroy, & qu'elle a dans cet endroit une élévation fuffifante (ainfi qu'on en peut juger par le grand nombre de vannes que l'on trouve depuis Villeroy jufqu'à Corbeil) pour être conduite, en tout ou en partie, avec la feule pente dont l'eau a befoin pour couler, fur la hauteur de Juvify, où feroit conftruit l'aqueduc projetté pardeffus la rivière d'Orge, qui paffe dans des vallons au pied de cette montagne. Ce canal pourroit enfuite arriver, depuis Juvify, fans aucun obftacle, jufques fur le haut de Paris.

L'eau de la rivière d'Eftampes eft très - claire : la plupart des habitans des villages fitués le long de fon cours, en boivent fans en être incom- modés. Elle paffe pour être un peu crue ; mais il eft à croire que le trajet qu'il lui faudroit parcourir pour arriver jufqu'à Paris, dans un canal bien en- tretenu, lui feroit perdre cette crudité.

Comme LOUIS XIV étoit alors dans l'incertitude s'il quitteroit Verfailles pour bâtir dans une fituation plus avantageufe, Perrault faifit l'occafion de ce canal propofé pour imaginer un projet de maifon Royale, qui auroit produit le plus bel effet, à caufe de fon heureufe fituation, & de l'amas des eaux que la rencontre de la rivière d'Eftampes pouvoit procurer. On auroit vu, d'un côté, la rivière d'Orge qui paffe dans une des plus belles prairies du monde ; de l'autre, la rivière d'Eftampes qui feroit venu la traverfer, & paffer par def- fus des aqueducs, qui étant fort larges, auroient fait un canal dont les eaux pouvoient produire des effets prodigieux dans un baffin de quinze à feize cent toifes de longueur & de cent de largeur, formé par la rivière d'Orge. Les deux côteaux de Viry & de Savigny, où il y a beau- coup de fources, auroient été ornés de quantité de fontaines. Le château devoit être planté fur le fommet du côteau de Savigny au foleil levant, afin d'avoir pour perfpective toute l'étendue de la Seine, jufqu'au-delà même de Corbeil. A droite, il auroit eu pour point de vue la forêt d'Eftigny, & à gauche celle de Senart, qu'un pont fur la Seine auroit unies l'une à l'autre.

On

On peut voir, fur la grande carte des environs de Paris, que cette fituation pour une maifon Royale, feroit incomparable; mais il faudroit faire venir pour cet effet la rivière d'Eftampes dans la Capitale.

Au lieu de conduire une nouvelle rivière à Paris, feu M. Petitot, homme fort verfé dans la fcience des machines hydrauliques (a), propofa, il y a environ vingt ans, d'élever, à fes dépens, trois cent pouces continuels d'eau de la Seine fur l'Eftrapade, pour la diftribuer de-là dans toutes les fon-taines & les maifons qui en auroient demandé.

Pour l'exécution de fon projet, il devoit former trois puits au-deffus de la porte Saint-Bernard, dans une place qui n'eft pas un port néceffaire. Il fai-foit monter cette eau dans des aqueducs fouterreins, par les rues des foffés-Saint-Bernard & de Saint-Victor, jufques dans un jeu de paume, que l'on remarque dans l'endroit le plus élevé de l'Eftrapade, fans interrompre le commerce de ces rues, ainfi que le paffage des carroffes & des voitures pu-bliques. Ce jeu de paume devoit être le grand & le feul réfervoir de diftri-bution, lequel, par fa pofition, auroit pu communiquer dans tout Paris & fes fauxbourgs.

Pour avoir de l'eau dans ce réfervoir de l'Eftrapade, dépouillée de toutes fes parties hétérogènes, il devoit conftruire, au-deffous du niveau du lit de la Seine, des voûtes remplies de gros fable, par où l'eau fe feroit rendue dans l'endroit où il comptoit établir des machines, avec des corps de pom-pes de fa compofition, dont il avoit fait l'expérience en grand. Il avoit formé une compagnie pour fon exécution, qui auroit partagé avec lui les bénéfices de cette entreprife. Il demandoit, 1°. un privilège exclufif, & à perpétuité, pour diftribuer l'eau dans Paris : 2°. il offroit de dépofer à l'hôtel-de-ville, d'avance, un million de livres, dont la Ville auroit payé cinq pour cent d'intérêts à lui & à fa compagnie; laquelle rente de 50000 l. auroit fervi de fureté pour l'entretien des machines, conduits, aqueducs & autres édi-fices néceffaires à l'élévation continuelle des eaux à ladite place de l'Eftra-pade : 3°. il s'engageoit de donner l'eau aux particuliers à 150 l. la ligne, c'eft-à-dire, à moitié moins que la Ville ne la vend, une fois payée, ou de fe contenter de la rente du capital à cinq pour cent, affectée fur l'immeuble qui recevroit l'eau : 4°. il propofoit de remettre au Prévôt des Marchands & Echevins la quantité d'eau qu'ils demanderoient pour les fontaines publiques, à condition qu'il ne leur feroit pas permis d'en vendre ou remettre aux parti-culiers, dont la Ville ne paieroit aucuns capitaux, mais feulement la rente fur le pied de cent livres la ligne d'eau : 5°. enfin, M. Petitot offroit de conf-

_____

(a) C'eft ce même Méchanicien qui avoit fait exécuter à Lyon un bateau fur le Rhône, où il avoit ajufté des pompes capables d'élever l'eau fur la tour du pont du Rhône, pour la diftribuer dans toute la Ville. Il a fait auffi le puits des Invalides & la méchanique du Pont-aux-Choux à Paris.

truire , à fes frais, rifques & périls , non feulement les machines , les bâtimens & réfervoirs néceffaires pour cette entreprife , mais encore tous les aqueducs pour diftribuer l'eau dans Paris ; lefquels devoient être à doubles conduites , avec des robinets pour changer l'eau d'une conduite à l'autre , en cas qu'il y eût quelques réparations à faire aux cornets. Par ce moyen , le fervice du public n'auroit jamais été interrompu , & il y auroit eu beaucoup de facilité pour faire les réparations. Ce projet fut communiqué à M. Orry , alors Controlleur - général , ainfi qu'à M. Turgot , Prévôt des Marchands ; & il eft à croire qu'il auroit eu lieu fi fon auteur avoit vécu.

En 1745, un particulier propofa encore un canal pour diftribuer des eaux dans toutes les rues & maifons de Paris. Il le faifoit remplir par la Marne ; & commençant à Châtillon , il devoit le conduire par le Roule au-deffus de faint Lazare , de la foire faint Laurent , de l'hôpital faint Louis & de la Courtille ; de-là traverfant la plaine de Vincennes , il lui faifoit fuivre & remonter les côteaux qui bornent cette rivière , jufqu'à ce qu'il l'eût rencontrée. Comme l'on fçait que la Marne eft très-rapide, quoique très-tortueufe, à caufe de fa grande inclinaifon que l'on a obfervé être d'environ cinq pieds par lieues; en donnant douze ou treize lieues de long à ce canal, les eaux auroient dominé Paris d'environ foixante pieds , hauteur qui auroit pu être fuffifante pour leur diftribution dans tous fes quartiers. Ce canal devoit avoir quinze toifes d'un bord à l'autre dans fa moindre largeur, pour le rendre navigable , & jufqu'à quarante & cinquante dans les villages par où il auroit paffé. Ce projet n'étoit affurément point mal concerté : mais , puifque fon but n'étoit que de procurer de l'eau à Paris , & de l'élever affez pour qu'elle pût être diftribuée dans les différentes maifons , de fimples rigoles , femblables à peu près à celles qui conduifent les eaux de la plaine de Rambouillet à Verfailles (a) avec deux ou trois grands canaux pour dépurer l'eau à fon arrivée dans la plaine faint Denis, auroient pu fuffire : par ce moyen ce projet n'auroit pas paru auffi difpendieux , & cette Capitale jouiroit peut-être aujourd'hui de cet avantage (b).

Il ne fuffit pas de donner de l'eau dans les maifons d'une ville : il feroit encore à defirer qu'on pût la faire circuler , de temps en temps , dans toutes les

---

(a) Un particulier vient de mefurer l'étendue de toutes les rigoles & petits aqueducs fouterreins que l'on a faits pour recueillir les eaux des environs de la plaine de Rambouillet, afin de former les étangs de Trappes qui fourniffent des eaux à Verfailles ; & il a trouvé que, fi toutes ces rigoles & petits aqueducs fouterreins étoient mis bout à bout , les unes formeroient une longueur de trente-deux lieues, & les autres une longueur de douze lieues.

(b.) Il feroit d'une grande utilité d'exécuter le projet d'amener une partie de la Marne dans l'égoût des Quatre-Vents , en la prenant à Saint-Maur : on élargiroit cet égoût , & on faciliteroit par eau les débouchés de la moitié de Paris. Un nommé Crofnier , fous Louis XIII, conçut un projet à peu près femblable. Il propofoit de prendre une petite partie de la Seine , qui auroit parcouru les boulevards , & qui feroit rentrée dans cette rivière , vers la Place de Louis XV.

rues ; ce qui contribueroit à purifier l'air , & à l'écoulement des immondi-
ces. M. Laurent, qui a fait la machine hydraulique du château de Brunoy ,
proposa , il y a quelques années , d'élever à cet effet une partie de l'eau
de la Seine au-deſſus de la Porte ſaint Bernard : la quantité d'eau qu'il projettoit de procurer auroit été aſſez abondante pour pouvoir laver preſque tous
les jours les rues de Paris.

Pluſieurs perſonnes reſpectables m'ont aſſuré que M. Vaucanſon avoit fait
un projet pour faire monter au-delà de l'hôpital une certaine quantité d'eau
de la Seine juſques vis-à-vis le château de Bicêtre, d'où elle devoit ſe diſtribuer, en filtrant à travers des terres, juſqu'à l'Eſtrapade : là , il formoit un
réſervoir pour diſtribuer l'eau dans les différens quartiers de Paris. La réputation que s'eſt acquiſe ce méchanicien ne doit laiſſer aucun doute ſur l'exécution de ſon projet ; par toutes les inventions que nous avons vues de lui, il
nous a en quelque ſorte familiariſé avec les prodiges ; eſpérons de ſon zèle
patriotique qu'il ne laiſſera pas ignorer les vues qu'il a conçues pour procurer
une ſi grande utilité à cette Capitale.

M. Deparcieux vient de publier un mémoire qu'il a lu à l'académie Royale
des ſciences , pour démontrer la poſſibilité d'amener à Paris, à la même hauteur à laquelle y arrivent les eaux d'Arcueil , mille à douze cent pouces d'eau
provénant de la rivière d'Yvette ; laquelle ayant ſes ſources entre Verſailles
& Rambouillet, paſſe par Dampierre , Chevreuſe , Lonjumeau , & tombe
dans la rivière d'Orge un peu au-deſſus de Juviſy. Après un mûr examen &
des nivellemens exacts , cet académicien trouva qu'en prenant cette rivière à
Vaugien un peu au-deſſous de Chevreuſe , l'eau de l'Yvette en cet endroit
eſt de près de quatre-vingt-quatre pieds plus élevée que le ſol de Notre-Dame
de Paris , non compris la pente qui la fait couler de Vaugien à Paris : ainſi
rien n'eſt plus faiſable que d'amener cette rivière ſur l'Eſtrapade par un canal.
Il lui faiſoit côtoyer d'abord la rive gauche de l'Yvette, avec la ſeule pente
dont l'eau a beſoin pour couler, & le conduiſoit à découvert juſqu'à Palaiſeau.
Comme la montagne qui ſe trouve entre ce village & celui de Maſſy eſt
un obſtacle, il la perçoit dans un eſpace de cinq ou ſix cent toiſes , par
un aqueduc voûté ; de-là , paſſant au bas du village de Maſſy , il faiſoit ſuivre
à ce canal la côte droite de la Bièvre ; &, croiſant le chemin d'Orléans , il le
faiſoit paſſer par la gorge de Frênes, un peu au-deſſus de Tourvoie , par un
pont-aqueduc médiocrement élevé ; de-là, il continuoit le long de la côte, paſſant ſous Frênes , ſous Lhay, en côtoyant le deſſous de l'aqueduc voûté qui vient
de Rungis.

Ce nouveau canal auroit rencontré le pont-aqueduc actuel d'Arceuil, quelques pieds au-deſſus de ſa rigole. Cette traverſée pouvoit ſe faire avec une
forte nappe de plomb, laquelle auroit porté l'eau dans le nouveau pont-aque-

duc, qu'on auroit conftruit à l'aval, & tout contre celui de la Reine MARIE-
DE MÉDICIS, afin qu'ils fe foutinffent & fe confervaffent mutuellement l'un.
l'autre.

Depuis Arcueil jufqu'à la rûe de la Bourbe, notre académicien projettoit
de faire un autre aqueduc voûté, qui auroit côtoyé fous terre celui qui apporte
les eaux de Rungis, venant paffer entre l'Obfervatoire & le château d'Eau.
Il devoit avoir deux mille cinq cent ou deux mille fix cent toifes de
long : l'eau auroit paffé du canal dans cet aqueduc, à travers d'un encaiffement de gravier ou gros fable de fept à huit pieds d'épaiffeur, qui auroit occupé une étendue de cent à cent vingt toifes de long.

Le but de cet encaiffement étoit de purifier l'eau ; c'eft pourquoi il auroit
été placé entre le canal & l'aqueduc : fon commencement devoit être
à cent ou cent vingt toifes avant la fin du canal, & l'auroit côtoyé
à fept ou huit pieds de diftance. Le fond de l'aqueduc devoit être de
quatre ou cinq pieds plus bas que le fond du canal. L'entre-deux, où fe feroit
trouvé le fable, auroit été maçonné dans le fond & aux deux bouts, pour empêcher l'eau de pénétrer à travers les terres : les deux murs joignant le fable auroient été percés de beaucoup de trous, pour permettre le paffage de l'eau.
Enfin, le fond de l'encaiffement, difpofé en pente du canal à l'aqueduc,
auroit facilité à l'eau d'entrer toujours propre dans ce dernier.

Avant le paffage de la rue de la Bourbe, M. Deparcieux propofoit d'en-
fermer l'eau dans des tuyaux de plomb faits pour être éternels ; de très-grands
diamètres & en nombre fuffifant : ils devoient paffer dans les jardins des Car-
mélites, de S. Magloire & autres, par-deffous les maifons, pour arriver vers
le milieu de la rue S. Hyacinthe, où fe feroit faite la répartition de l'eau, pour
l'envoyer dans les différens quartiers. Ainfi, ce canal, dont toutes les pof-
fibilités de l'exécution font très-bien démontrées, auroit fix à fept lieues de
long, dont une lieue & demie d'aqueduc voûté, tant à travers de la montagne,
entre Palaifeau & Maffy, que depuis Arcueil jufqu'à Paris par-deffous
terre, & cinq lieues de canal à découvert, fait en maçonnerie, afin que
l'eau ne fe perdît pas dans les terres. Le fond en feroit couvert de dales ou
de grands pavés. De quinze cent toifes en quinze cent toifes, il y auroit
des efpaces ou repos plus profonds de quatre à cinq toifes de long, pour arrêter tout ce que l'eau charie de plus pefant qu'elle, & que l'on pouvoit nétoyer une fois l'an, à l'aide de vannes à l'aval & à l'amont de ces repos.
L'eau de la rivière d'Yvette paffe, par tout le pays où elle coule, pour avoir un
goût de marécage, qui eft commun à l'eau de la plupart des petites rivières ;
mais qu'elle perdroit vraifemblablement en parcourant un canal de fix à fept
lieues entretenu proprement.

Après avoir fongé à la falubrité de l'air, & à l'avantage de procurer une
fuffifante

suffisante quantité de bonne eau dans les différens quartiers de cette Capitale, il conviendroit encore de lui donner tous les embellissemens dont elle est susceptible relativement à son local. Les villes sont supposées immortelles; & il seroit digne de nous de laisser à la postérité une grande idée de notre siècle, des vues qu'on y avoit pour le bien public, & du haut degré de perfection où les arts ont été portés de nos jours. Une Princesse, dans le fond du Nord, vient de nous donner l'exemple de ce que nous devrions entreprendre (a). Pourquoi n'aurions-nous pas aussi le courage d'orner notre patrie? Ce fut lorsque les arts étoient les plus florissans à Athènes & à Rome, que ces deux villes furent embellies; l'une par Periclès, l'autre par Auguste. Le temps achèvera ce que nous aurons commencé. Quelles obligations n'aurions-nous pas à nos ancêtres, si, le siècle dernier, ils avoient exécuté les vues que nous proposons aujourd'hui?

Pour parvenir à un objet si desiré, je ne répéterai point, avec tant d'autres, qu'il seroit nécessaire d'abbattre tout Paris pour le reconstruire, si l'on vouloit en faire une belle ville: je pense au contraire qu'il faudroit conserver tout ce qui est digne de l'être, ainsi que tous les quartiers & les édifices qui forment déjà des embellissemens particuliers, afin de les lier, avec art, à un embellissement total. Pour cet effet, il conviendroit d'abord de faire dessiner un plan général de cette Capitale suffisamment détaillé (b), sur lequel seroient exprimés tous les édifices qu'il faudroit épargner; tels que les plus belles églises, les palais du Louvre, des Tuilleries, du Luxembourg, le Palais-Royal, les principaux monumens publics qui méritent de la considération par leur architecture, ainsi que les beaux hôtels, une partie des faux-bourgs Saint-Germain, Saint-Honoré & du Marais. Les maisons de dessus les ponts seroient supprimées, ainsi que tout ce qui est mal bâti, mal décoré, d'une construction gothique; ou dont les dispositions seroient estimées vicieuses par rapport aux embellissemens projettés. On feroit ensuite graver l'ensemble général du local de Paris, avec la position exacte & respective de tous les édifices à conserver. Les gravures en seroient distribuées à tous nos gens à talens, que l'on inviteroit en concours à composer des projets pour cette Capitale, à condition de s'assujettir à toutes les réserves.

Il ne faut pas croire que tous ces bâtimens à épargner fussent des obstacles invincibles pour les embellissemens. Si les difficultés déconcertent les foibles talens, elles servent au contraire à faire briller le vrai mérite; c'est

(a) L'Impératrice de Russie a proposé en concours, à tous les architectes de l'Europe, les embellissemens de Pétersbourg. *Gazette de France*, janvier 1764.

(b) L'architecte Bullet avoit commencé, le siècle dernier, un grand plan de Paris pour cet objet; lequel est entre les mains de M. Buache de l'académie des Sciences. Feu M. l'abbé de la Grive en avoit entrepris un autre très-développé par ordre de la Ville, lequel est resté à moitié fait. Rien ne seroit plus utile que de le faire continuer.

alors que la différence d'homme à homme saifit, surprend, étonne, & paroît quelquefois immenfe. Car les qualités pour former un architecte, vraiment digne de ce nom, font plus rares qu'on ne l'imagine communément. Donnez - moi quelqu'un d'un génie vafte, avec des penfées grandes & nobles, une imagination vive & féconde, un goût fûr, un fens droit, il deviendra en peu de temps un habile artifte en ce genre. Pour réuffir dans cet art, il n'eft peut-être pas befoin de cette fougue d'enthoufiafme fi néceffaire au peintre ou au poëte; il faut au contraire un génie fage, accoutumé à combiner les effets avec les caufes, & à envifager les objets fuivant tous les différens rapports qu'ils peuvent avoir. Un Defcartes, un Newton, s'ils avoient dirigé leurs études vers l'architecture, auroient infailliblement réuffi; & fans doute notre célèbre Perrault ne trouva tant de facilités à y remporter la palme, que parce qu'il avoit l'ame organifée de cette manière.

Il n'eft pas néceffaire, pour la beauté d'une ville, qu'elle foit percée avec la froide fymmétrie des villes du Japon & de la Chine, & que ce foit toujours un affemblage de maifons difpofées bien régulièrement dans des quarrés ou dans des parallélogrammes. L'effentiel eft que tous fes abords foient faciles; qu'il y ait fuffifamment de débouchés d'un quartier à l'autre pour le tranfport des marchandifes, la libre circulation des voitures, & que tout fe dégage du centre à la circonférence fans confufion. Il convient furtout d'éviter la monotonie & la trop grande uniformité dans la diftribution totale de fon plan, mais d'affecter au contraire de la variété & du contrafte dans les formes, afin que tous les quartiers ne fe reffemblent pas. Le voyageur ne doit pas tout embraffer d'un coup d'œil; mais il faut qu'il foit continuellement attiré par du nouveau, du varié, de l'agréable, qui excite, pique & réveille fans ceffe fa curiofité.

Après que ces projets d'embelliffemens auroient été fuffifamment médités, ils feroient expofés publiquement. On prendroit les avis des connoiffeurs, qui feroient invités à les donnner par écrit, en motivant fur-tout les raifons de leur choix. Lorfque le meilleur deffein auroit été reconnu, on en feroit graver le plan général fur de grandes tables de marbre blanc (comme le fut autrefois, fous l'empire de Septime Sévère, le plan de l'ancienne Rome): on le feroit appofer fur une muraille de l'hôtel - de - ville, où il feroit fans ceffe expofé à la vue du public. Ce plan feroit autorifé par un arrêt du confeil d'état qui en ordonneroit l'exécution, ainfi que l'achat fucceffif de tous les terreins & de toutes les maifons néceffaires pour cette opération, avec défenfe la plus expreffe à aucune perfonne en place, quelle qu'elle fût, d'y rien innover fous aucun prétexte.

M. le duc d'Aiguillon fuit ces mêmes vues pour les embelliffemens de Nantes. Il fait acheter fucceffivement à cette Ville toutes les parties de maifons

qui font dans les allignemens arrêtés fur un nouveau plan, revêtu d'un arrêt du
confeil. Il fait encore rectifier tous les quais dans la longueur de plus d'une
lieue fur les bords de la Loire : de manière que Nantes fera dans peu d'années
une des plus belles villes de France.

Suppofons que l'on voulût deftiner un fond de quatre ou cinq millions pour
commencer les embelliffemens de Paris, & enfuite y employer irrévocablement
d'année en année une fomme de cinq cent mille livres. La Ville acquerroit d'abord une certaine quantité de maifons, relativement à cet argent, dans
un quartier des plus défectueux, tels que la Cité, le quartier faint Martin,
le fauxbourg faint Marceau, &c. Elle feroit abbattre ces bâtimens, & vendroit leurs matériaux. Lorfque la place feroit bien nétoyée, on traceroit les
allignemens des différentes rues projettées en cet endroit, dont la Ville vendroit à l'enchère les nouveaux terreins aux particuliers, en les obligeant de
s'affujettir aux décorations extérieures arrêtées par le projet total. Avec l'argent
de ces matériaux & de ces terreins joint au cinq cent mille livres de l'année
fuivante, la Ville acheteroit d'autres maifons, dont elle vendroit encore les
démolitions & l'emplacement. Succeffivement elle feroit la même opération
d'année en année, fans s'embarraffer d'autre réconftruction que de celles des
édifices publics. Il eft à croire qu'en fuivant ce procédé, en quarante ou cinquante ans Paris pourroit être embelli en grande partie (a).

(a) Il feroit facile, en ne fe preffant pas, d'o-
pérer les plus grands projets avec des fommes
modiques : il fuffiroit, pour cet effet, de laiffer
amaffer les intérêts & les intérêts des intérêts pendant un certain temps ; après lequel on retireroit
les intérêts échus & les capitaux. C'eft ainfi qu'on
adminiftre en Italie les multiplico (c'eft-à dire,
une fomme quelconque dont on place fucceffivement l'intérêt & les intérêts de l'intérêt.) On fçait
qu'une fomme eft deftinée pour un objet : quand
elle n'eft pas affez forte, on y joint quelques années du revenu qu'on laiffe accumuler. Il y a en
Italie la famille Caraccioli, dans laquelle la fille qui
fe marie reçoit pour dot le revenu du multiplico de
l'année du mariage : cette fondation n'a pas d'autre
objet. Plus on ira en avant, plus les dots des
filles de cette maifon augmenteront.

M. Gueffier, père de celui qui demeure aujour-
d'hui au Palais-Bourbon, mourut à Rome, &
lègua une fomme qui devoit être placée à multiplico, & dont les arrérages ainfi accumulés devoient fervir, avec le temps, à la conftruction
du fuperbe efcalier de la Trinité du Mont, qu'on
admire aujourd'hui dans cette Capitale.

Enfin, il eft à Naples une maifon chez laquelle
le multiplico s'eft tellement accru depuis près d'un
fiècle, que, ne fçachant plus où placer fon argent,
elle a été obligée d'acquérir des terres proche le
Véfuve, qui avoient été couvertes de fes cendres,
lors de la dernière éruption. Ces terres rapportent
à peine à cette famille un ou un & demi pour cent.

Pour ne rien laiffer à defirer à ce fujet, réfolvons
ce problème intéreffant.

*Trouver combien une fomme quelconque que l'on
placeroit tous les ans, en laiffant accumuler les intérêts & les intérêts des intérêts, produiroit au bout
d'un temps donné, en y joignant les capitaux aux
intérêts.*

Formule.

$$f = \left(\frac{\frac{1+b}{a} - 1}{} \right) \times \left(\frac{1+b}{b} \times p \right)$$

a repréfente le denier de l'intérêt ; *b*, l'intérêt ;
p, la fomme qu'on place tous les ans ; *n*, le temps
pendant lequel on place, & *f*, le produit des intérêts, en y joignant les capitaux.

Règle par les logarithmes.

Multipliez par *n* la différence des logarithmes
de *a* + *b* & de *a*. Cherchez le nombre qui répond à ce produit, & retranchez-en l'unité ; ajoutez au logarithme de ce nombre ainfi diminué le
logarithme de *p* & la différence des logarithmes de
a + *b* & de *b* : & la fomme fera le logarithme du
nombre cherché.

Opération.

Soit *a* = 20, *b* = 1, *p* = 1000, *n* = 30.

Logarithme de *a* + *b* = 21	1, 3222193
Logarithme de *a* = 20,	1, 3010300
Différence multipliée par 30,	0,0550790

Combien de reſſources ne trouveroit-on pas pour l'exécution de ce projet dans un mûr examen du local de chaque quartier? Combien de cauſes ſecondes ne concourroient-elles pas à favoriſer ces embelliſſemens, en diminuant le prix des acquiſitions des bâtimens néceſſaires pour leur opération? Il ſuffira, pour s'en convaincre, de faire l'application de quelques-unes de ces vûes au quartier de la Cité.

Sous la Prévôté de M. de Bernage, il fut fait un devis des dépenſes qu'entraîneroit la ſuppreſſion des maiſons qui ſont ſur les ponts de Paris, lequel ſe trouva monter à quatre millions. Mais, ſi l'on eût enviſagé cet objet ſuivant certaines circonſtances locales, & en combinant enſemble ſes différens rapports, il ſeroit facile de prouver que cette ſomme pourroit être réduite, au plus, au dixième. On ſçait que les maiſons du Pont Notre-Dame appartiennent entièrement à la Ville, & que, tous frais prélevés de droits royaux, de réparations, & de l'entretien de la pompe, leurs loyers ne lui rapportent de net qu'environ vingt-cinq mille francs par an. On eſt encore inſtruit que toutes les maiſons des autres ponts, dont différens particuliers ſont les poſſeſſeurs, ne ſe vendent & ne ſe paſſent dans les partages ou ſucceſſions que ſur le pied du denier dix, relativement à leur vétuſté, à leur conſtruction en partie en pans de bois, & au grand entretien qu'elles exigent. Conſéquemment à ces obſervations, ſuppoſé que la Ville ſe décidât pour dégager les ponts; en achetant ces bâtimens ſur le pied du denier dix, elle ne feroit point de tort à leurs propriétaires. Elle n'auroit qu'à être enſuite dix ans ſans les entretenir : rien n'eſt plus clair qu'au bout de ce temps, elle ſe trouveroit avoir retiré le fond de cette acquiſition, & en état d'abbattre ces maiſons, comme ſi elles ne lui avoient rien coûté. Quant aux édifices du pont Notre-Dame, qui, vu leur rapport, peuvent être conſidérées comme un effet de cinq à ſix cent mille livres, & dont la Ville feroit obligée de faire le ſacrifice, il n'eſt pas moins évident qu'elle en ſeroit en partie dédommagée par les ſommes qu'elle retireroit de la vente des matériaux des bâtimens de tous les ponts où il ſe trouveroit une prodigieuſe quantité de plomb, de bois, de fer, &c., &c. Peut-être cette Capitale jouiroit-elle depuis long-temps de l'agrément de la ſuppreſſion de toutes ces maiſons

Nombre qui répond à ce logarithme, . .	4,132194
Retranchant l'unité, on a,	3,132194
Logarithme de 3, 132194,	5213918
Logarithme de p = 10000,	3,0000000
Différence des logarithmes de $a + b$ & de b . .	1,3222193
Somme, ou logarithme du nombre cherché, . .	4,8436111

Nombre cherché, 69760,7, ou 69760 l. 14 ſ.

Si l'on avoit fait p = 500000 liv., ſomme qu'on placeroit tous les ans, en laiſſant accumuler les intérêts & les intérêts des intérêts, le capital ſeroit

Au bout de 30 ans, de	34880350 liv.
Au bout de 40 ans,	63419900
Au bout de 50 ans,	109908000

Il réſulte de ce problême que 500000 l. au bout de cinquante ans, en retirant les capitaux & les intérêts échus, auroient produit une ſomme de plus de cent neuf millions.

qui

qui la défigurent, & qui interrompent la libre circulation de l'air, si l'on eût
confidéré cet objet fous un point de vue si peu difpendieux.

On fera encore étonné, en examinant du local de la Cité, combien il
fe trouveroit de facilités à l'acquifition de la plus grande partie du terrein,
pour parvenir à fon embelliffement. Il ne faut pour cela que faire attention
qu'il y a dans ce quartier dix - fept petites églifes entièrement inutiles par
fon peu d'étendue , lefquelles n'ont point la grandeur ni la dignité convenables pour repréfenter la demeure de l'Etre - Suprême ; qu'ainfi il
n'y auroit aucun inconvénient de les réunir à la Cathédrale , qui devien-
droit la paroiffe de toute la Cité. En réuniffant femblablement les ca-
nonicats de la Sainte-Chapelle avec ceux de Notre - Dame , comme l'on a
déjà fait ceux de Saint-Germain-l'Auxerrois ; & depuis peu la Sainte-Chapelle de Bourges à l'Eglife Métropolitaine ; il s'enfuivroit que les bâtimens de la cour du Palais & de la rue Saint - Louis , qui dépendent de ces
bénéfices, pourroient par la fuite être fupprimés ; de même que toutes
les maifons appartenant aux différentes fabriques des petites paroiffes dont
nous avons parlé. Enfin, fi l'on plaçoit le Palais de juftice dans un endroit plus
commode , comme nous le dirons plus bas, il n'y a aucun doute que la plus
grande partie du local de la Cité ne coûteroit pas autant qu'on pourroit fe
l'imaginer au premier coup d'œil.

Quant à la réunion de l'ifle du Palais à l'ifle Saint-Louis, qui contribueroit infiniment à embellir le centre de cette Capitale , il n'y auroit que
les deux murs de quais à conftruire. En ordonnant qu'on y portât les gra-
vois de Paris , en un an ou deux , tout cet efpace feroit de niveau.

On peut entrevoir par ce petit nombre d'obfervations, dont les vues pourroient être étendues dans tous les autres quartiers de cette ville, quels avantages il feroit poffible de tirer, de toutes fortes de combinaifons, pour fon
embelliffement. Il feroit auffi plus facile qu'on ne croit de diminuer la dépenfe de la réconftruction des nouveaux édifices par une judicieufe répartition des matériaux , fans les diftribuer au hafard , ainfi qu'il eft d'ufage , &
fans mettre de la pierre de taille à tout propos dans les endroits où elle eft
abfolument inutile pour la folidité ; abus qui double fouvent le prix des maifons. La bâtiffe eft un des arts qui a fait le moins de progrès , & que l'on peut
même regarder encore comme dans fon enfance. En comparant la conftruction des édifices gothiques avec notre conftruction moderne, la fage économie des matériaux & la légèreté de l'une , avec la prodigalité à cet égard
& la pefanteur de l'exécution de l'autre , il eft aifé de juger combien cette
dernière eft encore barbare.

Relativement à tout ce que nous venons de dire , donnons carrière à notre
imagination. Repréfentons - nous, s'il fe peut , dans un beau rêve, l'effet pro-

digieux que produiroit l'embelliffement du quartier de la Cité. L'illufion ne-
dût-elle durer qu'un inftant, effayons de faire regretter à mes compatriotes de
n'en pas voir la réalité.

A l'exception de Notre-Dame qui refteroit paroiffe de la Cité, & du bâtiment des Enfans-Trouvés, il n'y auroit rien à épargner dans ce quartier :
il faudroit transférer l'Hôtel-Dieu ailleurs, ifoler abfolument tous les quais,
abbattre les maifons de deffus les ponts, unir l'ifle Saint-Louis avec l'ifle du
Palais ; dans l'emplacement de leur réunion, faire un marché ; & enfin conftruire à la tête de l'ifle Saint-Louis une place circulaire, dont la moitié feroit formée par une baluftrade. Vers le haut de la *planche XXXIX*, nous
avons exprimé, fur une partie du plan de Paris, toute cette difpofition.

Comme la conftruction d'une nouvelle Cathédrale feroit le principal
objet de l'embelliffement de ce quartier, il conviendroit de la fituer le plus
avantageufement, & de manière à produire le plus grand effet. Aucun endroit ne pourroit être certainement plus favorable que l'emplacement qui fe
trouve depuis la place Dauphine jufqu'à l'allignement de la rue de la Barille-
rie, entre le Pont-au-Change & le Pont-Saint-Michel, dont il faudroit relever le fol qui eft un peu bas par rapport au Pont-Neuf.

Ce temple feroit parfaitement ifolé entre les deux quais. L'intérieur de fon
plan, comme le fait voir le deffein, formeroit une croix latine. Son dehors
feroit décoré d'un périftile à trois rangs de colonnes corinthiennes & coloffales, qui règneroit quarrément dans tout le pourtour, & laifferoit quatre
cours entre les branches de la croix deftinée pour le fervice horaire de l'églife,
& en même temps pour l'éclairer.

Afin de donner toute la majefté imaginable à ce monument, il conviendroit d'élever l'ordonnance de fon architecture fur un efpèce de ftylobate ou piédeftal continu. La principale entrée feroit du côté du Pont-Neuf, & préparée par
un grand perron de toute la largeur du portail, compofé d'une vingtaine de marches en deux divifions. Enfin, une magnifique coupole couronneroit majeftueufement tout cet enfemble.

Par cet arrangement général, la forme intérieure des églifes catholiques fe
trouveroit réunie avec la magnificence de l'extérieur des temples antiques ;
ce qu'on n'a point encore exécuté jufqu'ici, & ce que même la plupart de
nos artiftes eftimoient impoffible (*a*).

(*a*) Si l'on vouloit, il feroit facile d'exécuter toute cette Cathédrale en marbre blanc. Il vient d'être ouvert une carrière de marbre dans le Bourbonnois, fur les bords de l'Allier, qui, par la commodité du tranfport, à l'aide du canal de Briare, femble être formée par la nature pour fournir abondamment la ville de Paris d'une production fi précieufe.

Quant à la fculpture des chapiteaux en marbre, qu'on pourroit confidérer comme un objet très-coûteux, je crois (car je n'en ai point fait l'effai) qu'il feroit poffible de les mouler fur place avec une matière encore plus dure que le marbre : ce feroit de prendre de bonne chaux faite avec du marbre blanc, & d'en faire une efpèce de mortier, dans lequel on mêleroit, au lieu de fable, deux tiers de

Sur l'allignement du Pont-au-Change & du Pont-Saint-Michel, il y auroit de grandes façades de bâtimens d'un goût simple, mais noble, qui serviroient comme de fond pour faire valoir la Cathédrale. Ces édifices seroient destinés pour l'archevêché, les logemens des chanoines, & pour remplacer les boutiques du palais marchand.

En face du chevet de cette église, seroit une large rue qui iroit aboutir à la rue saint Louis, & qui s'alligneroit avec elle.

Que d'avantages ne pourroit-on pas retirer de tous les environs, pour faire valoir & relever l'effet de la position de ce temple (a)! En ôtant la statue de Henry IV de dessus le Pont-Neuf pour la placer à l'extrémité de l'isle saint Louis, on y substitueroit une grosse gerbe ou champignon d'eau qui formeroit sur cet éperon un spectacle mouvant & continuel, à l'aide de cascades & de nappes que l'eau feroit en tombant sur des rochers artificiels qui seroient figurés du côté de la rivière. Le bâtiment de la Samaritaine seroit supprimé. Toutes les portions circulaires des trottoirs de ce pont pourroient être ornées de figures de bronze élevées sur des piédestaux, représentant la plupart des grands hommes de la nation. C'est ainsi que tous nos monumens publics devroient retentir de la gloire de ces héros immortels, dont les noms dureront autant que la monarchie. Dans l'emplacement de la place Dauphine, en face du portail de la Cathédrale, seroit érigée la statue du Monarque bienfaisant qui nous gouverne, dont la grandeur seroit admirablement caractérisée par ce glorieux cortège (b).

Comme la partie du Pont-Neuf qui est depuis l'éperon jusqu'à la rue Dauphine, est moins considérable que l'autre, à l'occasion de l'eau qui y couleroit en plus grande abondance par la suppression du bras de rivière du Pont-Rouge, il seroit à propos de la régulariser en lui donnant le même nombre d'arches & la même étendue.

Rien ne manqueroit à l'embellissement de cette partie de Paris, si l'on abbattoit toutes les maisons depuis l'allignement de la rue du Roule jusqu'au Louvre, pour pouvoir découvrir du Pont-Neuf sa belle colonnade. Au milieu de cette Place, on éleveroit un obélisque (c). Dans le fond opposé

marbre blanc réduit en poudre très-fine. En saisissant l'instant où cette pâte acquerroit un peu de consistance solide, on mouleroit le chapiteau par parties; suivant les procédés ordinaires.

(a) J'ai trouvé plusieurs de nos artistes qui avoient la même opinion que moi sur l'heureuse situation de la Cathédrale en cet endroit; & feu M. Michel-Ange Slotz l'estimoit supérieure à toute autre qu'il seroit possible d'imaginer.

(b) Dans un sallon que je viens de faire exécuter pour l'hôtel-de-ville de Grenoble, j'ai saisi cette idée, & je l'ai décoré des médaillons de huit de nos plus grands & de nos meilleurs

Rois. CLOVIS, CHARLEMAGNE, S. LOUIS, PHILIPPE-AUGUSTE, LOUIS XII, FRANÇOIS I, HENRI IV & LOUIS XIV. Sur un piédouche, en face de la cheminée, doit être élevé le buste de LOUIS XV en marbre blanc, d'après notre célèbre Lemoyne.

(c) Ces obélisques pourroient être en marbre, en granit ou en chouin. Il ne seroit pas nécessaire qu'ils fussent d'un seul bloc : toutes les fois qu'on peut poser une petite partie sur une plus grande, on est sûr de construire des obélisques dont la hauteur ne céderoit point à ceux des anciens.

à la rivière, on conftruiroit différens grands bâtimens décorés relativement à leur deftination, foit pour le garde-meuble du Roi, foit pour l'hôtel des Monnoies, foit pour le grenier à Sel ; tous édifices publics dont nous manquons. L'églife Saint-Germain-l'Auxerrois, qui auroit été démolie, feroit reconftruite dans l'angle du quai de la Mégifferie avec la rue du Roule : on lui donneroit la forme d'une rotonde terminée par un dôme, inférieur par fon élévation à celui de la Cathédrale. Son portail offriroit un magnifique porche en colonnade.

En fymmétrie, & à l'autre extrémité du Pont-Neuf, dans l'angle de la rue Dauphine avec le quai des Auguftins, on conftruiroit une femblable rotonde pour remplacer l'églife de ces Religieux qui auroit été abbattue pour donner l'extenfion convenable à cette partie du Pont-Neuf. Il y auroit, de ce côté de la rivière, une place femblable à celle pratiquée vis-à-vis le Louvre, avec encore un obélifque au milieu. En parallèle avec cette maifon Royale, on feroit un édifice à peu près de la même étendue & de la même ordonnance d'architecture ; lequel ferviroit pour le Parlement, la Chambre des Comptes, la Cour des Aydes, & les autres Cours fupérieures, ainfi que pour le Châtelet & les prifons.

Le fond des bâtimens de cette feconde place, en face de la rivière, feroit deftiné pour l'hôtel-de-ville ; d'où l'on pourroit voir très-facilement les fêtes qui feroient données fur l'eau dans les différentes occafions.

Que l'on fe repréfente la vive impreffion que produiroient tant de merveilles réunies & fituées dans le lieu le plus heureux pour les faire valoir ; une Cathédrale décorée avec la dignité que nous avons décrite, & appuyée par deux rotondes placées de chaque côté de la rivière ; un pont triomphal qui lieroit tout ce vafte enfemble, avec une groffe gerbe d'eau qui s'éleveroit au milieu & fembleroit l'animer ; deux places immenfes, à droite & à gauche, avec des obélifques, terminés par les édifices les plus fomptueux : enfin, tous les quais redreffés (a) qui offriroient, à perte de vue, différentes fortes de décorations plus ou moins importantes.

Si l'on étendoit, conféquemment à cette idée, les vues d'embelliffemens dans

(a) Il faudroit conftruire des trottoirs le long des parapets des quais ; ce qui faciliteroit de pratiquer deffous une gallerie dans laquelle on poferoit les conduites qui diftribueroient les eaux à toutes les maifons & les fontaines. On éviteroit par-là les fouilles continuelles qui embarraffent les rues. Les tuyaux ne feroient pas fujets à tant de réparations, parce qu'ils ne feroient pas étonnés continuellement par les voitures qui, en affaiffant inégalement le terrein, obligent les conduites de prendre des finuofités qui les font crever, & empêchent même fouvent l'eau de couler, à caufe de l'air qui fe loge dans les coudes ou parties fupérieures des tuyaux. D'ailleurs, ces galleries recevroient le jour tout naturellement du côté de la rivière.

Il feroit poffible encore de conftruire des trottoirs à fleur d'eau, comme on en voit le long des bords de la rivière au bas du quai des Tuilleries, à la defcente de la porte de la Conférence. En faifant ces trottoirs un peu larges, ils ferviroient à refferrer le lit de la Seine, quand les fécherefles diminuent la maffe d'eau néceffaire à la navigation. On y dépoferoit les marchandifes, & on les éleveroit fur des haquets par de grandes arcades pratiquées de diftance en diftance, comme font celles du quai de la Mégifferie.

tous

tous les autres quartiers , en se rendant toujours attentif aux avantages que l'on pourroit tirer de leur situation respective , & des points de vue intéressans qu'il seroit possible de leur ménager , il est à croire que l'on parviendroit à rendre Paris une ville unique , & capable de laisser aux siècles à venir la plus grande impression de la majesté de nos idées.

De la manière dont nous envisageons la réconstruction d'une partie de cette Capitale , il est certain qu'il a été entrepris des travaux plus dispendieux , & avec bien moins de ressources qu'on n'en pourroit trouver dans la richesse d'une ville telle que Paris. Après le fameux incendie de Londres en 1666 , qui réduisit presque toute cette ville en cendres , elle fut réconstruite en moins de trois ans. Pétersbourg , au commencement de ce siècle , fut aussi bâti dans sa totalité en un petit nombre d'années. On a même vu , pour des objets particuliers , sacrifier des sommes peut-être encore plus considérables que celles qui seroient nécessaires pour l'embellissement de Paris. Si , par exemple , un habile architecte en 1620 avoit proposé à LOUIS XIII de faire , de sa maison de Versailles , un lieu dont la magnificence surpassât tout ce qu'on a jamais fait exécuter en ce genre , il est sûr qu'un pareil projet eût été rejetté ; on auroit admiré le génie de l'artiste , & son dessein seroit demeuré sans exécution. Cependant cette idée , toute chimérique qu'elle eût été trouvée dans le temps , est actuellement réalisée sous nos yeux. Personne n'ignore les dépenses prodigieuses que LOUIS XIV a faites pour embellir ce château avec tous ses accessoires.

On peut encore ajouter que ce Prince ne fut point arrêté par le projet de transporter la rivière d'Eure à Versailles par l'aqueduc de Maintenon , prise à Pont-Gouin ; & que le but du transport de ces eaux , qui ne se pouvoit faire qu'à grands frais , n'étoit pourtant que d'orner , embellir & animer la triste pièce des Suisses par une grande & magnifique cascade.

Tous ces travaux immenses furent terminés en trente années avec des fonds extraordinaires. Suivant notre projet , nous proposons d'embellir successivement Paris , en y abandonnant une somme , peu considérable vu l'importance de l'objet. Nous insistons seulement à ne point détourner cette source , à ne jamais permettre qu'elle se tarisse , à convenir d'un plan bien raisonné , & à en exécuter successivement les différentes parties , à mesure que les fonds le permettront.

F I N.

De l'Imprimerie de MOREAU, Libraire-Imprimeur de la REINE & de MGR. LE DAUPHIN.

M m m

TABLE

Des Chapitres & Articles contenus dans cet Ouvrage.

INTRODUCTION.

MONUMENS érigés à la gloire de LOUIS XV.

PREMIERE PARTIE.

Des *projets de Place qui ont été proposés pour ériger la statue de* Louis XV *dans Paris.*

SECONDE PARTIE.

FIN DE LA TABLE.

Pl. XI.

Eglise de Notre Dame

Cour de l'Hotel de Ville

Hotel de Ville

Quai prolongee, du Port Couvert

Avant Cour

Rue qui va au parvis Notre Dame

Rue St Christophe

PROJET DE PLACE POUR LE ROI

Dans l'Isle du Palais cotte B

Sur le Plan Général.

Rue de la Juiverie

Pont Notre Dame

Rue de la Calendre

Quai

Rue de la Vieille Draperie

Echelle de 5 10 15 20 30 *toises*

PLAN ET ÉLÉVATION
D'une partie de cette Place.

Echelle de

Pl. XLI.

Pl. XLII.

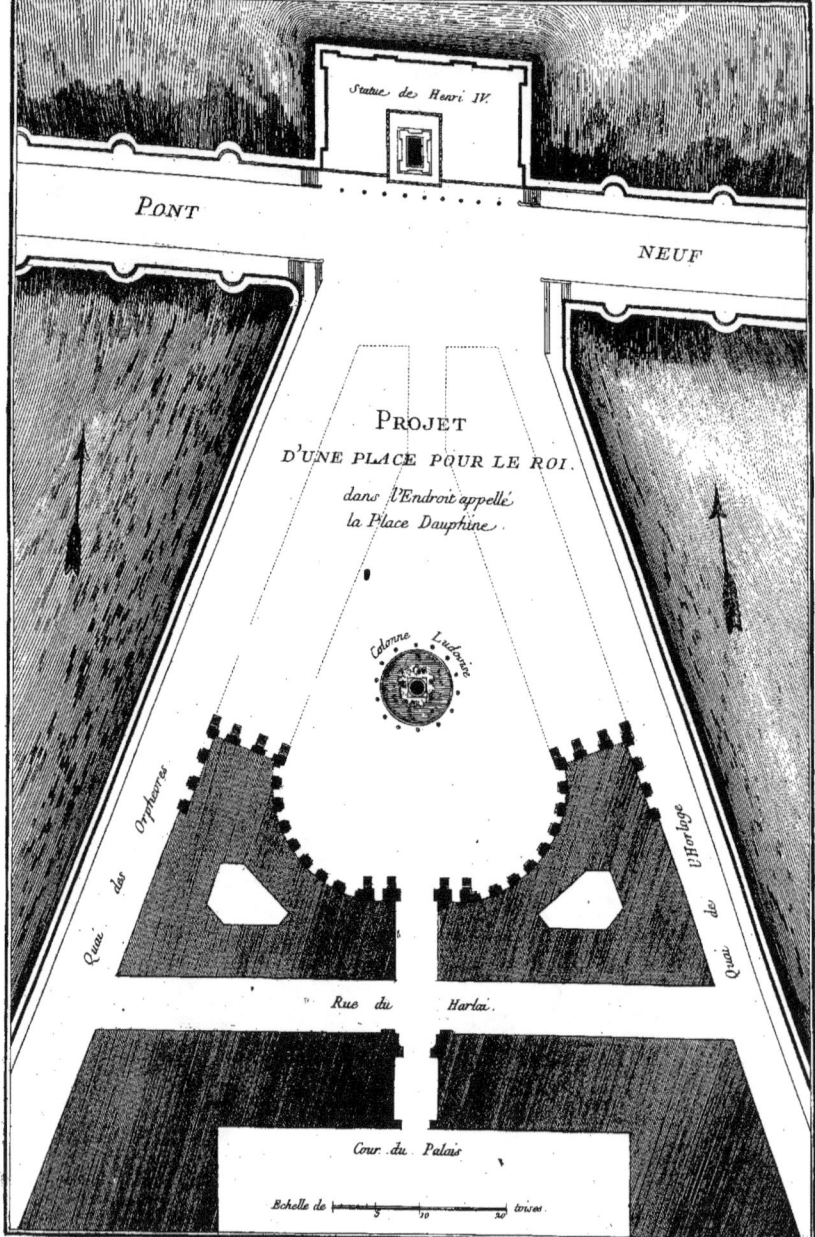

Statue de Henri IV.

PONT   NEUF

PROJET

D'UNE PLACE POUR LE ROI.

dans l'Endroit appellé
la Place Dauphine.

Colonne Ludovice

Quai des Orphevres

Quai de l'Horloge

Rue du Harlai.

Cour du Palais

Echelle de 5   10   20 *toises.*

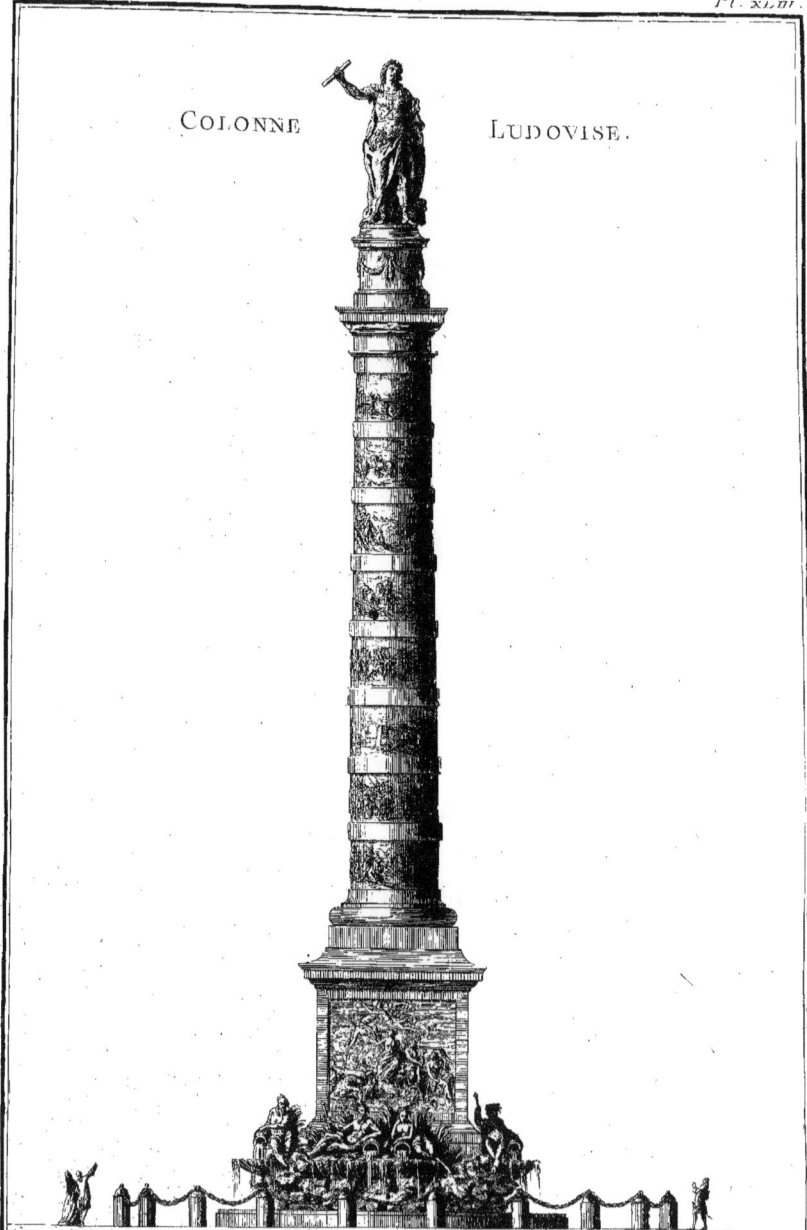

Pl. XLIII.

COLONNE · LUDOVISE ·

Echelle de 1 2 3 4 *Toises.*

Pl. XLIII.

ÉLÉVATION D'UNE PLACE POUR LE ROI,

Projetée dans l'Endroit de la Place Dauphine.

R. de de .... Toises.

Bossard inv.

Pl. XLV.

Rue de Grenelle

Rue d'Orleans

Rue des Vieilles Etuves

Rue du Four

Rue des Prouvaires

Rue de la Tonnellerie

Rue de la Friperie

Rue de la Lingerie

Rue Coquillere

Rue du Jour

Rue France

Rue Montmartre

Rue Montorgueil

Rue Nouvelle

Halle au Bled

PLACE POUR LE ROI

dans le Quartier des Halles.

Paroisse St Eustache

Halle aux Legumes aux Poissons &c.

Poissonnerie.

Echelle de 5 10 15 20 25 toises.

Pl. XLII

ÉLÉVATION D'UNE PLACE POUR LE ROI,

Projetée dans le Quartier des Halles.

Élévation du Projet d'une Halle en détail.

Élévation du Projet d'une Halle aux Légumes, avec Portiques &.

Échelle de toises

Pl. XLVII

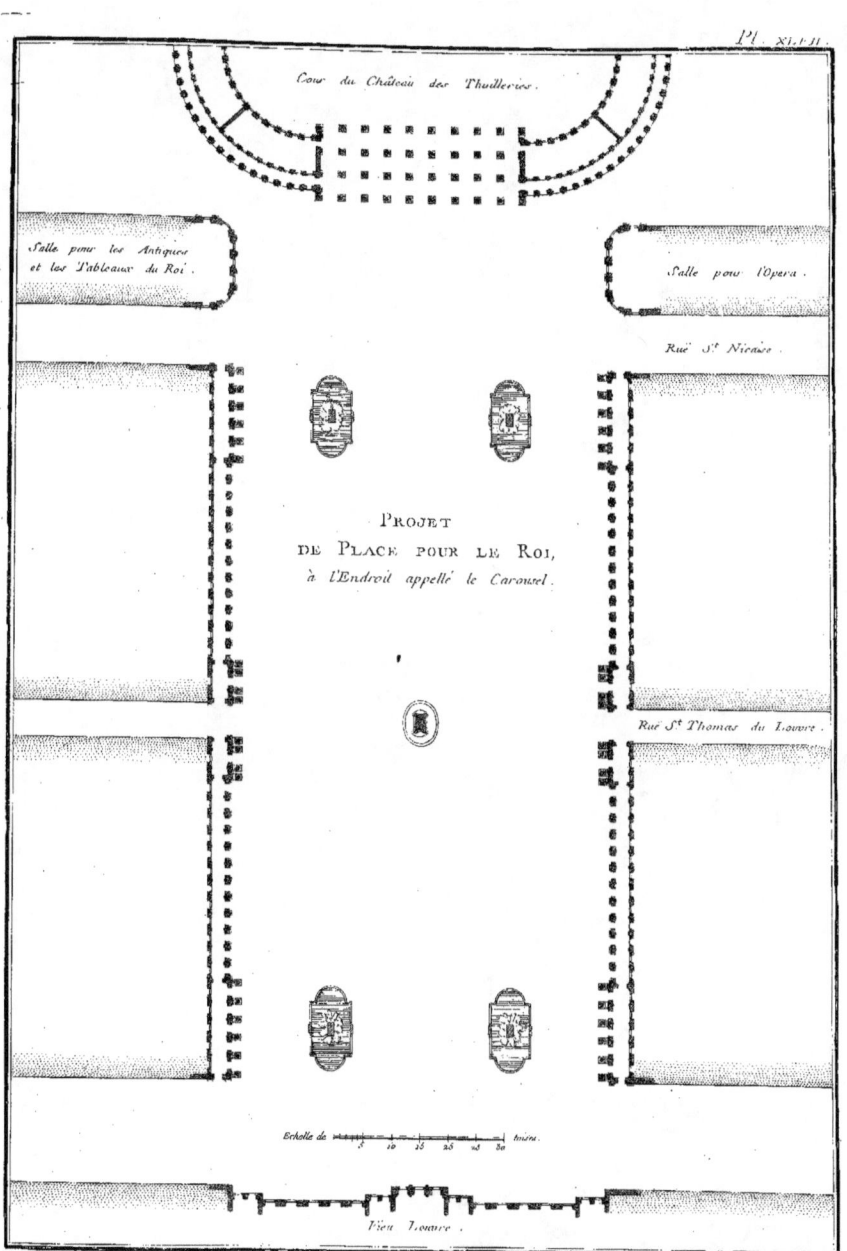

Cour du Château des Thuilleries.

Salle pour les Antiques et les Tableaux du Roi.

Salle pour l'Opera.

Rue St. Nicaise.

PROJET
DE PLACE POUR LE ROI,
à l'Endroit appellé le Carousel.

Rue St. Thomas du Louvre.

Echelle de ... toise.
5 10 15 20 25 30

Vieu Louvre.

Pl. 351.

ÉLÉVATIONS D'UNE PLACE POUR LE ROI

D'après dess. Production Appelée le Carrousel.

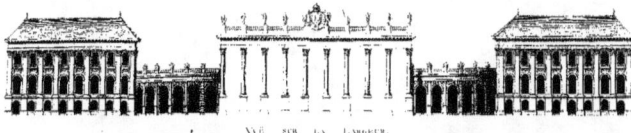

VUE SUR LA LARGEUR.

VUE SUR LA LONGUEUR.

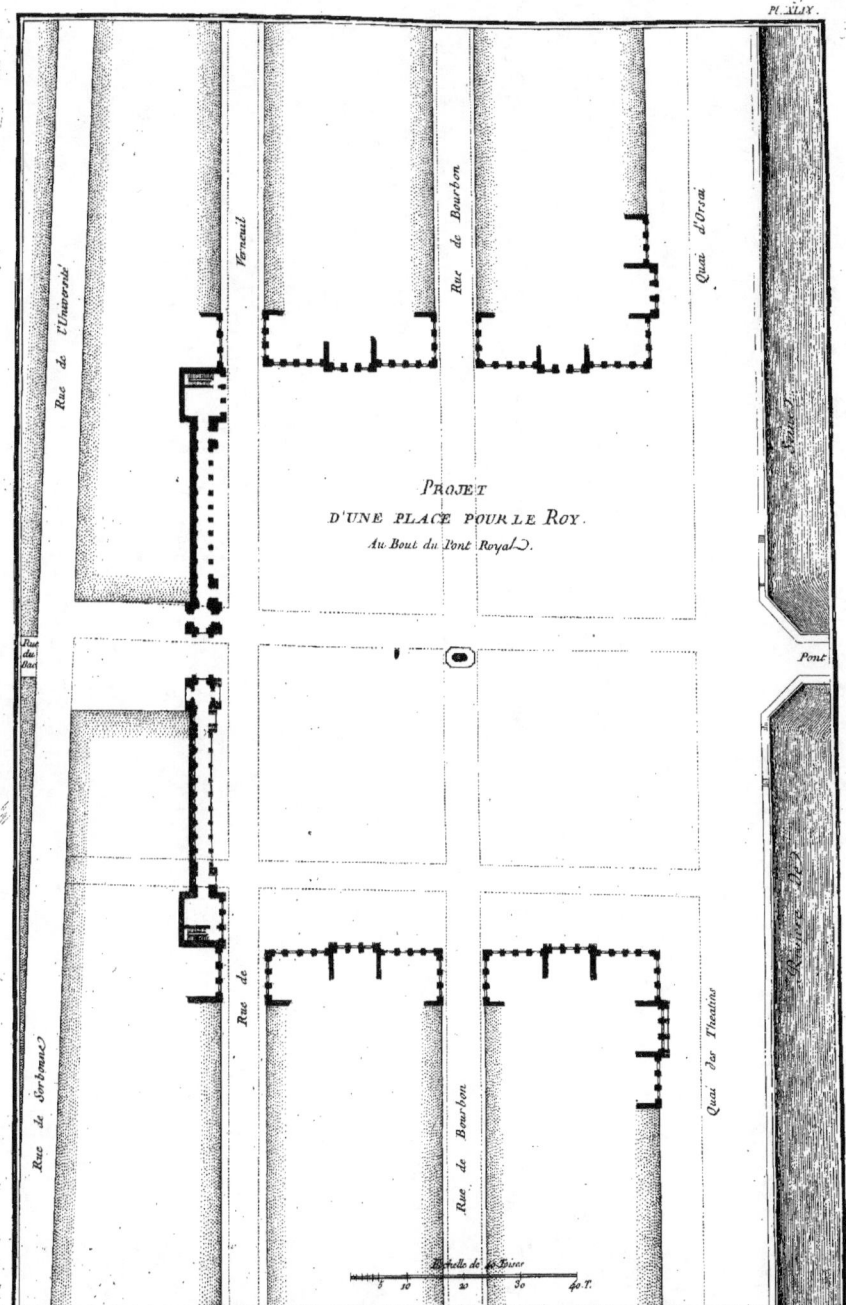

Pl. XLIX.

PROJET
D'UNE PLACE POUR LE ROY.
Au Bout du Pont Royal.

Rue de l'Université

Verneuil

Rue de Bourbon

Quai d'Orsay

Rue de Sorbonne

Rue du Bac

Rue de

Rue de Bourbon

Quai du Theatine

Pont

Echelle de 40 Toises.
5 10   20   30   40.T.

Pl. 1.

ÉLÉVATION D'UN PROJET DE PLACE POUR LE ROI.
Au bout du Pont Royal.

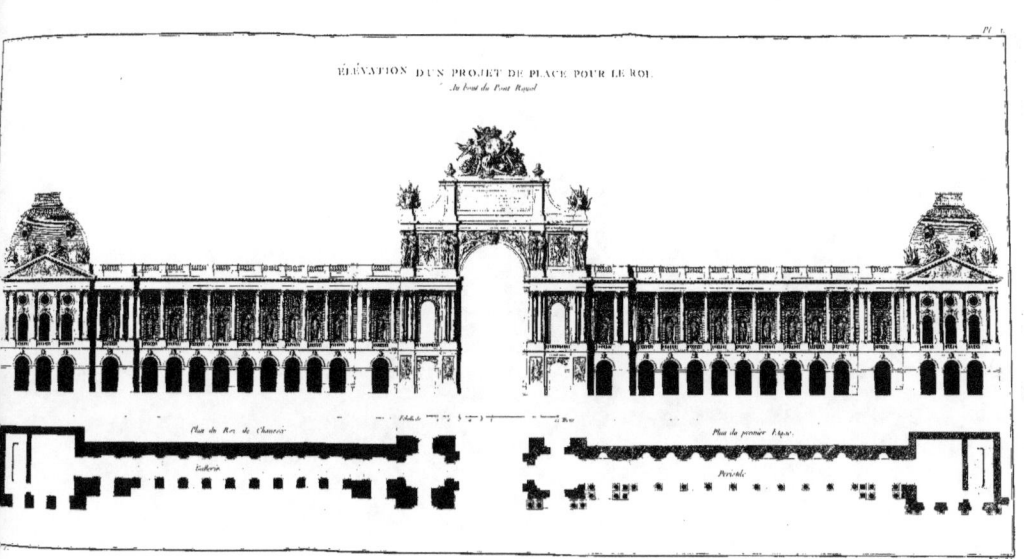

Plan du Rez de Chaussée.   Échelle de   Toises.   Plan du premier Étage.

Galerie.   Péristile.

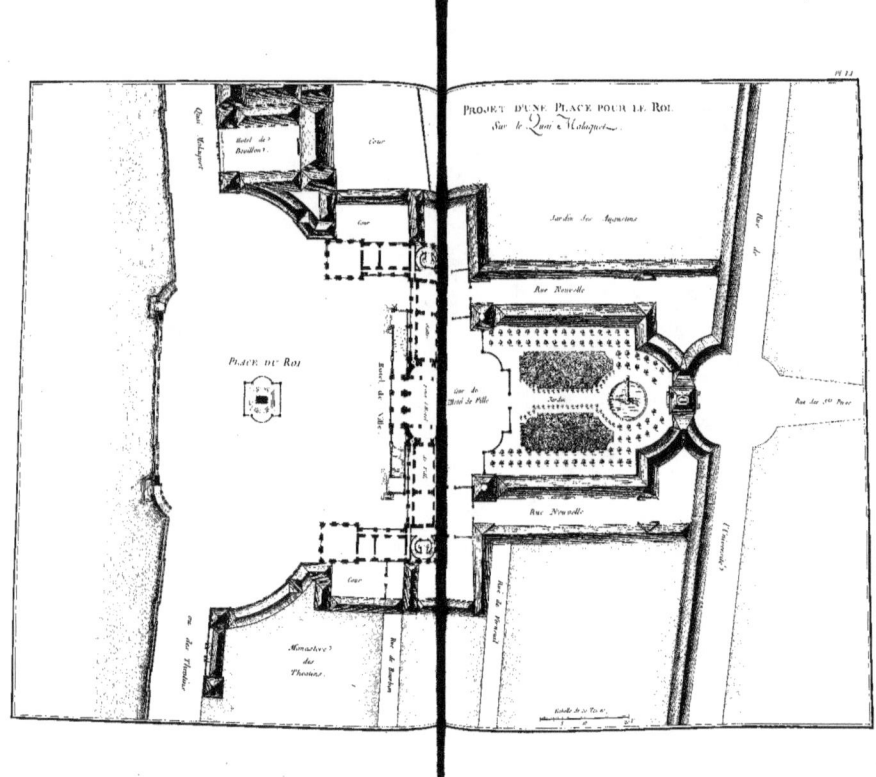

PROJET D'UNE PLACE POUR LE ROI.
Sur le Quai Malaquet.

PLACE DU ROI

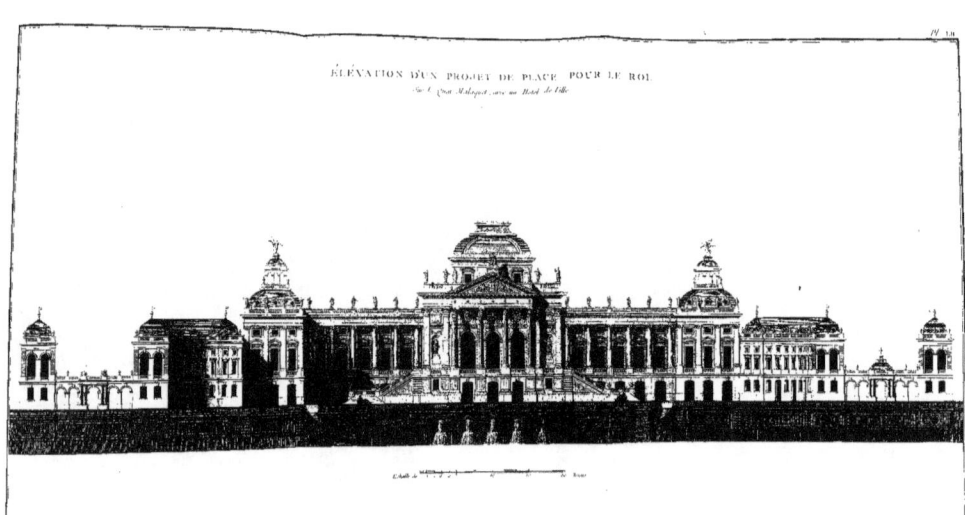

ÉLÉVATION D'UN PROJET DE PLACE POUR LE ROI
Sur l'Quai Malaquais vers un Hotel de Ville

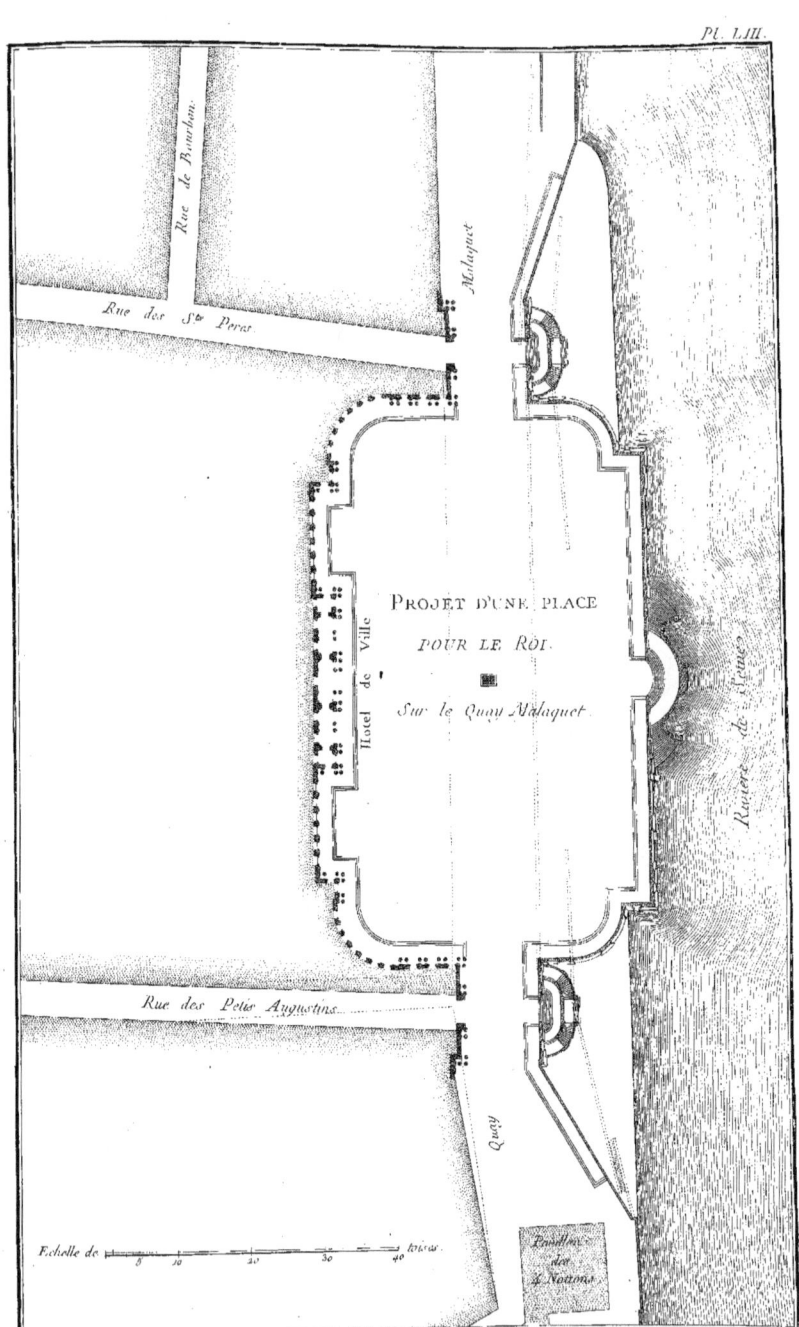

Pl. LIII.

Rue de Bourbon.

Rue des Sts Peres.

Malaquet

PROJET D'UNE PLACE

POUR LE ROI.

Sur le Quay Malaquet.

Hotel de Ville

Riviere de Seine.

Rue des Petits Augustins.

Quay.

Echelle de .... toises

8   10   20   30   40

Bastion
des
4. Nations.

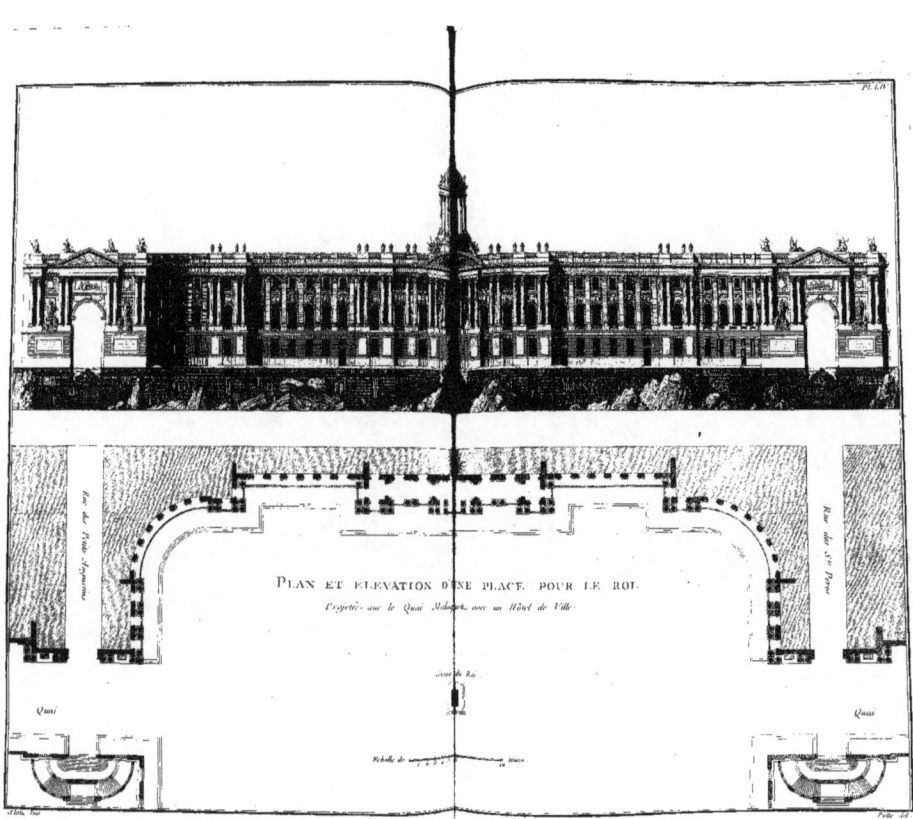

Pl. 60.

PLAN ET ELEVATION D'UNE PLACE POUR LE ROI.

Projetté sur le Quai Malaquais avec un Hôtel de Ville.

Pl. LV.

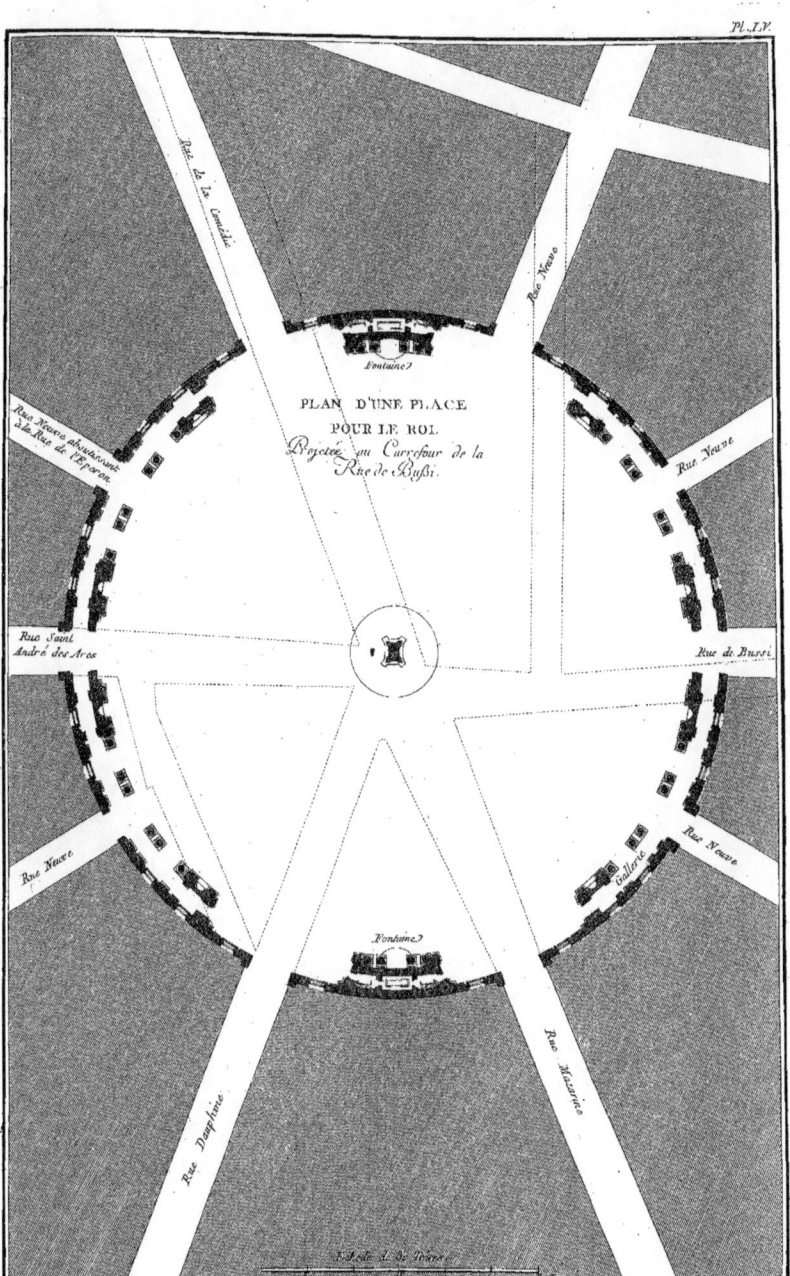

PLAN D'UNE PLACE
POUR LE ROI.
Projetée au Carrefour de la
Rue de Bussi.

Pl. LXI

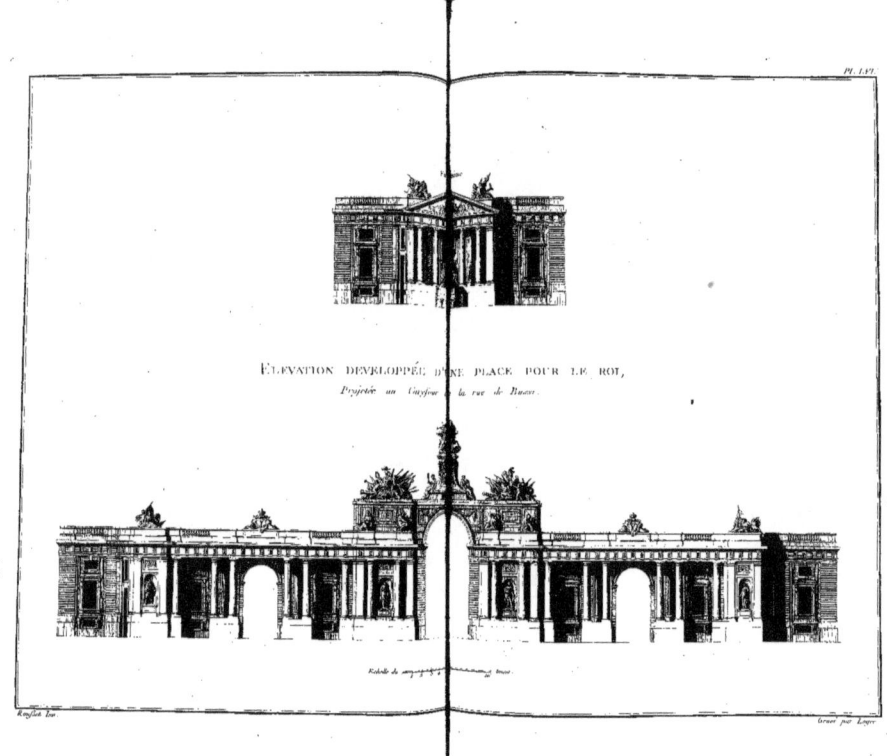

ÉLÉVATION DÉVELOPPÉE D'UNE PLACE POUR LE ROI,

Projetée au Carrefour de la rue de Buaci.

Échelle de

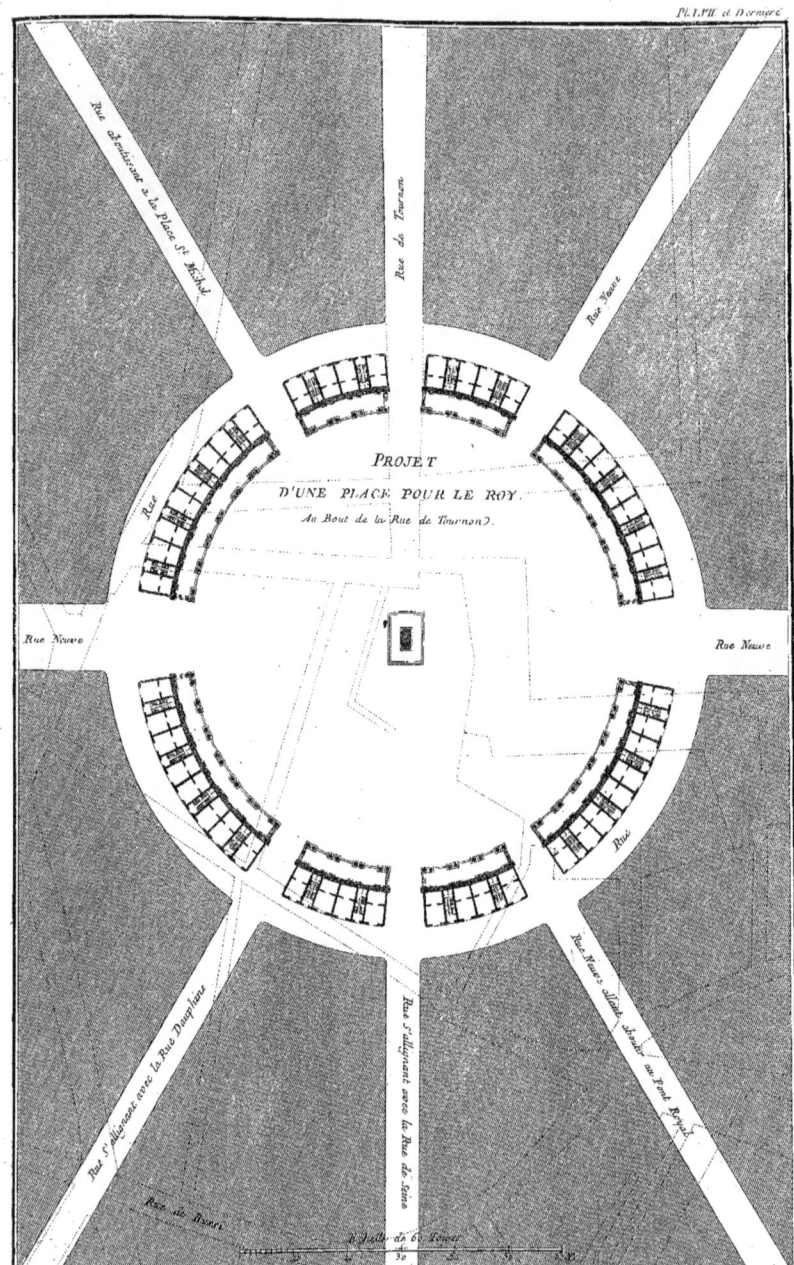

Pl. LVII. et Dernière

PROJET
D'UNE PLACE POUR LE ROY.
Au Bout de la Rue de Tournon.

APPROBATION.

J'Ai lu, par ordre de Monseigneur le Vice-Chancelier, un manuscrit intitulé *Monumens élevés en France à la gloire du Roi*, & je n'y ai rien trouvé qui m'ait paru devoir en empêcher l'impression. A Paris ce 26 juillet 1764. PICQUET.

PRIVILEGE DU ROI.

LOUIS, PAR LA GRACE DE DIEU, ROI DE FRANCE ET DE NAVARRE : A nos amés & féaux Conseillers, les Gens tenans nos Cours de Parlement, Maîtres des Requêtes ordinaires de notre Hôtel, Grand-Conseil, Prévôt de Paris, Baillifs, Sénéchaux, leurs Lieutenans civils & autres nos Justiciers qu'il appartiendra, SALUT : Notre amé le Sieur PATTE, Architecte, Nous a fait exposer qu'il desireroit faire imprimer & donner au Public un Ouvrage de sa composition, qui a pour titre : *Monumens érigés en France à la gloire de Louis XV, à Paris, à Valenciennes, à Nancy,* &c. s'il Nous plaisoit lui accorder nos Lettres de Privilège pour ce nécessaires : A CES CAUSES, voulant favorablement traiter l'Exposant, Nous lui avons permis & permettons par ces Présentes de faire imprimer ledit Ouvrage autant de fois que bon lui semblera, & de le faire vendre & débiter par tout notre Royaume pendant le temps de douze années consécutives, à compter du jour de la date des Présentes. Faisons défenses à tous Imprimeurs, Libraires & autres personnes, de quelque qualité & condition qu'elles soient, d'en introduire d'impression étrangère dans aucun lieu de notre obéissance ; comme aussi d'imprimer ou faire imprimer, vendre, faire vendre, débiter, ni contrefaire ledit Ouvrage, ni d'en faire aucun extrait, sous quelque prétexte que ce puisse être, sans la permission expresse & par écrit dudit Exposant, ou de ceux qui auront droit de lui ; à peine de confiscation des exemplaires contrefaits, de trois mille livres d'amende contre chacun des Contrevenans, dont un tiers à Nous, un tiers à l'Hôtel-Dieu de Paris, & l'autre tiers audit Exposant, ou à celui qui aura droit de lui, & de tous dépens, dommages & intérêts. A la charge que ces Présentes seront enregistrées tout au long sur le Régistre de la Communauté des Imprimeurs & Libraires de Paris, dans trois mois de la date d'icelles : que l'impression dudit Ouvrage sera faite dans notre Royaume, & non ailleurs, en bon papier & beaux caractères, conformément à la feuille imprimée, attachée pour modèle sous le contre-scel des Présentes : que l'Impétrant se conformera en tout aux Réglemens de la Librairie, & notamment à celui du 10 avril 1725 : qu'avant de l'exposer en vente, le manuscrit qui aura servi de copie à l'impression dudit Ouvrage, sera remis, dans le même état où l'approbation y aura été donnée, ès mains de notre très-cher & féal Chevalier, Chancelier de France, le Sieur de LAMOIGNON ; & qu'il en sera ensuite remis deux exemplaires dans notre Bibliothèque publique, un dans celle de notre Château du Louvre, un dans celle dudit Sieur de LAMOIGNON, & un dans celle de notre très cher & féal Chevalier, Vice-Chancelier & Garde des Sceaux de France, le Sieur DE MAUPEOU : le tout à peine de nullité des Présentes. Du contenu desquelles vous mandons & enjoignons de faire jouir ledit Exposant & ses ayans cause, pleinement & paisiblement, sans souffrir qu'il leur soit fait aucun trouble ou empêchement. Voulons que la copie des Présentes, qui sera imprimée tout au long au commencement ou à la fin dudit Ouvrage, soit tenue pour duement signifiée ; & qu'aux copies collationnées par l'un de nos amés & féaux Conseillers-Secrétaires, foi soit ajoutée comme à l'original. Commandons au premier notre Huissier ou Sergent sur ce requis, de faire, pour l'exécution d'icelles, tous actes requis & nécessaires, sans demander autre permission, & nonobstant clameur de Haro, Charte Normande & Lettres à ce contraires : CAR tel est notre plaisir. DONNÉ à Paris le vingt-sixième jour du mois de Septembre, l'an de Grace mil sept cent soixante-quatre, & de notre Règne le cinquantième. Par le Roi en son Conseil. LEBEGUE.

Régistré sur le Régistre XVI de la Chambre Royale & Syndicale des Libraires & Imprimeurs de Paris, N°. 338, fol. 166, conformément au Règlement de 1723, qui fait défenses, art. 4.1, à toutes personnes de quelque qualité & condition qu'elles soient, autres que les Libraires & Imprimeurs, de vendre, débiter, faire afficher aucuns livres pour les vendre en leurs noms, soit qu'ils s'en disent les auteurs ou autrement, & à la charge de fournir à ladite Chambre neuf exemplaires prescrits par l'Article 108 du même Règlement. A Paris, ce 2 Octobre 1764. LE BRETON, Syndic.

ERRATA.

PAGES.	Lignes.	Fautes.	Corrections.
3	7	vraiment paternelle,	paternelle.
13	10	M. Troys,	M. de Troys.
21	35	quelques opéra agréables,	quelques opéra.
28	14	sont très-propres,	ne soient très-propres.
29	9	on a éprouvé que huit muids,	que de huit muids.
52	6	ont pris la place,	prirent la place.
Ibid.	7	ent embrouillé,	embrouillèrent.
65	30	s'il'on veut se convaincre,	pour se convaincre.
75	1	les premiers devoirs,	les derniers devoirs.
120	8	MM. les architectes,	les architectes.
176	1	en quelque rang,	en quelque obscurité.
177	12	1761,	1764.
219	7	M. Vaucanson,	M. de Vaucanson.
228	3	du local de la Cité,	le local de la Cité.
Ibid.	13	à celle pratiquée vis-à-vis,	à celle qui seroit vis-à-vis.
Ibid.	25	avec une grosse gerbe,	une grosse gerbe.

Au bas de la page 176, ajoutez ce qui suit, au sujet de la pose de la pre-
mière pierre du piédestal de la statue du Roi à Reims, qui s'est faite sur la fin
de l'impression de ce Livre.

La première pierre du piédestal fut posée le 30 octobre 1764, par M.
Rouillé d'Orfeuil, Intendant de la Champagne, avec le plus grand appareil,
au bruit de la mousqueterie & du canon, au son de toutes les cloches, &
aux acclamations redoublées de *VIVE LE ROI.* Cet Intendant étoit accompagné dans cette cérémonie par M. Sutaine, lieutenant des habitans, par les
autres membres du corps de Ville, ainsi que par les personnes les plus considérables de Reims. Il fut placé dans cette première pierre quatre médailles;
deux desquelles étoient en argent, & les deux autres en bronze, joint à différentes monnoies d'or, d'argent, de billon & de cuivre. D'un côté, est
représenté le monument, &c., &c.

AVIS AU RELIEUR

pour placer les cinquante-sept planches de cet Ouvrage.

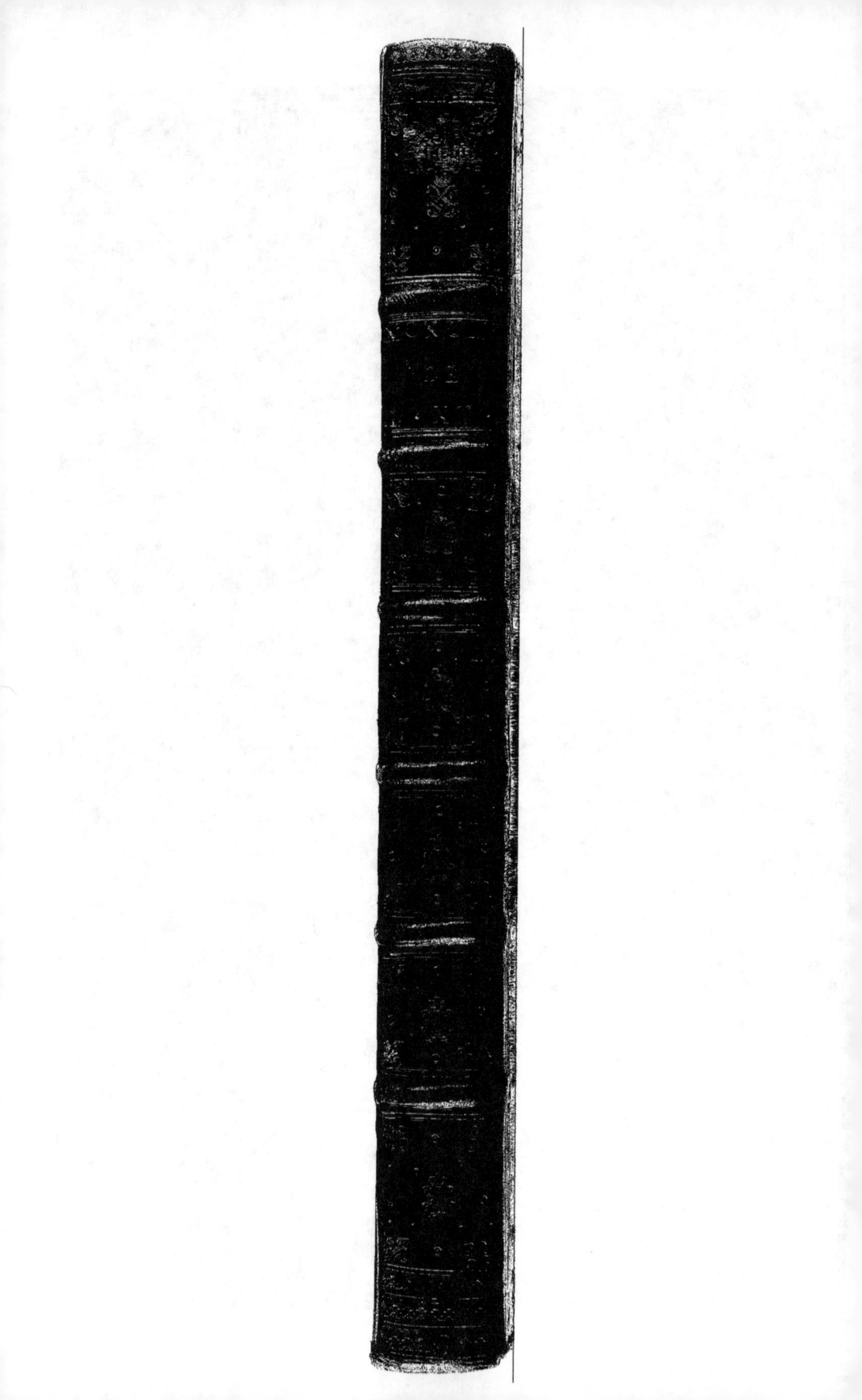

www.ingramcontent.com/pod-product-compliance
Lightning Source LLC
Chambersburg PA
CBHW050319030726
47505CB00003B/780